À PROPOS DE L'AUTRICE

Jules Bennett a épousé son amour de jeunesse, avec lequel elle a deux filles. Propriétaire d'un salon de coiffure, elle se passionne en parallèle pour l'écriture. Aujourd'hui créatrice de romance mondialement connue et reconnue, elle n'hésite pas à se comporter en véritable fan lorsqu'elle rencontre ses autrices préférées !

Une grossesse inattendue

*

Un dilemme insoutenable

*

Fiancée à son meilleur ami

Collection : SAGAS

Titre original :
AN UNEXPECTED SCANDAL

Ce roman a déjà été publié en 2021

HARPERCOLLINS FRANCE
83-85, boulevard Vincent-Auriol, 75646 PARIS CEDEX 13
Service Clients — https://www.harlequin.fr/contenu/contactez-nous
ISBN 978-2-2805-2113-0 — ISSN 2426-993X

Édité par HarperCollins France.
Composition et mise en pages Nord Compo.
Imprimé en juin 2025 par CPI Black Print (Barcelone)
en utilisant 100% d'électricité renouvelable.
Dépôt légal : juillet 2025.

FSC MIXTE Papier FSC® C159065

Pour limiter l'empreinte environnementale de ses livres, HarperCollins France s'engage à n'utiliser que du papier fabriqué à partir de bois provenant de forêts gérées durablement et de manière responsable.

JULES BENNETT

Une grossesse inattendue

INTÉGRALE
LIAISONS SCANDALEUSES

Traduction française de
JOËL MALLET

SAGAS
HARLEQUIN

JULES BENNETT

Une grossesse inattendue

INTÉGRALE

LES AMOURS SCANDALEUSES

HARLEQUIN

1

La pluie froide de printemps s'acharnait sur Nick Campbell. L'enveloppe dans sa main recélait un secret qu'il n'avait pas encore trouvé le courage d'affronter… Quelque chose lui dictait de la déchirer pour laisser sa mère emporter ce mystère dans la tombe.

Nick se tenait au-dessus du cercueil blanc de Lori Campbell à observer les roses claires cascader de toutes parts. Elle lui avait confié ce mot en lui avouant avoir envoyé le même à deux autres personnes.

Tant de secrets, tant de cachotteries autour d'un lit de mort.

En toute honnêteté, il ne s'en souciait pas du tout pour l'instant, ce vide grandissant dans son cœur avalait tout le reste.

Toutefois, il s'était juré de lire cette lettre après les funérailles. Cinq jours s'étaient écoulés depuis le décès de sa mère. Il avait gardé le pli scellé sur lui tout ce temps. À chaque fois qu'il voulait l'ouvrir, quelque chose d'autre l'en empêchait. Entre les papiers à signer, les assurances et le reste des obsèques, Nick n'avait trouvé ni le temps ni le courage.

L'appréhension et l'angoisse le rongeaient. Le moment était venu. Rien ne l'attendait plus, rien ne pressait à cet instant.

Il se détourna du cercueil et regarda l'enveloppe froissée. Il déchira la partie supérieure, en sortit le mot. Il prit une grande inspiration avant de lire.

Indignation, colère, incompréhension… et tant d'autres

sentiments dont il ne sut que faire. Il relut, plus lentement, espérant s'être trompé.

Mais par tous les diables, comment pouvait-il affronter à la fois la mort de sa mère et cette nouvelle ? C'était trop, il ne pouvait l'accepter.

Quelques semaines plus tôt, lorsqu'il avait compris que Lori n'avait plus longtemps à vivre, il s'était renfermé sur lui-même, incapable de même songer à un avenir sans elle... Encore moins à finir les rénovations de cet hôtel qu'ils avaient racheté.

Cet établissement qui avait mené Silvia sur sa route.

Rien qu'une nuit, Silvia Lane, architecte du projet, avait été plus qu'une associée, plus qu'une connaissance.

Passionnée, généreuse, diablement séduisante, il ne l'oublierait jamais. Sa chevelure ondulant sur son corps à lui, ce sourire mutin lorsqu'elle s'était glissée hors de sa robe fourreau. Et comment ne pas craquer quand elle avait crié son nom au moment où l'extase l'engloutissait ?

Cette soirée torride, il se l'était rejouée encore et encore ces quatre dernières semaines. Le lendemain, ils s'étaient promis d'en rester là. Elle venait d'arriver en ville pour donner un coup de fouet à sa carrière, elle ne pouvait se permettre une relation ouverte avec un client. Quant à lui, il avait bien trop de soucis pour en rajouter à la longue liste.

Pourtant, elle l'avait consolé quand la peine l'avait accablé. Et au fond, Nick espérait un peu plus de réconfort de sa part.

Il loucha sur les mots jusqu'à ne plus voir qu'un flou de lettres. Il voulait brûler ce bout de papier, faire disparaître ce cauchemar. Si seulement tout pouvait redevenir aussi simple qu'avant.

Hélas, Nick savait que sa mère n'aurait pas menti. Elle en avait toujours été incapable et ne l'aurait jamais blessé de manière volontaire, pas même avec une telle nouvelle.

Cela dit, il ne comprenait pas comment elle avait pu se taire si longtemps. Quant à la raison de son silence... Il ne la découvrirait jamais. Et qui étaient les deux autres ?

Nick frissonna en reprenant son souffle sous la pluie glaciale. Il avait fait ses adieux après le départ de tout le monde, il devait s'en aller lui aussi. Il devait continuer à vivre, honorer la dernière volonté de sa mère.

Des feuilles bruissèrent derrière lui. Il volta, surpris, pour se retrouver nez à nez avec Silvia.

À l'abri de l'épais feuillage d'un arbre, Silvia avait observé Nick, seul devant la tombe, une enveloppe à la main.

Les doigts serrés sur son parapluie, elle avait fini par se dire qu'elle ne pouvait pas attendre là éternellement comme une perverse. Elle devait lui parler sous faute de ne plus tenir.

Cinq jours durant, elle avait cherché à le joindre. Puis, quand elle avait appris pour Lori, elle avait compris son silence et su que le moment aurait été mal choisi.

Cela n'avait rien à voir avec sa promesse d'en rester là. Il souffrait, comme cette nuit où tout avait changé. Elle aurait voulu aller le trouver, lui offrir un peu de réconfort, seulement rien n'était plus pareil.

Ils avaient partagé une relation professionnelle intense ces derniers mois, jusqu'à ce soir dans son bureau où ils avaient craqué et où une chose avait mené à une autre.

Cependant, elle avait ressenti de l'attirance pour lui dès le premier jour. D'habitude sérieuse, elle avait gardé ses petits fantasmes bien enfouis... En tout cas, aussi longtemps que possible.

Quand on voyait où cela l'avait conduite.

Comment avait-elle pu céder à ses charmes ? Il n'était pas le premier à la séduire après tout. Peut-être le devait-elle à la vulnérabilité de Nick, sans compter son sex-appeal irréfutable ; une bataille perdue d'avance.

Mais aujourd'hui, Silvia serrait fort son parapluie, l'autre main dans la poche de sa veste. La pluie enlacée au ciel gris reflétait bien son humeur au moment où elle fit un pas courageux, suivi d'un autre.

Lorsque Nick se retourna d'un coup, elle se remémora immédiatement la façon dont leur discussion nocturne avait dérapé depuis les fauteuils en cuir jusque sur l'imposant bureau.

Si elle avait gardé ses distances depuis, ses pensées se tournaient toujours vers lui.

— Que fais-tu là ? lui demanda-t-il, ému.

Silvia ne l'avait jamais vu aussi bien habillé. D'habitude, il portait des jeans et des chemises simples, pas de costume, et encore moins de cravate. Ses cheveux châtains peignés à la perfection ne bougeaient pas d'un poil, même sous la pluie, et il s'était débarrassé de son habituelle barbe de trois jours.

Et ces lunettes. Elle les avait fait tomber en lui retirant sa chemise. Même dans ces circonstances, lesdites lunettes noires arrêtèrent Silvia d'un coup.

Concentre-toi, ma grande. Ce n'est pas le moment pour ça.

Ni l'un ni l'autre ne pouvaient s'impliquer davantage.

Il avait disparu après leur nuit ensemble. Silvia éprouvait de la peine pour lui, et la révélation qu'elle avait à lui faire ne pouvait pas tomber plus mal, mais elle n'avait jamais menti de sa vie, elle n'allait pas s'y mettre simplement pour lui éviter plus de tracas.

— Je viens voir comment tu vas, répondit-elle sans ambages. Je voulais te laisser de l'espace pendant la cérémonie. Tous ces gens… Je n'ai pas vraiment ma place ici, mais je devais te parler.

Ce n'est rien de le dire.

— Je t'ai appelé, je t'ai écrit, continua-t-elle sous les battements de la pluie sur son parapluie. J'ai pensé que c'était le seul endroit où je pourrais te trouver.

Des gouttelettes perlaient aux cheveux assombris de Nick. Il ne semblait pas se rendre compte que ses vêtements étaient trempés.

Même là, il l'attirait toujours autant.

— Me parler ? fit-il en retirant ses lunettes et en s'essuyant le visage d'un geste rapide. L'hôtel devra attendre. Je sais que je voulais terminer au plus vite, mais…

— Il ne s'agit pas de ça.

Il vacilla puis pinça les lèvres.

— Allons dans la voiture, alors.

Une vague de culpabilité submergea Silvia. Nick venait à peine d'enterrer sa mère, et elle, elle exigeait de lui parler. Or, elle n'aurait jamais agi ainsi si elle n'avait pas eu une nouvelle capitale à lui apprendre.

— Je t'attends dans ma voiture, assura-t-elle avant de désigner la tombe. Prends ton temps.

Elle lui tourna le dos puis s'éloigna sans le laisser réagir. C'était trop tard, elle n'avait plus qu'à patienter en se rongeant les sangs.

Dès l'instant où elle s'assit au volant, Silvia ferma les paupières, s'efforçant de ne pas paniquer. Cela ne changerait rien de toute manière. Toujours rester pragmatique, professionnelle, même quand l'intime sautait à pieds joints dans l'équation.

Elle attendit à peine quelques minutes avant que la portière du côté passager ne s'ouvre.

— Je suis trempé, fit Nick, penché en avant. Rejoins-moi chez moi. On parlera quand je me serai changé.

Il referma d'un coup sec sans lui laisser le temps de répondre. Elle s'enfonça dans son siège. Si elle l'avait suivi ici, sous le déluge, ce n'était pas pour rien ; elle préférait éviter de se retrouver sur son territoire pour lui apprendre la nouvelle, et elle ne pouvait plus attendre.

C'est pourquoi elle prit les devants.

Elle sortit de voiture sans son parapluie. Elle resserra le nœud de son imperméable d'un geste sec en s'avançant vers l'intimidant véhicule noir de Nick. Tout s'emmêlait, la peur, la colère, mais elle ravala ses doutes pour ne pas flancher.

— Ça ne peut pas attendre, affirma-t-elle.

Nick se retourna, apparemment surpris qu'elle pût lui désobéir. Tant pis, elle avait pour habitude de foncer tête baissée face à ses problèmes.

Comme elle ne savait pas comment amener la chose, elle opta pour la simplicité.

— Je suis enceinte.

Nick se figea, les yeux plongés dans les siens. Silvia retint son souffle. Elle aurait donné n'importe quoi pour un mot, un geste, tout sauf ce regard vide.

— Nick ? demanda-t-elle après un moment.

— Rejoins-moi à la maison.

Sans un mot de plus, il s'installa au volant et prit la route. Elle allait quand même le suivre, en fin de compte. Mais une chose était sûre, elle allait apprendre à Nick Campbell qu'elle n'acceptait d'ordres de personne.

2

Nick ne voyait pas comment cette fichue journée aurait pu être pire.

Cette nouvelle… C'était le coup de grâce. La seule femme avec qui il avait jamais eu une aventure d'un soir, l'architecte d'un chantier à plusieurs millions de dollars, était enceinte.

Il remonta entre les hautes épinettes rouges et les sapins de Fraser, le long de la route sinueuse vers chez lui. Il avait insisté pour couper le moins d'arbres possible lors de la construction, quelques années plus tôt.

Le chalet à trois étages dominait le parc national des monts Great Smoky et avait toujours incarné un havre de paix au cœur de sa vie trépidante de magnat de la finance. Aujourd'hui pourtant, même la vue de cette chaleureuse bâtisse en pierre ne l'apaisait pas. Il se trouvait à bout de nerfs, accablé par la culpabilité, la tristesse.

Un enfant.

Enfin, si elle ne mentait pas. Lui, papa ? Il n'avait jamais voulu de famille.

Pendant près de quarante ans, il s'était demandé qui était son père, mais sa mère avait toujours assuré qu'il valait mieux ne rien savoir. Quelle ironie de se retrouver dans un rôle dont il ignorait tout. Quant à éduquer un petit avec une femme à qui il avait fait l'amour une seule fois…

Ah ! Silvia… Il ne s'était pas privé d'en faire l'objet de ses fantasmes. Son esprit vif, son sens inné des affaires, tout cela l'excitait au plus haut point. Par ailleurs, ils s'étaient vraiment bien entendus lors des réunions pour cet hôtel censé ouvrir à l'automne.

Même sa mère adorait la jeune architecte.

Lori et elle plaisantaient tout le temps et semblaient sur la même longueur d'onde en évoquant les moindres détails de cet établissement alliant luxe et confort. Nick avait aimé voir sa mère si heureuse pour ses derniers instants. Seulement, de son point de vue, laisser Silvia envahir un autre plan de sa vie serait une erreur. Un égarement fugace, c'était une chose, mais une relation trop personnelle, trop permanente, cela les mènerait à la catastrophe.

Ils pénétreraient en territoire dangereux s'il était bel et bien le père. En toute honnêteté, elle ne devait pas mentir. Il lui faisait confiance, sinon il ne l'aurait jamais engagée ni n'aurait couché avec elle.

Nick rangea sa voiture au garage et laissa ouvert pour inviter Silvia à y garer la sienne. Il ignorait quoi dire. Bon sang, même de bonne humeur, il n'aurait pas su comment réagir, alors après une journée qui l'avait épuisé physiquement et mentalement, il n'avait plus rien à donner.

En sortant de voiture, il retira son veston, ouvrit deux boutons de son col et se retroussa les manches. Ces satanés costumes l'étouffaient, il les avait en horreur.

Son téléphone vibra. À la vue du nom sur l'écran, les bureaux de Rusty Lockwood, il préféra ne pas décrocher. Après des semaines à exiger un rendez-vous, il fallait qu'ils rappellent maintenant, au pire moment de sa vie.

Cette affaire pouvait encore attendre. Russ, le roi de la liqueur, mettait des bâtons dans les roues de Nick depuis trop longtemps déjà. Le patron de la compagnie La Foudroyante contrôlait les bars et les hôtels de cette région prisée. Il fallait se soumettre à son joug et servir les alcools Lockwood, sous peine de laisser ses clients mourir de soif. Quiconque refusait de plier ne recevait pas de licence. Et comme cette ordure de première avait appliqué le même traitement à Nick pour l'hôtel de Lori, Rusty était devenu son ennemi juré.

Mais une crise après l'autre.

La plus urgente restait cette situation avec Silvia.

— Je t'apprends que je suis enceinte et tu t'en vas ? pesta-t-elle en s'invitant dans le garage et en écartant une mèche mouillée de sa figure.

— Tu préférais peut-être en discuter dans un cimetière ? rétorqua-t-il en se retournant, vacillant entre rage et incertitude.

Comme elle n'ajouta rien, Nick entra dans la maison. Encore une fois, il laissa ouvert en guise d'invitation. Il entendit un grognement on ne peut moins féminin et jura à mi-voix. Elle ne méritait pas cela de sa part. Il s'emportait trop vite. Il prit donc une longue inspiration afin de se calmer.

Il ne s'en rendit compte qu'une fois dans la cuisine, mais Silvia était complètement trempée, elle aussi. Il se souciait peu de son état à lui, il avait passé la journée dans une sorte de flou. Cependant, elle n'avait pas à endurer cela.

— Je t'apporte une serviette, marmonna-t-il en se rendant dans une des salles de bains.

Il en profita également pour attraper un gros peignoir blanc suspendu à la porte. Au moment où il revint dans le couloir, Silvia l'attendait là.

— Est-ce que tu me fuis ? s'enquit-elle avec un regard insistant en lui bloquant le passage.

— Pas du tout. Je ne veux pas qu'on attrape froid.

Aussi, rester actif l'empêcherait de trop penser à ces émotions si soudaines.

Silvia accepta la serviette et le peignoir qu'il lui tendait sans le quitter des yeux. Même en l'absence de maquillage, les cheveux collés au visage en lianes rouge sombre et ses vêtements plaqués contre son corps ferme, elle restait divine.

Il s'était souvent demandé comment il réagirait s'il la recroisait. Inutile de chercher plus longtemps. Il la désirait toujours autant. Rien ne semblait pouvoir anéantir ces pulsions.

— Excuse-moi si je suis brusque, reprit-il en se séchant le crâne. Mais, tu comprends… Eh, mince. Je ne sais même pas quoi dire.

— Moi non plus, admit Silvia. Je voulais t'en parler au téléphone, c'est pour ça que je t'ai appelé, mais tu étais trop occupé avec ta mère. Je n'avais pas envie de débarquer au cimetière, mais au moins je savais que je t'y trouverais.

Sous la pluie battante, elle avait attendu que tout le monde soit parti. Il n'avait jamais connu quelqu'un d'aussi déterminé.

— Je tiens seulement à te préciser que je n'exige rien de ta part, Nick. Enfin, si tu veux une place dans nos vies, c'est ta décision, mais je ne compte pas te piéger ou…

— Arrête.

Il laissa tomber sa serviette pour saisir celle de Silvia. Elle avait enfilé le peignoir, mais des gouttes dégoulinaient encore de sa chevelure, retenues par ses cils. Ses yeux bleu clair ne le lâchèrent pas un instant pendant qu'il l'aidait à se sécher. Comme toujours en sa présence, le corps de Nick se mit à palpiter, mais un peu plus maintenant qu'elle portait son enfant.

Il se recula. Ses émotions lui semblaient trop brutes, trop intenses.

— Ma mère m'a élevé toute seule. Elle s'est échinée à assurer deux emplois sans rater un seul de mes matchs. Une vraie pom-pom girl. Je n'ai jamais eu besoin d'un père, elle était fantastique.

Parler d'elle au passé restait inconcevable, douloureux… tellement surréaliste. Elle aurait dû se trouver à ses côtés encore, pleine de vie, étincelante, à finaliser les plans de l'hôtel dont elle avait toujours rêvé. Aurait-elle aimé être grand-mère ?

Nick déglutit puis reprit la parole.

— En grandissant, je me suis inspiré de son énergie, sa détermination. C'est pourquoi j'ai si bien réussi.

— Quelle modestie ! lança Silvia, esquissant un léger sourire.

— Je suis réaliste, la corrigea-t-il. J'essaie de te dire que ma mère était une dure à cuire, et je crois que tu es tout aussi têtue.

— Euh, merci ? hésita-t-elle.

— Écoute, tu ne seras pas seule, affirma-t-il en se rapprochant pour lui saisir l'épaule. Je sais ce que c'est de grandir sans père, mais ce ne sera pas le cas de cet enfant.

Il attendit une réponse : des remerciements, des insultes… N'importe quoi, bon sang. Mais peu importait, il ne fuyait jamais ses responsabilités, ainsi n'allait-il pas se défiler devant le plus grand rôle de sa vie.

Même s'il manquait de repères, il était prêt à se saigner à blanc pour devenir le meilleur père au monde.

Silvia et lui avaient préféré taire leur nuit passionnée. Cependant, les gens allaient vite remarquer l'évolution de leurs rapports.

— Je te laisserai t'impliquer autant que tu voudras, reprit-elle. Par contre, je placerai les besoins et la sécurité du bébé au-dessus de tout. Donc, si tu comptes rester quelques mois pour mieux t'esquiver, autant ne pas t'embêter du tout.

S'esquiver, lui ? Peu probable. De toute évidence, elle ne le connaissait pas encore très bien.

— Je ne me défilerai pas, Silvia.

Même si elle doutait de lui, il allait lui prouver le contraire. Cet enfant ne se demanderait jamais où était son père. Nick serait toujours présent, disponible. Pour la première fois de son existence, il allait faire passer quelqu'un avant son travail.

Son monde avait peut-être cessé de tourner à la mort de sa mère, mais celui de Silvia ne s'était pas arrêté. Elle avait même attendu avant de lui annoncer sa grossesse.

— Comment te sens-tu ? lui demanda-t-il en toute sincérité.

— Ah, euh… bien, je crois, balbutia-t-elle, apparemment surprise. Un peu fatiguée, mais c'est normal d'après ce que j'ai lu. Je n'ai pas encore de nausées le matin. Pourvu que ça dure.

Elle était magnifique. Pas de cernes, pas de teint blafard… Rien. Silvia Lane transcendait la classe et la beauté.

Et, sans un moment d'égarement mêlé à quelques gin-tonics de trop, cette éblouissante architecte n'aurait peut-être jamais offert au rustre de campagnard qu'il était les plus merveilleux instants de sa vie. Certes, Nick avait de l'argent à ne plus savoir qu'en faire, mais cela ne changeait rien à ses racines.

Silvia surgissait d'une autre dimension, avec son apparence impeccable et ses diplômes obtenus dans les universités d'élite de l'Ivy League. Sans doute avait-elle grandi sous les cotillons des soirées huppées, quand Nick se contentait de repas surgelés devant la télé.

— Quelle était cette lettre que tu lisais, au cimetière ?

Il se rembrunit tout à coup.

— De quoi ?

— Tu lisais quelque chose. Tu avais l'air furieux, ou blessé, ou les deux.

Blessé, oui. De ne pas avoir su plus tôt.

Il l'avait parcourue deux fois et s'en souvenait déjà mot pour mot. Comment oublier les dernières paroles de sa mère, ces aveux qui allaient changer sa vie à tout jamais ?

Nick,

Pardonne-moi de ne pas avoir trouvé la force de t'en parler de mon vivant. Tu me croiras peut-être lâche, mais je voulais t'épargner cette douleur aussi longtemps que possible. Pourtant, maintenant, j'aimerais que tu saches afin que tu ne te morfondes pas dans le passé. Je ne connais personne d'aussi fort et intelligent que toi, et je sais que tu resteras honnête et droit.

Tu m'as souvent demandé qui était ton père, et tu mérites de savoir, même si tu ne t'y attendras pas ou que tu auras du mal à l'accepter. Je t'en prie, ne me déteste pas, ne me juge pas.

C'est Rusty Lockwood, ton père biologique.

Nick abhorrait cet homme. Il disputait un bras de fer avec ce monstre d'arrogance depuis près d'un an déjà. Tout le monde au Tennessee connaissait son caractère irascible et sa fourberie. Sa distillerie de liqueur attirait des dizaines de milliers de touristes par an, mais les rumeurs de détournements et autres procédés illégaux ternissaient le tableau.

Nick aurait parié son jet privé que le vieil homme n'avait pas un seul ami fidèle. On ne trouvait pas plus malhonnête et menteur que Rusty Lockwood. Il avait gagné ses millions grâce à la vente d'alcool de contrebande avant même d'avoir obtenu ses licences. S'il avait réussi à garder la tête hors de l'eau, c'était en s'attirant les faveurs de politiciens et de membres du conseil municipal.

Petit à petit, il s'était imposé comme le seul maître en ville. Néanmoins, Nick refusait de laisser cette mascarade perdurer.

Dans quelles circonstances saugrenues sa mère avait-elle bien pu se rapprocher de Rusty Lockwood ? L'avait-il manipulée avant de mieux la rejeter ? Étaient-ils sortis ensemble ?

Nick se rappela les dernières lignes de la lettre.

Je sais que tu n'en reviendras pas, mais je t'assure que c'est la vérité. J'aimerais qu'il en soit autrement, vraiment. Promets-moi simplement de rester prudent. C'est un vicieux. Malgré tout, je ne regrette rien, car je t'ai eu en échange.

Il m'a versé la somme de cinquante mille dollars quand je lui ai dit que j'étais enceinte. Il voulait que je l'oublie et que je ne l'inscrive pas sur ton acte de naissance. Je n'ai pas honte d'avoir accepté cet argent, ça m'a permis de nous offrir cette petite maison.

Plus tard, j'ai appris qu'il avait eu deux autres fils. Je ne pense pas qu'il les connaisse, mais j'espère que tu les rencontreras. Je leur ai écrit à eux aussi. La décision leur appartiendra. Continue de me rendre fière. Termine mon hôtel pour moi. Tu es le seul qui puisse y arriver, je le sais.

Je t'aime, même dans la mort. Prends soin de toi, mon fils.

Nick dut se forcer à revenir à la réalité. Silvia le fixait. Elle attendait encore une réponse.

— Ce n'était rien, esquiva-t-il.

Sa vie telle qu'il l'avait connue s'était envolée. Désormais, des choix s'imposaient à lui en un moment où son passé et son avenir se percutaient.

3

— Et n'oubliez pas de déposer le dossier sur mon bureau avant ce soir, lui rappela Clark avec un clin d'œil. Mieux vaudrait ne pas saborder votre période d'essai à quelques jours de la fin.

Le regard de Silvia resta figé sur la porte bien après que son patron fut sorti d'un pas nonchalant. Ces maudits clins d'œil, elle avait l'impression qu'il la mettait en joue avec un fusil à air comprimé à chaque fois. Et ce petit rire narquois lui hérissait le poil. Peu importe, elle venait tout juste d'arriver à Green Valley, elle avait besoin de cet emploi. Elle avait quitté la ville de Charlotte pour se rapprocher de ces montagnes qu'elle avait régulièrement explorées dans sa jeunesse. Aujourd'hui, rien ne la retenait plus de vivre dans l'endroit le plus paisible de l'univers.

Cela dit, la tranquillité restait encore difficile à trouver.

Elle n'appréciait pas particulièrement Clark, loin de là, mais sa société s'imposait comme la plus prestigieuse de tout le Tennessee, aussi se montrait-elle reconnaissante. Par ailleurs, elle était la seule femme, même parmi les assistants et stagiaires. Elle leur servait probablement d'alibi pour éviter un procès, mais se consolait en se disant que cela attestait de son incomparable talent et de son éthique.

Elle n'avait pas encore appris sa grossesse à son patron. Comme elle accusait le coup doucement, et comme la période d'essai à propos de laquelle il plaisantait durerait encore quelque temps, elle n'en voyait pas l'intérêt. Sa vie privée ne le concernait pas de toute manière… Pas pour le moment.

Elle n'avait pas revu Nick depuis leur conversation. Il semblait si perdu, si anéanti, seulement elle n'avait pas pu garder le secret. C'était hors de question.

Tout comme elle ne pouvait ignorer ses fichues hormones en sa présence. Sa façon de lui sécher les cheveux avec tendresse n'aurait pas dû l'exciter, et pourtant elle avait réagi comme s'il l'avait prise sur son bureau.

Elle n'avait pas besoin de trouver un énième charme à celui qui lui avait offert la plus inoubliable expérience sexuelle de sa vie.

Ce côté bourru, insouciant, la titillait d'une façon si mystérieuse. Et ses lunettes. Quand il les portait...

Peut-être en avait-elle assez de devoir prouver ses capacités à des hommes tels que Clark. Sans doute aussi que la manière dont Nick lui demandait son avis la soulageait. Il l'écoutait, la sollicitait à propos du chantier, et pas pour l'attirer dans son lit. Il l'avait toujours traitée avec respect.

Ou peut-être ne supportait-elle plus de contrôler ses émotions. Face à sa vulnérabilité, elle avait fini par profiter de Nick pour obtenir ce qu'elle désirait.

Et aujourd'hui, elle était enceinte.

Sa seule aventure d'un soir, sa seule entorse aux règles.

Elle ne le regrettait pas pour autant, cela n'aurait rien changé.

Silvia se leva pour contourner son bureau dans la minuscule pièce sans fenêtre. Une vue constituait pour l'heure son objectif principal dans cette compagnie. Quel dommage de travailler dans une région si pittoresque sans pouvoir en profiter !

Après avoir verrouillé la porte pour se protéger des curieux, Silvia prit son téléphone. Ses mains tremblaient. Les rendez-vous chez le médecin, elle connaissait, mais chez l'obstétricien, c'était une première.

Coucher avec l'un des clients d'une entreprise dans laquelle on venait d'arriver malgré l'interdiction formelle était une chose, tomber enceinte en revanche... Son contrat ne stipulait rien à ce sujet.

Elle resterait professionnelle, il le fallait. Ayant grandi dans des familles d'accueil, la jeune femme avait toujours eu le sentiment de devoir travailler dur et faire ses preuves. Elle s'imaginait sans doute des choses, mais elle ne connaissait rien d'autre que cette pression constante.

Une fois ce rendez-vous pris, elle se sentit plus dans le contrôle de la situation. Cela lui permettrait peut-être de se concentrer sur son travail au lieu de consulter des forums au sujet des meilleurs vêtements de maternité ou des incontournables pour bébés.

Diplômée de l'université de Cornell, elle pouvait modifier des plans dans son sommeil et tracer ses premières esquisses en un éclair. Cependant, on ne l'avait pas préparée à devenir mère. En raison de son éducation, ou plutôt de son manque de modèles, elle préférait prendre chaque décision avec prudence, pour le seul bien de l'enfant.

À force de passer de foyer en foyer, elle avait fini par apprendre la dure réalité du monde. Elle voulait une vie moins difficile pour son bébé. Elle lui offrirait une enfance stable, et il n'aurait jamais à s'inquiéter de savoir où il dormirait ou si maman et papa l'aimaient.

Écartant des souvenirs désagréables, Silvia posa les yeux sur l'écran de son ordinateur, où le nom de Nick apparaissait en surbrillance à l'heure de leur rendez-vous. Ils n'en avaient pas discuté la veille. Préférerait-il reporter ? Après une semaine si rude, il avait peut-être besoin de repos.

Non, quelqu'un comme Nick ne se laisserait pas abattre, d'autant plus quand il avait entrepris ce projet pour sa mère. Silvia voulait elle aussi réaliser ce rêve.

Elle adorait Lori Campbell. Déjà malade lors de leur rencontre, Lori avait tout de même insisté pour participer à chaque réunion concernant le design, quitte à passer par des appels vidéo. Sa détermination, voilà ce que Silvia avait le plus apprécié. Elle éprouvait tant de respect pour cette femme inarrêtable, cette mère célibataire qui avait tout donné pour son fils. Et Nick tenait d'elle.

Après leur nuit ensemble, Silvia s'était inquiétée de l'évolution de leur relation professionnelle. Elle n'avait jamais couché avec un collègue ni un client, encore moins au cours d'un contrat qui devait lancer sa carrière. Elle avait travaillé dur pour en arriver là et avait pris des risques en déménageant dans une ville où elle ne connaissait personne.

Et aujourd'hui, tellement de choses entraient en jeu.

Comme le fait que le revoir lui avait uniquement rappelé à quel point une seule nuit ne lui avait pas suffi.

Nick se gara sur le chantier et coupa le moteur. Il avait dû faire appel à toute sa volonté pour ne pas aller confronter Rusty Lockwood et annuler cette réunion.

Cependant, il devait encore digérer la nouvelle. Ces révélations lui donnaient ce dont il avait besoin : un moyen de pression sur le vieil homme, mais il lui fallait un plan infaillible.

Il détestait les types dans son genre, les brutes tyranniques qui se cachaient derrière l'argent et le pouvoir. Quelqu'un devait mettre un terme à ce monopole sur les licences, et Nick n'avait rien contre l'idée d'endosser ce rôle.

Malgré cela, débouler dans les locaux de Russ Lockwood en annonçant leur parenté à tout va n'aurait servi à rien.

Et puis, Nick finirait par lui parler bien assez tôt. En fouinant un peu, il avait appris que les huiles de la ville jouaient au poker le vendredi soir, dans l'arrière-salle du bar La Vieille Canaille. Une information des plus intéressantes. Si Rusty y allait, alors Nick aussi.

Une chevelure ardente attira son regard à travers le pare-brise. Il vit Silvia sortir de l'hôtel. Elle portait une combinaison noire, sans doute pour se montrer professionnelle, mais qui ne la rendait que plus séduisante. Et ces épaisses vagues cuivrées le long de son dos...

Une nuit n'avait manifestement pas suffi s'il repensait encore aux caresses de ces liens de soie.

Silvia tourna la tête vers le toit, la main levée pour se protéger du soleil. Le vent lui taquinait les cheveux.

Quand bien même Nick ignorait comment gérer leur relation, et sa position d'amant, de collaborateur ou encore de père, il allait devoir s'habituer à toutes ces casquettes.

Au lieu de rester assis là comme un pervers, il descendit de son pick-up et rangea son téléphone dans sa poche. Peu importe le chaos dans sa vie, il porterait ce projet à terme. Au moins, il possédait un tant soit peu de contrôle là-dessus.

Sa mère avait œuvré au sein des établissements les plus prisés du pays pour finir femme de ménage dans un hôtel du Tennessee. Sans jamais se plaindre des difficultés financières, elle avait aimé son travail et s'était dévouée à la tâche. Elle racontait toujours à Nick son rêve de prendre sa retraite dans un endroit élégant où elle n'aurait vécu que du service de chambre en admirant le lever du soleil au-delà des montagnes.

Un rêve simple. Nick aurait souhaité le réaliser avant sa mort.

Silvia était déjà retournée à l'intérieur. Nick n'avait pas remis les pieds ici depuis plusieurs semaines. Il appréhendait quelque peu d'affronter l'avancée du chantier, mais devait regagner la réalité pas à pas, du moins, sa nouvelle réalité.

Dès l'instant où il passa la vieille double porte en bois, il resta stupéfait. Plutôt que des avancées, il trouva avant tout des ruines. Seul le grand escalier incurvé trônait encore de tout son orgueil au milieu des tas de gravats et autres saletés. Lori avait accepté bien des concessions, mais avait refusé envers et contre tout d'y toucher, sauf pour lui rendre son lustre d'antan. Entre celui-ci et l'emplacement de ce bâtiment historique, au sommet des monts Great Smoky, la mère de Nick avait eu le coup de foudre. Il devait l'admettre, lui aussi aimait les lieux, parfaits pour des vacances avec une vue à un million de dollars.

Un juron étouffé poussa Nick à avancer avec prudence.

— Silvia ?

— Par ici, appela-t-elle.

Nick suivit le fil de grossièretés pour la trouver. Il comprit très vite le problème. Un accroc à hauteur des hanches venait de placer la combinaison de la jeune femme au summum de l'irrésistible, exhibant la lanière de sous-vêtements rouges. S'il se souvenait bien, elle adorait ce type de dessous affriolants. Il n'avait rien contre non plus.

Puis, il remarqua la vilaine éraflure sur sa chair. Il enjamba un tas de planches pour s'approcher.

— Je viens à peine de l'acheter, pesta-t-elle en essayant de maintenir les deux pans de tissu ensemble, comme si cela allait régler le problème.

— Laisse-moi jeter un œil, dit-il en écartant ses mains pour révéler la blessure et voir si elle était profonde. Comment t'es-tu fait ça ?

— Un bout de bois qui dépassait. Je l'avais repéré et je me suis quand même fait avoir.

— Et tu ne portes pas ton casque de chantier, ajouta-t-il avec un regard désapprobateur en se redressant.

Elle se mit à rire, les bras croisés sur la poitrine.

— Désolée, monsieur le contremaître... Oh ! mais attends ! Toi non plus, tu ne portes pas le tien.

Nick préférait éviter une dispute, il n'en trouverait pas la force. Comment faire la morale à une femme dont les reparties touchaient au but à chaque fois ? Notamment quand c'était cette même pugnacité qui l'attirait. Du moins, tant qu'il n'en était pas la cible.

— Je ne pensais pas que tout serait dans un tel état, se défendit-il. Toi, tu le savais.

— On se calme, dit-elle en secouant la tête. Mon casque est par là avec mes affaires, et les ouvriers n'arriveront que plus tard. Je connais mon métier.

— Alors, mets ton casque.

— C'est sûr que ça m'aurait évité de me couper, rétorqua-t-elle. Tu sais quoi, nous devrions peut-être remettre ça à plus tard. Tu es très occupé et...

— Non.

Hors de question de reporter, encore moins de se laisser dicter sa conduite. Il devait travailler, bon sang. Il lui fallait regagner un semblant de routine.

Après toutes ces années de pauvreté, il s'en était sorti. Il s'était fait un nom grâce à sa carrière d'investisseur, de promoteur, domaines où il excellait. Il pouvait être fier de lui.

Quant à sa vie privée ? Il lui restait encore du chemin à faire... À commencer par celui, tortueux, vers la mère de son enfant.

— Personne ne te jugerait si tu prenais des congés, affirma-t-elle d'une voix plus douce.

Il ne supportait pas la pitié. On lui avait tant jeté cette attitude humiliante à la figure durant l'enfance, il refusait de l'accepter à présent. On compatissait pour le petit pauvre aux vêtements miteux, pour le garçon sans père. Il s'était tant battu contre ces sentiments mal placés, cela l'avait entravé si longtemps. Puis, il avait pu entrer à l'université grâce à une bourse sportive et à son don pour le base-ball. Il avait obtenu son diplôme en un temps record et investi son argent intelligemment avant d'utiliser ses bénéfices pour aider les autres. La détermination et les efforts sans relâche faisaient toujours la différence.

Aujourd'hui aussi.

— J'ai eu le temps de me reposer, lui rappela-t-il. Ma mère ne voudrait pas que je me morfonde, mais que j'avance.

Lorsque Silvia fit mine de répondre, il continua.

— Mets ton casque. En fait, nous ne devrions même pas être ici étant donné que tu es enceinte. J'attendrai le contremaître si tu préfères retourner au bureau.

Une expression nouvelle voila le visage de l'architecte au moment où elle releva les épaules et le menton.

Bien, c'était mal parti. Il ignorait ce qu'il avait dit pour l'énerver, mais il n'allait sans doute pas tarder à le découvrir.

4

Si Nick Campbell s'imaginait un seul instant qu'elle allait se laisser marcher sur les pieds à cause de sa grossesse, alors cet imbécile ne comprenait rien à rien. Cependant, comme elle préférait rester magnanime au vu des circonstances délicates, elle décida de ne pas lui sauter à la gorge.

— Le bureau, c'est là où je laisse libre cours à mon côté créatif, fulmina-t-elle. C'est aussi là que, parfois, je rencontre les clients ou réponds à mes courriels. Mais quand j'organise une réunion sur le terrain, je dois me rendre sur ledit terrain. Ça ne t'a jamais posé problème auparavant.

— Parce que tu n'attendais pas mon enfant.

Instinctivement, elle trouva cette inquiétude de nouveau papa plutôt mignonne, mais elle ignora ses instincts afin de mettre un terme à la discussion. Elle préférait d'ailleurs ne pas en parler avec tant d'insouciance. N'importe qui aurait pu surprendre leur conversation. Tout cela, la grossesse, leur relation, devait rester secret pour le moment.

Elle avait trop sacrifié pour perdre la tête, encore moins à cause d'une amourette avec un client.

Cependant, il s'était agi de la nuit la plus torride de sa vie. Pour une fois qu'elle baissait sa garde, s'accordait un peu de bon temps, elle voyait son univers entièrement chamboulé. Non seulement elle allait devoir prouver qu'elle était la meilleure dans sa spécialité, mais également combiner le fait de devenir mère à tout cela.

— Je peux très bien travailler pour le moment, rétorqua-t-elle. Si tu t'inquiètes tant pour ma santé, alors arrête de me taper sur les nerfs. Pense un peu à ma tension.

Nick sembla vouloir réagir, mais au lieu de cela il alla finalement ramasser le casque de Silvia, laissé sur un tas de planches avec ses affaires. Il revint et le lui enfonça sur le crâne.

— D'accord, dit-il. Qu'est-ce que j'ai raté ?

Seigneur ! Elle qui était partie pour le sermonner encore un bon moment, voilà qu'il ne ripostait plus. Décidément, Nick préférait l'action aux longs discours.

Elle ressassait son attitude sans cesse. Il se montrait juste avec ses employés, n'hésitait pas à prendre sur lui par gentillesse ; les marques d'un bon chef.

Et cette façon dont il l'avait toujours dévorée des yeux sans jamais manquer de professionnalisme, cela l'avait mystérieusement attirée. Elle ne comprenait pas bien ce désir pour lui.

Comment une seule nuit d'extase pouvait-elle décider de tant de choses ? Pourquoi avait-elle envie de lui ? Leur histoire ne serait pas marquée par de grands gestes romantiques. Ils vivaient tous deux pour leur carrière et avaient connu des jours difficiles, comme beaucoup de gens. Silvia s'imaginait mal porter le fardeau de quelqu'un, même si elle ne voulait que lui...

— Comme tu le vois, on a démoli tout le vestibule en conservant le vieux parquet et le cuivre au plafond, lui indiqua-t-elle en attrapant le tissu déchiré à son flanc. Tu as demandé qu'on garde le côté ancien si possible. On a donc stocké toutes les moulures au sous-sol en attendant de les rénover et de les réinstaller.

Et tandis qu'elle continuait de lui expliquer l'avancée des travaux, Nick ne se détourna pas d'elle une seconde.

Si elle l'avait trouvé irrésistible avant leur nuit magique, elle n'avait encore rien vu, apparemment. Elle connaissait l'intensité de ce regard. Elle se rappelait trop bien ses frissons au moment où ses yeux affamés s'étaient posés sur sa peau nue. Elle tremblait même un peu en ce moment.

— Silvia ?

Sa voix grave la ramena à la réalité. Elle s'était interrompue, prise dans ses souvenirs sans s'en rendre compte...

Génial. Comme si elle pouvait se permettre de digresser. Nick lui faisait confiance pour ce projet. Elle, une femme, capable de mieux cerner la vision de Lori. Silvia ressentait une certaine pression par rapport à tout cela, et vis-à-vis de nombre de ses collègues à l'affût de la moindre bourde, se tenant prêts à surgir pour se poser en héros venus sauver le chantier... et encaisser le chèque faramineux du si célèbre Nick Campbell.

La jeune architecte se devait d'honorer le serment datant de son adolescence : franchir tous les obstacles sans compter sur personne. Encore moins sur Nick, que ce soit sur le plan émotionnel ou financier.

Ne pas pouvoir oublier son corps ne l'obligeait pas à recommencer.

— Comme je disais..., reprit-elle en se raclant la gorge.

— Moi aussi, j'y pense.

Silvia chancela. Son cœur battit à tout rompre. Elle serra encore plus le tissu déchiré. Cette voix suave s'immisça sous sa peau, comme les doux murmures voluptueux qu'il lui avait susurrés dans le noir.

— Je sais reconnaître une personne en train de fantasmer, ajouta-t-il en s'approchant, ses iris fixés sur elle.

Elle ne se laissa pas intimider. Hors de question de paraître faible, déjà qu'elle avait l'air on ne peut plus ridicule avec ce casque et sa combinaison trouée.

— Qui te dit que je pensais à ça ? demanda-t-elle, se maudissant d'entendre sa voix trembloter.

Alors Nick la prit par la hanche et la dévisagea. Elle se sentit presque... à l'abri. Elle n'avait jamais vraiment connu ce sentiment, elle ne savait pas trop comment réagir tout à coup.

Elle préférait ne pas s'imaginer en maîtresse, petite amie ou autre. Confier son avenir à ses hormones ne la mènerait nulle part à long terme. Heureusement, s'occuper seule d'elle-même si longtemps l'avait préparée à son futur rôle de mère.

— Peu importe ce que tu diras, murmura-t-il en se penchant sur elle. Tu es si expressive... Et je n'ai rien oublié de notre nuit.

Silvia s'enflamma à ces simples paroles, ses gestes délicats, son corps si proche. Elle posa une main sur son torse et se laissa envoûter.

— Nous allons avoir un enfant, je te rappelle. Tout a changé, mais nous ne pouvons pas recommencer.

— Pourquoi pas ? Nous en avons envie tous les deux.

Il s'avança encore, ses lèvres à un cheveu des siennes. Elle se languissait de ses caresses, d'une preuve nouvelle de la perfection sur terre. Elle ne savait plus quoi penser, là, si près de lui.

Soudain, un bruit de portière retentit. Silvia sursauta et se dégagea comme si la réalité l'avait giflée.

— Parce que nous travaillons ensemble, insista-t-elle, autant pour lui que pour elle. C'est mon tout premier contrat avec cette compagnie. Je ne peux pas m'attacher à un client.

Il se renfrogna alors.

— Trop tard.

À peine eut-il prononcé ces paroles que le contremaître arriva à grandes enjambées. Silvia cacha sa peau nue et s'éloigna un peu plus de Nick.

Elle devait contrôler ses émotions, sous peine de se retrouver au même endroit qu'un mois plus tôt ; nue entre ses bras, à se donner à lui sans relâche.

Nick examinait les bijoux étalés sur son bureau, chez lui. Il avait exigé de les récupérer après l'enterrement de sa mère. Son assistant venait de les lui rapporter.

Les mains sur les hanches, il se demandait qu'en faire. Lori avait toujours porté ce collier de diamant. Une toute petite pierre sertie sans fioritures, mais que Nick lui avait offerte avec son premier chèque. Il avait voulu lui faire un beau cadeau en remerciement de toutes ces années de privation.

Avec le temps, il avait tenté de lui acheter d'autres colliers, à défaut de la forcer à l'enlever. Elle méritait plus grand, plus somptueux. Malgré tout, elle répétait à tout bout de champ que ce bijou comptait plus pour elle que tout l'or du monde.

Nick n'avait jamais trouvé de valeur à ses banales boucles d'oreilles en or, non plus. Pourtant, elle ne s'en séparait jamais.

Aujourd'hui, il restait là, face aux derniers effets de sa mère, outre la lettre entreposée dans son coffre.

Après avoir salué Silvia, il avait fait un tour en voiture pour remettre un peu d'ordre dans ses idées, en vain. Ce chaos semblait impossible à démêler.

Au bout d'un moment, il avait préféré rentrer. Il aurait dû se rendre à sa compagnie, mais il pouvait gérer ses affaires depuis chez lui et ne se sentait pas encore prêt à supporter les condoléances ni même les innombrables étreintes attristées. Il savait que ces gestes viendraient du cœur, ses employés l'avaient inondé de nourriture et autres preuves d'affection, mais il ne pouvait pas les affronter pour le moment.

Son assistant avait profité de son passage pour lui signaler qu'on leur avait de nouveau refusé le droit à la vente d'alcool. Certes, il avait peu d'espoir de réussir là où tant d'autres avaient échoué, mais il y aurait trouvé un peu de répit.

En dépit de tout, il ne renoncerait pas. Si Rusty Lockwood pensait posséder toute la ville, Nick, lui, tenait désormais de quoi faire pencher la balance en sa faveur. Le vieil homme ignorait tout des révélations de Lori.

Mais Russ se soucierait-il de connaître son fils ? S'intéresserait-il aux deux autres ?

Nick préférait pour l'instant garder pour lui cette information, qu'il ressortirait au moment propice pour s'en servir et frapper là où cela ferait le plus mal. Ce type devait tomber de très haut. Son monopole sur la région était devenu trop ridicule.

L'histoire de Green Valley et de ses environs tournait en grande partie autour de l'alcool. Par exemple, autrefois, Lockwood vendait son « Éclair blanc » de façon illégale avant que l'État ne comprenne quels avantages il tirerait d'un tel commerce. Outre cela, les touristes du monde entier affluaient pour des dégustations et profiter de l'atmosphère unique des monts Great Smoky.

Nick comprenait la volonté d'exploiter un marché, mais Rusty ne pouvait pas bloquer toute une industrie de la sorte.

Impossible de tenir un établissement de luxe sans y servir d'alcools forts. Les clients s'attendraient à pouvoir savourer un bourbon, voire de la liqueur.

Nick rangea les bijoux dans la pochette de velours pour

déposer le tout dans son coffre, derrière une bibliothèque. En l'ouvrant, il revit l'enveloppe aux coins abîmés.

La colère et la confusion avaient cédé la place à la curiosité, à l'inquiétude. Sa mère avait gardé le secret sur son père et ses frères si longtemps.

Nick les connaissait-il ? Vivaient-ils à Green Valley ou au Tennessee ? Face à tant de questions, il lui fallait rester patient. Le temps lui apporterait les réponses.

Les épreuves vécues par sa mère le ramenèrent à la réalité. Elle s'était montrée encore plus forte qu'il ne l'avait cru jusque-là. Son silence avait été en réalité une preuve d'amour tacite, un moyen de le protéger de Rusty, un monstre aux yeux de Lori. Comme si ce dernier avait pu tirer un énième profit de sa paternité.

Cette volonté lui rappela une autre femme forte.

Silvia donnerait tout pour son enfant, elle ne mentait pas. Même si elle allait insister pour se débrouiller, simplement par principe, pour prouver qu'elle en était capable, Nick ne voulait pas la laisser croire qu'elle serait seule. Tout le monde avait besoin d'un peu de répit de temps à autre.

Elle ne lui aurait jamais demandé son aide ni avoué en avoir besoin. Aucun problème. En plus de ses tailleurs moulants, sa fierté et son indépendance comptaient parmi ses principaux charmes.

Nick écarta le passé pour se concentrer sur le présent en refermant le coffre. Il avait le choix de se morfondre sur les secrets de famille ou de se servir de ces informations nouvelles pour honorer sa mère. Elle avait agi en toute connaissance de cause, pour finalement lui faire don de cette ultime vérité.

Le portable de Nick vibra sur son bureau. Silvia. Il décrocha sans attendre.

— Oui ?

— Je suis devant chez toi. Ouvre-moi.

Les femmes autoritaires ne l'avaient jamais conquis mais, qu'il soit damné, celle-ci faisait exception. Il faudrait cependant lui apprendre à se servir d'un Interphone.

Nick raccrocha et ouvrit le portail en fer forgé à l'aide d'une application sur son téléphone. S'il ignorait les raisons de sa visite, il n'allait pas s'en plaindre.

Il se rendit sous le porche. Il n'avait pas fait attention à la pluie. Le ciel alourdi annonçait une tempête de tous les diables.

Silvia se rangea dans le virage à hauteur de l'entrée. Les gouttes martelaient sa voiture, elle préféra donc fouiller l'habitacle en quête de son parapluie. Satané printemps.

Elle jura, elle allait devoir courir pour éviter de ressembler à une éponge défraîchie.

Silvia se tourna vers la vitre et poussa un cri. Une seconde plus tôt, Nick se tenait encore sur le seuil, mais il se trouvait désormais à côté de la portière, un parapluie à la main tel un gentleman, annihilant le discours que Silvia avait préparé.

Maudites soient ses petites attentions. Cela n'aidait pas du tout Silvia à se maîtriser. Au moins, il ne portait pas ses lunettes, sans quoi elle n'aurait déjà plus eu ses vêtements, et elle tenait à ne pas les retirer cette fois-ci.

Nick ouvrit la porte de la voiture, le parapluie bien au-dessus de la jeune femme lorsqu'elle sortit.

— Ça devient une habitude, s'amusa-t-il d'un air charmeur.

— Je ne reste pas.

Elle le précisa plus pour elle que pour lui. Il se fendit d'un sourire encore plus large en lui passant un bras autour des hanches. Il l'escorta vers la maison, et elle se colla à lui pour éviter les trombes d'eau. Elle comprit vite son erreur.

Elle voulait discuter en face à face, établir des limites entre leurs vies professionnelle et privée, ce qui incluait le bébé mais pas cette attirance qu'ils auraient dû reléguer au rang de souvenir. En tout cas, jusqu'à ce qu'elle fût certaine de pouvoir assurer l'avenir de cet enfant.

Une fois à l'abri, Nick secoua le parapluie pour le poser contre une colonne de pierre. Sa maison lui ressemblait : audacieuse, virile, splendide. Fichée au sommet d'une montagne, elle offrait une vue époustouflante, encore plus stupéfiante que chez Silvia malgré le peu de distance entre les deux bâtisses.

— Tu as dîné ? s'enquit-il.

— Non, mais laisse tomber, je n'en ai pas pour longtemps.

— Moi, j'ai faim, répondit-il en ouvrant l'impressionnante porte. Tu peux m'expliquer pendant que je cuisine. Et si c'est prêt quand tu auras terminé, alors autant manger avec moi.

Elle le fixa. Il se contenta de l'inviter à l'intérieur d'un geste. Elle soupira et entra. Elle n'allait pas dîner avec lui... Hors de question. Essayait-il de la draguer ?

Encore une fois, il ne perdait pas de temps.

Sans un mot, Nick se dirigea vers l'arrière, dans la cuisine. Silvia le suivit après avoir posé son sac sur un meuble dans l'entrée. De cette manière, elle pensait pouvoir repartir plus vite, bien plus vite.

Une fois dans la cuisine, elle ne put réprimer sa stupeur. Un mur tout entier se résumait à un magnifique panorama : des portes vitrées coulissantes donnaient sur un patio des plus ahurissants. Sous le déluge et les cieux assombris, elle distingua une piscine et une table, chacune à un étage différent.

Une telle idée incarnait un rêve pour tout architecte. Elle voulut tout savoir de la maison.

— Tu peux ouvrir, si tu veux, lui apprit-il en sortant une pierre de cuisson pour la poser sur le comptoir central en béton. J'aime bien le bruit de la pluie. L'orage m'a toujours fasciné.

Silvia traversa la grande pièce pour s'exécuter. Elle aspira à pleins poumons les effluves généreux de ce déluge. L'air frais de la montagne avait quelque chose de si apaisant qu'elle en oublia presque sa mauvaise humeur et ses tracas.

— Je me fais une petite pizza au poulet et à la sauce barbecue, reprit Nick. J'ai laissé la pâte monter toute la journée.

Silvia tourna la tête d'un coup, croyant à une blague de sa part. Mais en un instant, il pétrissait la pâte puis la lançait en l'air pour la rattraper comme un professionnel. Le mélange s'étirait naturellement à chaque geste.

— Tu sais la préparer ? demanda-t-elle, encore sous le choc.

Quel était ce monde où Nick savait cuisiner ?

— Non seulement c'est plus sain que ce que tu trouveras

en grande surface, mais c'est aussi bien meilleur. Il n'y a rien de chimique.

Je crois rêver.

— Et tu fais d'autres choses toi-même ? De petites couronnes de fleurs, ton savon et tes costumes ?

Il s'esclaffa en étalant la pâte sur la pierre de cuisson.

— Ris tant que tu veux. Ce n'est pas grave. La plupart des gens ne connaissent pas mes talents de cuisinier.

— Ainsi tu gères tes affaires avec brio, rénoves des hôtels de luxe et sais préparer des pizzas de rêve ? ironisa-t-elle en s'installant sur un tabouret en face de lui. Que me caches-tu d'autre ?

Il plongea soudain ses yeux au plus profond des siens. Une malice encore inédite habitait Nick, mais il se pencha de nouveau sur son œuvre.

— Gardons ça pour une prochaine fois.

Silvia observa ses mains fermes s'agiter. Elle se rappela leur dextérité sur son corps. Ce n'était pas le moment. Elle y repensait déjà trop souvent.

Certes, ils avaient bu, seulement elle savait exactement ce qu'elle faisait et avec qui. Elle avait peut-être franchi les limites en raison de la vulnérabilité de Nick, mais il était un grand garçon. Il ne s'était pas plaint de leurs baisers passionnés ni du reste.

De toute manière, dès leur première rencontre dans son bureau, l'air avait crépité entre eux. Des œillades, des réunions qui auraient pu se résumer à un simple message. Elle avait pensé, à tort, pouvoir ignorer ces étincelles, mais plus aujourd'hui.

— Et tu repars dans tes souvenirs, murmura-t-il.

Silvia ne se fatiguerait même pas à nier. À quoi bon ? Ils sentaient tous deux la solidité de leur lien, et cela ne faisait que s'accroître.

— Et alors ? Nous avons pris du bon temps. D'ailleurs, c'est de ça que j'aimerais parler.

Il s'arrêta, un sourcil arqué.

— Parler ? Je préfère ne rien dire, mais je suis ouvert.

Silvia soupira.

— Tu es mon client, Nick. Nous devrions nous concentrer là-dessus pour éviter de nous égarer davantage.

Il posa les mains à plat sur le plan de travail et se pencha en avant.

— Combien de fois t'es-tu joué cette scène dans ta tête ?

— Autant que possible en venant, admit-elle d'un air narquois. Mais je ne plaisante pas. Je risque trop gros.

— Et pourtant, tu portes mon enfant et tu as envie de moi.

— En vérité, ça m'arrangerait que personne ne connaisse ton rôle là-dedans avant la fin du chantier.

Nick s'assombrit aussitôt. Elle comprit l'avoir blessé, énervé. Tant pis, elle préférait ne pas mentir, elle ne jouait pas.

— Je ne vais pas me cacher, et ne compte pas sur moi pour faire comme si de rien n'était et te laisser te débrouiller.

Silvia ne lui en voulait pas de sa frustration, il méritait une place dans la vie du bébé.

— Je me suis mal exprimée, s'excusa-t-elle en croisant les bras sur le comptoir. Je ne t'empêcherai pas d'être présent, mais mon patron ne doit rien savoir pour l'instant.

Nick la dévisagea puis se détendit enfin tout en étalant la sauce et la garniture.

— Les femmes n'ont pas d'enfants à ton travail ?

— Je suis la seule femme au bureau.

— Quoi ? Tu plaisantes ?

— Toutes les autres ont démissionné après quelques mois. Mais moi, je ne me laisserai pas évincer. Je suis douée, j'adore Green Valley et j'ai besoin du prestige de Baxter si je veux lancer ma carrière.

— Tu n'as besoin de personne, assura-t-il. Ton portfolio en dit bien assez sur tes compétences.

Même si elle avait voulu se complaire dans la chaleur doucereuse de ces louanges, elle ne devait pas oublier la réalité de sa situation. Elle œuvrait dans un milieu à prédominance masculine où, bien trop souvent, elle devait travailler deux fois plus pour moitié moins de reconnaissance.

— Je suis à l'essai chez eux, si tu te souviens bien. Et quand bien même, je suis persuadée qu'ils n'aimeraient pas apprendre que j'ai couché avec mon premier client. Je perdrais toute crédibilité.

Nick se tut, tout en plaçant sa pizza au four. À ce moment,

Silvia saisit toute l'ampleur de cette cuisine digne d'un grand restaurant. Il n'avait pas lésiné sur les moyens avec ce fourneau à huit feux, ces trois réfrigérateurs, dont un réservé au vin.

Nick vint alors s'accouder sur le plan de travail, près d'elle. Il la fixait droit dans les yeux. Elle dut se concentrer corps et âme pour ne pas laisser son regard errer sur ses lèvres.

— Si tu t'inquiètes tant de leur avis, pourquoi as-tu fait le premier pas, l'autre soir ?

— Parfois, quand je veux quelque chose, je me lance, dit-elle avec un haussement d'épaules. Je suis humaine, je n'ai pas pu m'en empêcher.

Nick se pencha vers Silvia, la main sur sa cuisse.

— Encore un point commun. Moi aussi, j'obtiens toujours ce que je veux.

Alors sa bouche conquit la sienne.

5

Quel imbécile de se torturer.

Nick savait très bien qu'elle établirait des limites entre eux, mais tout ce dont il se souciait à cet instant, c'était de l'enlacer.

Personne ne les interromprait, ici. Entre la pluie battante à l'extérieur et les parfums enivrants de la cuisine, il ne s'était pas senti aussi bien depuis des semaines. Quelque chose en Silvia l'apaisait, quelque chose qu'il ne pouvait se permettre de découvrir plus avant.

Pourtant sa main glissa jusque sur sa hanche puis sa taille. Silvia pivota et desserra les jambes pour laisser Nick s'approcher encore, et mieux accueillir son baiser.

Elle émit un gémissement infime, s'inclina un peu plus, mais cela ne suffisait pas. Il voulait la dévorer, la déshabiller, l'allonger sur le comptoir, sortir et la prendre sur une chaise longue... Partout où il pourrait se donner à elle.

Il ne l'avait plus touchée ainsi depuis un mois, et peu importent les beaux discours, l'alchimie entre eux excédait la simple nuit d'oubli, l'abus de gin-tonic ou le désespoir.

Il n'avait jamais connu pareille passion chez une femme. Il n'allait pas se contenter de si peu.

Elle posa les mains sur son torse pour le repousser en douceur.

— Non. On ne peut pas.

Il la respectait assez pour s'arrêter. Il ne voulait pas non plus lui compliquer les choses.

— Pourquoi te mentir à toi-même ?

— Parce que je dois penser à ma carrière. Et à mon bébé, dorénavant. Pour le moment, mes besoins ne sont pas ma priorité.

Au moins, elle reconnaissait ses envies, un premier pas dans la bonne direction. Nick allait simplement devoir la guider sur ce chemin. Elle ressentait cette chaleur entre eux tout autant que lui, et tout ce qu'elle trouvait à faire, c'était se voiler la face.

— Je sais ce que c'est d'avoir des responsabilités, affirma-t-il. Je n'en serais pas là si je ne les avais pas assumées, mais parfois il faut savoir se montrer égoïste.

Silvia se detourna.

— Je l'ai été toute ma vie.

— Impossible.

Nick n'y croyait pas un seul instant. Une femme comme Silvia, avec de telles qualités, faisait sûrement passer les autres avant elle-même.

— Tu ne sais rien de moi, Nick, lui indiqua-t-elle en le regardant avec une tristesse sans nom. Je n'ai pas eu une aussi belle enfance que la tienne.

Il se recula pour s'asseoir sur le tabouret derrière lui, prenant sa main dans la sienne. Face à cette réaction inattendue, il réalisa ne pas la connaître. Il voulait tout savoir d'elle, sans pour autant bien comprendre ses sentiments trop bruts.

— J'ai grandi dans la pauvreté, lui apprit-il pour rompre le silence. J'ignorais à quel point à l'époque. Ma mère m'a toujours apporté tout l'amour et la sécurité dont j'avais besoin.

— Moi, je n'ai jamais connu mes parents.

Un sourire triste se dessina sur son visage. Nick s'efforça de ne pas la serrer dans ses bras. Il voulait l'écouter, même si ce nœud dans son ventre lui disait qu'il n'allait pas aimer la suite. Cette révélation bouleversante se trouvait aux antipodes de l'enfance qu'il lui avait imaginée. Peut-être se ressemblaient-ils plus qu'il ne le pensait ; chacun avait dû triompher d'un passé difficile avant de réussir dans la vie.

— Je suis arrivée dans ma première famille d'accueil deux jours après ma naissance.

Sa voix ne flancha pas, comme engourdie par les souvenirs, comme si cela ne l'affectait plus après y avoir tant pensé.

Seulement Nick n'était pas dupe. Tout cela l'affligeait encore, elle avait juste érigé des barricades autour de cette histoire pour mieux pouvoir la raconter.

Comme s'il avait eu besoin d'une raison de plus pour l'admirer... Plus il réunissait les pièces du puzzle, plus il comprenait sa force.

— J'avais déjà connu trois familles différentes quand je suis entrée à la maternelle. Et ça ne s'est pas arrangé. Je faisais des bêtises, parfois. Un des psychologues de l'école avait dit au couple qui me gardait que j'avais besoin de plus d'attention.

Le petit rire froid de Silvia lui creva le cœur. Un son si triste. S'en rendait-elle compte ?

— Mais il se trompait complètement. Je voulais rester seule. J'étais douée à l'école parce que je n'avais rien d'autre. Tout ce que j'appréciais, c'était les livres, alors je lisais tout ce qui me tombait sous la main.

— Ma mère me faisait la lecture tous les soirs, commenta-t-il d'une voix douce, bizarrement peu gêné de s'ouvrir à son tour. Même quand j'étais plus grand, je ne m'en suis jamais lassé. Je savais que ce n'était pas courant, alors je ne l'ai jamais dit à personne.

— Une petite bibliothèque pour le bébé serait une bonne idée, souffla Silvia d'une voix plus tendre. Je crois qu'il n'est jamais trop tôt pour leur montrer à quel point on les aime.

Dit la femme qui cherchait de toute évidence l'amour. Et s'il s'agissait de tout ce dont elle avait jamais eu besoin ? Elle avait beau se barricader, Nick savait reconnaître la tristesse. Même si elle se renfermait sans cesse, Silvia avait besoin de quelqu'un sur qui compter, à qui se confier.

Nick ne remplissait probablement pas les conditions requises. Il n'avait jamais envisagé de fonder une famille. Sa mère avait dû économiser le moindre sou, elle lui avait inculqué les notions de travail et d'éthique professionnelle pour lui permettre de s'offrir une vie meilleure, lui enjoignant de placer sa carrière avant tout ; l'amour ne nourrissait pas toujours son homme et ne rendait pas forcément heureux.

Le vide dû à l'absence d'un père, il ne s'en était jamais débarrassé, et il lui paraissait encore plus grand aujourd'hui. Trop de laideur entourait Rusty Lockwood. Son sang coulait peut-être plus dans ses veines qu'il ne l'imaginait. Nick avait-il raté son premier mariage du fait de cet héritage ? Était-ce la raison pour laquelle il ne se voyait pas en père de famille ? Peut-être cela confirmait-il qu'il n'était pas assez bien pour Silvia.

Quand bien même, il s'occuperait d'elle et de leur bébé.

Nick exécrait le maelström d'émotions qui faisait rage dans son cœur. Il n'avait pas le temps pour une décision si capitale ou même pour analyser leur relation. Il n'avait que son corps et des finances illimitées à offrir.

Le minuteur sonna avant qu'il ne puisse dire autre chose. Il se leva, Silvia l'imita.

— Je devrais rentrer.

— Le dîner est prêt, dit Nick en lui caressant l'épaule. Et le temps se gâte. Reste.

Quand elle soutint son regard, il s'attendit à la voir argumenter ou refuser, mais elle se contenta d'acquiescer.

— Avec plaisir.

— Nous n'avons pas dépassé le budget et nous devrions pouvoir ouvrir à la fin de l'été, affirma Silvia en s'enfonçant dans le fauteuil de jardin vert sylvestre dans le patio couvert.

Ils avaient partagé un repas succulent. Nick avait effectivement gagné le droit de se vanter. Curieusement, il l'avait ensuite persuadée d'observer la tempête. Plus elle restait assise là, plus elle se sentait bien, d'où sa volonté de parler affaires et de ne pas vagabonder en terrains interdits.

— Bonne nouvelle, s'extasia Nick. Mais je ne crains pas les dépenses inattendues. C'est inévitable avec les bâtiments anciens. Du moment que tout est fait dans les règles et selon l'idéal de ma mère, ce n'est pas grave.

Ce lien entre Lori et lui attestait assez de la personnalité de Nick. Il allait tenir sa promesse coûte que coûte. Cependant, Silvia ne savait toujours pas comment les choses fonctionneraient entre eux après la naissance du bébé.

Toujours est-il qu'il lui restait encore plusieurs mois avant de bien cerner ses sentiments à l'idée de devenir père. Cet enfant ne manquerait de rien, avec ou sans Nick, en vérité.

— Est-ce que tu as obtenu cette licence pour le bar ?

— Toujours pas, ricana-t-il. Rusty Lockwood n'est qu'un sale cabot. Et encore, quand il est dans un bon jour. Mais je n'en ai pas fini avec lui. Je n'abandonnerai pas.

— Je ne l'ai jamais croisé, mais en six mois j'ai compris qu'il compte plus d'ennemis que d'amis. Les touristes s'en moquent, en revanche. Sa distillerie ne ralentit jamais.

— Les touristes viennent pour l'alcool. Rusty ne les intéresse pas. Quant à ses soi-disant amis, il les paie. Je ne sais donc pas trop comment appeler ça.

Oui, Silvia en avait entendu de belles au sujet de Lockwood et se réjouissait de ne pas avoir à traiter avec lui. D'après les rumeurs, ce requin s'était attiré des problèmes pour fraude fiscale l'année dernière. Ses ennuis dataient peut-être de l'époque où il avait commencé la contrebande. Il n'avait probablement pas pu soudoyer tous ceux qui voulaient lui mettre des bâtons dans les roues.

— Tu gagneras, j'en suis sûre. Tu es plus déterminé que lui.

— Je n'ai jamais perdu une bataille, continua-t-il. Et je ne compte pas commencer, encore moins face à ce ramassis d'arrogance.

Silvia étendit les jambes et les croisa. Les doigts entrelacés sur son ventre, elle ferma les paupières pour écouter la pluie et l'orage. Elle se prit à penser à cette petite vie qui grandissait en elle, elle devait bien admettre son tiraillement entre peur et enthousiasme.

Même si elle n'avait pas connu de modèle maternel, elle avait fait le serment de tout donner au bébé. Il lui faudrait du temps pour apprendre l'amour et la stabilité, cela dit.

Le bras de Nick frôla le sien. Elle aurait préféré le voir choisir un autre siège. Un des bancs, transats ou une des chaises, par exemple, pas le fauteuil accolé au sien.

Cette proximité n'aidait en rien à faire taire son émoi. Passer du temps avec lui allait lui attirer des problèmes, mais elle se demandait également si son patron n'avait pas voulu la piéger d'entrée de jeu. Il ne l'avouerait jamais, bien sûr, à cause de leur incroyable réputation, mais elle sentait que Clark se tenait déjà prêt à lui retirer le chantier à la moindre incartade.

Il lui effleura le bras puis la joue.

— Silvia.

Ce nom semblait à la fois si distant et si intime.

— Sil.

Personne ne l'avait jamais appelée comme ça. Que son amant se serve d'un tel sobriquet aurait dû la pousser à fuir, de peur de se retrouver coincée dans quelque chose de trop soudain à affronter. Mais elle ne pouvait plus échapper à Nick, plus maintenant. Elle ne le voulait pas de toute manière.

Il fit glisser son index le long de sa joue, et l'instant d'après, il la soulevait en la serrant fort.

Elle ouvrit grands les yeux.

— Mais qu'est-ce que tu fabriques, Nick ?

— Tu t'es endormie.

Il la porta à travers la maison avec une aisance à la fois ridicule et excitante. Elle l'enlaça pour se sentir plus en sécurité. Rien qu'une minute, elle s'accorderait le droit de se baigner dans sa chaleur et sa force.

— Je peux marcher, tu sais.

— Je sais. D'ailleurs, ton petit roulement de hanches est irrésistible.

— Je ne roule pas des hanches, s'offusqua-t-elle.

— Oh que si ! plaisanta-t-il en arrivant à hauteur de l'escalier.

— Où m'emmènes-tu ?

Cet entêté n'était même pas essoufflé une fois sur le premier palier, aussi continua-t-il jusqu'au deuxième étage.

— Je te mets au lit.

— Alors là, non.

Son rire grave vibra dans tout le corps de Silvia.

— Pas de panique. J'ai des chambres d'amis, chacune avec une salle de bains et une vue sur les montagnes. Tu n'as qu'à choisir.

— Je me fiche du service de luxe, se défendit-elle. Je ne peux pas dormir ici.

Ils arrivèrent en haut à ce moment. Il marqua une pause pour l'observer.

— C'est ce que tu disais à propos du repas, et tu as aimé. Tu fonctionnes par multiples de deux, non ?

— Oui, toujours, maugréa-t-elle, le détestant de s'être souvenu de sa manie. Repose-moi.

Le bras sous ses genoux retomba. Elle s'agrippa à son cou pour ne pas perdre l'équilibre.

— Je rentre chez moi, insista-t-elle.

Nick posa les mains sur ses hanches et ancra son regard dans le sien.

— Il me semble que tu n'étais pas si capricieuse quand nous avons commencé à travailler ensemble. On s'entendait même plutôt bien.

Effectivement… D'où leur situation actuelle. Ils s'étaient taquinés et avaient flirté plusieurs mois durant avant qu'elle ne fasse le premier pas.

Après tant de longs discours, il avait suffi d'une seconde de faiblesse pour qu'elle s'abandonne à ses envies. Éconduire Nick, elle s'en était montrée incapable, et elle avait sincèrement cru pouvoir assouvir cette pulsion en une seule nuit.

Puis, ils n'en avaient plus discuté, mais dès le moment où elle avait appris être enceinte, garder ses distances s'était avéré impossible.

— Tout a changé, lui rappela-t-elle. Je travaille pour toi. Je ne peux pas me permettre de faire une soirée pyjama ou de jouer aux colocataires avec toi.

Il sourit. Elle aurait pu le gifler.

— Je ne plaisante pas, Nick.

— Personne ne saura que tu as dormi ici. Personne ne saura rien avant que tu ne sois prête. Je conçois bien ton problème, mais je suis sûr que nous avons encore beaucoup à apprendre l'un de l'autre. Ne me repousse pas à cause de tes peurs.

Ses peurs ? Elle ne connaissait plus ce mot depuis longtemps, mais elle n'avait pas pensé à un plan B si elle perdait son emploi. D'autant plus qu'elle n'était plus seule, un petit humain dépendait d'elle désormais.

Et Nick qui l'invitait chez lui, tout disposé à honorer les termes de leur contrat tacite et à garder le silence.

C'était tentant, elle ne s'était jamais accordé d'incartade, mais elle voulait rester prudente afin de ne pas complètement perdre le contrôle.

Silvia soutint son regard puis fit non de la tête.

— Je ne te comprends pas. Tu dis ce qu'il faut, tu fais ce qu'il faut, tu es...

Sa fatigue et l'attirance semblaient avoir annihilé ses filtres.

— Ne t'arrête pas en si bon chemin, s'amusa Nick avec un sourire séducteur. Ça devenait intéressant.

— Tes chevilles sont déjà assez enflées, ironisa-t-elle. Autant ne pas apporter d'eau à ton moulin.

Alors Nick écarta une mèche du visage de Silvia. Elle dut faire appel à toute sa volonté pour ne pas sombrer.

— Ce n'est pas mon moulin que j'aimerais que tu abreuves, dit-il en lui mordillant la lèvre, insatiable. J'ai d'autres besoins, d'autres désirs.

Les lumières discrètes du couloir imposaient une intimité trop dangereuse. L'heure tardive, la tempête, sa façon de la contempler comme s'il était sur le point d'assouvir tous ses rêves, son attirance pour lui en dépit de tout ; tout cela fusionnait en un mélange explosif.

— C'est une très mauvaise idée, haleta-t-elle avant de se prendre à caresser son menton mal rasé où pousserait bientôt son habituelle barbe drue. Rappelle-toi pourquoi je suis venue, ce soir.

— Je m'en souviens très bien, assura-t-il en lui étreignant la taille pour se rapprocher. Tu me l'as assez répété.

— Alors, ne me donne pas raison.

— Personne ne sait que tu es là, Silvia. Personne ne découvrira ce qu'il se passe entre ces murs. Tout ça n'a rien à voir avec le travail.

Pourquoi ses moindres paroles résonnaient-elles tant en elle ? Pourquoi désirait-elle ignorer le reste du monde et lui céder ?

Parce qu'elle était humaine, tout simplement. Elle avait beau lutter, elle ne pouvait résister à Nick.

Avant de se recroqueviller dans la raison une fois de plus, Silvia lui prit le visage en coupe pour l'embrasser. Il la souleva de nouveau mais, cette fois-ci, elle ne s'en plaignit pas.

6

Nick s'attendait vraiment à voir Silvia rouspéter ou insister pour partir. Il s'était préparé à l'éventualité qu'elle s'en aille, même s'il rêvait de l'entraîner dans sa chambre depuis le premier jour.

Mais elle se tenait là, encore plus parfaite que dans ses fantasmes.

Un éclair fendit le ciel par-delà la baie vitrée. Il goûtait la voir dans cette lumière, celle de la terrible tempête déchaînée au-dehors. Cette férocité semblait s'accorder à la situation alors que, tiraillés entre la prudence et leur désir, ils s'apprêtaient à commettre ce qui était peut-être une erreur. Mais ils méritaient tous deux un peu de plaisir.

Eux qui n'avaient pas connu la plus heureuse des enfances savaient l'importance de saisir le bonheur lorsqu'il se présentait.

— Dis-le maintenant si tu ne veux pas aller plus loin.

Elle le fixa tout en faisant glisser son haut en soie par-dessus sa tête pour le jeter au sol.

— Rien qu'une deuxième nuit, haleta-t-elle. Demain, nous redeviendrons architecte et client.

Soit, si elle préférait se bercer d'illusions, il pouvait bien jouer le jeu. Peut-être croyait-elle à ce mensonge, malgré la tension irrépressible entre eux. Quoi qu'il en soit, plus les jours passeraient et plus cette farce s'étiolerait.

— Tu te sens bien, Silvia ? Par rapport au bébé, j'entends.

— Nous allons très bien, affirma-t-elle. Je ne te cacherai rien à ce sujet, ne t'en fais pas.

Les revendications de sincérité de Silvia n'auraient pas dû titiller les siennes. Non, les sentiments n'avaient pas leur place dans cette histoire.

Quelle absurdité ! Il s'agissait de désir, de sexe. Cette attirance incontrôlable entre eux connaissait des limites. Elle non plus ne souhaitait rien de plus, ce qui aurait dû le combler.

Nick préféra se taire alors, trop inquiet de découvrir à quel point ils se ressemblaient et étaient faits l'un pour l'autre. Il se débarrassa de ses vêtements en vitesse puis, quand Silvia s'apprêta à retirer son pantalon, il l'en empêcha.

— Laisse-moi faire.

D'une main experte, il ouvrit le bouton et la braguette, fit glisser le jean le long de ses cuisses fermes, la laissant là, dans ses sous-vêtements de satin.

Nick caressa ses courbes, lui effleura le ventre du bout des pouces. Il s'agenouilla pour embrasser la peau douce sous son nombril.

Silvia passa les doigts dans les cheveux de Nick qui, au lieu de se laisser emporter par la tornade des événements récents, s'inclina pour noyer de baisers l'intérieur de la jambe de sa maîtresse jusqu'aux coutures délicates, là où le tissu chatouillait la peau. Il lui agrippa les hanches et s'imprégna de l'odeur de son désir, son corps palpitant d'une envie que nulle autre n'éveillait.

Et cette fois-ci, ils n'avaient rien bu.

Nick lui retira sa culotte d'un geste délicat. Puis il posa une des cuisses de Silvia sur son épaule avant d'enfouir son visage au creux de son corps. Le gémissement de la jeune femme qui s'agrippait à ses cheveux le poussa à lui saisir les reins avec une intensité dont ils avaient besoin tous les deux.

Il comptait bien prendre son temps et l'étendre sur son lit comme un bon garçon. Cependant, le gentleman faisait pâle figure devant son excitation. Quelque chose en lui se brisait à chaque cri, chaque soupir de Silvia, chaque geste lui indiquant qu'il savait exactement quoi faire. Il éprouvait tant de plaisir à la combler qu'il aurait pu continuer des heures durant.

Silvia se cambra et hurla son nom au moment de l'orgasme. Nick se délecta de son plaisir, s'assurant qu'elle vécût une expérience inoubliable, parce qu'il s'agissait seulement du début de la nuit. Il voulait tellement plus de cette femme passionnée.

Lorsqu'elle ne trembla plus, Nick se releva sans la lâcher. Comme elle vacilla quelque peu, il la souleva.

Jusque-là, il n'avait pas réalisé à quel point il aimait la serrer dans ses bras, mais il éprouvait le sentiment de pouvoir la protéger de tout ce que le sort mettrait sur sa route. Elle méritait un peu de paix, même si elle affirmait pouvoir se débrouiller seule.

— On dirait que tu veux me porter partout où je dois aller, souffla-t-elle en enfouissant le nez au creux de son épaule.

— Tu n'as pas idée, acquiesça-t-il, même si ses motivations naissaient d'un désir bien plus primaire.

Quelques instants plus tard, il l'allongea bel et bien sur ses draps, mais resta quelques secondes au pied du lit pour contempler son corps brûlant parfaitement dessiné, souligné par les lueurs d'éclairs capricieux.

Silvia se redressa sur les coudes et lui sourit.

— Tu comptes me rejoindre ou tu attends que je te supplie ?

Nick éclata de rire en attrapant un préservatif dans la table de chevet, avant de se faufiler sur elle. Elle se laissa retomber puis l'entoura de ses bras et ses jambes.

Il se donna à elle, et Silvia soupira en se cambrant. Nick se crispa au moment où elle se mit à bouger les hanches.

Une main sous la cuisse de Silvia, Nick se souleva sur un bras pour mieux accueillir ses mouvements de bassin dans une harmonie inégalable. Elle, le cou et la poitrine trempés de sueur, penchait la tête en arrière, se mordait la lèvre ; il n'avait jamais rien vu d'aussi excitant.

Puis, elle s'accrocha à ses épaules, ses ongles courts enfoncés dans sa peau. Elle murmura son nom en arrimant son regard si expressif au sien et se laissa complètement aller une fois de plus. Nick ne put qu'apprécier cette scène si érotique avant de céder à son tour.

Il ferma les yeux, apeuré de ce qu'elle pourrait y voir. Il se sentait trop à vif, trop vulnérable. Ils s'étaient mis d'accord : il ne s'agissait que de sexe, rien de plus. Nick n'exigerait rien d'autre de sa part et ne lui donnerait rien de plus.

— Ça fait deux fois, lui susurra-t-il à l'oreille en s'allongeant à ses côtés quand leurs corps cessèrent de palpiter.

Dans un petit gloussement, Silvia se blottit contre lui puis s'endormit en quelques instants. Il resta là, esseulé, incapable de trouver le sommeil, à se demander comment affronter son passé sans gâcher son avenir.

Nick se gara devant la distillerie de bourbon Hawkins où il avait rendez-vous avec Sam Hawkins, le propriétaire. Ce nouvel établissement avait ouvert ses portes dix ans plus tôt, ce qui en faisait une compagnie plutôt récente pour le milieu quand on savait le temps qu'il fallait pour distiller un bon bourbon. Or, Sam avait réussi à tirer son épingle du jeu grâce à ses vodkas, whiskys et gins.

Même s'il ne pouvait pas vendre à Green Valley, Hawkins avait acquis une très bonne notoriété dans le reste du pays et débordait peu à peu sur l'international. Aujourd'hui, il s'apprêtait à sortir son premier bourbon tandis que quelques milliers d'autres fûts attendaient de parvenir à maturité dans ses entrepôts.

Nick ne doutait pas de son talent, car les réservations pour les visites de la distillerie affichaient complet pour les mois à venir. Cette petite mine d'or produisait quelques-uns des meilleurs gins qu'il lui avait été donné de goûter, et il souhaitait les servir dans son futur hôtel. Il en avait d'ailleurs bu quelques échantillons lors de sa première nuit avec Silvia… Mais pas question de se laisser déconcentrer en repensant à cela. Non, aujourd'hui, sa seule priorité consistait à bâtir une alliance avec Sam contre Rusty, leur ennemi commun.

Nick devait s'attirer le soutien des meilleurs pour s'opposer à Lockwood et sa clique corrompue. Il ne connaissait pas bien Sam mais, pour avoir visité la distillerie, son travail l'impressionnait. Ce dernier s'était assuré de conserver le charme rustique des bâtiments en pierres et en briques sans manquer de les moderniser grâce à ces colonnes carrées qui marquaient l'accès à la salle de dégustation du premier étage. Apparemment, cette pièce dominant le lac à l'arrière de l'édifice accueillait également des fêtes privées et autres soirées huppées.

Les lampadaires à gaz de chaque côté des très hautes portes évoquaient le lointain passé des lieux. Nick appréciait un tel souci du détail, au point de vouloir s'en inspirer pour son établissement.

Sam attendait sa venue, aussi Nick dépassa-t-il les files de visiteurs pour s'enfoncer dans un long couloir ponctué d'un escalier en colimaçon. Tout en haut, un jeune homme assis derrière un bureau l'accueillit d'un sourire.

— Vous devez être Nick Campbell. Sam va vous recevoir.

Quand le réceptionniste lui désigna un autre corridor, Nick le remercia d'un signe de tête et suivit la direction indiquée. Le parquet ancien et les appliques en fer sur les murs gris reflétaient cette ambiance virile archaïque propre au bâtiment. On avait même tracé le blason de Hawkins sur le sol.

Nick arriva devant une porte et toqua.

— Entrez, bourdonna une voix de l'autre côté.

Nick s'exécuta, et fut instantanément saisi par la vue sur le ruisseau à travers la baie vitrée. Toutes les distilleries devaient se trouver près d'un cours d'eau riche en calcaire. C'était là l'un des nombreux avantages de Green Valley pour ce type d'entreprises, l'affluence d'eaux vives.

Sam Hawkins se leva et contourna son bureau pour venir saluer Nick. Celui-ci resta sidéré par la stature de son hôte. Il l'avait vu en photo, certes, mais rien ne l'avait préparé à lui trouver la carrure d'un Jason Momoa.

— Merci d'avoir accepté de me rencontrer, déclara Nick en relâchant cette poigne solide pour réajuster ses lunettes. Je ne compte pas abuser de votre temps.

Sam croisa les bras puis s'appuya contre son bureau.

— Ne vous inquiétez pas, j'ai toujours le temps pour discuter bourbon.

Il en imposait, mais paraissait sympathique, et véhiculait tout sauf cette image collet monté du chef d'entreprise. Il portait un T-shirt aux couleurs de sa compagnie et un jean, tenue bien plus avenante qu'un costume selon Nick. Ils semblaient loin les jours où le complet trois-pièces et la cravate s'imposaient comme des standards.

— J'irai droit au but, dit Nick. J'ouvre un hôtel en août et je veux signer un contrat d'exclusivité avec vous pour le bourbon et le gin.

Sam le dévisagea un instant avant de s'esclaffer.

— J'aimerais bien, mais vous savez pertinemment que ça n'arrivera pas avec Rusty Lockwood et sa mainmise sur ces satanées licences. Il n'acceptera que si vous servez ses alcools.

— C'est pour ça que je viens en personne. Je pense que, si deux grandes maisons s'unissent, il y réfléchira à deux fois avant de s'attaquer à nous. Surtout si nous présentons certains chiffres au conseil municipal et lui montrons la marge de croissance que nous apporterions à Green Valley. L'argent pèse plus lourd que Rusty Lockwood.

Sam sembla retourner le problème dans son esprit. Nick n'allait pas préciser ses véritables liens avec Russ. Il préférait conserver cette information en cas de coup dur.

— Ce salopard me gâche la vie depuis des années, reprit enfin Sam. Je ne compte plus les fois où il a voulu me racheter, mais plutôt mourir que le laisser poser le petit doigt sur mon affaire.

Cela suffit à Nick : Sam lui accorderait son aide.

Et un pas de plus pour assouvir le rêve de sa mère.

— Il me considère comme une menace, ajouta Sam. Si seulement il pouvait mettre de côté son ego et comprendre que les liqueurs et le bourbon attirent une tout autre clientèle. Certains aiment les deux, c'est vrai, mais c'est rare. Et Rusty est borné. Et teigneux. Moi, je refuse de m'associer à une entreprise qui s'acoquine avec lui. Je rejette toute fusion, vente ou un quelconque partenariat avec ces gens-là.

Apparemment, les deux hommes semblaient sur la même longueur d'onde. Rusty ne lésait personne d'autre que lui-même à refuser de briser son monopole.

Si le vieux Lockwood continuait son suicide professionnel, Nick n'allait plus tarder à prendre la relève. Qui sait, peut-être finirait-il même par racheter La Foudroyante. Ne pourrait-on pas y voir une sorte de justice poétique ?

— Je m'invite à une partie de poker demain soir, dit Nick. Rusty joue tous les week-ends avec des membres du conseil municipal, et j'ai découvert l'emplacement de leur petit club privé. Ça se passe dans l'arrière-salle de La Vieille Canaille.

— Impressionnant, acquiesça Sam, les sourcils arqués. Vous ne plaisantez pas.

Nick revit alors la lettre et l'écriture élégante de sa mère.

— Oh que non !

Puis, Sam se redressa et invita Nick à le suivre.

— Je vous sers quelque chose ? Si vous voulez faire plonger Lockwood, alors je ne raterai ça pour rien au monde. Vous avez raison, si nous lui tombons dessus ensemble, il pourrait changer d'avis.

Nick n'allait pas refuser une telle offre ni un verre. Cette alliance allait peut-être se muer en quelque chose de plus important que ce qu'ils s'imaginaient tous les deux.

7

— Une livraison pour toi.

Silvia se détourna des plans de l'hôtel. Elle cherchait à redessiner le hall d'entrée, mais ne parvenait pas à lui donner l'effet désiré. Quelque chose clochait. Elle avait beau s'abîmer les yeux dessus depuis des heures, elle ne trouvait pas.

Quand elle se tourna vers le réceptionniste, elle mit un certain temps avant d'intégrer ce qu'elle voyait devant sa porte, à savoir une chaise de bureau entourée d'un grand ruban rouge.

— Une livraison ?

— C'est ce que m'a dit le type qui a déposé ça.

Silvia se leva pour mieux voir le fauteuil en cuir. Une enveloppe à son nom y pendait.

— Merci, Kevin. Je m'en occupe.

Une fois seule, Silvia fit rouler le fauteuil à l'intérieur puis referma. La plupart des gens envoyaient des fleurs ou du chocolat, parfois un ourson en peluche ou autre... mais pas des meubles.

Elle ouvrit l'enveloppe pour lire le mot.

Je me suis renseigné, il paraît qu'on ne fait pas mieux pour les femmes enceintes.

Sa surprise se mua vite en colère. Malgré l'absence de signature, elle connaissait le responsable. Il ne pouvait pas envoyer de colis ici comme si de rien n'était. Son fauteuil lui convenait à merveille d'ailleurs. Et si Kevin avait fouiné et lu la carte ?

Silvia poussa le cadeau dans un coin puis se réinstalla dans sa bonne vieille chaise de bureau parfaitement confortable. Là, elle enfouit le mot dans son sac, bien à l'abri des curieux, prit son téléphone et ignora ses textos.

Une telle situation nécessitait un appel.

— Silvia, je pensais justement à toi.

Face à cette réaction, elle crispa les doigts sur son portable.

— Pas étonnant, vu que l'un de tes sous-fifres vient tout juste de passer au cabinet tel un ninja.

Le rire grave de Nick la fit frémir. Elle ne voulait pas flirter, simplement lui signifier sa colère.

— Mon sous-fifre ? s'amusa-t-il. Garret sera ravi d'apprendre sa promotion.

— Écoute, le coupa-t-elle, plus acerbe. Tu ne peux pas m'envoyer de cadeaux. Et fais un peu attention à ce que tu écris ou dis.

— Je n'y avais pas songé, répondit-il plus sérieusement après s'être raclé la gorge. Je voulais vraiment t'offrir ce qu'il y a de mieux. Je sais à quel point tu aimes ton travail.

Seigneur, non seulement il accordait de l'importance à sa carrière, mais il s'inquiétait également de son bien-être et de celui du bébé. La mauvaise humeur de Silvia s'envola aussitôt, balayée par une chaleur indésirable. La colère demeurait plus simple. Cette étincelle de rage aurait justifié de repousser Nick. Et pourtant, il continuait de se montrer adorable.

— Je le reprendrai si tu n'en veux pas, Silvia.

Elle fixa le fauteuil en cuir aux accoudoirs rembourrés et secoua la tête.

— Non, excuse-moi. Je m'énerve alors que je devrais simplement te remercier.

— Aucun problème. Je ferai attention, mais ne me demande pas de ne plus me soucier de ce qui est à moi.

Silvia allait protester, mais il ne lui en laissa pas le temps.

— Je sais très bien que tu peux t'occuper de toi-même, seulement tu portes mon enfant.

Submergée d'émotions incontrôlables, Silvia se leva pour s'installer dans son nouveau fauteuil. Le cuir lui donna l'impression d'une étreinte chaleureuse. Inutile de le nier, elle tombait déjà amoureuse de cette chaise à la noix sans même avoir essayé toutes les options.

— Je dois y aller, décréta-t-il. Au fait, ne m'en veux pas pour la prochaine livraison.

La prochaine... Quoi ?

Silvia resta bouche bée devant son téléphone. Nick avait raccroché. Qu'entendait-il par là ? Elle lui avait expressément ordonné de se calmer. De toute évidence, il avait pris d'autres initiatives avant cet appel.

Fantastique ! Elle allait donc passer la journée à s'inquiéter de ce qu'on allait bien pouvoir déposer au cabinet. Peut-être s'agirait-il de simples fleurs. Il n'allait pas redécorer tout son intérieur non plus, si ? Néanmoins, un bouquet paraissait trop classique, trop romantique étant donné leur situation. Ils ne sortaient pas ensemble ni ne visaient une relation normale. Cela dit, elle aurait apprécié le geste.

Écartant ces pensées idiotes, Silvia échangea son nouveau fauteuil avec l'ancien. Elle devrait appeler quelqu'un pour l'en débarrasser, mais ne se sentait pas prête à répondre aux questions de ses collègues pour le moment.

Penchée sur le dessin de tout à l'heure, elle ne put s'empêcher de songer à ce que Nick lui préparait encore. Pourquoi trouvait-elle ce côté imprévisible si attirant ?

Silvia s'engagea dans son allée, intriguée par les cartons devant sa porte. Comme elle n'avait rien commandé, il devait s'agir de la deuxième surprise de Nick. Qu'avait-il fait ?

Au moins, tout ceci était arrivé chez elle, pas au bureau. Elle avait dû ignorer les regards inquisiteurs en se débarrassant de son vieux fauteuil. Elle avait raconté qu'elle cherchait quelque chose de plus confortable et s'était offert un petit plaisir, d'où le ruban et le mot.

Peu crédible, mais elle n'avait rien trouvé de mieux.

Elle mit sa voiture au garage, saisit son sac à main, sortit et suivit le petit chemin de pierre sillonnant jusque sur le perron.

Là, elle reconnut le logo de son restaurant préféré sur les boîtes : Mama Jane.

Nick lui avait commandé à manger ? Elle n'allait pas refuser un tel cadeau, et s'il avait pensé à sa tarte meringuée à la banane chérie, alors elle devrait épouser cet homme.

Elle rit en portant les cartons à l'intérieur un à un. L'idée d'un mariage restait ridicule. Et, avec tout ce qu'il se passait entre eux, seule cette livraison la poussait à envisager cela ? Elle devait avoir un problème, à n'en pas douter.

Peu importe l'absence de mot, Silvia savait. Hormis ses collègues, elle n'avait pas eu l'occasion de se faire d'amis ou même de sortir depuis son arrivée en ville. Nick représentait la seule constante dans sa vie, professionnelle comme privée.

Elle déposa le tout dans la cuisine, s'apprêtant à découvrir son dîner.

En déballant les paquets, qui avaient gardé la nourriture au frais, elle réalisa que chaque plat se trouvait en deux exemplaires… y compris la tarte à la banane. Il s'en était souvenu.

Une chaleur familière lui brûla la gorge avant d'atteindre ses yeux. Maudites soient ces hormones. Qui aurait cru la voir craquer face à des tourtes, des biscuits et des desserts ?

Elle rangea le tout dans le réfrigérateur et jeta les cartons vides. Personne ne s'était jamais donné la peine de s'occuper d'elle auparavant. Quelque part, elle rechignait à céder de son indépendance après avoir vécu seule si longtemps, mais elle se rendait bien compte que Nick ne cherchait pas à la dépouiller de son identité. Il essayait de se montrer utile.

Il resterait des ajustements à faire au fur et à mesure cependant, pour le bien du bébé. Silvia ne devait pas se mentir, envisager une relation à cause de simples frissons s'avérerait catastrophique.

Elle avait confondu une fois la passion survoltée avec quelque chose de plus intense. Après avoir enchaîné les foyers d'accueil, elle s'était lancée dans la vie d'adulte avec son petit ami qu'elle fréquentait depuis deux mois à peine. Un mariage civil rapide suivi de quelques semaines d'un bonheur bancal lui avaient suffi à comprendre son erreur.

Depuis, Silvia avait fui tout ce qui se rapprochait d'une

relation. Comment aurait-elle fait la part des choses ? Son instinct la tromperait à coup sûr, personne ne lui avait jamais montré l'exemple.

En dépit de son éducation, Silvia restait persuadée d'une chose : elle aimerait ce bébé et s'assurerait de son bien-être. À son sens, aucun enfant ne devrait jamais se demander s'il était aimé ou en sécurité.

Au moment où elle saisit son téléphone, celui-ci vibra. Le sourire aux lèvres, elle espéra entendre la voix de Nick. Raté.

— John, qu'y a-t-il ?

— On a un problème, s'exclama le contremaître du chantier. J'ai appelé M. Campbell, mais il ne répond pas. Un des ouvriers a fait une chute. L'ambulance est déjà sur place.

Silvia saisit son sac sans réfléchir et emprunta la porte donnant sur le garage.

— J'arrive. Je vais essayer de joindre Nick.

Elle raccrocha, priant pour que l'ouvrier ne fût pas grièvement blessé et n'entraînât personne dans un procès interminable.

Les accidents arrivaient parfois dans le bâtiment, mais avec autant de facteurs à prendre en compte, elle espérait ne pas devoir celui-là à une négligence de sa part. Elle ne pouvait se permettre une telle bourde sur son premier projet, encore moins pour une construction de cette ampleur.

Des milliers de questions l'assaillirent. Pourquoi cet homme se trouvait-il sur les lieux si tard, un vendredi ? Il était 18 heures passées, tout le monde finissait à 17 heures tout au plus.

En chemin vers l'hôtel, Silvia rappela Nick, en vain. Où était-il ? Il ne se séparait jamais de son téléphone. Elle n'avait jamais eu de difficulté pour le contacter auparavant.

Elle pouvait gérer cette situation, seulement Nick devait se trouver sur place lui aussi. Après deux messages vocaux puis un SMS paniqué, elle arriva sur les lieux. Elle sortit en trombe afin de découvrir le fin mot de l'histoire.

Les yeux fatigués et enfoncés de Rusty Lockwood s'écarquillèrent lorsque Nick surgit dans la salle de poker. Et quand Sam fit son entrée à son tour, le vieil escroc faillit lâcher ses cartes, outré.

Ainsi, l'élément de surprise tournait déjà en leur faveur.

— Vous reste-t-il de quoi accueillir deux joueurs ? s'enquit Nick sans attendre de réponse pour s'installer à la table.

La pièce empestait la fumée de cigare et l'alcool. Les huiles de la ville avaient retiré vestons et cravates, et retroussé leurs manches. Nick en reconnut quelques-uns, ceux auprès de qui il était déjà monté au créneau à propos des licences.

Une fois Sam assis à ses côtés, ils sortirent leurs porte-monnaie pour bien exhiber les nombreux billets verts qui s'y trouvaient. Le regard de Rusty passait de l'un à l'autre, et Nick dut lutter corps et âme pour ne pas le toiser en retour, à chercher des ressemblances physiques. Il s'était interrogé au sujet de ses origines toute sa vie, mais là, se trouvant enfin devant son père après tant d'années, il ne pouvait rien dire.

Il ne préférait pas de toute manière. Nick n'attendait pas de retrouvailles larmoyantes ni ne ressentait le besoin de se rapprocher de Russ.

Son seul et unique objectif ce soir consistait à montrer à Rusty à qui il avait affaire, à le rappeler à la réalité. Nick ne lâcherait jamais. Pour rien au monde. Non seulement il allait se battre, mais il allait également se constituer toute une armée en marche contre le despote. Le règne de Rusty Lockwood à Green Valley et dans les comtés voisins touchait à sa fin.

Nick ne voulait même pas racheter son affaire, là n'était pas le problème, il souhaitait simplement pousser le vieil homme à se montrer raisonnable. Toutefois, ouvrir les portes de Green Valley à du sang neuf et arrêter d'agir en imbécile fini, c'était déjà trop demander, apparemment.

Peu importe. Nick n'allait pas se laisser intimider et Sam constituait un atout de plus dans sa main.

— Je vous sers un verre, messieurs ? s'enquit un vieil homme en se levant pour se diriger vers le bar.

Il leur montra une longue bouteille rectangulaire bien connue dans la région. Tout le monde reconnaissait le bouchon en forme de dôme et l'éclair sur l'étiquette, la marque de Rusty.

— Je ne suis pas un grand amateur de liqueurs, déclara Sam en triant ses cartes. Mettez-moi un bourbon.

— Moi aussi, dit Nick en serrant les dents pour s'empêcher de rire.

— On n'a que de l'Éclair blanc ici, leur indiqua l'autre en reposant la bouteille. Vous devez bien être les premiers à refuser ce bon vieil élixir.

— Si vous me proposiez quelque chose de savoureux, ce serait une autre histoire, plaisanta Nick, s'attirant quelques gloussements étouffés, sauf de la part de Rusty. On joue à cinq cartes ? C'est ce que je préfère.

Le téléphone de Nick vibra dans sa poche. Il l'ignora. En ce vendredi soir, il n'avait rien d'autre à faire. Hormis son futur bébé, le plus important pour lui restait encore de s'échiner à accomplir la dernière volonté de sa mère. Nick comptait bien se battre jusqu'au bout, et pas seulement pour ses affaires, mais pour tous les établissements pris en tenaille.

Une heure plus tard, lui et Sam avaient gagné quelques mains, et Rusty fulminait de plus en plus. Au bout d'un moment, celui-ci avait même arrêté de toucher à son verre comme à son cigare, désormais abandonné dans le cendrier. Une fureur sans nom devait l'habiter. Tant mieux. Lockwood devait apprendre que tout ne se plierait pas éternellement à sa volonté.

Nick avait enchaîné les parties en ignorant son portable. Il répondrait plus tard. Il avait trop attendu pour lancer la suite des hostilités, il devait donc rester concentré.

— C'est vous qui retapez cet hôtel sur le mont Silversmith ?

— C'est moi, confirma Nick en se tournant vers l'homme qui lui avait proposé un verre. On devrait ouvrir à la fin de l'été.

— On manque d'endroits de ce type, avec tous les touristes.

— C'est là-dessus que je mise, acquiesça Nick en réclamant une carte. Mais ma mère envisageait mieux que ça. Nous avons donc prévu des suppléments uniques dans le coin.

— Une vraie mine d'or, ajouta Sam en se couchant. L'économie tourne bien par ici. Plus il y aura d'hôtels, plus les gens visiteront les distilleries.

Rusty grommela en étudiant son jeu. Il saisit son verre pour agiter son alcool bas de gamme aux antipodes d'un bourbon bien mature ou d'un bon vin. Il n'y connaissait vraiment rien.

Nick posa ses cartes sur le feutre vert de la table puis attendit que les autres révèlent leur main. Il afficha une mine impassible en raflant la mise grâce à des as et des valets.

— Vous jouez souvent ? s'enquit un troisième quidam.

— Pas autant que je le voudrais, s'amusa-t-il.

— Je ne pense pas pouvoir me le permettre toutes les semaines, s'esclaffa Sam. Mais pour ce soir, mon argent est à vous.

Nick empila ses jetons avant de peser ses mots sans quitter Sam du regard.

— Ah, mais mon argent sera tout à toi quand nous aurons officialisé notre partenariat.

Sam se contenta d'acquiescer en examinant sa nouvelle main. Nick, lui, laissa planer ses paroles sans s'occuper de Rusty. Inutile d'observer la réaction de ce dernier pour savoir qu'il avait fait mouche. Par ailleurs, un échange trop direct aurait équivalu à une menace en bonne et due forme. Autant ne pas aller trop loin le même soir.

Une heure couronnée de belles victoires plus tard, Nick se leva.

— Messieurs, je dois partir, mais je repasserai la semaine prochaine si vous acceptez les nouveaux membres.

Tous dans la salle, à l'exception de Nick et Sam, observèrent la réaction d'un Rusty sur le point d'exploser à en croire son visage écarlate ou ses narines gonflées. Il allait devoir s'y habituer, car Nick comptait bien semer la pagaille dans son petit monde parfait.

— C'est un cercle privé, répondit Rusty un instant plus tard. J'ignore qui vous a tuyautés pour ce soir, mais ça ne se reproduira pas.

À ces mots, Nick fit mine de s'avancer, mais Sam l'attrapa par l'épaule.

— Qui sait ? dit-il. Vos amis ne semblent pas de cet avis.

Après un long échange silencieux, Nick se recula et salua

les autres d'un signe. Il suivit ensuite son partenaire hors de la salle saturée de fumée.

— Bon, ça s'est plutôt bien passé, ricana Sam. J'étais curieux de voir ce que tu allais faire, mais j'ai préféré nous sortir de là en toute dignité. Et si je peux éviter la prison…

Nick secoua la tête, les poings serrés le long du corps.

— Je ne l'aurais pas frappé. J'en meurs d'envie depuis des années, mais je ne le laisserai pas m'atteindre ni ne lui ferais ce plaisir.

Ils longèrent la ruelle entre deux bâtiments de briques pour regagner le parking.

— Bon, même heure la semaine prochaine ? s'enquit Sam.

— Oh que oui !

Sam s'éloigna alors, grimpa à bord de sa voiture et prit la route. Nick l'imita puis découvrit tous les messages et appels manqués sur son téléphone.

Il comprit vite quel problème phénoménal il avait ignoré en essayant d'en régler un autre.

Il arriva sur le chantier en un temps record, espérant que Silvia allait bien et que l'ouvrier ne porterait pas plainte.

Il avait choisi le pire moment pour s'absenter et s'était maudit tout le long du chemin à travers les montagnes. Il avait d'abord cru à un problème avec le bébé en voyant le nom de Silvia partout sur son écran. Il ne voulait pas reconnaître ce que cette inquiétude lui disait : il se souciait d'elle bien plus que de raison.

Mais qu'allait-il bien pouvoir y faire ?

8

— Enfin ! Heureusement que tu es venu.

Silvia se tenait au bord du plancher effondré où l'ouvrier était tombé. Par miracle, celui-ci s'était seulement foulé la cheville et écorché les bras.

Pendant près d'une demi-heure, Silvia avait cherché à joindre Nick, de toute évidence trop occupé pour se soucier d'elle ou son entreprise. Plus elle avait étudié les lieux avec le contremaître, plus elle avait cédé à la fureur. L'ouvrier, resté sur place pour poncer le parquet, avait fini par arracher des lattes trop fragiles après une fausse manœuvre.

Silvia ne savait pas si elle pouvait croire à cette histoire, car les experts n'avaient pas repéré de planches vermoulues.

Une fois seule, elle s'était efforcée de découvrir la vérité malgré sa fatigue et son envie de rentrer. Il s'agissait là d'un des pires aspects de son métier adoré.

Elle aurait souhaité que Nick arrivât plus tôt, qu'il prît ses responsabilités. Après tout, ils devaient travailler en équipe, d'autant plus maintenant.

Il sortait peut-être avec une fille. Cette simple idée sembla la percuter de plein fouet et elle se figea. Quand bien même, ils n'étaient pas en couple, si ? Elle n'aimait pas le poids de cette jalousie nouvelle et intrusive.

— Je suis venu aussi vite que j'ai pu, déclara-t-il en s'avançant avec prudence. Dis-moi tout.

Silvia lui adressa un regard par-dessus son épaule, surprise de déjà le voir porter son casque de chantier.

— Un des ouvriers s'est foulé la cheville à cause de sa négligence. Et tu étais injoignable, voilà le problème. J'ignore avec qui tu étais, mais si tu pouvais dire à tes conquêtes que tu as certaines obligations...

— Mes conquêtes ? s'étonna Nick en la saisissant par l'épaule. Vraiment ? Je te croirais presque jalouse si je n'étais pas furieux de cette remarque.

Elle, jalouse ? Un peu de sérieux, par pitié. Ce n'était pas le cas. Loin de là. Cela aurait impliqué qu'ils aient une vraie relation.

— D'un point de vue professionnel, je mérite qu'on me réponde. C'est ton hôtel, tu aurais dû être présent.

— Et je le suis, rétorqua-t-il en la lâchant. Mais j'ai d'autres établissements à gérer.

Alors, elle remarqua sa tristesse. Plus encore, une certaine détermination tapissait cette douleur. Il ne mentait pas. Peut-être s'était-elle fait un cinéma à l'imaginer avec une femme tandis qu'elle réparait les pots cassés. Le stress et l'irritabilité ne constituaient pas des excuses valables.

— Pardon, Nick. Je n'aime pas les accidents, encore moins quand je les trouve louches. Mon patron ne va pas apprécier, mais tant pis. Ce type n'avait rien à faire ici.

— Ce n'est rien, la rassura Nick. Et personne ne peut t'accuser de quoi que ce soit. Pour ma part, cet incapable ne remettra plus les pieds sur mon chantier.

Silvia hocha la tête puis jeta un nouveau coup d'œil au sous-sol à travers le trou béant.

— Le contremaître l'a déjà suspendu sans solde jusqu'à ce qu'on en sache plus.

Elle lui expliqua alors la situation plus en détail. Il l'observait tandis qu'elle parlait, comme si la moindre de ses paroles comptait. Il ne cherchait pas à interpréter les choses à sa manière ni à la contredire. Non, il prenait son avis très au sérieux, l'écoutait, respectait son statut d'architecte du projet.

L'air sembla s'alourdir, au point de devenir presque moite à mesure qu'elle parlait. Elle se surprit à devoir essuyer la sueur apparue sur ses joues. Et ce casque qui n'arrangeait rien. Lorsque des points noirs apparurent devant ses yeux, Silvia dut fermer les paupières pour prendre une grande inspiration, en vain. La chaleur, l'altitude peut-être aussi, lui pesaient.

Et soudain, le monde bascula, la faisant tituber entre de solides bras puis contre un large torse bien ferme.

— Silvia ? s'inquiéta Nick.

Elle voulut le rassurer, mais n'en trouva pas la force. Que lui arrivait-il ? Elle… Elle restait sans voix, elle avait terriblement chaud, elle transpirait, vidée de toutes ses forces tout à coup.

Tandis que Nick l'installait près de la fenêtre, son casque rebondit par terre dans un bruit sec. Elle tenta de se redresser, mais une nouvelle nausée la saisit.

— Attends…, murmura-t-elle, agrippée à ses épaules. Une minute.

Elle sentit les doigts de Nick glisser sur son cou.

— Tu es toute pâle et en sueur. Je t'amène aux urgences.

— Non, le coupa-t-elle en ouvrant doucement les paupières pour découvrir l'inquiétude qui le tiraillait. Ils te diront simplement que je suis enceinte.

— Et s'il y avait autre chose ? Je n'y connais rien, mais c'est aussi pour ça que je préfère ne prendre aucun risque.

La pièce s'était arrêtée de tourbillonner, mais Silvia se sentit encore plus amorphe que jamais. Elle prit une longue inspiration et posa la main sur le torse de Nick.

— Ne me colle pas comme ça, lui intima-t-elle. Je vais bien, il me faut de l'air, c'est tout.

Nick se recula sans la lâcher de ses yeux bleu clair.

— Tu as beaucoup travaillé aujourd'hui ? l'interrogea-t-il, cherchant sans doute à déterminer ce qui clochait. Tu t'es peut-être surmenée.

— J'avais une réunion à 9 heures, puis j'ai essayé de redessiner la réception. Je sais que tu as dit que ça allait, mais je n'en suis pas satisfaite. C'est l'arche, à mon avis. Je crois qu'elle est trop féminine. Va savoir, je l'ai déjà modifiée tellement de…

— Concentre-toi, lui ordonna-t-il en écartant une mèche du

visage de la jeune femme. Qu'as-tu fait après avoir travaillé sur l'arche, qui est très bien comme ça d'ailleurs ?

— On m'a interrompue en me livrant ton fauteuil. J'ai enchaîné avec une autre réunion concernant ma période d'essai.

Elle se remémora cette rencontre avec ses employeurs. Satisfaits d'elle, ils attendaient qu'elle acceptât de nouveaux projets sans relâcher ses efforts. Elle travaillait déjà plus que bon nombre de ses collègues. Son futur congé maternité allait leur faire un sacré choc. Elle ne savait absolument pas quoi espérer de leur part.

— Puis, je suis rentrée chez moi, où m'attendait ton autre surprise. C'était inutile, mais quand même très gentil.

— Et tu as aimé ?

— Je venais de tout ranger quand on m'a appris pour l'accident.

— Donc tu n'as pas mangé. À quelle heure as-tu pris ta pause déjeuner ?

— Je n'en ai pas pris, admit-elle avec un haussement d'épaules. Juste une barre de céréales et une pomme vers 11 heures.

Nick jura à voix basse.

— Mais ça ne va pas ? Tu pouvais peut-être sauter des repas ou te contenter de grignoter avant, mais notre enfant a besoin de forces.

Silvia se redressa d'un coup et se releva, fière de n'avoir presque pas vacillé.

— Je me passerai de tes bons conseils à propos de ma santé ou celle du bébé. J'étais occupée. Je voulais manger normalement quand on m'a appelée. Tout ça parce que, toi, tu ne répondais pas, soit dit en passant.

— J'avais à faire, expliqua-t-il, l'air plus sombre, les lèvres pincées.

Silvia plaqua les mains sur les hanches et lâcha un ricanement sardonique.

— Et tu ne pouvais pas lire tes messages ? Je sais que tu avais ton téléphone sur toi.

— Ma vie privée ne te regarde pas, riposta-t-il.

Cette réplique la blessa plus que de raison. L'idée qu'il ne se souciât pas assez d'elle pour se confier la percuta de plein fouet, malgré les promesses de discrétion et d'une relation purement physique entre eux. Après tout, c'était elle qui avait établi ces limites.

— Ça fonctionne dans les deux sens, répondit-elle. Je suis assez grande pour me débrouiller, alors arrête avec tes cadeaux. Je n'ai pas besoin d'une nounou. Maintenant, si tu veux bien m'excuser, j'aimerais rentrer me coucher.

Silvia se retourna, ramassa son casque puis son sac et son téléphone. Elle préféra ignorer le regard insistant de Nick. N'importe quel autre homme aurait continué de se chamailler avec elle, se serait excusé, l'aurait arrêtée, n'importe quoi. Pas lui. Il se contenta de la dévisager de cette façon si agaçante, aussi dut-elle fournir un effort surhumain pour ne pas lui jeter ce casque à la figure.

— Tu arriveras à conduire ? demanda-t-il enfin, incertain.

— Ne t'inquiète pas, assura Silvia en le regardant par-dessus son épaule. Occupe-toi de cet ouvrier plutôt, essaie de savoir ce qu'il s'est vraiment passé.

Elle n'attendit pas sa réponse, elle préféra le laisser seul dans ce bazar ambiant. En plus du rapport à rédiger pour cet accident, elle allait devoir s'occuper de ce plancher troué. Elle relativisa alors, il s'agissait d'un moindre mal ; ç'aurait été pire si tout cela était arrivé après l'ouverture de l'hôtel. Peu importe le responsable, personne ne désirait voir son nom entaché par une telle négligence.

Elle suivit la route, furieuse de tant se fourvoyer quant à ses sentiments pour Nick. Où en étaient-ils ? N'avait-elle pas appris la leçon ? Son enfance lui avait prouvé qu'elle ne pouvait compter sur personne.

Sans parler de ce gouffre béant et cette quête insatiable tout au long de sa vie. Trente-deux ans à chercher un peu d'amour et de stabilité. Elle doutait de pouvoir un jour combler ce vide… sans jamais cesser d'espérer, quelque part.

Si les paroles de Nick l'avaient blessée, elle n'allait cependant pas se priver de dévorer ce qu'il lui avait commandé. Ne restait plus qu'à dénouer ses sentiments pour lui. Elle lui en voulait, néanmoins elle ne pouvait ignorer cette attirance indépendante de sa grossesse ou de la façon dont son corps chavirait encore en repensant à leurs ébats. Le voir tous les jours ne la poussait que davantage au bord du gouffre.

Sans pouvoir se l'avouer, elle sentait tout de même un certain manque s'apaiser en sa présence.

Que se passerait-il si elle l'acceptait dans son cœur ? Nick finirait-il par le lui briser, lui aussi ?

Nick envoya un message au maire, une invitation à une rencontre exceptionnelle à la distillerie Hawkins. Avec Sam, ils avaient commencé à déplacer leurs pions, et discuter avec le maire seul, loin de l'influence de Rusty et sa bande, ça équivalait à un vrai coup de maître.

Son portable en main, il étudiait la maison de Silvia, une construction dans les montagnes. Il avait dû chercher son adresse, une initiative nécessaire au vu de l'évolution de leur relation. Ils ne pouvaient plus garder autant de secrets l'un pour l'autre.

Cette belle bâtisse de pierre et de bois semblait s'illuminer de partout. Les nombreuses fenêtres s'ouvraient sur le vaste paysage, le sommet du premier étage absorbait la lumière à travers les impostes. Les lanternes à l'ancienne de part et d'autre de l'entrée ressemblaient à une invitation mais, à son avis, Silvia ne voulait pas de lui chez elle.

Il méritait de rester à la porte. Il méritait sa colère. Il accepterait tout et n'importe quoi de sa part pourvu qu'ils avancent.

Nick sortit de sa voiture.

Il avait blessé Silvia, comme si elle était responsable du chaos dans sa vie à lui. Comment honorer la mémoire de Lori s'il traitait la jeune femme avec si peu d'égards ? Ce qu'il aimait par-dessus tout chez sa mère, c'était sa façon de rendre chacun heureux, de donner à tout le monde cette impression de se sentir unique.

Et Silvia comptait. Bien trop, bon sang.

Nick ne s'étonna pas quand la porte d'entrée s'ouvrit au moment où il arriva sous le porche. Silvia portait un T-shirt à épaules dénudées. Si elle l'avait sans doute choisi pour se sentir à l'aise, cela la rendait plus attirante que jamais. Dès le premier jour, Nick avait eu envie d'elle. Tout chez cette femme lui agitait les sens, éveillait en lui des choses encore inédites. Elle pouvait tout autant se glisser dans un tailleur, telle l'architecte impitoyable qu'elle était, avant de le troquer pour un charme plus naturel porté par ses seuls yeux bleus perçants et sa folle chevelure enflammée.

Il avait de plus en plus de mal à ignorer la façon dont elle lui vrillait le cœur.

Nick ne trouvait aucune raison à cette attirance constante, aussi ressassait-il sa vulnérabilité récente.

— Tu viens t'excuser ? lui demanda-t-elle en bloquant la porte.

— Oui, acquiesça-t-il.

— Alors tu peux entrer.

Il dut refréner un sourire face à cette invitation insolente, mais franche.

Silvia disparut tout à coup, laissant ouvert derrière elle. Nick n'allait pas ignorer le message ni ce roulement de hanches. S'il s'était toujours félicité de sa parfaite maîtrise de soi, face à elle, il se demandait qui tirait les ficelles.

Il la suivit à l'intérieur de la maison, empreinte de la personnalité de Silvia, de sa vie. Un plan de travail rectangulaire dans la cuisine dissimulait quatre tabourets en cuir. Une corbeille exhibait des citrons verts sur le comptoir. Un chiffre pair à n'en pas douter. Droit devant se dessinaient de hautes fenêtres fendant les deux étages pour accentuer la vue magnifique sur les montagnes et la vallée à ses pieds. La cour accueillait même une piscine et un brasero autour duquel on pouvait s'installer confortablement.

Dans le salon, le mur de la cheminée exposait les pierres des fondations. Un tapis moelleux cachait une bonne partie du parquet sombre. Des fauteuils et un canapé gris clair se paraient de tout un arsenal de coussins colorés aux motifs variés. Nick y décela une certaine espièglerie derrière des aspects plus bruts.

Silvia s'agitait dans la cuisine, rangeait des choses dans le réfrigérateur, nettoyait un peu. Nick s'installa sur un des tabourets et s'accouda au comptoir.

— Désolé de m'être emporté.

— Ça, tu peux l'être.

Il eut un mal fou à ne pas rire. Elle n'allait pas lui faciliter la tâche. Il était persuadé qu'elle avait voulu lui sauter à la gorge, l'autre jour. Voilà sans doute d'où lui venait son charme. Elle ne reculait devant rien ni n'acceptait tout sans broncher. Elle prenait les choses en main avec dignité.

— Je ne sais pas gérer ça..., avoua-t-il. Ce qu'il se passe entre nous, j'entends. Tu veux rester discrète. Quelque part, ça m'énerve, mais je comprends. Seulement, il y a certains problèmes dont je ne peux pas encore te parler.

S'il abordait jamais le sujet. Il y avait un monde entre accepter l'identité de son père et le crier sur tous les toits. Chaque jour, Nick attendait un appel, une visite à son bureau ou chez lui de la part de ses demi-frères. Devait-il les retrouver ? Voulait-il vraiment chambouler leur vie à eux aussi ?

Rusty savait-il au moins qu'ils existaient ? D'après la lettre, oui. Toutefois, Russ ne devait pas connaître l'identité de ses enfants, ou alors il ne s'en souciait pas du tout. Nick préférait envisager toutes les options. À ce stade, plus rien ne l'aurait surpris.

Dire qu'il se trouvait à bout de nerfs était un euphémisme.

— Nous avançons tous les deux à l'aveuglette dans cette histoire, reprit Silvia en repliant son torchon dans un carré parfait avant de le poser sur l'évier. Mais tu n'as pas à te montrer odieux. Si tu préfères ne pas me parler de tes problèmes, je comprendrai. Je n'exige aucune promesse de ta part ni d'être la seule dans ta vie. Je me doute bien que tu aimerais sortir et rencontrer d'autres femmes. Tu ne devrais pas te sentir prisonnier de moi à cause de...

Nick avait contourné le plan de travail sans même s'en rendre compte. Il ne l'avait pas laissée finir sa phrase et l'avait prise entre ses bras pour l'embrasser.

— La seule..., soupira-t-il. Et si c'était exactement ce que je voulais ? Peut-être que je ne supporte pas de devoir me cacher quand tout ce que je souhaite c'est te voir en dehors des horaires de bureau ou en pleine rue.

Il ne le réalisa lui-même qu'à cet instant. Que lui arrivait-il, enfin ?

— Quoi ? s'étonna-t-elle. Non. Ça serait une vraie relation. On ne se lance pas là-dedans. Ce n'est pas parce que je suis enceinte que parler de « nous » devient une bonne idée. Nous ne sommes pas faits pour le long terme et nous nous connaissons à peine.

Pourquoi devait-elle se montrer si rationnelle quand il en voulait plus, même s'il ignorait quoi exactement ?

— Je ne dis pas ça parce que tu es enceinte, affirma-t-il. Mais parce que j'aimerais ne pas te résumer à ton travail ou à ce que nous faisons au lit.

Elle écarquilla les yeux un instant avant de se renfrogner.

— Mais ce n'est pas nous. Nous ne sommes pas faits pour ça. Je... Je ne peux pas.

Face à la terreur sans nom dans sa voix, Nick aurait souhaité lui demander ce qui l'effrayait tant. Il voulait réunir toutes les pièces du puzzle afin de tout savoir d'elle.

— J'ai été marié avant, hésita-t-il. Pas longtemps.

S'il s'ouvrait, peut-être allait-elle en faire de même.

Se rendant compte qu'il la serrait encore, Nick se recula puis enfouit les mains dans ses poches. Ce mariage raté aurait peut-être dû lui rappeler pourquoi il ne devait pas jouer avec Silvia. De quel droit exigeait-il plus de sa part ? Après tout, le sang de Rusty Lockwood coulait dans ses veines. Était-il seulement digne de ce qu'elle voulait, de ce qu'elle méritait ?

Cela ne l'arrêta pas pour autant.

— Je l'ai épousée après le lycée, continua-t-il, espérant qu'elle vît à quel point il était prêt à s'ouvrir à elle. Nous étions tout le temps l'un sur l'autre, mais je ne pense pas que nous comprenions ce qu'était l'amour. C'est toujours assez flou à mon sens, d'ailleurs, mais peu importe. Son père aurait pu me tuer, ce qui m'a encore plus incité à rester avec elle.

— J'imagine, s'amusa Silvia. Comment s'appelait-elle ?

— Molly. Nous avons compris notre erreur environ deux mois plus tard, mais nous avons préféré nous voiler la face. Nous voulions trop prouver à ses parents que nous avions raison.

— Et qu'en a pensé ta mère ?

— Que j'étais trop jeune pour ça, s'esclaffa-t-il. Mais qu'elle me soutiendrait malgré tout. Elle ne m'a jamais laissé tomber.

Aujourd'hui, au moment où il aurait eu le plus besoin d'elle, il avait l'impression de tituber dans la vie comme s'il devait trouver un nouvel équilibre.

— Mais vous avez quand même divorcé.

— Oui, six mois plus tard. Nous nous sommes séparés en bons termes. Molly s'est même remariée et a quatre enfants.

— Quatre ? s'exclama Silvia en riant. À croire que vous n'étiez vraiment pas compatibles. Je ne t'imagine pas du tout en train d'entraîner une équipe de football ni discuter du beau temps avec les autres parents devant l'école.

Nick n'y avait même jamais songé. Et s'il n'était simplement pas ce type de père ? Il n'en savait rien. Cependant il désirait cet enfant… et Silvia pour le moment. Et tant pis pour cet avenir flou. Les années filaient à toute vitesse ; s'il voulait quelque chose, il devait prendre les devants.

— Je n'étais pas prêt pour tout ça.

— Et aujourd'hui, Nick ?

— Est-ce une demande en mariage ? ricana-t-il.

— Pas du tout, s'écria-t-elle en sursautant, crispée. Ce n'est pas le bon moment pour ça, s'il existe un bon moment.

— Tu es contre le mariage ?

— J'ai essayé une fois, soupira-t-elle. Ça a duré à peu près aussi longtemps que le tien, alors autant éviter les redites. Je préfère apprendre de mes erreurs.

Intéressant. Plus ils parlaient, plus il perçait sa carapace, et plus il percevait leurs similitudes. Chaque discussion lui révélait un nouveau trait de caractère extraordinaire.

Combien devrait-il encore en dévoiler avant de voir les lignes de leur vie se tresser l'une avec l'autre de façon définitive ?

9

Silvia n'avait pas compris comment ils s'étaient retrouvés dehors autour d'un feu crépitant, bien au chaud sous une couette sur la même méridienne. Un instant ils partageaient un peu de leur passé, et la seconde d'après, elle lui faisait visiter la maison et il tombait amoureux de l'extérieur.

— Je passerais mes journées entières sur cette terrasse, si je vivais ici, s'extasia-t-il.

— C'est pas mal aussi, chez toi.

Silvia étendit les jambes pour les croiser, s'efforçant bon gré mal gré de ne pas se frotter à lui plus que de raison. Encore une fois, nul besoin de l'effleurer pour ressentir cette incontrôlable envie de lui arracher ses vêtements.

Toujours est-il qu'elle tentait de se maîtriser, de ne pas agir comme une adolescente en pleine ébullition.

— C'est la vue qui m'a poussée à m'installer ici, admit-elle. Toutes ces fenêtres à l'arrière, cette fosse avec le brasero. La piscine, c'est le petit bonus. Comme je suis arrivée il y a six mois à peine, j'ai raté les couleurs de l'automne. Cet endroit est magique pour se pelotonner au coin du feu à faire griller des chamallows. Oh ! peut-être que je devrais acheter un berceau d'extérieur.

— C'est une superbe maison pour élever un enfant, assura-t-il.

— C'est vrai, répondit-elle avec un sourire. J'ai déjà imaginé la nouvelle décoration de la chambre d'amis des centaines de fois.

Nick se tourna légèrement vers elle.

— Tu te sens mieux ?

Elle l'observa puis se détourna pour contempler les flammes taquiner les ténèbres.

— Oui, je devais manger, voilà tout. Je te jure que je serai plus prudente. J'ai du mal à comprendre que je dois m'occuper de quelqu'un d'autre, désormais.

Nick glissa les mains sous l'épaisse couverture pour les poser sur le ventre encore plat de la jeune femme. Silvia se contracta un brin, et elle se tourna de nouveau vers lui. À sa grande surprise, il la dévisageait.

— Je respecte ton indépendance, mais tu dois savoir que je vais m'inquiéter et te taper sur les nerfs. Je sais très bien que tu t'en sortirais sans moi, mais j'aimerais que tu comprennes que tu ne seras pas seule.

Silvia déglutit, incapable de garder les idées claires. Entre ce geste tendre, cette intensité et cette voix si sensuelle, Nick cumulait les qualités qu'elle aurait voulu fuir. Même s'il incarnait la perfection, elle ne pouvait se permettre de nouvelles blessures.

En vérité, même Nick ne pouvait prendre une décision si capitale en ce moment. Ils allaient devenir parents, Silvia ne devait pas l'oublier. Elle devait écarter ses rêves, ses désirs et, par-dessus tout, sa peur.

— Que faisons-nous au juste ? s'enquit-elle enfin en plongeant ses yeux dans les siens.

— On profite d'une belle soirée.

Elle posa la main sur la sienne pour la retirer de son ventre.

— Tu sais de quoi je parle. Je ne veux pas me mettre en couple. Et toi… Eh bien, tu n'es pas prêt non plus.

— Peut-être, admit-il. Mais faut-il vraiment se priver de passer du bon temps ensemble ? On s'entend bien, toi et moi. C'est plutôt rare de nos jours. Je pensais que toi, plus que quiconque, l'avais compris.

Silvia bascula en arrière pour observer les étoiles. Elle aurait souhaité posséder toutes les réponses, avoir quelqu'un à qui se confier et demander conseil. Si elle s'était habituée à ce vide, elle ne l'appréciait pas pour autant.

— Je n'arrive pas à m'ouvrir à toi, Nick. Je n'ai rien à offrir sauf ce que je donnerai au bébé.

Nick se redressa alors pour se placer au-dessus d'elle et la forcer à le regarder.

— Je ne t'ai jamais rien demandé, et ça ne changera pas.

— Tu n'en sais rien.

Son silence à cet instant en dit plus long que tous les beaux discours.

— Je sens bien ton attirance, ajouta-t-elle. C'est dur de ne pas y prêter attention. Seulement, nous devrions accepter que ce n'est qu'éphémère.

— Éphémère..., murmura-t-il, comme insulté. Tout ça parce que tu as peur de la réaction de tes collègues ? Très bien. Garde-moi au cœur de tes petits secrets pour l'instant, mais... garde-moi.

Les lèvres de Nick trouvèrent les siennes sans lui laisser le temps de répondre. Une vague de chaleur la consuma instantanément. Silvia se cambra contre ce corps musclé. Tout chez Nick l'attirait. Aucune belle parole, aucune volonté au monde n'auraient su l'empêcher de céder à un homme si séduisant.

Il la saisit à la cuisse d'une main et posa l'autre près de sa tête pour la surplomber.

La bouche de Nick explora la sienne puis son cou jusqu'à son épaule dénudée. Le sang de Silvia bouillonna, mais elle savait où cela les mènerait. Ils connaissaient tous deux ce langage commun nécessaire à leur vie marquée par le doute et les émotions contraires.

— Tant pis si ça ne dure pas, murmura-t-il contre ses lèvres. Mais faisons en sorte que ce soit agréable.

Comment contredire une telle logique quand tous deux cherchaient un peu de tendresse ? Peut-être se servaient-ils l'un de l'autre pour mieux affronter leurs peines, mais peu importe, elle ne trouvait aucune raison de se priver de cet instant... ni de ceux à venir.

Nick la libéra pour l'observer. Ces longs cils suffisaient à l'émoustiller presque autant que ses caresses. Sans plus penser à rien d'autre, Silvia retira son T-shirt et le jeta avec insouciance.

S'il n'avait pas été son client, elle aurait sans doute eu moins peur de s'aventurer à tâtons sur ce territoire sauvage. Une relation physique, elle s'y habituerait. La garde partagée, elle s'en accommoderait. Laisser son cœur entrer en jeu, en revanche, cela la pousserait au fond du gouffre.

— Je ne veux pas te mettre la pression, fit-il.

Silvia s'agrippa alors à son T-shirt à lui sans le quitter des yeux.

— Est-ce que j'ai l'air de me forcer ?

Avec un sourire entendu, Nick l'aida à le déshabiller. Dans un mélange flou de gestes et de rires, ils jetèrent le reste de leurs vêtements çà et là.

— J'imagine que c'est l'avantage de vivre loin de tout, s'amusa-t-elle tandis qu'il récupérait un préservatif dans la poche de son pantalon tombé non loin.

— J'en connais d'autres, plaisanta-t-il en se faufilant entre ses jambes.

Nick lui empoigna l'arrière des cuisses avec vigueur quand leurs corps s'effleurèrent. Silvia se contracta, impatiente de s'unir à lui, prise d'un désir si soudain qu'elle ne put retenir un gémissement.

Seulement, il resta là à la dévisager, un sourcil arqué.

— Viens, lui intima-t-elle.

Il s'exécuta et elle se cambra en soupirant. Il ne prit pas son temps, il ne ralentit pas. Non, Nick joua des hanches contre les siennes. Silvia tenta de le caresser, mais en un instant il les fit basculer, et elle se retrouva sur lui. Les mouvements rapides de Nick trahissaient son désir.

Silvia fit serpenter ses doigts sur ses épaules tout en suivant ses va-et-vient frénétiques. Chacune des cellules de son corps s'électrisait d'une soif que seul Nick pouvait étancher. Il prit ses seins en coupe tout en capturant ses lèvres une nouvelle fois.

Il l'embrassait avec une telle fougue qu'elle comprit absolument tout ce qu'il attendait d'elle. Silvia se redressa légèrement pour se déhancher encore et arracher un gémissement viril à son amant. Elle voulait lui faire perdre la tête, devenir son seul fantasme, son unique besoin.

Mais à défaut de ce rêve inatteignable, elle allait se contenter de savourer l'instant. Elle méritait le bonheur, même le plus infime. Cette tourmente au sujet de Nick pouvait bien attendre. Elle ne voulait qu'absorber tout le plaisir qu'il allait lui offrir.

Lorsqu'il interrompit leur baiser pour lui embrasser la poitrine, Silvia passa les doigts dans ses cheveux et s'autorisa à se laisser emporter au-delà de toute raison par les caresses de Nick, par sa fougue.

L'air frais se lovait contre sa peau nue comme pour mieux exacerber ses sens en émoi. Elle trouva quelque chose de follement libérateur, tellement délicieux à s'exhiber ainsi en pleine nature. Elle aurait voulu savourer cette volupté pour toujours, mais elle atteignit ses limites et ne put retenir plus longtemps cette explosion d'euphorie.

Silvia poussa un cri au moment où Nick glissa une main au creux de leur union. Il agita les hanches de manière incontrôlable tandis que tout son être se raidissait. Silvia bascula la tête en arrière pour mieux se fondre à leur extase.

Quand les lèvres de Nick remontèrent la vallée entre ses seins, Silvia revint à la réalité. Il marmonna quelque chose contre sa peau brûlante, mais elle ne pouvait pas à la fois accueillir cette félicité et déchiffrer ses paroles.

Ses spasmes s'arrêtèrent enfin, et Nick la serra. Elle se blottit contre son cou, là où s'élevait son parfum musqué et boisé.

— Je peux dormir ici, Silvia ? Nous sommes libres demain.

Elle aurait dû lui demander de partir, tenter de définir des limites dans cette relation confuse, seulement elle ne pouvait ignorer un fait de la plus haute importance. Son cœur s'immisçait dans cette histoire et elle craignait déjà les chagrins à venir.

Les arômes de café torréfié réveillèrent Silvia. Elle sourcilla dans la lumière du jour filtrée par les fenêtres. Elle dormait rarement assez longtemps pour savourer les rayons du soleil au petit matin. Elle regarda l'heure.

Ce mouvement brusque combiné à l'odeur du café et de ce que Nick cuisinait lui retourna l'estomac sans crier gare.

Elle bondit de sous les draps pour courir à la salle de bains juste à temps. Le front en sueur, elle maudit ces bouffées de chaleur. Elle retira le T-shirt de Nick, avec lequel elle avait dormi, pour accueillir la fraîcheur du carrelage.

Lorsqu'elle fut certaine de ne plus se trouver malade, elle prit une longue inspiration et ferma les yeux, concentrée sur sa respiration en attendant d'aller mieux. Il fallait faire quelque chose pour cette odeur.

Elle tenta de se relever en grognant, mais ses jambes encore faibles la trahirent alors que la pièce se remettait à tourner. Elle lâcha un soupir en entendant les pas lourds dans le couloir puis la chambre.

Elle aurait préféré offrir à Nick une vision plus angélique, mais elle n'y pouvait pas grand-chose quand les nausées matinales semblaient vouloir s'imposer à coups de pied dans sa vie.

— Silvia, fit Nick, figé sur le pas de la porte. Dis-moi si je peux t'aider.

— Pas vraiment, répondit-elle en prenant appui sur le lavabo. Ça va passer, mais si tu pouvais jeter ce que tu cuisines. Désolée.

— À vos ordres.

Il disparut aussitôt. Elle se réjouit de ne pas le voir insister. Elle voulait vraiment pouvoir se rincer le visage, se brosser les dents toute seule, et préférait ne pas avoir de public si les nausées la reprenaient.

Nick la laissa tranquille, et elle en profita pour prendre une douche rapide.

Après avoir retrouvé un tant soit peu de dignité, elle enfila de nouveau le T-shirt de son amant puis s'attacha les cheveux. Elle se rendit à pas de loup dans le salon, où elle trouva toutes les fenêtres ouvertes et nulle trace de nourriture.

Nick, accoudé au comptoir de la cuisine, buvait un café.

— Tu veux de l'eau ou un jus de fruits ?

— Je vais me servir, lui indiqua-t-elle en s'avançant. Qu'est-ce que tu préparais ?

— Du pain perdu. Que j'ai jeté. Puis, j'ai sorti la poubelle.

Malgré les gargouillis de son ventre, Silvia ne pouvait absolument rien avaler pour le moment. Elle prit une tranche de pain de mie pour la placer dans le grille-pain. Le fade et le sans goût semblaient éclairer la voie de son nouveau régime alimentaire.

— C'est gentil de me préparer le petit déjeuner, commença-t-elle en se tournant vers lui. Mais, autant être claire...

— Tu regrettes déjà ? demanda-t-il en sirotant son café comme si tout cela ne l'atteignait pas. Je croyais sincèrement qu'on n'en était plus là.

Silvia serra les dents.

— Non, ce n'est pas ça. Je dis simplement que c'est inutile de se leurrer et de jouer au papa et à la maman.

— Mais je ne joue pas, moi, affirma-t-il en posant sa tasse pour s'approcher de Silvia. Si tu as peur de tes sentiments, je peux le comprendre, mais ne viens pas me dire que tout ça c'est mal.

— Sauf que ça l'est, le coupa-t-elle. Je veux être avec toi sans être avec toi. Et, oui, c'est stupide.

— Je ne te ferai pas de mal, tu sais.

Elle dut le repousser gentiment pour l'empêcher d'avancer plus.

— Et si moi je te blesse ?

— Tu ne serais pas la première, assura-t-il en attrapant sa main pour entrelacer ses doigts aux siens. Nous avons tous les deux vécu un divorce et la perte d'êtres chers, mais regarde-nous. Ça ne nous a pas tués. Tu as si peur que ça de nous donner une chance ?

Elle étudiait l'éclat de ses pupilles en l'écoutant.

— Pourquoi insistes-tu tellement ?

Nick pinça les lèvres et serra les mâchoires avant de lui répondre.

— Parce que j'ai vu ma mère batailler, s'échiner à être deux parents à la fois. J'aimerais t'éviter ça, et si nous arrivions à accepter que nous allons bien ensemble, à faire en sorte que ça colle entre nous, alors ce serait mieux pour notre enfant.

Leur enfant.

Ses sentiments à elle ne semblaient pas entrer en compte.

De toute évidence, il aimait coucher avec elle ; seulement, pouvait-elle espérer plus ? Il devait bien éprouver quelque chose, même des sentiments infimes, sans quoi il ne se donnerait pas tant de mal pour elle.

Néanmoins, sa gentillesse visait uniquement à faciliter la grossesse de Silvia, pas à prendre soin d'elle, alors qu'elle se sentait de plus en plus en phase avec lui.

— Je ne dirai rien, Silvia, mais ne me rejette pas avant même de m'avoir laissé une chance de savoir si c'est la bonne décision.

Pour le bébé.

Ces mots la torturaient comme s'il les avait prononcés lui-même. Mais n'avait-elle pas désiré cette distance émotionnelle ? N'avait-elle pas songé que cela valait mieux ? Et n'avait-elle pas envie de lui, au moins temporairement ?

Après tout, s'il s'agissait de penser au bébé, ils pouvaient bien tenter le coup, sans risquer les crises de larmes. Elle n'aurait qu'à se blinder le cœur à tout prix.

Il leur faudrait établir des règles, malgré tout, notamment s'il continuait de se montrer si ouvert, gentil et séduisant. Sans cela, elle courait droit à la catastrophe amoureuse.

— Finis, les cadeaux.

Nick acquiesça.

— Finis, les dîners.

— Il faut bien que je mange, fit-il remarquer, un sourcil arqué.

— Bon, d'accord, lui accorda-t-elle sans cacher son amusement. Finies, les livraisons chez moi.

— Quoi d'autre ?

— Si un jour tu en as assez, dis-le-moi. D'ici là, ce sera purement sexuel et en toute discrétion.

Comme Nick prit une longue inspiration et fit mine de protester, elle dut lui poser un doigt sur les lèvres.

— C'est comme ça et pas autrement.

Il soutint son regard un instant avant de hocher la tête.

Voilà. De cette manière, elle garderait un certain contrôle. Avec un peu de chance, rien qu'un peu, elle ne souffrirait plus.

10

Nick se gara en ricanant sur la place de parking réservée aux membres honorifiques. Plutôt mourir que de devenir un client privilégié de La Foudroyante. Il s'agissait de pure mesquinerie, et il n'allait pas s'en excuser. En un sens, il était héritier de cette dynastie de bouseux.

Avait-il rendez-vous avec Rusty ? Pas du tout. Avait-il mieux à faire ? Absolument. Voulait-il pousser le vieil homme à bout ? Toujours.

Prendre l'ennemi par surprise constituait la meilleure stratégie selon Nick. Après la partie de poker, il avait songé que faire irruption sur le territoire de Rusty serait une excellente façon de le réduire aux abois. Il voulait que cet escroc se demande ce qu'il se passerait ensuite. Rien ne valait un imprévu du lundi matin pour dérouter son ennemi juré.

Nick se rendit vers les bureaux en sifflotant, les mains dans les poches. Il allait improviser et ne se souciait de rien. Il avait fini par embrasser l'idée de cueillir le jour, de prendre ses décisions au fur et à mesure.

Le vieux bâtiment en brique à deux étages se dressait près du ruisseau à l'arrière de la propriété, comme chez Hawkins. Après avoir emprunté l'entrée principale, Nick se dirigea droit vers la réception. Là où il s'était attendu à une jeune fille, il trouva un quinquagénaire derrière l'accueil. Très bien. Peu importait.

— Puis-je vous aider, monsieur ?

— Je viens voir Rusty.

L'homme passa de Nick à son écran d'ordinateur, parcourut quelques pages puis revint à son visiteur.

— Rappelez-moi votre nom.

— Nick Campbell.

Le réceptionniste sourcilla à peine, il fallait lui accorder cela. La réputation de Nick devait l'avoir précédé. Quant à savoir ce que son très cher papa avait pu raconter à son sujet…

— Vous n'avez pas rendez-vous ce matin.

— C'est une urgence familiale, assura Nick dans un sourire. Je suis sûr que Rusty préférera en discuter en privé plutôt que me laisser vous dévoiler certaines informations ou les publier sur les réseaux sociaux.

Il en avait peut-être déjà trop dit, mais tant pis, il s'en arrangerait plus tard.

— Serait-ce une menace ?

La porte derrière Nick s'ouvrit, mais il n'y prêta aucune attention. Il glissa les pouces dans son ceinturon en haussant les épaules.

— Une promesse, plutôt, s'amusa-t-il. Faites-moi confiance. Rusty préférera me parler d'homme à homme, et je ne partirai pas sans l'avoir vu.

Il sentit une présence dans son dos. Un bref regard lui valut un rictus nerveux de la part d'une blonde d'une vingtaine d'années.

— Comme je vous le disais…, reprit-il en se concentrant de nouveau sur le réceptionniste. Il ne tient qu'à vous que je vous laisse tranquille. Indiquez-moi simplement le bureau du patron.

— Je pourrais aussi appeler la sécurité.

— Aussi, acquiesça Nick. Mais Rusty n'apprécierait pas. Il vaudrait mieux que je m'entretienne avec lui. Tout de suite.

Nick ne bougea pas d'un poil. Il fixait son interlocuteur, le défiant de mettre sa menace à exécution.

Au bout de quelques secondes, le réceptionniste finit par céder.

— Premier étage à gauche. La porte du fond.

— Passez une bonne journée, le salua Nick, l'air jovial.

Dans l'escalier, il ignora la nervosité qui le rongeait, trop concentré sur la raison de sa venue ici : sa mère. Elle aurait voulu qu'il mette un terme à tout cela, qu'il se batte pour la bonne cause. Il fallait bien l'avouer, cette lutte de pouvoir dépassait une simple querelle à propos de licences.

Rusty cherchait à monopoliser les millions qui transitaient à travers les restaurants et les hôtels de la région, mais Nick refusait de rester sans rien faire comme tant d'autres avant lui. Il s'opposerait au vieil homme jusqu'à ce que celui-ci abandonne ou tombe en faillite. Nick jouissait de l'avantage de la jeunesse, de motifs plus sincères et de fonds plus vastes que cette ordure. Et l'argent pesait lourdement dans la balance.

Il atteignit une grande porte double au bout d'un long couloir, à l'opposé de quelques bureaux plutôt silencieux. Nick préférait ne pas imaginer la vie sous les ordres de Rusty… Un vrai cauchemar. Être son fils demeurait pire encore, mais seulement si Lockwood l'apprenait. Ce dernier s'en servirait sans doute contre lui.

Nick ne s'embêta pas à toquer, le sous-fifre à l'entrée avait probablement déjà fait son rapport. Il poussa la porte et trouva Rusty face à la baie vitrée ouverte sur l'arrière-cour.

— Vous devez vraiment aimer ma compagnie pour vous incruster à ma table de jeu puis venir ici intimider mes employés.

Nick le prit comme une invitation. Il ferma derrière lui puis avança dans la vaste pièce jusqu'au grand bureau.

— Que vous faut-il pour que vous laissiez le maire et ses associés m'autoriser à vendre de l'alcool dans mon établissement ?

Sur un rire gras, le vieil homme se tourna enfin.

— Mais ce n'est pas moi qui décide. Ces messieurs ont assez de jugeote pour flairer une bonne affaire quand on leur en présente une, et il se trouve que je suis arrivé sur le marché en premier. La maturité et l'expérience priment dans ce milieu.

Nick croisa les bras en se redressant.

— Soit, mais cette décision date d'il y a plusieurs décennies déjà et vous n'êtes plus le seul producteur de la région. La liqueur n'a rien à voir avec le bourbon. Il y a de la place pour tout le monde.

Rusty ancra son regard dans le sien, ses sourcils en bataille, sa chemise tendue contre sa bedaine protubérante. Et au moment où Nick se demandait s'il allait devoir se répéter, l'autre poussa un ricanement guttural.

— Vous vous êtes déplacé pour me raconter les mêmes âneries

que la dernière fois ? s'étonna Rusty, un de ses doigts potelés posé sur le dossier de son fauteuil. Vous en avez, du temps à perdre.

— Vous ne gagnerez pas, répliqua Nick. Impossible. Autant vous faciliter la tâche et coopérer. Pour une fois dans votre vie, faites ce qui est juste ou vous pourriez le regretter.

— Des menaces ? s'offusqua Rusty.

Nick leva les mains d'un geste nonchalant.

— Prenez-le comme vous voudrez. Vous êtes assez malin pour reconnaître un adversaire de choix quand il se présente à vous.

— Vous n'êtes rien pour moi. Vous ne pouvez rien contre moi. Mais continuez, c'est assez amusant.

Nick n'était rien ?

Si seulement Lockwood savait.

La vérité changerait-elle la donne ? Rusty se montrerait-il plus doux s'il apprenait l'existence de ses trois fils ?

Face à cet homme impitoyable, Nick ne percevait aucune ressemblance. Sa mère n'avait certainement pas menti. Elle n'aurait trouvé aucun intérêt à révéler ce secret après sa mort. Si Nick voulait rencontrer ses frères, il ne souhaitait pas non plus semer la pagaille dans leur vie. Par ailleurs, il préférait se consacrer corps et âme à écraser son père.

— Vous trouvez ça amusant ? murmura-t-il. Savez-vous ce qui le sera réellement ? Révéler à vos petits copains ce que je sais de plus honteux à votre sujet, leur montrer le véritable visage de l'ordure égoïste que vous êtes.

— Des secrets honteux ? Balivernes.

— Vous n'apprécieriez pas ce genre de publicité, croyez-moi, affirma Nick. Tout le monde a des cadavres enterrés quelque part, Lockwood. Reste à savoir si vous êtes prêt à courir ce risque.

Rusty se rembrunit en contournant son bureau. Nick ne bougea pas. Rien chez cet homme ne l'intimidait. Sans son trafic de liqueur, il n'aurait jamais gagné des millions ni ouvert cette distillerie. L'histoire de l'Éclair blanc et de Rusty Lockwood n'avait rien de glamour.

— Vous voulez donc jouer au plus malin, maugréa le vieux requin en s'avançant à quelques centimètres de Nick, plus grand que lui. Eh bien, allez-y. Dites-moi ce que vous savez.

— Et vous révéler mon atout ? s'esclaffa-t-il. Et puis quoi encore ? Je préfère que vous vous rongiez les sangs à vous demander ce qui pourrait réduire à néant tout ce que vous avez bâti. Mais je suis assez généreux pour vous accorder deux semaines. Ça vous laissera le temps d'y réfléchir.

Rusty serra les dents, les narines dilatées.

— Personne ne se pointe chez moi pour me menacer !

Nick sourit en faisant un pas en arrière.

— À croire que les choses ont changé.

Il se retourna alors pour se diriger vers la sortie, avant de s'arrêter en plein milieu de la pièce.

— Deux semaines, répéta-t-il en jetant un regard à Rusty par-dessus son épaule. Ensuite, toute la ville se délectera de la vérité. Et il va y avoir du spectacle.

— Le pouls est bien marqué, le bébé a l'air en forme.

Silvia poussa un soupir de soulagement. L'image de son enfant sur l'écran la propulsa dans la réalité des choses. Entendre ses battements de cœur avait même failli lui arracher une larme.

— Quand pourra-t-on connaître le sexe ? demanda Nick, à ses côtés.

Silvia se tourna vers lui.

— Tu veux savoir ?

— Si ça ne te dérange pas.

— Je préférerais attendre.

— Très bien, alors, acquiesça-t-il.

Il avait insisté pour la conduire à son échographie. Elle avait trouvé un cabinet à trente minutes de chez elle afin d'éviter les commérages.

Si elle s'était réjouie de la compagnie de Nick, elle se demandait ce qui clochait chez lui. Il n'avait pas beaucoup parlé après l'avoir récupérée, comme absent. Elle ne savait pas à quoi s'attendre dans le cadre de cette relation particulière… qui était en grande partie de son fait. Malgré les règles établies, elle cherchait encore un nom exact à un tel lien.

Quoi qu'il en soit, il agissait de façon étrange.

À la fin du rendez-vous, ses photos en main, Silvia sortit dans le couloir avec Nick.

— Tu veux aller manger ?

Il lança un regard alentour.

— Je dois passer au bureau. Tu préfères que je te dépose chez toi ou sur le chantier ?

Le doute l'assaillit. Après tout, ce n'était pas un rencard. Ils n'avaient pas prévu de choisir un nom au bébé autour d'un repas avant de regarder un bon film.

— Chez moi. Je prendrai ma voiture.

Elle ignorait pourquoi il avait insisté pour l'accompagner si c'était pour la ramener aussitôt chez elle. Peut-être avait-il voulu aborder un sujet en particulier sans trop savoir comment. Peut-être avait-il besoin de compagnie ou pensait-il que c'était elle qui ne voulait pas rester seule. Il l'avait dit, il allait se montrer très protecteur. Elle aurait préféré ne pas le voir venir par simple obligation, mais parce qu'il en éprouvait l'envie.

Silvia le prit par le bras.

— Tu n'es pas forcé d'assister à chaque rendez-vous. Je sais que ça te tient à cœur, mais tu as du travail.

— C'est vrai, mais j'aurai toujours le temps pour mon bébé. Je suis le père. Je me dois d'être là, moi aussi.

Bon, d'accord, comment argumenter face à cela ? Au moins, il n'agissait pas comme ces hommes qui pensaient que seule la mère était responsable des enfants.

— Quelque chose ne va pas, Nick ? Tu as l'air... ailleurs.

Il sortit ses clés de sa poche en arrivant dans le parking souterrain.

— Rien de grave. Tout va bien.

Il n'était pas obligé d'affronter cela tout seul. Il n'arrêtait pas de le lui répéter. Il avait aussi le droit d'appliquer ses bons conseils à lui-même.

— Si tu te montrais un peu moins buté et en parlais à quelqu'un, ça irait mieux.

Il se figea d'un coup et elle se cogna à lui. Nick se tourna alors et lui empoigna l'épaule pour lui éviter de tomber.

— Tu peux prendre ton après-midi, Silvia ?

Elle cligna des yeux, surprise. Prendre son après-midi ? Il plaisantait ? Il savait ce que cela signifiait.

— Euh, je ne devrais sans doute pas. J'ai déjà du retard à cause de ce matin.

Il eut beau hocher la tête, elle décela sa déception. À quoi avait-il songé ? Elle n'avait jamais vu cette étincelle chez lui jusque-là.

— On peut se rejoindre plus tard, par contre, lui suggéra-t-elle, espérant qu'il accepterait ce maigre rameau d'olivier.

— D'accord. Très bien. Faisons comme ça.

Quelque chose clochait, elle s'en rendait bien compte. Elle se jura de mettre le doigt dessus.

11

Nick se replongea dans les paroles de sa mère. Il ne comptait plus les fois où il avait lu cette lettre, ni ne savait ce qu'il espérait encore y trouver. Sans doute cherchait-il un lien infime avec elle à travers ce modeste héritage ou désirait-il simplement voir son écriture.

Et peut-être que, en disséquant ces mots, il comprendrait pourquoi elle avait lâché cette bombe dans sa vie après avoir gardé le silence si longtemps.

L'application reliée au portail d'entrée fit sonner son téléphone. Il le sortit de sa poche en rangeant le courrier. La voiture de Silvia apparut sur l'écran. Surpris de la voir, il tapa le code d'ouverture. Ils avaient évoqué la possibilité de se retrouver plus tard dans la journée, mais rien n'avait été confirmé.

Nick était de mauvaise humeur depuis sa visite chez Rusty, deux jours plus tôt. Chaque seconde sans un appel du vieil homme l'agaçait un peu plus. Il préférait éviter autant que possible de le passer à la moulinette, car sa mère était impliquée elle aussi. Il ne pouvait qu'espérer que Lockwood céderait. Il lui restait encore le temps, mais Nick pensait de plus en plus que l'autre n'avait pas mordu à l'hameçon.

Il se dirigea vers l'entrée pour accueillir Silvia. Encore une fois, il devait s'excuser. Cela semblait devenir une habitude. L'enterrement l'avait vraiment chamboulé. Il n'était plus le même.

Il n'avait pas voulu se montrer si acariâtre. Elle n'y pouvait pas grand-chose si son père était un moins-que-rien, le poison de son existence, un fou inarrêtable. Cela ne posait aucun problème à Nick de s'en prendre à Rusty, il aurait simplement préféré savoir mieux dissocier ses sentiments. Il éprouvait de plus en plus de difficulté à assumer son rôle auprès de Silvia et leur bébé à force de se laisser hanter par son secret.

Nick se posta sous le porche au moment où elle arriva. Quand elle descendit de voiture, il remarqua immédiatement sa tenue. Elle avait troqué son irrésistible tailleur-pantalon pour une robe légère toute simple, une veste en jean et des bottes.

— Une vraie miss Tennessee, plaisanta-t-il.

Elle baissa les yeux sur ses vêtements et rit.

— J'aime bien ce style. Décontracté et tendance.

S'il ne s'intéressait pas trop à la mode, il savait que Silvia le laissait sans voix dans cet ensemble au charme dévastateur.

— Désolée de ne pas avoir pu me libérer avant. Je n'ai pas trouvé d'excuse valable. Je ne peux pas perdre ce travail.

— Aucun problème, l'arrêta-t-il d'un geste. Je n'ai pas réfléchi sur le moment. Ce n'est pas grave.

Elle pencha la tête sur le côté, faisant cascader sa chevelure sur ses épaules.

— À quoi pensais-tu ?

La mauvaise humeur de Nick se dissipa d'un coup. Après tout, ses problèmes pouvaient attendre. En vérité, une petite virée ne leur ferait pas de mal.

— Est-ce que tu as confiance en moi ? demanda-t-il avec un sourire en lui prenant la main.

Elle releva le menton, l'air dubitatif.

— Est-ce que ça implique que je perde mes vêtements ?

— Ce n'est pas à ça que je pensais, mais je peux m'adapter si tu y tiens.

— Attendons déjà de voir comment la soirée se passe, s'amusa-t-elle en refermant les doigts sur les siens.

Il l'aida à monter les marches et l'amena jusqu'au garage.

— Où m'emmènes-tu ? s'enquit-elle en observant la décoration. C'est n'importe quoi cette maison, soit dit en passant.

Il fronça les sourcils.

— Dans le bon sens du terme. C'est impressionnant. Je n'avais pas encore eu le temps de m'en rendre compte.

— Je te ferai visiter à notre retour, promis, lui assura-t-il. J'ai déjà des images de toi nue sur ce canapé en cuir devant la cheminée.

Elle ne put réprimer un ricanement.

— Tu devrais travailler ta technique de drague.

Alors il la tira contre lui, assez pour voir ces nuances bleu marine dans ses iris.

— Je crois qu'elle est parfaite, tu me tombes déjà dans les bras.

— Touché.

Une fois dans le garage, ils prirent la voiture de Nick. Sur la route, Silvia se tourna vers lui.

— Sinon, où est-ce que tu m'emmènes ?

Le volant bien en main, il sillonnait les épingles vers le pied de la montagne.

— Tu n'aimes pas les surprises, toi, on dirait.

— Si… Quand je sais ce qui m'attend.

— Ce n'est pas ce que j'appelle une surprise, s'esclaffa-t-il en lui caressant la cuisse. Profite de la balade, ce ne sera pas long.

— L'aéroport ? s'étonna Silvia. Nick, je ne peux pas partir. Je travaille demain.

Il semblait infiniment heureux tandis qu'ils se garaient devant un avion privé.

— Je te jure que tu seras rentrée en un éclair.

Elle observa l'appareil, puis Nick.

— Je croyais que tu voulais me montrer quelque chose ou aller manger un hamburger.

Qui pouvait se permettre cela ? Qui s'envolait vers l'inconnu sur un caprice ? Elle n'avait pas l'habitude d'un tel mode de vie. Ses nuits de folie consistaient à venir à bout de sa lessive.

Nick sortit de voiture et se précipita pour lui ouvrir la portière.

— Tu n'as pas le mal de l'air, rassure-moi ?

— Je ne sais pas trop, répliqua-t-elle avec nonchalance avant de le suivre. J'imagine qu'on ne va pas tarder à le découvrir. Tout dépendra des talents de notre pilote.

— Il se tient devant toi.

Silvia s'arrêta net, sidérée.

— Tu es aussi pilote d'avion ? Est-ce qu'il y a quelque chose que tu ne saches pas faire ?

Un sourire malicieux et affriolant se dessina alors sur ses lèvres.

— Je n'ai jamais eu d'enfants, je ne sais pas comment je m'en sortirai.

Silvia sentit son cœur se serrer. Plus ils discutaient d'éducation, plus elle se demandait combien de temps cette relation purement physique pourrait durer quand chaque seconde, chaque jour en sa compagnie l'entraînait plus loin et plus loin encore dans son univers. Elle craignait de ne jamais vouloir en repartir.

N'avait-elle pas grandi ainsi ? À force d'essayer de s'intégrer dans le monde des autres, elle avait fini par ne désirer qu'un endroit à elle. Un seul foyer, une seule famille. Nick représentait désormais l'attirail complet, là, à portée de main. Cet homme séduisant, le futur père de son enfant, capable d'assouvir tous ses fantasmes, de la faire rire. Or, que se passerait-il si, comme à son habitude, elle ne parvenait pas à se saisir de ce rêve ?

— Hé, ça va ?

La voix de Nick la ramena à la réalité.

— Très bien. Allez, emmène-moi au-dessus des nuages.

Il parut vouloir insister, mais se contenta finalement de lui effleurer le bas du dos pour l'inviter à rejoindre l'appareil. Silvia s'installa avec lui dans le cockpit plutôt que dans la luxueuse cabine. L'avion disposait de sofas en cuir marron, d'un minibar et même d'une chambre à l'arrière.

Elle préférait ne pas savoir combien de femmes il avait épatées au cours d'un vol improvisé. Elle voulait se sentir unique, croire à quelque chose de différent entre eux, et au-delà d'un enfant à naître ou d'une attirance incontrôlable.

Idiot, certes, mais elle ne pouvait s'en empêcher.

Nick lui expliqua le moindre de ses faits et gestes en lançant l'avion. Peu après, ils se dirigèrent vers la piste éclairée. Il avait l'air dans son élément, ici. Il ne lui avait jamais parlé de cette passion… Il marmonna quelque chose à propos de vérification de vol avant d'actionner des manettes et autres commandes. Elle n'aurait jamais cru trouver cela si attirant, mais aimait déjà cette sensation.

Lorsque le nez de l'appareil se souleva, Silvia se tourna vers le hublot latéral. L'aéroport rapetissa en quelques secondes, les routes devinrent des traits flous entre des océans de lumière baignés par les éclats orangés du soleil.

— C'est superbe, s'exclama-t-elle, désireuse de tout absorber d'un seul regard. C'est ça que tu voulais me montrer ?

— Non, je ne savais même pas que tu n'avais jamais pris l'avion, sinon je t'aurais emmenée plus tôt.

— Alors, où allons-nous ?

— Profite de la vue sur les montagnes, se contenta-t-il de dire en riant.

Malgré tout, Silvia ne put se détourner de lui. Sa mâchoire solide, ses lunettes, sa barbe de trois jours, l'intensité qu'il dégageait. Se montrait-elle trop orgueilleuse de croire qu'elle avait sa place à ses côtés ?

En un rien de temps, une trentaine de minutes, ils atterrirent sur une autre piste. Silvia ne reconnaissait pas la région.

— Allez, tu peux me dire où nous sommes, maintenant, insista-t-elle lorsque l'avion s'arrêta.

— Je croyais que tu me faisais confiance, répondit-il en lui prenant la main.

— Pour ce soir, oui.

Elle s'inquiétait plus pour tout le reste.

— Silvia…

— N'en parlons plus, fit-elle en souriant et en posant un doigt sur les lèvres de Nick. Montre-moi ma surprise.

Une pointe d'incertitude traversa le regard de son amant, mais il lui donna un baiser. Quelque chose en elle aurait voulu le laisser s'exprimer alors, mais dans le fond sa part blessée préférait ne pas savoir.

12

Assis en face de Silvia dans un des box du Double Délice, Nick l'observait savourer un *cruller*, sorte de beignet frit au miel. Quand elle laissa échapper un soupir et se lécha les doigts, il dut se tortiller pour interrompre la rude bataille entre son anatomie et son pantalon.

— Alors, tu valides ? s'enquit-il.

Ses yeux s'ancrèrent dans les siens tandis qu'elle essuyait ses lèvres brillantes. Dommage. Il avait espéré pouvoir s'en charger d'un baiser.

— N'hésite pas à me surprendre tous les jours avec des donuts doubles comme celui-là.

Nick éclata de rire en prenant son café glacé.

— Je me suis dit que tu aimerais les pâtisseries servies par chiffres pairs.

— Je n'aurai bientôt plus de secrets pour toi.

Il apprenait jour après jour, même à son propre sujet. Il en voulait plus, sans trop savoir quoi. Sa seule certitude restait d'évoluer dans un tourbillon de confusion, au sein de ce chapitre de sa vie apparemment écrit par un autre.

— C'était un des cafés préférés de ma mère, admit-il dans l'espoir de ne plus se torturer. Nous venions ici toutes les semaines avant qu'elle ne puisse plus se déplacer. Elle aimait les pâtisseries et les balades en avion. Elle passait toujours une bonne journée.

Silvia se pencha pour lui prendre la main.

— Désolée. Je ne voulais pas éveiller de mauvais souvenirs.

Les doigts entrelacés aux siens, il sirota son café avant de secouer la tête.

— Ne t'excuse pas. Ça fait des mois que je ne suis pas venu. Au contraire, c'est agréable.

— Alors, c'était le box où vous aviez l'habitude de vous asseoir ?

— En fait, maman préférait s'installer au bar pour observer la cuisine. Stan, le patron, avait même fini par la laisser aller à l'arrière. Le jour de l'enterrement, il a fermé le café et toute l'équipe est venue aux obsèques.

Silvia versa subitement quelques larmes. Elle se mordit la lèvre et son menton se mit à trembler.

— Je ne t'ai pas raconté ça pour te faire pleurer, dit-il en riant, gêné par ce genre de situation. Je suis content de partager ça avec toi, voilà tout.

D'ailleurs, il n'avait pas trop su comment il allait réagir avant d'avoir franchi les portes. La présence de Silvia lui faisait l'effet d'un remède dont il n'avait pas encore saisi la nécessité. Elle avait trouvé sa place dans son cœur bien avant le décès de Lori ; elle l'apaisait, comblait un vide inexplicable, différent de celui causé par l'absence de sa mère.

Il aimait l'idée de la voir se hisser au sommet d'un milieu à prédominance masculine. Il n'aurait pu rêver meilleur modèle pour son enfant : une femme de tête sans peur, indépendante.

— Pourquoi me regardes-tu comme ça, Nick ?

Il déposa un baiser sur ses phalanges.

— J'ai envie de rentrer tout à coup.

Il saisit un éclair soudain de désir en elle.

— Il me semble qu'il y a une chambre dans cet avion.

La femme parfaite. Se trouver sur la même longueur d'onde ne faisait qu'accroître les étincelles entre eux.

— J'adore ta façon de penser.

Nick sortit du café aussi vite qu'il put. Il attrapa les boîtes de beignets et la tira jusqu'à leur voiture, celle qu'il gardait à l'aéroport. Silvia ne put s'empêcher de rire en courant avec lui.

— Tu trouves ça drôle ? lui demanda-t-il en la bloquant contre le véhicule.

Sous la lumière chaude des lampadaires, il réalisa qu'il voulait être le seul à la faire sourire, pour toujours. Il voulait devenir le seul à provoquer cette étincelle dans son regard.

Avant de s'engouffrer trop profondément dans cette sensation, Nick se pencha pour lui voler un baiser. Lorsqu'elle soupira en lui rendant ses assauts, il crut la dévorer. Il la prit par les hanches pour la rapprocher de son tourment le plus vif en cet instant.

Silvia lui passa une main dans les cheveux, laissant ses lunettes de travers. Nick se dégagea pour les remettre en place et glisser un doigt sur la bouche humide de Silvia.

— L'avion nous attend, lui susurra-t-il, impatient de rentrer à Green Valley.

— Nick. Tu as entendu ?

Nick se frotta la nuque et replaça son téléphone contre son oreille. Silvia était repartie vers 22 heures la veille. Après leur caprice impromptu, il avait passé une bonne partie de la nuit à tenter de mettre de l'ordre dans ses idées, mais quand Silvia entrait en jeu, il ne savait plus rien. Son absence ressemblait à un néant infini.

Il n'aurait pu désirer ni mériter quoi que ce fût davantage. Mais recherchait-il réellement cette vie qu'il n'avait pas connue ? Même s'il avait voulu fonder une grande famille heureuse, il craignait de ne pas savoir comment faire.

Cependant, l'empêchant de sombrer dans la folie face à ses angoisses chaotiques, Sam l'avait appelé pour lui apprendre des nouvelles aussi inattendues que sidérantes.

— Répète un peu.

— Il paraît que Rusty s'est servi dans les fonds de la fondation Nouveau Départ, affirma Sam. La somme que donnent ses employés chaque année et qu'il prétend doubler de sa poche... Eh bien, d'après la rumeur, il aurait simplement détourné tout cet argent.

Nick, assis à son bureau, se leva pour observer les montagnes qui s'étendaient à perte de vue par la baie vitrée.

— J'aimerais te dire que ça me surprend, mais plus rien ne

m'étonne avec ce type. Ça fait des années qu'on entend ce genre de ragots à son sujet.

Nick soupira face à ce fatras soudain d'émotions indésirables. Cet escroc était son père.

— Mais même pour lui, voler une œuvre de bienfaisance au profit des enfants, c'est très bas.

L'organisation Nouveau Départ s'occupait de jeunes atteints de handicaps physiques ou mentaux. Les fonds récoltés finançaient des camps de vacances ou autres programmes visant à cibler leurs points forts afin de les orienter vers un avenir plus glorieux.

— Cette ordure se bâfre sur le dos des faibles pour satisfaire son ego et améliorer sa réputation, ajouta Sam. Je n'ai aucune preuve, mais d'après une source fiable une enquête serait en cours.

Nick serra les dents. Était-ce la raison pour laquelle Rusty n'avait pas répondu ni cédé ? Il devait crouler sous le travail à force de démêler le vrai du faux avec des avocats.

Pourquoi avait-il pris cet argent quand sa compagnie lui rapportait déjà des millions chaque année ? Des dettes de jeu ou d'autres maîtresses à soudoyer peut-être...

Peu importe, Nick obtiendrait gain de cause. Les problèmes de Lockwood n'étaient pas les siens.

— S'il vole une œuvre de charité, même le meilleur des comptables aura du mal à le dissimuler, commenta Nick. Il se fera prendre un jour ou l'autre, mais ne relâchons pas la pression. Tu es partant pour un autre poker ce week-end ?

— Je ne peux pas. Je m'absente quelques semaines. J'achète deux restaurants sur la côte et j'ai des plans de rénovation à valider.

Nick se tourna pour se pencher sur les écrans de surveillance de sa propriété. À part un cerf près du patio, rien ne bougeait, ce matin-là.

— Je m'occupe de Rusty en attendant. Il finira peut-être par coopérer grâce à cette histoire.

— Je crois qu'il en faudrait beaucoup plus pour qu'il lâche la bride au conseil municipal. Ce petit club de gentlemen à l'ancienne remonte à loin.

Certes, mais Rusty ignorait l'existence de ses enfants illégitimes.

Dans un monde parfait, ils se seraient unis pour abattre le tyran, mais la réalité collait à la peau de Nick.

— Rusty commence à faire des erreurs, rétorqua-t-il à Sam. Son club ne vaudra bientôt plus rien, surtout quand les autres comprendront tout le potentiel financier lié à l'ouverture des licences. Plus ils se tourneront vers le libéralisme, plus les touristes afflueront, et plus la ville et les contribuables en bénéficieront. Il suffit d'un calcul simple, et d'un peu de bon sens.

— Rappelle-moi de toujours rester dans tes petits papiers, s'amusa Sam.

Nick reçut alors un second appel d'un numéro inconnu. Il ne s'agissait sans doute pas de publicité, pas sur sa ligne professionnelle.

— Je dois te laisser, Sam. Je te tiendrai au courant.

— Je te contacte si j'ai du nouveau.

Nick raccrocha pour répondre à l'autre interlocuteur.

— Oui, allô ?

— Monsieur Campbell ?

— C'est moi.

— Je suis Gertie, l'assistante personnelle de M. Lockwood. Il aimerait vous voir à 11 heures, ce matin.

Nick regarda l'heure à l'horloge ancienne sur son bureau ; il était 9 heures passées. Rusty devenait-il raisonnable ? Nick avait hâte de le découvrir.

— Je viendrai à 10 h 30, déclara-t-il sans ambages. J'ai un autre rendez-vous que je ne peux pas rater.

Il raccrocha sans lui laisser le temps de répondre ou d'argumenter. Il ignorait à quoi s'attendre, mais cela concernait certainement les licences, non pas qu'il pensât voir le vieil homme changer d'avis si facilement. Au moins, son coup de poker semblait avoir capté son attention. L'enquête au sujet de l'œuvre de bienfaisance lui avait probablement donné envie de relâcher un peu de pression.

Peu importe la raison de cette rencontre inattendue, Nick se sentait plus que prêt à monter au créneau avec son père… Et peut-être n'aurait-il pas à jouer la carte familiale.

13

Silvia se massa le ventre avec délicatesse et prit une longue inspiration. Elle n'avait pas encore eu de nausées au travail jusqu'à présent, et aujourd'hui, voilà qu'elle élisait résidence aux toilettes.

Elle grogna quand on frappa à la porte. Elle ne savait pas si elle allait pouvoir se lever sans avoir le tournis… mais y parvint finalement.

Elle se rinça la figure avant de se tamponner les joues avec le dos des mains. Son reflet dans la glace renvoyait tout sauf l'image de l'employée heureuse et épanouie. Tant pis. Elle n'allait pas se cacher ici à tout jamais, même si elle se sentait mal.

Silvia réajusta sa chevelure et son veston. En ouvrant la porte, elle se retrouva nez à nez avec Edwin, le directeur adjoint, déjà prêt à toquer une nouvelle fois.

— Oh ! Silvia, dit-il en s'écartant pour la laisser sortir. Euh, est-ce que ça va ?

Était-ce le cas ? Entre sa grossesse après une aventure sans lendemain et ses sentiments envers un homme qui n'éprouverait jamais rien à son égard, non, rien n'allait.

— Vous devriez peut-être rentrer, s'inquiéta Edwin en la dévisageant. La dernière personne que j'ai vue aussi pâle et tremblotante, c'était ma femme quand elle était enceinte de notre fils. Il va avoir un mois.

Silvia se força à sourire malgré ses nerfs à vif. Elle n'avait vraiment pas besoin qu'un collègue trop curieux vienne fourrer son nez partout.

— Ça ira mieux dans quelques minutes, assura-t-elle. Mon petit déjeuner se rebelle.

Edwin sembla croire à cet euphémisme, ainsi s'excusa-t-elle avant de s'éloigner. Il valait mieux monopoliser les toilettes à l'étage jusqu'à être certaine de pouvoir travailler sans risque.

Elle tourna dans le couloir menant à l'ascenseur. Soudain, son patron apparut devant elle, lui bloquant le chemin.

— Silvia.

La voix de Clark sembla résonner dans son crâne de façon agaçante. Elle voulait un peu d'intimité et des commodités, rien de plus. Était-ce trop demander ?

— Je ne vous ai pas trouvée à votre bureau. J'ai appris pour l'accident sur le chantier Campbell. Je voulais savoir ce qu'il s'est passé et si cela allait nous poser problème avec le client.

— L'ouvrier a décidé de ne pas porter plainte, répondit-elle, une main sur le ventre. D'ailleurs, il n'a rien de grave. Il a déclaré avoir été négligent et a été transféré sur un autre projet.

— Bonne nouvelle, acquiesça Clarke d'un air satisfait. J'avais peur des répercussions sur la compagnie, mais vous vous en êtes tirée à merveille. Vous avez su prendre vos marques ici. J'envisage un poste durable pour vous, voire une promotion. Rien de plus normal pour encourager quelqu'un d'aussi déterminé et dévoué. À en juger par votre façon de faire passer le travail avant tout, vous semblez apte à accepter plus de responsabilités.

Silvia s'illumina tout à coup, très vite rattrapée par le poids de son secret. Devenir mère donnerait l'impression qu'elle allait moins s'investir dans les projets.

— Merci beaucoup. C'est un vrai rêve de travailler ici.

— Continuez sur cette lancée, l'encouragea-t-il avant de s'en aller.

Silvia se dirigea vers l'ascenseur. Elle ne se sentait pas prête à annoncer son état à son supérieur, pas quand il saluait son dévouement. Si elle donnait la priorité à son bébé et prenait un congé maternité comme elle s'apprêtait à le faire, on pourrait la retirer du chantier de Nick. Même si ce dernier ne l'autoriserait jamais, elle refusait qu'on vienne à sa rescousse.

Au moment où les portes se refermèrent, Silvia appuya la tête contre le métal froid de la paroi. Elle n'avait aucune raison de ne pas réussir à allier une carrière prometteuse à une vie de mère. Cela allait simplement exiger de se dédoubler et de bien s'organiser, voilà tout.

Elle devrait tenir le coup. Elle ne devait laisser personne au cabinet douter de ses talents, et faire en sorte qu'on la supplie de revenir après son congé maternité. Cet emploi lui tenait plus à cœur que jamais, elle voulait pouvoir s'occuper de son bébé seule.

Elle repensa à tous ces foyers dans son enfance, à cette fichue instabilité. Elle ne pouvait se laisser distraire par Nick, elle devait définir leur relation une bonne fois pour toutes.

Aurait-il une place dans son avenir ? C'était là sa plus grande peur, qu'il puisse disparaître du tableau.

Nick entra dans le bureau de Rusty et referma derrière lui. Son hôte se tenait près de la baie vitrée, les mains dans les poches.

— Allons-nous mettre un terme à ce jeu ? s'enquit Nick sans s'embarrasser de salutations.

— Je ne joue jamais en affaires, riposta Rusty. Cependant je suis prêt à parler de ce que vous savez, ou pensez savoir, à mon sujet.

Nick soupira en s'avançant dans la grande pièce.

— Au risque de me répéter, je ne vous dirai rien, mais je vous promets que j'ai des preuves. Si vous m'avez appelé pour ça, vous nous faites perdre notre temps à tous les deux.

Le vieil homme le défia du regard sans bouger. Nick ne sourcilla pas, lui non plus. Il n'allait pas repartir sans ce qu'il exigeait ou sans l'assurance d'avoir fait un pas de plus dans cette direction. L'œuvre de bienfaisance allait constituer un angle d'attaque.

— Si vous vous êtes attiré des ennuis, peut-être devriez-vous faire ce qui est juste pour une fois, reprit Nick.

— Et de quoi parlez-vous ? se rembrunit Lockwood.

Nick éclata de rire en se rapprochant. À l'évidence, Rusty aimait jouer.

— Un homme aussi riche et immoral que vous se retrouvera toujours au cœur d'un scandale.

— Un scandale ? Non, mais vous fabulez !

Rusty lâcha un ricanement guttural, comme si les allusions de Nick frisaient le ridicule. C'en était bien assez pour trahir son anxiété. Nick pourrait exploiter cela : Russ allait bientôt désespérer de pouvoir se faire passer pour un homme d'affaires exceptionnel et peinerait à redorer son blason. Même ses nombreux amis ne le soutiendraient pas s'il s'avérait qu'il volait une œuvre de charité.

— Tant pis pour vous, alors, affirma Nick. Bon, que me voulez-vous ?

—Petit arrogant, pesta Rusty après un moment.

Tel père, tel fils.

Peut-être qu'avec un peu de chance il n'avait rien hérité de plus de lui.

Nick resta silencieux, il se contenta de croiser les bras. La patience était maîtresse dans ce genre de situation. Il se demanda tout à coup s'il allait pouvoir attendre longtemps avec Silvia. Pourquoi diable songeait-il à elle maintenant ?

— Je n'ai rien à vous dire, ajouta enfin Lockwood. Vous voulez jouer dans la cour des grands ? Eh bien, vous allez devoir dévoiler vos cartes, parce que ça ne prend pas.

Exactement ce que Nick craignait. Tant pis, il n'allait pas se laisser faire, cette vieille fripouille le comprendrait assez vite.

— Vous le regretterez, répondit Nick. À croire que ça vous amuse de miser votre vie et votre réputation. Dans tous les cas, j'obtiendrai ce que je veux. Demandez-vous simplement si vous préférez me le donner avec dignité comme l'homme d'exception que vous pensez être, ou après avoir défrayé la chronique. À vous de décider.

Rusty se tut. Il cilla à peine, mais Nick sentait son inquiétude derrière cette attitude bravache. Le vieil homme avait beau avoir gagné des millions, la vérité restait limpide. Il n'était qu'un criminel immoral prêt à tout pour amasser toujours plus d'argent.

— Je ne me laisserai pas intimider, gronda Rusty. Si vous ne me révélez rien, c'est parce que vous n'avez rien contre moi.

Nick ne se donna même pas la peine de continuer cette joute. Il se contenta de s'en aller en faisant claquer la porte derrière lui. Il ne se sentait pas prêt, malgré tout il allait peut-être devoir dévoiler son secret. Mais avant cela, il tenterait toutes les approches possibles.

Après son entrevue avec Lockwood, Nick passa chez un fleuriste pour les deux femmes de sa vie. Il avait décidé de s'arrêter au cimetière ; il n'y était pas retourné depuis l'enterrement. Il avait besoin de réfléchir au calme et de se rapprocher de sa mère.

Que lui aurait-elle conseillé ? Elle ne lui avait pas laissé ce mot pour rien malgré les inimitiés entre Nick et son père. Avait-elle voulu se soulager d'un poids ou pousser les deux hommes à se confronter ? Cette lettre mystérieuse soulevait autant de questions qu'elle apportait de réponses. Et plus Nick restait assis là sur le banc devant la tombe de Lori, plus ses pensées s'emmêlaient.

Il ne s'était jamais senti aussi seul. Même ses centaines d'employés à travers le monde ne pouvaient remplacer un cercle de confiance, de vrais amis, ce lien si ténu entre lui et sa mère.

Or, il pouvait trouver du réconfort dans la vie qu'elle avait menée. Elle n'avait jamais baissé les bras. Jusqu'à son dernier souffle, elle avait aimé de tout son être et s'était raccrochée à son rêve de posséder un magnifique hôtel en montagne.

Nick sonda son cœur, son âme, en vain. Il ne se trouva aucun but inassouvi. Bien sûr, il avait suivi des objectifs et des plans de carrière, mais aucun idéal en particulier. Pas vraiment.

Triompher de Rusty, terminer ce chantier, s'occuper de son enfant, c'étaient ses seules ambitions. Peut-être honorerait-il la mémoire de Lori en poursuivant ses rêves, en accomplissant quelque chose qui l'aurait rendue fière. En fin de compte, même après sa mort, Nick agissait encore dans le seul but de perpétuer son héritage.

Il se leva pour aller effleurer le nom de Lori sur la pierre tombale.

— Je t'aime, maman.

Lorsqu'il se retourna, il s'essuya les yeux, bien résolu à terminer tout ce que sa mère avait commencé.

14

Après la nuit dernière, Silvia s'étonna de ne pas avoir de nouvelles de Nick. Pas un appel, pas un message, rien. Pas même un rendez-vous professionnel.

Elle s'arrêta au Mama Jane pour commander un double poulet frit, des pommes de terre, des petits pains, le tout accompagné d'une tarte meringuée à la banane. Si tôt dans la soirée, elle pouvait encore surprendre Nick et lui rendre sa gentillesse de la veille. En vérité, après leur écart endiablé dans l'avion, elle pensait qu'ils étaient quittes.

Néanmoins, même sans leurs ébats torrides, elle aurait voulu prendre soin de lui, le réconforter du mieux possible. Il portait un si lourd fardeau ; tant pis si leur relation ne menait à rien de romantique, elle voulait qu'il puisse se confier à elle.

Silvia s'engagea dans la pente raide jusque chez Nick et s'arrêta devant le portail. Elle sonna et attendit. C'était le problème avec les surprises, on ne savait jamais si la personne se trouvait chez elle. Dans le cas contraire, elle aurait de quoi manger pour plusieurs repas. Elle n'avait toujours pas fini les restes de l'autre fois, mais elle voulait dîner avec lui.

Quand le portail coulissa enfin, elle emprunta le chemin le long de la montagne. À chaque seconde sur cette route sinueuse, elle ne put ignorer les papillons dans son ventre, sensation étrangère aux nausées. Elle était sortie avec des hommes auparavant, mais aucun ne lui avait jamais donné l'impression de redevenir une adolescente.

Elle se sentait on ne peut plus ridicule de sombrer face à ces sentiments si neufs et innocents alors qu'elle était déjà enceinte de Nick. Un peu tard pour le coup de foudre et les gloussements hystériques.

Silvia s'arrêta devant le porche. Nick ne l'y attendait pas cette fois-ci. Bizarre. Il était peut-être occupé. Après tout, sa vie ne tournait pas autour d'elle, elle aurait dû s'en souvenir et le respecter.

Nick aussi voulait se protéger. Mieux valait se rappeler qu'il se servait peut-être d'elle pour trouver un peu de réconfort au cœur d'un orage passager.

Ignorant ces idées noires, Silvia saisit les sacs pour monter les marches en béton estampé de l'entrée.

Elle jonglait presque avec les paquets lorsque Nick ouvrit la porte. Ses lunettes étaient posées sur ses cheveux en bataille. Il portait un T-shirt sombre moulant, bel écrin pour ses bras et ses épaules musclées, et avait les pieds nus. Cependant, quelque chose clochait, elle saisit tout de suite la tristesse sur son visage malgré son allure décontractée.

Comme l'autre jour, quand il l'avait repoussée.

— Est-ce que je te dérange ? s'inquiéta-t-elle en s'arrêtant sur la troisième marche.

Nick fit non de la tête puis retira ses lunettes de sa tête pour les fourrer dans sa poche avant de venir l'aider.

— Tout va bien, assura-t-il. Et si tu es passée chez Mama Jane, c'est encore mieux.

Ce petit restaurant au pied des montagnes proposait depuis des décennies le summum en matière de poulet frit et de pommes de terre sautées.

— Dis-moi que tu as pensé au dessert, ajouta-t-il en l'invitant à entrer.

— On ne se trompe jamais avec un gâteau à la banane.

Nick la suivit dans la cuisine, où il commença à vider les sacs sans un mot. Il sortit ensuite des assiettes, des couverts et des verres. Elle l'observa porter le tout dans le patio, toujours en silence. Elle mit quelques secondes à comprendre qu'ils allaient manger dehors avant de l'aider.

Au bout d'un moment, Silvia ne supporta plus ce mutisme. S'il ne lui disait pas ce qui le tracassait, il n'irait jamais mieux, ce qui n'arrangerait pas leur situation.

— Qu'est-ce qui ne va pas ?

Il posa les assiettes sur la table puis invita Silvia à s'asseoir.

— Rien de bien intéressant, affirma-t-il sans la regarder.

Elle sentit une anxiété et un malaise soudains. Allait-il lui apprendre qu'il avait rencontré quelqu'un ? Leur relation secrète ne lui convenait-elle plus ? Peut-être s'inquiétait-il de des sentiments qu'il éprouvait pour elle ou de ne pas trouver son compte sur le long terme.

Elle comprenait ce dernier point, mais son cœur ignorait la raison. Tout ce qu'elle savait, c'était qu'elle désirait Nick.

Elle fonçait droit vers la déception, elle le sentait. Elle avait beau se le répéter, la passion n'évoluait jamais en relation stable. Et il n'avait jamais dit en vouloir plus. Toutefois, elle n'aurait pas pu réprimer ses sentiments, pas plus qu'elle n'aurait pu empêcher le soleil de se lever.

— Tu mens, répondit-elle en s'avançant vers lui. Tu peux te confier à moi, tu sais. Je suis douée pour écouter les autres. Je vois bien que quelque chose te pèse.

Nick se tourna vers le crépuscule derrière les montagnes. Silvia resta concentrée sur lui. Il serra les dents et crispa les doigts sur la chaise.

— Je ne suis pas sûr que ce soit une bonne idée, soupira-t-il. Je... Je ne suis pas en forme, je ne serai pas de très bonne compagnie.

Silvia l'ignora pour s'avancer encore un peu jusqu'à se tenir près de lui. Comme elle posait une main sur la sienne, elle le sentit se raidir.

— Alors, j'ai vraiment bien fait de venir, le rassura-t-elle avec patience.

Il se tourna vers elle. Sa tourmente ébranla Silvia. Il voulut parler, mais préféra secouer la tête et s'asseoir.

— J'ai faim.

Génial. Elle avait beau vouloir le soutenir, il la rejetait une nouvelle fois. Incapable d'ignorer sa peine, elle ne pouvait pas non plus le forcer à s'ouvrir. Non, cela devait venir de lui-même.

D'une certaine façon, Silvia comprenait qu'il préférât affronter seul ses problèmes plutôt que de les partager. Si elle ne savait pas vraiment à quoi ressemblait un couple normal, il lui semblait cependant que tout cela s'en approchait très peu. Il menait sa vie, elle la sienne. Autant s'en souvenir lorsqu'ils se lasseraient.

Silvia s'installa à table, se servit une grande cuillerée de pommes de terre. Elle préférait gérer ce chaos affectif à travers un acte simple : manger.

— Tu ne veux pas de poulet ?

— J'ai passé une journée horrible, avoua Silvia. Je vais éviter les aliments trop lourds.

La fourchette de Nick tomba avec fracas dans son assiette.

— Est-ce que ça va ? Mince, je ne pense qu'à moi-même, j'aurais dû prendre de tes nouvelles. Il fallait rentrer te reposer.

— Ce n'est rien.

De toute évidence, il cherchait à focaliser l'attention sur elle. Elle qui aurait pu devenir son amie, à défaut de mieux. Ne lui faisait-il pas confiance ? S'il ne voulait simplement pas parler, elle pouvait le comprendre ; sinon, c'était blessant.

Elle finit son assiette sans essayer de relancer la conversation. Elle se contenta ensuite de débarrasser ses couverts pour aller les laver. Tandis qu'elle rinçait le tout, de grands bras l'enlacèrent. Nick posa la tête au creux de son cou. Elle coupa l'eau.

— Sois patiente avec moi, murmura-t-il contre sa peau. J'aimerais ne pas réfléchir, ne pas parler ni m'inquiéter. Rien que pour cette nuit.

Cette confession brute lui serra le cœur. Il ne lui devait aucune explication, elle n'avait pas insisté dans ce but, seulement pour l'aider à traverser un moment difficile. En fin de compte, elle avait beau ne pas apprécier cette idée, ils ne pouvaient compter que l'un sur l'autre.

Silvia se retourna pour glisser ses mains humides autour de son cou.

— Pour cette nuit, acquiesça-t-elle avant de l'embrasser.

Nick la souleva, elle le cercla de ses jambes. Elle s'abandonna à cette étreinte, lui offrant ce dont il avait besoin. Peu importait où il l'emmènerait, du moment qu'il ne la lâchait plus.

Tout cela finirait par l'anéantir, mais elle préférait ne pas y penser pour le moment. Elle ne voulait plus penser à rien.

La brise lui courut sur la peau tout à coup ; ils étaient ressortis. Nick l'allongea avec délicatesse sur une balancelle suspendue à un vieux chêne et se déshabilla sans quitter Silvia des yeux. Un feu infernal la consuma.

Elle ne se fit pas prier pour l'imiter, trop pressée de sentir sa peau contre la sienne.

Nick se pencha sur elle après avoir saisi un préservatif dans son pantalon, poussant la balancelle qui se mit à bouger doucement. D'un geste vif, il installa Silvia sur ses genoux. Elle ne s'était jamais sentie aussi vulnérable, pas même quand ils avaient couché ensemble sur la chaise longue. Là, elle se trouvait à la merci des regards indiscrets, sous le soleil rougeoyant à l'horizon, impuissante face à Nick.

Il lui prit les seins en coupe et elle se cambra. Agrippée à ses épaules, elle se pencha sur lui afin de l'inviter en elle.

Nick pinça les lèvres, serra les dents. Cette façon de la dévorer donnait à Silvia l'impression de devenir invincible, irrésistible. Comment ne pas succomber face à cet homme quand il lui faisait découvrir de nouveaux territoires de plaisir, quand il la poussait à désirer bien plus qu'il ne voulait lui offrir ?

Cette fragilité mêlée à ces sentiments bruts donnait envie à Silvia de le protéger de tout. Il avait besoin d'elle ; personne n'avait jamais eu besoin d'elle. Ce constat annihila encore plus ses velléités de résistance.

Et s'ils se guérissaient l'un l'autre pour avancer ensemble ?

Nick fit glisser ses mains depuis le creux des hanches de la jeune femme jusque sur ses reins brûlants. Il la tenait avec fermeté au rythme frénétique de leurs ébats. Silvia ne pouvait refréner des gémissements en s'imprégnant de sa vivacité, ses sentiments.

La balancelle bougeait. Les doigts de Nick s'enfonçaient dans la peau de Silvia. Elle lui rendait ses assauts tout en le dévorant de baisers, sa chevelure leur voilant le reste du monde. Alors Nick lui empoigna le bas du dos et accéléra le mouvement. La volupté envahit Silvia qui dut se dégager pour jouir de cette sensation incontrôlable. Elle se pencha en arrière, bien droite pour mieux bouger le bassin.

Nick l'étreignit plus fort encore au moment où il se crispa sous elle et la suivit dans l'extase. Silvia ferma les paupières dans l'espoir de dissimuler ses sentiments véritables à ce moment où elle se sentait trop fragile, sur le point de tomber amoureuse.

Lorsque leurs corps cessèrent de palpiter, elle se lova contre lui. La balancelle s'agitait encore avec lenteur comme pour la bercer vers la sérénité. Elle n'avait pas connu une telle paix depuis des années.

Nick l'enlaça, elle garda les yeux fermés. Rien d'autre n'importait plus hormis le moment présent, cet homme.

Tous ses problèmes pouvaient attendre. Pour l'heure, le monde tournait à la perfection.

15

— Ma mère m'a laissé un mot.

Nick avait parlé sans vraiment s'en rendre compte. Il ne le regrettait pas. Il devait exorciser ce tourment avant de se perdre et finir par ne plus se reconnaître. Il avait refusé d'en discuter pour éviter de trop donner corps à cette abjecte vérité.

Or, Silvia l'avait changé.

Elle pivota entre ses bras. Il ignorait combien de temps ils avaient passé là, nus, sans se soucier de rien. Le soleil s'était couché, mais Nick ne voulait pas bouger.

— Son notaire m'a donné une enveloppe à sa mort, continua-t-il, heureux de l'absence de lumière hormis celle de la piscine. J'ai mis plusieurs jours avant de l'ouvrir, j'avais trop peur. Je me disais que, si je la gardais, je pouvais encore espérer une dernière conversation avec elle. Je voulais me raccrocher à ça.

L'émotion voilait sa voix. Silvia posa le menton sur son torse. Il ne la regarderait pas… impossible. S'il saisissait la moindre trace de pitié ou de tristesse, il ne parviendrait pas à finir son histoire.

— Je l'ai ouverte au cimetière, ajouta-t-il en se raclant la gorge face au souvenir encore trop vif de cette nouvelle. Ma mère m'y apprenait l'identité de mon père biologique.

— Tu n'as pas l'air de t'en réjouir.

Se réjouir ? Il n'éprouvait qu'un dégoût indicible, aussi aurait-il presque voulu ne pas le savoir. Non, en fait, il aurait préféré ne rien avoir à faire avec Rusty Lockwood, encore moins s'il était son père.

— C'est un salaud de première, soupira-t-il, soulagé de se délester un peu de ce poids. Il ne sait même pas que j'existe. Enfin, il sait qu'il a des enfants, mais il ne connaît pas leur identité.

Silvia s'appuya sur lui. Il ne put éviter son regard à cet instant, peu surpris de son air sidéré.

— S'agit-il de quelqu'un de Green Valley ?

— Rusty Lockwood.

Elle ravala sa salive, réaction similaire à la sienne lorsqu'il l'avait appris.

— Tu comprends mieux pourquoi j'étais si lunatique. Je ne suis pas certain de bien réaliser encore.

— Tu en es sûr ? Tu lui as parlé ?

Nick se concentra alors sur le ciel étoilé.

— Je suis allé le voir, mais pour autre chose. Je crois qu'il ne se rappelle même pas le nom de ma mère.

Cela éveilla en lui une colère inédite. Les hommes comme son père pensaient vraiment que l'argent réglait tout. Le vieux requin s'en était sorti de cette manière jusque-là. Seulement, aujourd'hui, il s'était attiré trop d'ennuis pour se tirer d'affaire aussi aisément.

Nick serra un peu plus Silvia.

— Je ne sais absolument pas comment être un bon père. Qu'est-ce qui est le mieux ? Grandir avec de mauvais parents ou ne pas en avoir du tout ? Même ça, je l'ignore. Malgré tout, je vais tout faire pour notre bébé, car si je m'enfuis sa vie commencera par un échec qu'il ne mérite pas.

— Ah, Nick…

La tristesse dans sa voix l'acheva. Il chassa quelques larmes. La faiblesse ne trouverait pas sa place ici. Jamais il n'avait dû se montrer si fort ; pour lui et son enfant. Pour Silvia aussi. Elle méritait quelqu'un de stable.

— Je ne veux pas de ta pitié, dit-il en toute franchise. Je serai là pour le bébé mais, en ce qui concerne Rusty, je ne sais pas si je dois lui apprendre la vérité ou le faire mariner le plus longtemps possible.

— Tu es sûr qu'il est vraiment ton père ?

— Ma mère n'aurait pas menti à ce sujet. Elle n'aurait rien

dit si elle n'en avait pas été certaine. C'est aussi pour ça qu'elle a attendu, elle savait à quel point ce serait difficile.

— Tu seras un père fantastique. Moi aussi, j'ignore comment je m'en sortirai avec les piètres exemples que j'ai eus... Mais au sujet de Lockwood, je ne trouve pas les mots.

— Il n'y a rien à dire. Je devais juste en parler, et comme je n'ai pas toujours été correct avec toi, je préférais que tu saches que tu n'étais pas responsable du fait que ma vie m'a explosé en pleine figure.

Les doigts de Silvia arpentèrent le torse nu de Nick. Cette caresse le calma bien plus qu'il ne l'aurait imaginé. Leur douleur mutuelle les avait peut-être réunis. Il ne connaissait personne d'aussi fort qu'elle. Elle avait traversé tellement d'épreuves dans son enfance, elle savait écouter sans juger. Et pour l'heure, il ne cherchait pas forcément de conseils, mais une oreille attentive.

— Ce n'est pas tout, ajouta-t-il en lui prenant la main. D'après ma mère, j'aurais deux frères.

— Quoi ? haleta-t-elle.

Nick se redressa, propulsant la balancelle.

— Je ne connais pas leurs noms. Elle a dit qu'ils recevraient une lettre eux aussi. Pour l'heure, je peux juste attendre qu'ils se présentent à ma porte ou demander à Rusty s'il sait quoi que ce soit.

Silvia se blottit contre lui pour poser le front contre le sien.

— Je t'ai vu lire ce mot, au cimetière. Voilà donc ce que tu faisais. Et moi qui pensais trop à mes problèmes pour voir autre chose que ta tristesse.

— C'était beaucoup à intégrer d'un coup, admit Nick en déglutissant pour ne pas se laisser aller.

Après tout ce qu'il avait appris ce jour-là, il s'étonnait encore de ne pas avoir craqué.

— Alors, que vas-tu faire ? l'interrogea Silvia. Dire la vérité à Rusty ou engager quelqu'un pour retrouver tes frères ?

Nick bascula légèrement en arrière pour lui replacer une mèche derrière l'oreille. Il lui effleura la joue en l'observant. Ce qu'il avait pris pour de la pitié s'avérait tellement plus noble, plus intense.

Silvia le regardait avec compassion et détermination, parée à affronter ses démons à sa place. Il n'existait rien de plus exaltant et attirant qu'une femme de caractère prête à protéger son homme.

Son homme ?

Non, il s'emballait peut-être. Trop de gens l'avaient déjà déçue, il ne voulait pas rejoindre la longue liste.

— J'aimerais faire tellement de choses, j'ignore par où commencer avec Lockwood. Mais je ne sais pas non plus comment agir avec toi. Est-ce qu'on sort ensemble ? Est-ce qu'on va juste élever un enfant ensemble ? Je suis perdu, Silvia. Je sais que j'ai envie de toi, c'est clair, mais que puis-je t'offrir d'autre ?

Elle sembla s'attendrir.

— Nick...

S'il exhibait rarement ses faiblesses de la sorte, il ne pouvait plus garder ces sentiments enfouis.

— Je ne peux pas me permettre une relation ouverte avec toi, s'empressa-t-elle de dire. Ma carrière est sur le point d'évoluer. On m'a même parlé d'une promotion, aujourd'hui. Je peux tirer un trait dessus si mon patron apprend tout ça. J'ai trop connu l'instabilité jusque-là, je ne veux pas que notre bébé vive la même chose, ni dépendre de quelqu'un d'autre.

Il faillit se laisser submerger par la colère. Certes, Nick comprenait ce désir de devenir la meilleure dans son domaine, mais son côté macho voulait lui garantir qu'elle n'aurait plus jamais manqué de rien grâce à lui.

— C'est une réaction normale, Silvia, la rassura-t-il. Je ne vois aucun inconvénient pour le chantier. Et si ton patron a peur que je rompe notre accord, eh bien, il se trompe.

Silvia secoua la tête en se faufilant à l'autre bout de la balancelle. Nick ne sut comment interpréter ce mouvement soudain.

— Tu es un mec, tu ne peux pas comprendre. Si un homme batifolait avec une cliente, on considérerait cette histoire comme amusante, mais s'agissant d'une femme qui vient d'arriver en ville et s'implique avec son premier et seul client... tu peux imaginer le genre de sobriquets qu'on va lui attribuer !

La rage bouillonna de plus belle en lui, il dut se lever.

— Tais-toi, la coupa-t-il. Tu n'es pas comme ça et je n'ai jamais pensé ça de toi. Tous ceux qui te considéreront ainsi peuvent bien aller au diable. Ces idiots ont de la chance de t'avoir. S'ils ne s'en rendent pas compte, tant pis pour eux.

Silvia sursauta face à cet éclat de fougue et tant de compliments.

— Je ne me sens pas prête, avoua-t-elle ensuite. Encore un peu de patience.

Ils évoluaient tous les deux entre force et faiblesses. Nick s'inquiéta alors d'avoir empiré la situation par sa colère.

— Parle à Rusty, l'enjoignit-elle, le suppliant presque. Tu ne chasseras jamais ces démons sinon. Ce ne seront pas des retrouvailles attendrissantes, mais au moins la vérité aura éclaté au grand jour et il pourra décider quoi faire.

Nick s'était déjà préparé à cette éventualité, pour faire pression ou se soulager d'un poids.

— Je n'ai même plus envie de lui parler, affirma-t-il en faisant les cent pas. Je veux profiter un maximum sans me soucier du reste... Rien qu'un peu.

Silvia relâcha ses épaules, moins tendue tout à coup. Elle s'avança, lentement, pour se faufiler entre ses bras. Nick lui caressa les cheveux puis l'embrassa.

— Reste, lui susurra-t-il. Aussi longtemps que tu pourras.

Il réalisa qu'il lui disait toujours cela. Il se demanda alors si cet accord temporaire deviendrait un jour permanent.

Nick bascula en arrière dans son fauteuil de bureau, concentré sur la double porte. Il avait invité Rusty sur son territoire. Le vieil homme n'allait certainement pas refuser, il était à cran, trop inquiet de découvrir si Nick possédait vraiment des informations compromettantes.

Leur petite bagarre allait prendre fin.

— M. Lockwood est là, lui apprit la voix suave de son assistante dans l'Interphone.

Nick ne bougea pas. Il voulait paraître aussi à l'aise que possible malgré sa nervosité.

Une semaine entière s'était écoulée depuis sa discussion à cœur ouvert avec Silvia. Elle avait ensuite passé toutes ses nuits chez lui avant d'aller travailler comme à son habitude. Ils étaient tombés dans une routine des plus naturelles, proche de la perfection.

Les portes s'ouvrirent, l'assistante de Nick lui adressa un regard avant d'inviter en silence Rusty à entrer.

— Merci Natalie, fit Nick. Vous pouvez prendre votre journée, si vous le voulez.

— Merci, se réjouit-elle en acquiesçant.

Une fois cette dernière ressortie, les deux hommes se retrouvèrent seuls. Rusty inspecta les lieux un moment avant de se concentrer sur Nick.

— Vous donnez toujours quartier libre à vos employés en pleine semaine ?

— Une équipe heureuse est une équipe fidèle, répondit Nick avec nonchalance. Et cette fidélité facilite les affaires. Occupez-vous de votre entreprise et laissez-moi gérer la mienne comme je l'entends.

Il se leva lentement.

— Je vous offre à boire ? J'ai du Blanton, de l'Eagle Rare ou du Pappy.

— Je ne suis pas venu pour votre bourbon, s'offusqua Rusty. Allons droit au but et finissons-en.

Nick se dirigea vers le minibar, duquel il sortit un verre aux couleurs de sa compagnie. Il déboucha ensuite une bouteille de gin Hawkins avant d'y ajouter du tonic et un peu de citron vert. Il prenait son temps, afin de mieux irriter son hôte.

— Asseyez-vous, l'invita Nick en revenant près de son bureau.

Rusty resta debout près de l'entrée.

— Avez-vous déjà été marié, Rusty ? lui demanda Nick, appuyé à son fauteuil d'une main.

Surpris par une telle question, l'autre cligna des yeux.

— Moi ? Non. En quoi est-ce que ça vous concerne, bon sang ?

Nick haussa les épaules en avalant une gorgée.

— Simple curiosité. Je crois que vous avez connu ma mère.

Son pouls s'accéléra, ses paumes devinrent moites. Il détestait imaginer sa mère avec ce type, mais on ne pouvait changer le passé.

— Lori Campbell, ajouta-t-il quelques secondes plus tard.

Rusty fronça les sourcils puis secoua la tête.

— Je ne la connais pas. Travaillait-elle pour moi ?

— Oui, dans un de vos anciens hôtels.

Nick attendit l'once d'un souvenir, la moindre étincelle, en vain. Il serra alors les dents avant de prendre une grande inspiration.

— Savez-vous si vous avez eu des enfants ?

— Comment ? maugréa Rusty. Je ne vois pas le rapport.

— Je suis votre fils.

Il n'avait pas prévu de le dire de but en blanc, mais la vérité lui pesait trop. Nick posa ses lunettes sur son bureau pour observer la mine déconfite de son interlocuteur.

— Lori Campbell était ma mère. Elle est tombée enceinte de vous.

Rusty vira soudain au rouge, les traits crispés de colère.

— Si vous croyez pouvoir me faire chanter à cause de mon argent...

— Votre argent ? se moqua Nick. Que voulez-vous que j'en fasse ? Je pourrais vous racheter dix fois. Ce qui me met hors de moi, c'est que vous avez ignoré une femme qui attendait votre enfant. Vous l'avez payée une misère pour son silence, seulement ça n'a pas empêché le passé de revenir vous hanter.

Non, cette somme n'avait pas suffi. Lori avait dû cumuler deux emplois pour arrondir les fins de mois et, même après si longtemps, cette idée poussait toujours Nick dans une rage folle.

Rusty s'avança pour plaquer une main sur le bureau d'un geste vif.

— Je n'ai pas de fils ! déclara-t-il. J'ai offert une compensation à toutes les femmes qui pourraient affirmer le contraire. Peu importe ce que vous me voulez, laissez tomber.

Une compensation ? Nick crut vomir face à cette échappatoire minable. Il n'imaginait même pas la vie sans connaître ni voir son bébé. Il fallait vraiment être une ordure sans nom pour se débarrasser de cette responsabilité avec une telle insouciance.

Et cela demeurait la grande différence entre les deux hommes. Si le même sang coulait dans leurs veines, Nick n'avait rien d'un monstre au cœur sec.

— Ma mère m'a laissé une lettre à sa mort. Apparemment, j'ai des demi-frères. Savez-vous qui ils sont et où je peux les trouver ?

Rusty se recula, les bras croisés.

— Je vous l'ai dit, j'ai fait en sorte de ne pas avoir à m'impliquer dans ces histoires de bonnes femmes. Je n'avais pas le temps d'avoir des gamins dans les pattes, j'avais une compagnie à diriger, moi.

Alors Nick se releva pour venir se poster pile devant son ennemi juré.

— Tant mieux. Ma vie n'en a été que plus belle. Ma mère assurait bien assez son rôle de parent pour que je puisse me passer d'un père aussi minable que vous. Je me demande ce que penseraient vos petits copains s'ils apprenaient la nouvelle. On est loin de la noble image de bonhomie que vous vous efforcez de donner à tout le monde.

Quand Rusty fit mine de répondre, Nick l'en empêcha, s'avançant encore d'un pas, dominant d'une tête cet homme grassouillet.

— N'oubliez pas vos petits soucis avec la fondation Nouveau Départ. Vous risquez de vous retrouver au cœur d'un sacré scandale.

S'il avait cru voir Rusty devenir écarlate plus tôt, il n'était pas au bout de ses surprises. Lockwood semblait même céder à la panique peu à peu.

— Alors, souhaitez-vous négocier mes licences ou préférez-vous prolonger la partie ?

— Vous n'avez que ça comme preuve ? se défendit Rusty en s'écartant. La lettre d'une femme à l'agonie ?

Nick dut serrer les poings afin de ne pas le cogner en plein visage.

— Ma mère n'avait aucune raison de mentir. En vérité, je suis sûr qu'elle aurait préféré m'avoir avec n'importe qui d'autre. Pourquoi pensez-vous qu'elle a gardé ce secret si longtemps ? Elle se serait bien passée d'avoir affaire à vous.

— C'est du chantage si je comprends bien, hein ? insista Rusty avec un rire méprisant. Essayez donc. Vous ne serez pas le premier, c'est la rançon de la gloire.

— Ridicule, ricana Nick. Votre gloire, vous la devez à votre malhonnêteté. Vous n'êtes qu'un escroc qui peut se payer le luxe de se cacher derrière une belle corporation. Mais je n'hésiterai pas à déterrer vos secrets les plus honteux jusqu'au dernier s'il le faut. Et vous pouvez être sûr que je retrouverai vos autres enfants. Votre petit règne sur la région touche à sa fin.

— Vous réglerez tout cela avec mes avocats, le menaça Rusty, les lèvres pincées.

— Oh ! mais j'ai hâte.

Alors le vieil homme sortit tel un ouragan. Nick resta face aux portes béantes encore un moment avant de reprendre son verre. Il le vida en une rasade, accueillant le goût rafraîchissant du gin et du citron vert.

Si Rusty voulait la guerre, Nick l'attendait de pied ferme. Il refusait de devenir comme lui : une vermine odieuse avec les femmes.

Néanmoins, cela ne changeait rien aux faits. Rusty était bel et bien son père. L'éventualité de partager ses gènes tracassait Nick. Voilà peut-être d'où provenait sa peur de s'impliquer auprès de Silvia.

16

Nick prit Silvia par la main au moment où ils quittèrent le cabinet du médecin. Un simple contrôle de routine, après l'échographie deux semaines plus tôt. Le bébé se portait très bien. Nick, lui, mourait toujours d'envie de connaître le sexe, mais il préférait se plier aux désirs de Silvia.

Il la raccompagna à sa voiture. Ils étaient venus chacun de leur côté malgré une réunion au chantier. Ils ne pouvaient arriver ensemble. Même si elle avait presque emménagé chez lui, elle ne pouvait se résoudre à révéler leur relation. Et son patron ne savait toujours pas pour sa grossesse. Nick ignorait combien de temps il tiendrait encore.

Silvia le lâcha pour chercher ses clés.

— Tu vas directement au chantier ? demanda-t-elle.

Il s'appuya sur le toit de la voiture.

— Je vais aller manger avant. Je te prends quelque chose ?

— Non, ça ira. Je dois passer au bureau et il me reste de quoi faire à la maison. On se voit dans une heure ?

Nick inspira et replaça une mèche écarlate derrière l'oreille de la jeune femme.

— Tu devrais peut-être dire à ton patron que tu es enceinte.

— Nick, je vais le faire, répliqua-t-elle, les yeux écarquillés. Laisse-moi juste...

— Le temps. Tu n'arrêtes pas de répéter ça. Ils finiront par le découvrir, et ce stress supplémentaire n'est pas bon pour toi et le bébé. Et puis, nous vivons pratiquement ensemble.

— J'ai encore ma maison, se défendit-elle.

— Où tu ne dors presque plus, je te rappelle. Je ne veux pas qu'ils l'apprennent par quelqu'un d'autre. Ce serait pire.

— Je vais le faire, promit-elle. Bientôt.

— Aujourd'hui ?

Elle se pencha pour lui donner un baiser.

— Bientôt.

D'une tape sur le torse, elle le poussa pour ouvrir sa portière. Il l'observa s'installer au volant puis prendre la route. Elle s'obstinait à dresser des murs entre eux.

Cependant, lui non plus ne pouvait pas continuer à se fermer s'il voulait faire partie de sa vie. Il ne la méritait pas, mais il la désirait. Une fois tous ces problèmes réglés, la prochaine étape consisterait à avancer avec elle.

Hélas, Rusty avait le culot de bloquer ses appels et de ne pas le recevoir. Aucun souci. Nick avait réussi à organiser cette réunion avec le maire.

Il était temps d'agir... À tous les niveaux.

Nick traversa le parking vers sa voiture en réajustant ses lunettes, prêt à reprendre le contrôle et à s'emparer de ce qui lui revenait de droit.

— Dois-je te féliciter ?

Silvia se figea alors qu'elle s'apprêtait à prendre un yaourt dans le réfrigérateur de son bureau. Du coin de l'œil, elle aperçut un Kevin tout joyeux sur le seuil. Il agitait son téléphone devant lui comme s'il détenait un secret capital.

Lorsqu'elle loucha sur l'écran du portable, la terreur faillit avoir raison d'elle.

Non. Impossible.

Elle sortait à peine de chez le médecin. Comment un magazine pouvait-il déjà avoir publié cette photo ?

Silvia s'approcha. Au-dessus d'elle et Nick en pleine étreinte, le titre disait « De magnat à papa ? ».

Elle parcourut le reste de l'article, saisissant des mots comme « femme mystère » ou encore « Nick Campbell est-il sur le point de devenir père ? », ainsi que son nom et celui du cabinet Baxter. Ce journaliste n'avait pas perdu de temps.

Que faire ? C'était trop tard, elle n'avait plus aucune excuse.

— Je ne m'en doutais même pas, s'extasia Kevin, impassible face à la mine déconfite de Silvia. Et avec Nick Campbell ? Dis donc, tu ne fais pas les choses à moitié, toi. Clark sait-il que vous, euh… Tu vois, quoi.

Elle n'en revenait pas, elle n'avait pas vu de paparazzi fureter pourtant. Personne n'aurait pu savoir à part elle et Nick. Il s'était attardé plus que d'habitude près de sa voiture. S'agissait-il d'un geste volontaire pour laisser au photographe le temps de prendre le cliché parfait ?

Elle ne l'en pensait pas capable, mais qui pouvait trouver un intérêt à révéler leur histoire ? Peut-être Nick n'était-il pas celui qu'elle espérait. Elle avait connu d'autres déceptions, après tout.

— Excuse-moi, dit-elle en contournant Kevin.

Elle devait voir Clark sans tarder. Si quiconque lui montrait cette image avant, elle aurait du mal à se justifier ou à lui expliquer que sa relation avec Nick ne remontait pas à plus de deux mois.

Son cœur s'emballait toujours plus à chaque pas. Elle aurait dû tout avouer à Clark en dépit de sa peur de perdre son emploi. Mais, dès l'instant où elle le lui aurait appris, les choses se seraient envenimées et l'identité du père ne serait plus restée secrète très longtemps.

Parmi toutes les raisons de ne rien dire, aucune n'importait plus à cet instant. Comment pourvoir au bonheur d'un bébé, sans travail ?

Elle prit une longue inspiration en arrivant devant le bureau de Clark. Elle frappa à la porte, qui s'ouvrit doucement. Elle vit immédiatement son patron en train de loucher sur le portable de son assistant. Elle comprit sur-le-champ : ils savaient.

— Ah ! Silvia, la salua Clark. Entrez. On m'apprenait justement des nouvelles fascinantes à votre sujet. J'imagine que des félicitations s'imposent.

— Merci, monsieur.

L'assistant empocha son téléphone avant de prendre congé. Silvia n'avait jamais connu un tel état de stress.

— Je comptais vous prévenir, dit-elle dès qu'ils furent seuls. Comme je suis nouvelle et que je ne m'attendais pas à tomber enceinte, je ne savais pas trop comment vous l'annoncer.

— Je comprends, acquiesça son patron en basculant dans son fauteuil. Et je tiens sincèrement à vous féliciter, je vous assure. J'ai cinq enfants et trois petits-enfants, une vraie bénédiction. Votre grossesse ne me dérange pas. Cependant… votre relation avec un client au cours d'un de ses chantiers, ça, ça me pose problème. D'autant plus qu'il s'agit d'un de nos plus gros contrats.

Silvia joignit les mains, tentant de garder son calme. Son cœur battait si fort, son ventre se nouait de façon indescriptible… Malgré cela, elle ne montrerait ni sa peur ni ses angoisses, elle devait rester forte, pas pour son avenir, mais pour prouver à son patron qu'il avait besoin d'elle.

— Nous ne tolérons pas ce type de comportement. Ce que vous faites de votre temps libre ne me regarde pas, mais c'est différent si notre plus gros client entre en jeu. Je ne peux pas vraiment laisser couler.

— Je comprends, monsieur, mais je vous garantis que ma situation avec M. Campbell n'aura aucune répercussion sur le cabinet ou sur le projet.

— Mais c'est déjà le cas avec cette couverture médiatique, la coupa-t-il. Vous savez très bien à quelle vitesse se répandent ces histoires et jusqu'où elles peuvent aller.

— Je sais aussi que tout le monde aura tout oublié dès le prochain article, argua-t-elle. Vous m'avez complimentée sur mon travail, il y a peu. Laissez-moi continuer d'œuvrer pour le cabinet et vous prouver que vous avez besoin de moi.

Il l'observa, impassible, donnant à Silvia l'envie de filer en trombe pour retrouver celui qui avait posté cet article. Chaque chose en son temps, elle devait d'abord affronter son patron.

— Pourquoi ne prendriez-vous pas une semaine de vacances ? Rémunérée, bien entendu. Voyons comment la situation évolue. Nous bénéficions d'une réputation irréprochable, je ne peux pas laisser une toute jeune recrue entacher ce que j'ai mis des années à bâtir.

Une semaine de vacances ? Cela ne lui plaisait guère. Il la faisait culpabiliser pour avoir succombé aux charmes d'un homme irrésistible ; il ne s'agissait pas d'un problème de relation entre prestataire et client. Était-ce mal de céder à ses pulsions les plus humaines ? Sans ce bébé, son patron n'aurait jamais rien su de sa vie sexuelle désormais offerte en pâture aux réseaux sociaux et aux commérages de bureau.

— Vous apprendrez que moi aussi j'ai une excellente réputation, reprit-elle, prête à en découdre. Dans une semaine, je reviendrai et terminerai ce chantier. Mon client actuel et tous les autres à venir ne se soucieront pas de ma vie privée, et vous, monsieur, devriez en faire autant.

En temps normal, jamais elle n'aurait manqué de respect à celui qui signait ses chèques, mais elle devait s'affirmer. Elle ne regrettait rien. Elle n'avait pas jeté l'opprobre sur le cabinet ; d'ailleurs, en cherchant bien, elle était persuadée qu'elle trouverait d'autres histoires similaires.

— À la semaine prochaine, le salua-t-elle en se relevant pour sortir dignement, le dos bien droit, la tête haute.

Elle ne s'attarda pas dans les couloirs, préférant ignorer les murmures entre les bureaux. Peu importe qui colportait des rumeurs sur elle, elle avait d'autres problèmes. Les ragots ne changeaient rien à sa vie. Le plus urgent restait de découvrir qui avait fait éclater sa petite bulle de confiance.

Une semaine de libre ? Silvia ne pensait pas avoir besoin d'aussi longtemps pour trouver le coupable ; il l'attendait sans doute sur le chantier.

Mais s'il avait bel et bien menti, que ferait-elle ? Comment élever un enfant avec quelqu'un en qui on n'a pas confiance ? Tout ce qu'elle savait, c'était qu'il jouait trop les mâles dominants, à vouloir s'occuper d'elle.

Avait-il tout dévoilé pour s'assurer qu'elle aurait encore plus besoin de lui ?

Silvia n'allait pas tarder à le découvrir.

17

Nick arpenta le deuxième étage pour examiner la nouvelle charpente des suites. Il vérifia son téléphone une fois de plus, curieux de savoir ce qui retenait Silvia. Peut-être un problème au bureau, elle n'était jamais en retard.

Il descendit en évitant le premier étage, où les ouvriers s'affairaient, pour gagner la réception. Toujours aucun signe de la jeune femme. Il se rendit donc à l'arrière du bâtiment et sortit sur l'onéreuse terrasse en bois. C'était là, devant une vue hors du commun, qu'il avait prévu d'organiser les fêtes, réceptions privées et mariages. Sa mère avait même pensé à un cadeau de bienvenue très spécial pour les participants. Il lui tardait de découvrir le résultat final.

De tout ce qu'il avait entrepris dans sa vie, ce projet demeurait de loin son préféré. Contrairement à d'autres bâtiments, rénovés puis revendus, il ne se débarrasserait pas de celui-ci. Peut-être son enfant reprendrait-il les rênes un jour. Nick envisageait déjà cet établissement comme la première pierre de son héritage. Cela aurait rendu Lori si fière.

Une pointe d'espoir le transperça. Un avenir avec Silvia s'avérait possible. Que penserait-elle de fonder une famille, une dynastie ? Entre ses talents d'architecte et les siens pour les affaires, ils créeraient une compagnie du tonnerre. Bien entendu, ils s'installeraient à Green Valley, mais parcourir le monde avec leur enfant pour transformer d'anciens bâtiments en édifices grandioses devint un rêve.

En somme, cela ressemblait à la destinée qu'il s'était toujours imaginée. Il avait simplement dû trouver la femme avec qui la partager.

Nick savait que sa mère aurait adoré avoir des petits-enfants. Par ailleurs, elle aurait été très touchée en repensant à la rencontre de son fils et Silvia au cœur de circonstances difficiles. Désormais, il ne restait plus à Nick qu'à convaincre la jeune femme qu'ils étaient faits l'un pour l'autre, que le passé ne devait pas leur dicter leur avenir.

Nick se perdit par-delà l'horizon, où la vision de son mariage lui apparut.

Il sourit, incapable de retenir sa joie. Il aimait Silvia. Il avait dû tomber amoureux dès le premier jour et, aujourd'hui, il ne voulait plus se passer d'elle.

Offrir à leur bébé ce qu'ils n'avaient pas connu eux-mêmes resterait leur plus grande preuve d'amour et de fidélité. Cette simple épiphanie remplit Nick d'un espoir éclatant. Il aurait vraiment souhaité pouvoir partager cela avec sa mère.

— Dis-moi que tu n'as rien raconté à la presse.

Nick volta d'un bond. Silvia se tenait sur le seuil, l'air nerveux.

— Quoi ? s'étonna-t-il.

— On en parle partout sur les réseaux sociaux, précisa-t-elle en lui montrant les articles sur son téléphone. C'est toi le responsable ?

Perplexe, Nick la rejoignit pour examiner l'écran. Il parcourut les photos, apparemment prises devant chez le médecin au moment où il l'avait embrassée.

Il l'observa une seconde. Elle ne plaisantait pas.

— Je t'avais dit d'attendre. Pourquoi as-tu fait ça ?

— Non mais tu penses vraiment que c'est moi ?

Il lui laissa le temps de nier, mais d'après son air à la fois blessé et furieux elle s'était réellement convaincue de sa culpabilité.

Doutait-elle de lui parce qu'il lui avait révélé l'identité de son père ? Nick s'était toujours efforcé de rester honnête et droit, d'autant plus maintenant qu'il savait quels gènes il devait combattre.

— Qui d'autre était au courant ? lui demanda-t-elle, ne tenant pas en place. J'imagine que tu préférerais que je dépende de toi, que je me laisse entretenir comme tu le voulais depuis le départ. Il suffisait donc de quelques photos sous un titre racoleur pour accélérer la manœuvre.

Un sentiment inconnu alourdit la poitrine de Nick, mais celui-ci anéantissait tout son bonheur et ses espoirs.

— Et tu me crois vraiment capable de ça ? insista-t-il pour lui offrir une deuxième chance.

— À toi de me le dire.

Nick poussa un soupir, tourné vers les montagnes. Sa vision d'eux en train de se promettre l'éternité venait de s'évanouir.

Il lui fit de nouveau face. Certes, il se trouvait en proie à une lutte intérieure, cependant cela ne signifiait pas qu'il pût blesser volontairement un être cher.

— Le fait que tu doives me poser la question vient d'annihiler toute confiance entre nous.

Elle ouvrit grands les yeux avant de les refermer. Elle lâcha un soupir en secouant la tête.

— J'ai d'abord cru que tu avais médiatisé tout ça dans l'espoir que mon patron le verrait... Et ça n'a pas manqué.

Nick écarta ses sentiments un instant, inquiet pour la jeune femme.

— Comment a-t-il réagi ?

— Il m'a donné une semaine de congés payés en attendant de savoir si le scandale entache la réputation du cabinet.

Nick se laissa aller à une rage alimentée à la fois par la réaction de Silvia et la stupidité de son patron. Comment osait-il lui faire la morale au sujet de ses fréquentations ? Bien sûr, Clark devait soigner son image, mais il devait également traiter ses employés avec respect.

— Si tu me dis que tu n'as rien fait, je te croirai, reprit-elle.

Nick enfouit les mains dans les poches pour lui rendre son regard.

— Je n'ai rien à dire, répondit-il, de plus en plus déçu. Je pensais que tu me connaissais. En fait, tes doutes à mon sujet attestent seulement de tes peurs.

Elle vacilla comme s'il l'avait giflée.

— Je n'ai rencardé personne, continua-t-il, s'efforçant de rester calme et sincère. Je n'en reviens pas, moi non plus.

— Tu ne peux pas m'en vouloir de m'être posé la question, s'excusa-t-elle, les yeux embués de larmes. Ça tombait trop à point nommé.

— Sans doute, acquiesça-t-il, doutant une fois de plus de leur compatibilité. Mais si tu avais réfléchi rien qu'un instant avant de tirer des conclusions hâtives et ridicules, nous n'en serions pas là.

— Comment ça ? murmura-t-elle, une larme lui perlant sur le visage.

Par réflexe, Nick lui essuya la joue. Il n'avait jamais pensé pouvoir souffrir autant d'une peine de cœur. La perte de sa mère, la découverte de l'identité de son père, et maintenant, cela. C'en était trop.

— De retour à zéro, là où on ne se fait pas confiance, répondit-il, les bras ballants. Va profiter de tes vacances, mais ne compte pas sur moi. Je ne peux pas te rendre heureuse. Je serai là s'il y a quoi que ce soit avec le bébé mais, sinon, oublie-moi, Sil. Ça fait trop mal de t'aimer en sachant que tu ne me considères pas assez bien pour toi.

Il s'éloigna pour sortir par la porte principale. Il descendit les marches en vitesse pour regagner son véhicule. Sa vue s'assombrit à mesure que les larmes coulaient.

Tant d'émotions l'avaient assailli ces derniers temps, il ignorait quand il se sentirait à nouveau lui-même ni comment il retrouverait le goût de vivre.

Sa seule certitude restait de ne jamais avoir autant souffert.

Nick prit la route, les doigts crispés sur le volant à force de vouloir mettre de l'ordre dans ses idées. Comment avait-elle pu douter de lui à ce point, notamment après avoir tant insisté pour qu'il ne dise rien ?

Tout ce qu'il savait, c'était qu'elle ne le connaissait pas, et être né d'un père aussi vindicatif et vicieux ne jouait pas en sa faveur. Lui-même ne s'était pas cru assez bien pour elle. Il s'était efforcé de lui prouver le contraire ; il avait mis son cœur sur la table tout en sachant qu'il s'agissait d'une erreur.

Sans le réaliser, il se rendit au cabinet de Silvia. Si elle avait eu son mot à dire, alors il ne se gênerait pas de son côté. Il était leur client après tout, et il se sentait tout aussi responsable de cette crise.

Au moment où il se gara sur le parking et coupa le moteur, son téléphone bipa. Un message de Rusty Lockwood. Nick l'ouvrit pour découvrir la photo partagée sur les réseaux sociaux et un mot :

Tel père, tel fils.

Furieux, Nick lui répondit sur-le-champ.

Moi, j'assume mes responsabilités.

Il mit son portable en mode vibreur et descendit de voiture. Il n'avait pas besoin de se rappeler que le sang de son père aussi coulait dans ses veines. Il avait grandi auprès de la plus impressionnante femme au monde ; il n'y avait aucune trace de Rusty en lui.

Ignorant sa crainte de finir comme le vieux Lockwood, Nick fonça vers l'accueil, où il exigea de s'entretenir avec Clark sans tarder. Le réceptionniste, Kevin s'il se souvenait bien, pianota sur le téléphone en vitesse. L'attitude de Nick devait l'avoir trahi ; il n'allait ni attendre ni discuter de la pluie et du beau temps.

— Il va vous recevoir, lui indiqua Kevin en raccrochant.

Nick le remercia d'un hochement de tête avant de se diriger vers l'ascenseur. Quelques instants plus tard, il traversait le troisième étage directement vers le bureau du patron, déjà ouvert.

— Nick, le salua Clark en se levant. Content de vous voir. Venez.

— J'imagine que vous savez pourquoi je suis là.

— Je pense, oui, répondit-il en désignant un bar près du mur. Puis-je vous offrir un verre ?

— Je ne serai pas long. Je tiens juste à vous dire que, si vous confiez mon chantier à quelqu'un d'autre que Silvia ou si vous la renvoyez, je vous retirerai le projet et ne collaborerai plus jamais avec vous.

— Je lui ai simplement offert une semaine au calme, précisa Clark, l'air plus grave désormais.

— Je le sais, assura Nick, refusant toute concession. Mais je sais également qu'il s'agit là d'un moyen de réfléchir à ce que vous allez faire d'elle. C'est votre cabinet, c'est vrai, mais je tiens à mettre les choses au clair. Dans une entreprise aussi importante, elle ne doit pas être la seule à s'être rapprochée d'un client. Silvia n'est certainement pas la première.

— Je prendrai tout cela en considération, répondit Clark en déglutissant. Merci de votre visite.

Le message se voulait clair, Nick devait s'en aller. Peu importe, il avait exprimé son point de vue. Silvia n'apprécierait pas qu'il ait pris sa défense ainsi, mais il s'en moquait. Cette histoire le concernait tout autant qu'elle. De plus, même s'il lui en voulait, elle ne méritait pas d'affronter cela toute seule. Il l'aimait, et personne ne l'avait jamais soutenue.

Malgré les éclats de voix ou les crises de nerfs, il ne pouvait pas renier ses sentiments.

Plus encore, elle avait tant lutté pour en arriver là, elle méritait d'exercer ce métier dans lequel elle excellait.

Une fois devant sa voiture, Nick repensa au message de Rusty. Il ne chercha pas plus loin, il savait qui avait informé la presse. Cette bassesse, cette volonté de faire suivre Nick pour déterrer la crasse, cela ressemblait bien à Lockwood.

Nick ne s'en inquiéta même pas, en vérité. Tout le monde aurait fini par le découvrir.

Nick préféra rentrer chez lui pour travailler afin d'éviter ses employés et leurs éventuelles questions. Ils avaient dû avoir vent des dernières nouvelles eux aussi.

Pour l'heure, il voulait se consacrer à l'hôtel, et à rien d'autre. Silvia et cette déception devraient attendre dans un recoin de son esprit et de son cœur.

18

Silvia alluma dans la future chambre du bébé. Elle s'était couchée vers minuit, mais ses pensées s'emmêlaient trop. Elle ne savait plus du tout où elle en était. Après deux heures à contempler les ténèbres, elle avait préféré se lever. La pièce lui servait de bibliothèque pour le moment. Elle y avait installé tout un mur d'étagères. La baie vitrée lui offrait un coin de lecture parfaitement confortable, même si elle n'avait pas eu le temps pour cela récemment.

Elle avança pieds nus sur l'épais tapis rose pour aller s'asseoir au bord de la fenêtre. Silvia attrapa un gros coussin en fourrure qu'elle serra contre elle, le regard perdu sur les étoiles, la pleine lune et les montagnes.

Le sommeil la fuirait encore longtemps. De jour comme de nuit, elle revoyait sans cesse les traits meurtris de Nick. Sans l'avoir accusé de façon directe, sa question avait suffi. Bon sang, elle savait qu'il n'agirait jamais ainsi. Pas lui. Elle n'avait jamais rencontré quelqu'un d'aussi affectueux, gentil et protecteur. Comment avait-elle pu croire un seul instant, même quand tout semblait le désigner comme le coupable idéal, qu'il la blesserait délibérément ?

Il avait raison du début à la fin : elle redoutait le bonheur. Elle ne savait comment l'accueillir dans sa vie. Cependant, elle se servait de tout cela comme d'excuses pour mieux faire du mal à l'homme qu'elle aimait.

Elle n'aimerait jamais personne autant que lui.

Silvia n'avait pas eu de nouvelles de Nick depuis trois jours. Trois jours de désespoir absolu. Son lit lui semblait vide, ses journées se berçaient de solitude. Il lui manquait trop.

Pas un mot de Clark non plus, ce qui l'irrita d'autant plus. À force de réfléchir à la réaction de son patron, elle avait fini par revoir ses désirs. Quitte à vouloir œuvrer pour un cabinet prestigieux, autant en éprouver de la fierté. Sans pécher par orgueil, elle savait que son travail était exceptionnel. Nick et sa mère ne l'auraient jamais engagée s'ils n'avaient pas apprécié son portfolio.

Silvia se tenait à la croisée des chemins. Elle avait le choix entre se résoudre à une vie de tristesse sans Nick au sein d'une entreprise où elle endosserait probablement le rôle de brebis galeuse, et reprendre les rênes de ce bonheur tant attendu, s'excuser auprès de l'homme de ses rêves pour voir où cela la mènerait.

Elle observa la pièce, se demandant ce qu'il ferait… dans la mesure où il la pardonnerait. Voudrait-il habiter ici ou chez lui ? Retravaillerait-il avec elle après cet hôtel ?

Rien ne lui garantissait plus de regagner sa confiance. D'après lui, ils étaient de retour à la case départ. Néanmoins, elle allait écarter ses peurs et accepter son amour pour lui.

Nick avait souffert lui aussi. Cela ne l'avait pas empêché de s'ouvrir à elle. Tout cela pour qu'elle lui broie le cœur à mains nues. Le savoir ne l'aiderait pas à dormir. Elle ne supportait pas de lui avoir fait tant de mal quand il n'avait jamais voulu que la porter aux nues alors qu'il affrontait encore le deuil de sa mère.

Silvia serra un peu plus le coussin. Elle devait se reposer, réfléchir à la marche à suivre pour changer les choses.

Elle ne put s'empêcher de reprendre espoir. Clark et Nick ne reconnaîtraient pas cette femme nouvelle ; elle souhaitait simplement ne pas se tromper.

Nick ajusta sa cravate et s'observa dans la glace. Silvia lui avait écrit la veille pour lui donner rendez-vous à l'aéroport. Elle avait précisé avoir des nouvelles. Elle s'était excusée en ajoutant qu'elle ne méritait pas son pardon, mais que cela ne durerait que quelques minutes.

Il ignorait où elle voulait en venir ni pourquoi il devait porter un costume noir, mais il n'aurait raté cela pour rien au monde. Il se sentait trop seul sans elle. Il s'était même surpris à manger ses aliments par chiffres pairs.

Le souvenir de ces petites manies, le grand sourire de Silvia et ses yeux pétillants hantaient ses jours. Sa maison, ses draps semblaient froids, il regrettait le temps passé autour du feu dehors, le soir. Elle lui manquait.

Il espérait avoir la chance de s'excuser. Au lieu de discuter, il s'était enfui. Il ne voulait pas devenir cet homme-là, elle ne méritait pas cela. Il était désormais prêt à lui prouver qu'il était digne d'elle.

Nick lui avait laissé de l'espace, donné du temps pour réfléchir, dans l'espoir de la retrouver. Elle devait comprendre les choses par elle-même, elle était assez forte pour cela.

Son seul défaut ? La peur.

Enfin, lui aussi avait eu peur. Qu'elle ne revînt jamais, qu'il eût détruit tout ce qu'ils auraient pu construire.

Il espérait donc pouvoir parler de leur avenir avec elle.

Nick cessa de jouer avec sa cravate puis attrapa son téléphone et ses clés. Vingt minutes plus tard, il arrivait près du hangar où stationnait son avion.

Il crut halluciner. On avait sorti son Cessna sur le tarmac. Une piste miniature de bougies allumées s'étendait depuis la place de parking jusqu'à l'appareil, où se tenait Silvia. Nick retrouva son souffle en la voyant dans sa robe blanche sans bretelles sur laquelle ondulaient quelques mèches rouges.

Il se gara, descendit de voiture puis remonta l'allée.

— C'est toi qui as sorti mon avion ? s'enquit-il en arrivant à sa hauteur.

— Ne m'en veux pas, hésita-t-elle en plissant le nez, un peu gênée. J'ai appelé le directeur de l'aéroport pour qu'il m'aide.

Lui en vouloir ? Impossible. Il se posait simplement des milliers de questions.

— Mais pourquoi as-tu besoin de mon avion ? demanda-t-il en fourrant les mains dans ses poches pour s'empêcher de la serrer.

— Selon toi, je te connais, alors je compte sur le fait que tu as dit que tu m'aimais. Je compte sur toi pour m'accorder une autre chance même si je ne la mérite pas. Je compte sur toi pour nous emmener vers une destination que j'ai ajoutée à ton plan de vol.

À la fois sous le choc et impressionné, Nick s'avança d'un pas. Là, il ne put s'empêcher de saisir une mèche cascadant sur l'épaule de la jeune femme. Elle était belle à en mourir, il n'en trouvait même pas les mots. La moindre seconde loin d'elle s'était résumée à un enfer.

— Je te connais, continua-t-elle. Je sais que tu es la meilleure chose qui me soit arrivée dans la vie. Je sais que tu seras un père exceptionnel parce que tu insistes au bon moment et me laisses tranquille quand je suis odieuse.

— Ce n'est pas moi qui ai contacté les médias. C'était Rusty. Je m'occuperai de lui en temps voulu. Il a engagé un photographe pour me suivre et dénicher des informations compromettantes à mon sujet.

— Désolée qu'il soit ton père, murmura-t-elle. Navrée qu'il te fasse du mal.

Oui, Nick s'en serait passé, mais cela importait peu à cet instant. Lockwood ne trouvait pas sa place ici.

Nick prit le visage de Silvia en coupe pour lui effleurer la lèvre inférieure du bout du pouce.

— Il paraît que tu es allé parler à Clark, ajouta-t-elle d'un air malicieux. Je peux me débrouiller seule, mais c'est quand même mignon.

— Clark et sa bande ne te méritent pas.

— Non, tu as raison, s'amusa-t-elle. C'est pourquoi je vais démissionner. Pas d'inquiétude, j'ai déjà une idée, je ne vais pas vivre à tes crochets.

Nick ne pouvait s'empêcher de sourire bêtement.

— Vraiment ?

— J'ai même payé pour ce petit voyage, mais j'ai besoin de tes talents de pilote.

— Et où allons-nous ? demanda-t-il en réduisant le minuscule écart entre leurs corps parfaitement alignés. Parce que je n'aurais rien contre rentrer chez moi et t'apprendre à mieux me connaître.

Silvia lui passa les mains autour du cou.

— D'abord, une petite virée. Il faut qu'on parle, et je dois me changer les idées.

L'espoir rejaillit en lui pour la première fois depuis leur dispute.

— D'accord. Et excuse-moi de t'avoir traitée ainsi l'autre jour. Je ne veux pas agir comme ça avec toi.

— Je sais, répliqua-t-elle en laissant ses doigts sillonner sa chevelure. Tout comme je ne veux pas être celle qui doutera toujours de toi.

Nick posa ses lèvres sur les siennes, incapable de ne pas vouloir se noyer sous ses caresses et son amour.

— Tu avais seulement peur, je ne peux pas rester fâché après toi. Je serai là pour m'assurer que le reste de ta vie ne soit que bonheur et souvenirs heureux.

— Je crois que ça collera parfaitement bien avec mes plans, dit-elle en se reculant, radieuse.

— Tes plans ?

— Que dirais-tu d'une petite escapade vers la côte, d'un mariage au soleil levant et puis... Qui sait ?

Nick se figea, son cœur s'emballa à l'idée de passer le reste de ses jours avec elle.

— Un mariage ?

Elle fit un pas en arrière et lui prit la main.

— Veux-tu m'épouser ? Veux-tu fonder cette famille que nous n'avons jamais connue ? M'aimeras-tu un peu plus chaque jour ?

— Je n'en reviens pas, s'esclaffa-t-il.

Elle devint plus grave tout à coup.

— Alors, tu ne...

Il la souleva et se mit à tournoyer sans la laisser finir.

— Chut, la coupa-t-il d'un baiser. Je t'épouserai où tu voudras, quand tu voudras. Comment as-tu organisé tout ça ? Tu savais que j'allais dire oui ?

— J'ai tiré quelques ficelles, lui apprit-elle, radieuse. Mais je te l'ai dit, je te connais, je savais que tu accepterais.

Nick l'embrassa pour mieux retrouver celle qu'il avait toujours attendue sans le vouloir.

— Je t'aime, Silvia.

— Moi aussi, Nick, dit-elle en posant la tête contre son torse. Il faudra juste faire une petite escale avant d'atterrir sur la côte.

— C'est-à-dire ?

— Au Double Délice, pour récupérer notre gâteau de mariage.

— Tu as vraiment pensé à tout, fit Nick, fou de joie.

— Je n'ai rien trouvé d'autre pour rendre hommage à ta mère. Le patron a promis de préparer son donut préféré en pièce montée à deux étages.

— Deux, forcément.

— Il n'y a qu'une chose que je veuille en un exemplaire.

— Quoi donc ?

Elle l'embrassa.

— Ma vie avec toi.

1

Sam prit une gorgée de café serré et tourna les yeux vers les piles de courrier réparties sur son bureau. Après trois semaines d'absence, il fallait s'y attendre. Son assistante avait effectué un premier tri entre les lettres les plus urgentes et tout le reste. Il décida d'opter pour cette seconde sélection afin de s'en débarrasser avant de s'attaquer aux choses sérieuses.

Comme il prenait la première enveloppe, son téléphone se mit à vibrer. Il jeta un coup d'œil à l'écran pour identifier son interlocuteur, mais ce n'était pas un numéro de son répertoire. Il décrocha.

— Sam Hawkins, annonça-t-il.

— Bonjour Sam, c'est Maty Taylor.

Maty Taylor.

Il n'aurait pas pu être plus brusquement renvoyé dans son passé. Ce nom lui était familier, évidemment. C'était celui de la femme qui lui avait brisé le cœur et à qui il n'avait pas parlé depuis seize ans.

Il devait se concentrer sur ce qu'elle avait à lui dire plutôt que sur les souvenirs qui affluaient et l'empêchaient de réfléchir.

— ... Nouvelle avocate au service de Rusty Lockwood, disait-elle d'un ton tout professionnel. C'est pourquoi je voudrais organiser une rencontre avec toi sans tarder pour évoquer nos affaires.

Elle lui parlait comme s'il était un simple contact professionnel parmi tant d'autres. Comme si leur lien si intime n'existait plus depuis qu'elle l'avait quitté. Sam sentit sa main se crisper sur l'enveloppe qu'il tenait.

— Maty.

Prononcer son prénom lui semblait tellement étrange et pourtant si familier à la fois. Il le fit cependant, dans l'espoir sans doute de lui faire perdre un peu de cette assurance qu'elle affichait en s'adressant à lui comme si de rien n'était. Dans l'espoir sans doute vain qu'elle lui parle vraiment. Il reprit le fil de la conversation.

— Excuse-moi, tu parles bien d'une réunion avec Rusty Lockwood ?

— Oui. J'ai appelé la semaine dernière et ton assistante m'a dit que tu étais absent. Je te rappelle ce matin avant que ton agenda ne soit trop chargé.

Il n'en revenait pas. Elle l'appelait ainsi après aussi longtemps sans même lui demander de ses nouvelles et de la part de Rusty Lockwood, son plus grand rival en prime ? C'était non seulement incroyable, mais très décevant de sa part. À quel jeu se livrait-elle donc ?

— Tu travailles pour Rusty Lockwood, c'est bien ce que tu viens de dire ?

Par quelle ironie du sort les souvenirs les plus douloureux de son passé lui revenaient-ils associés au nom de son pire ennemi présent ? Lorsqu'ils s'étaient séparés avec Maty, ils étaient encore étudiants. Elle voulait étudier le droit et projetait de changer le monde, rien que ça. Comment pouvait-elle aujourd'hui se retrouver à travailler à la solde du plus malhonnête des hommes ?

Qu'était-il donc arrivé à la jeune femme intègre qu'il avait connue ?

— Je défends ses intérêts dorénavant, répondit Maty de sa voix toujours aussi impersonnelle. D'où mon appel : je souhaiterais organiser un rendez-vous pour mon client afin de discuter ensemble de son offre d'achat concernant la distillerie.

Sam haussa les épaules en soupirant avec dédain à cette idée ridicule.

— Ton client sait très bien que je ne vends pas. Ni maintenant ni jamais. Le projet de réunion et ton appel n'ont donc pas lieu d'être. Il y avait autre chose que tu voulais me dire ?

— Sam, dit-elle d'un ton soudain radouci, je ne te demande que cinq minutes de ton temps.

Cinq minutes. Il ne donnerait pas cinq secondes à Lockwood. Cet homme désirait quelque chose qui était hors de sa portée pour une fois et, même s'il avait du mal à s'y faire, Sam ne comptait pas jouer à ce petit jeu du chat et de la souris avec lui.

— Bon sang, Maty, mais à quoi est-ce que tu joues, bon sang ?

— Pardon ?

— Comment est-ce que tu peux travailler pour le compte de cette crapule ? Je lui ai déjà dit des centaines de fois que je ne vendais pas ma distillerie, mais il refuse de l'entendre. Rusty Lockwood n'est pas quelqu'un de bien, il est dangereux et malveillant !

Un silence accueillit sa tentative de franc-parler. Sam ouvrit machinalement la lettre qu'il avait en main. Elle était manuscrite. Il la mit de côté.

— Mes choix professionnels ne te regardent pas, déclara-t-elle. Je demande simplement que nous organisions une entrevue pour trouver un compromis dans ce projet d'acquisition.

Elle avait repris ce ton insupportable. Sam serra involontairement les poings en se tournant vers la fenêtre pour fixer son regard sur la vue spectaculaire. La montagne majestueuse, la rivière qui coulait le long de sa distillerie... Cet endroit était tout ce qu'il avait au monde et il préférait mourir que de laisser quelqu'un mettre la main dessus. Et tout particulièrement si ce quelqu'un était Rusty Lockwood. Et si en plus il se servait de son ex pour essayer d'y parvenir...

— Je te demande à quoi tu joues, Maty ?

— Jouer ? répéta-t-elle. Je ne joue pas. Je t'appelle de la part de mon client pour te proposer un rendez-vous. Que dirais-tu de mercredi à 13 heures ? Je passerai à ton bureau et j'apporte une nouvelle offre.

Sam fit « non » de la tête.

— Je ne vais pas te recevoir, Maty, mais je vais te donner un conseil : trouve-toi un autre client que cette crapule de Rusty si tu veux faire carrière dans la région.

Sam raccrocha et glissa son téléphone dans sa poche arrière.

Qu'est-ce que c'était que cette histoire et qu'est-ce que Maty venait y faire ?

Sam n'était plus le jeune homme naïf et éperdu d'amour qu'elle avait connu à l'époque. Elle était déjà étudiante lorsqu'il était arrivé à l'université. Il avait été subjugué par cette sublime blonde sexy et était tombé amoureux aussitôt, assez crédule pour s'imaginer rapidement que c'était la femme de sa vie. Quelle plaisanterie ! Lorsqu'elle avait été sélectionnée pour intégrer une prestigieuse école de droit, il n'avait pas fait le poids bien longtemps… A posteriori, faisant contre mauvaise fortune bon cœur, il s'était dit qu'elle lui avait offert la plus grande leçon de vie qui soit. Il avait appris à protéger son cœur, se concentrer sur son travail et bâtir son empire, pierre à pierre.

Il fixa la pile de courrier qu'il devait encore passer en revue. Il avait toujours sa lettre manuscrite, mais il n'avait pas la tête à ça. C'était à Maty qu'il pensait. Il savait qu'elle reviendrait à la charge, elle était coriace et Rusty de son côté ne lâchait jamais une proie.

Au fond, il avait aussi envie de la revoir après toutes ces années et, s'il était troublé, il savait qu'elle le serait aussi, car elle aurait affaire à quelqu'un de bien plus solide et assuré que le jeune homme qu'elle avait rencontré à l'époque de leurs amours.

— Bon sang, Sam Hawkins, tu n'as pas changé ! marmonna-t-elle, les dents serrées.

Maty sentait pourtant que sa colère venait catalyser la peur et le stress qui l'avaient envahie. Sam n'avait pas envisagé un quart de seconde de la rencontrer comme elle le lui demandait et il lui avait ri au nez. Était-ce ainsi qu'il traitait tout le monde ou s'agissait-il de représailles uniquement pour elle ?

Enfin, même s'il s'était comporté comme un mufle, elle n'avait pu s'empêcher de noter sa voix grave, si basse qu'elle la faisait frémir de la tête aux pieds. Il lui faisait toujours autant d'effet et ce n'était pas une mauvaise nouvelle.

Elle savait pourtant que c'était le risque, pour avoir toujours gardé un œil sur lui au fil des années, grâce à Internet. Les années en plus jouaient cruellement en sa faveur : il était encore plus séduisant.

Mais cela ne lui donnait pas le droit pour autant de l'ignorer ou de se montrer malpoli. N'avait-il pas le moindre instant à lui consacrer ?

Les enjeux étaient trop importants pour laisser Sam la renvoyer promener ainsi. Certes, il n'était pour rien dans ce qu'elle traversait, mais il était sa seule issue. Si elle avait une autre solution pour aider son frère, elle se serait bien passée de faire appel à Sam. Mais Rusty était intraitable et son chantage odieux l'obligeait à en passer par là. Il faudrait qu'elle trouve le moyen de convaincre Sam de revendre sa distillerie à Rusty Lockwood.

Baisser les bras n'étant pas une option. Elle irait donc voir Sam en personne et l'obligerait à l'écouter, quitte à glisser le pied dans la porte.

Rusty avait été très clair sur sa mission à son service en tant qu'avocate et sur ce qu'elle devrait faire pour protéger son frère.

Elle n'avait d'autre choix que d'accepter de faire le sale boulot que lui imposait Rusty. Elle avait essayé de résister à son chantage, mais il était trop puissant. Elle avait pourtant entendu parler de sa réputation d'homme intraitable et capable du pire, lorsqu'elle était venue s'installer dans la Green Valley et avait accepté de travailler pour Lockwood Lightning, la plus grande distillerie au monde, qui avait fait fortune grâce à des ententes illicites pour s'assurer un quasi-monopole.

On disait d'ailleurs de lui qu'il recrutait toujours les meilleurs avocats et juristes pour dissimuler ses malversations…

Mais Rusty avait eu d'autres projets pour elle, et son CV brillant n'était qu'un prétexte. Ce qui l'avait intéressé, c'était sa relation passée avec Sam Hawkins.

Car ils s'étaient aimés autrefois, avaient même imaginé un avenir commun, jusqu'à ce qu'elle intègre son école et qu'il refuse de quitter la Green Valley pour la suivre. Ils n'avaient pas su trouver un accord alors, et elle avait fini par partir. Seule.

Et voilà qu'elle revenait au bout de seize ans d'absence et que la seule façon de payer les soins dont avait besoin son frère était de se soumettre au chantage immonde de Rusty Lockwood.

Si Rusty arrêtait de payer les soins… Non, ce n'était pas possible. Maty n'avait pas d'autre option, personne pour lui venir en aide. Contrairement à Rusty ou Sam, qui n'avaient pas le moindre problème d'argent, elle n'avait plus un sou, était seule au monde pour la première fois de sa vie et elle se sentait plus vulnérable que jamais.

Maty soupira avant de lisser sa robe noire du plat de la main. Elle s'était attendue à ce que Sam ne lui facilite pas la tâche, c'était plutôt logique. S'il avait été simple de lui faire vendre sa précieuse distillerie, Rusty n'aurait jamais eu besoin de faire appel à elle.

Elle faillit éclater de rire. « Faire appel à elle » était une étrange façon de formuler les choses quand elle avait été embarquée contre son gré dans un chantage sans nom. Il lui avait fait perdre son poste précédent en Virginie avant de la loger dans cet appartement porteur de tant de souvenirs. C'était là ses conditions pour que son frère continue à recevoir ses traitements et les soins qui lui étaient vitaux. Et à elle le sale boulot.

Rusty avait dû fouiller avec soin dans le passé de Sam pour la retrouver, car elle n'avait plus eu la moindre relation avec lui depuis leurs études, même si elle n'avait jamais pu l'oublier.

Elle avait quatre ans de plus que lui, et elle était impatiente de s'engager dans la vie active, alors qu'il commençait seulement ses études. Et puis il devait s'occuper de sa mère, qui avait un sérieux problème avec les jeux d'argent à l'époque.

Aussi sérieuse qu'ait été leur relation, aussi amoureux qu'ils aient été l'un et l'autre, ils avaient dû affronter tant de circonstances contraires qu'ils avaient fini par se perdre, ces choses-là arrivaient.

Maty était nouée, il fallait qu'elle parvienne à tenir ses souvenirs à distance. Elle avait changé, depuis. C'était une autre époque, une autre vie, presque, entre ses vingt-deux et ses trente-huit ans. Elle avait connu des épreuves bien plus dures que celle de perdre son premier amour.

Pourtant, elle s'était toujours demandé ce qu'il devenait. Il aurait été impossible d'ignorer son ascension fulgurante, ici au Tennessee évidemment, mais aussi dans le pays tout entier. Il avait d'abord été le plus jeune patron de distillerie à atteindre un million de dollars de ventes en une année et le plus jeune maître distillateur de tous les temps. Elle ne pouvait entrer dans un restaurant de luxe un club ou un pub en Virginie, sans que son regard ne repère une bouteille avec sa signature au bar.

Mais ici, à Green Valley ? Rien. Le seul endroit où on pouvait acheter du gin ou prochainement du bourbon Hawkins était à la distillerie elle-même. Rusty Lockwood avait réussi à verrouiller les licences. Le magnat local, connu pour sa poigne de fer, tenait tout l'État du Tennessee sous sa coupe.

Et voilà que Maty et Sam allaient être engagés ensemble, et l'un contre l'autre, dans cette guerre d'influence.

Une guerre que Maty ne pouvait se permettre de perdre au risque de perdre sa seule famille : son frère.

Le chantage était illégal, évidemment, et en tant qu'avocate elle était bien placée pour le savoir, mais Rusty était rusé et prudent. À tel point qu'il avait réussi à la faire tomber dans sa toile sans grande difficulté. Sa seule marge de manœuvre maintenant dépendrait de l'effet de surprise. Sam avait été sous le choc en entendant sa voix, elle l'avait bien senti, et si cela l'avait touchée, il fallait avant toute chose qu'elle parvienne à en tirer profit.

Sa seule issue consisterait à obtenir de Sam ce que Rusty exigeait avant que le poids des souvenirs douloureux ne la fasse renoncer et tout perdre.

2

Une heure après avoir raccroché, Sam se tenait toujours debout dans son bureau, la lettre manuscrite qu'il avait décachetée un peu plus tôt à la main.

Il l'avait parcourue en vitesse avant de la relire avec soin, se demandant à chaque ligne s'il ne s'agissait pas d'un canular. Après en avoir analysé chaque mot, il était toujours dans le même état de choc qu'à la première lecture.

Tant de questions se bousculaient en lui qu'il ne savait plus par quoi commencer. Une chose était sûre, cependant : il devait retrouver au plus vite des idées claires.

Cette lettre énigmatique n'aurait pas pu tomber plus mal, mais il ne croyait pas aux coïncidences et il comptait bien essayer de comprendre de quoi il retournait.

Maty était-elle au courant de cette lettre ? Et Rusty ? Est-ce qu'il attaquait aussi fort parce que sa distillerie s'apprêtait à lancer son premier cru de bourbon 10 ans d'âge ?

Il ne parvenait toujours pas à comprendre que Maty puisse travailler pour quelqu'un comme lui.

En entendant sa voix tout à l'heure, Sam s'était retrouvé propulsé dans une période de sa vie où il avait eu l'impression, pour la première et la dernière fois, que tout allait dans la bonne direction. Durant ces quelques années où ils avaient été ensemble, il s'était laissé aller à croire en un avenir qu'il savait illusoire maintenant.

Évidemment, il était naïf et amoureux… Mais tout cela était

du passé. Il avait sans doute appris sa leçon, on ne le reprendrait plus à faire confiance aux autres. Maintenant, il fallait sacrément faire ses preuves pour gagner sa confiance. Une fois dans son cercle de proches, cependant, il était un ami fidèle. Ses amis et quelques collègues de confiance représentaient son socle.

Ceux qui avaient connaissance de son passé auraient dit qu'il avait des comptes à régler avec sa mère, mais le fait était qu'il n'avait jamais pu lui faire confiance, ce qui réglait le problème d'une certaine façon.

Non, son scepticisme était le fruit de sa rencontre avec une certaine blonde aux grands yeux enjôleurs et qui semblait bien trop innocente pour être honnête. C'était elle qui lui avait piétiné le cœur sans pitié.

Aussi furieux qu'il ait été à l'époque, il savait aujourd'hui que, si elle était restée, ni l'un ni l'autre n'auraient été heureux. Ils avaient chacun des rêves qui impliquaient des projets professionnels ambitieux qui seraient sans doute passés avant leurs vies personnelles. Ils étaient aussi inexpérimentés et naïfs en amour.

Il avait voulu la détester lorsqu'elle l'avait quitté et pourtant… Il l'aimait. Peut-être l'avait-il encore aimée durant des années ensuite… Et aujourd'hui ? Il ne savait même pas à quoi elle ressemblait. Il n'avait pas cherché à la revoir, même sur Internet ou les réseaux sociaux, craignant de replonger. Était-il possible qu'elle soit plus belle encore qu'alors ?

Le retour de son ex en ville après tant de temps ne devait rien changer à sa vie. Elle pouvait bien dire ou faire ce qu'elle voulait, cela ne changerait rien à sa décision de ne pas vendre Hawkins. Sam décida de repousser méthodiquement toutes les pensées concernant Maty pour se concentrer sur quelque chose qu'il était en mesure de contrôler. Il aurait assez à faire avec cette lettre qu'il venait de recevoir et qui menaçait elle aussi tout son équilibre.

Cette lettre, si elle disait vrai, changeait absolument tout ce qu'il avait tenu pour des évidences jusqu'à ce jour.

Toutes ces années où il avait demandé à sa mère qui était son père et où elle lui avait répondu qu'il ne méritait pas qu'on se préoccupe de lui ou qu'ils se porteraient bien mieux sans lui…

Il avait pourtant tant de questions sans réponse. Sa mère avait par exemple une peau beaucoup plus mate que la sienne, qui lui avait toujours fait s'interroger sur les origines de son père. Sam avait aussi des épaules larges et une carrure impressionnante, par rapport à sa mère qui était plutôt fine et petite. Et cette fossette au menton, cachée par sa barbe ? Sa mère n'avait pas de fossette.

Ces détails l'avaient toujours poursuivi.

Est-ce qu'il détenait enfin la vérité ? Il avait beau espérer refermer ce chapitre de toutes ses forces, il n'était pas certain que la conclusion qui lui était présentée soit celle qu'il appelait de ses vœux.

Sam décida d'envoyer un message à Nick Campbell, qu'il côtoyait depuis quelque temps, pour lui demander une entrevue rapide. Non seulement Nick s'était associé à lui pour essayer de faire tomber Rusty, mais il était aussi lié à cette fameuse lettre.

Ils ne s'étaient rencontrés qu'un mois plus tôt et pourtant leurs vies étaient maintenant entremêlées. Sam vérifia le cachet sur l'enveloppe. Il datait de trois semaines. Le courrier avait dû arriver juste après son départ.

Sa porte s'ouvrit soudainement et Joe, son assistant, lui adressa un regard impuissant.

— Je suis désolé, Sam, mais elle…

— Bonjour, Sam.

Maty fit irruption dans son bureau à la façon d'une tornade. Il la reconnaissait bien là, car elle avait toujours été d'un tempérament vif. Du genre à prendre le taureau par les cornes.

Pourtant elle lui semblait changée, sans qu'il parvienne bien à définir en quoi.

Ses cheveux étaient plus longs, ses boucles travaillées, et sa robe bleu roi mettait en valeur ses courbes féminines accentuées par les années.

Pas de blague, elle travaille pour l'ennemi, ce qui fait d'elle un ennemi.

— Pas de problème, Joe. Merci, je m'en occupe, tu peux nous laisser.

Son assistant referma les portes, les laissant en tête à tête. Sam s'assit sur le coin de son bureau, croisant les bras d'un air détendu. Pourtant, il était tout sauf détendu face à Maty, il fallait le reconnaître.

Il aurait peut-être dû se préparer à la revoir, chercher des photos sur Internet pour savoir à quoi elle ressemblait. Il s'était douté qu'elle viendrait, il était trop facile pour lui de lui raccrocher au nez, elle n'allait pas courir ce risque une nouvelle fois.

Bon sang, les souvenirs, les images affluaient irrésistiblement. Heureusement qu'il était plus solide, aujourd'hui, qu'il s'était blindé émotionnellement depuis des années. Il était tellement crédule quand il l'avait rencontrée, qu'il s'était livré totalement, sans la moindre réserve. Mais aujourd'hui, il savait.

Rusty avait bien choisi ses armes avec elle, mais Sam ne comptait pas le laisser faire, ni permettre à Maty de s'insinuer dans leur combat. Il comptait bien faire ravaler sa morgue à Rusty et lui faire regretter ses coups bas amèrement.

— Je ne vends pas, dit Sam sans la quitter du regard. Tu peux retourner voir ton boss pour lui dire que ma réponse ne change pas selon l'interlocuteur qu'il m'envoie.

Maty fit un pas en avant et il nota ses escarpins léopard, et il se souvint de sa collection de chaussures à talon de toutes les formes et couleurs...

— Peut-être qu'il nous est possible d'imaginer un compromis qui conviendrait aux deux parties ? suggéra-t-elle, un petit sourire aux lèvres.

Elle ne se maquillait que rarement lorsqu'ils étaient ensemble. Il nota que ses grands yeux bruns étaient maintenant soulignés d'un trait de crayon.

Il fallait qu'il cesse de l'observer ainsi. On se moquait bien de savoir si elle avait du rouge à lèvres ou des talons aiguilles.

Il devait se prémunir de l'attirance physique, ou des faiblesses émotionnelles, c'étaient des armes redoutables que Rusty avait choisi d'utiliser contre lui.

Maty le fixa pendant une minute avant de finir par détourner le regard. Elle fit quelques pas vers un panneau couvert de photos en noir et blanc sur un mur. Ces photos représentaient l'histoire de son entreprise, le chemin qu'il avait dû emprunter pour en arriver là où il était. Pour ne pas oublier.

Elle s'arrêta devant un cliché de lui avec sa première bière brassée à la distillerie. Elle avait un goût d'eau de vaisselle, mais il avait été sacrément fier de lui. Et chaque erreur lui avait permis de progresser pour devenir celui qu'il était aujourd'hui.

Même si la plus grande de ces erreurs passées se tenait devant lui à cet instant, mélange d'intelligence perspicace et de beauté fatale...

— Je me souviens de cette photo, dit-elle en lui adressant un regard par-dessus l'épaule.

Sam ne dit rien. Qu'aurait-il pu dire ? Évidemment qu'elle se souvenait de cette photo, c'était elle qui l'avait prise.

Maty avait participé à la création de tout cela, elle avait connu ses expérimentations, ses tâtonnements du début, elle savait qu'il avait toujours eu le rêve d'avoir sa propre distillerie, mais à dix-sept ans cela semblait un projet bien au-delà de sa portée. Il n'avait jamais imaginé que cela finirait par arriver.

Au bout de quelques instants de silence, elle se tourna vers lui. Il expira, réalisant seulement qu'il retenait son souffle. Il avait l'impression que son regard sur lui le paralysait ou l'hypnotisait.

Malgré tout ce qui s'était passé entre eux, son corps réagissait à sa présence de façon incontestable. Elle était encore plus séduisante, c'était une évidence. La sensation était si intense que ça en devenait douloureux. Il fallait qu'elle s'en aille.

Elle se pencha vers une nouvelle photo et croisa les bras, se déhanchant au passage.

— Tu avais l'air heureux, là, dit-elle en tapotant d'un doigt sur le verre qui recouvrait la photo.

— Oui, j'avais terminé major de ma promotion alors que tous les événements semblaient se liguer contre moi, et que je devais prendre soin de ma famille.

Elle lui jeta un nouveau regard.

— Ta mère ?

Il acquiesça. Inutile de nier les faits. Maty avait passé suffisamment de temps auprès de lui pour savoir de quoi il retournait. Elle savait quel genre de femme était sa mère. Tout cela avait changé ensuite, après le départ de Maty. Maintenant qu'il avait de l'argent, sa mère n'avait plus qu'une idée en tête, lui demander de la tirer de toutes les mauvaises passes par lesquelles elle passait et repassait immanquablement.

— Je suppose que tu n'es pas venue feuilleter mon album photo ? demanda-t-il. En tous les cas, tu perds ton temps ici, quel que soit ton projet.

Elle se retourna vers lui.

— J'ai tout de même envie de prendre de tes nouvelles, répliqua-t-elle alors. Qu'est-ce que tu es devenu depuis le temps ?

— Ce que je suis devenu ? répéta-t-il en riant. Eh bien, regarde autour de toi. Ce que Lockwood et toi essayez de me prendre c'est ce que j'ai créé au fil de seize années d'un travail acharné.

Lui arracher le cœur n'avait pas suffi, elle voulait maintenant ce qui était le projet de sa vie ?

Car sa distillerie, ses employés, c'était tout pour lui. Il avait travaillé si dur, des heures infinies, des nuits sans sommeil consacrées à faire de Hawkins la distillerie de renom qu'elle était devenue. Plutôt mourir que de voir Rusty mettre la main sur son entreprise. Et même mort, il refusait d'imaginer Lockwood dans sa distillerie.

— Je ne cherche pas à faire main basse sur quoi que ce soit, répliqua-t-elle. Je suis là au nom de mon client qui est prêt à consentir un effort sur sa proposition financière. Voudrais-tu connaître son offre ? Elle mérite d'être considérée, je peux te le dire.

Sam détestait ce ton faussement professionnel. Il détestait qu'elle le traite comme un client ordinaire. Il détestait encore plus qu'elle collabore avec un sale type comme Rusty. Mais peut-être avait-elle changé en profondeur. Peut-être avait-elle renoncé à toute forme de moralité, même. La femme qu'il avait aimée autrefois était pourtant loyale, du moins envers les siens.

Elle semblait avoir franchi une ligne en acceptant de travailler pour Rusty : qu'est-ce qui avait bien pu se passer au cours des seize dernières années pour qu'elle change sur ce genre de point ?

— Comment va ta famille ? demanda-t-il.

Elle lui sembla pâlir fugacement, avant de redresser le menton.

— Mes parents ont été tués dans un accident de voiture il y a deux ans, dit-elle d'une voix blanche. Mon frère est toujours en Virginie.

Sa colère et sa rancune refluèrent aussitôt en apprenant la nouvelle. Il avait aimé ses parents comme les siens et la douleur l'envahit.

— Oh Maty, je n'avais pas idée ! Je suis désolé… Tu t'en moques sans doute, mais c'est vrai.

Sam prit sur lui pour se retenir de la toucher ou la serrer contre lui, comme il aurait pu le faire en de telles circonstances, avec quelqu'un d'autre. C'était lui qui était en état de choc, tandis qu'elle avait eu le temps d'apprendre à vivre avec cette nouvelle réalité. Sam avait toujours eu beaucoup d'estime pour Will et Monica Taylor. Ils étaient des parents aimants, une famille unie autour de leurs deux enfants promis à de grandes destinées.

— Est-ce que Carter est aussi devenu avocat ?

Maty se retourna vivement vers les photographies.

— Tu as rencontré des célébrités, je vois !

Elle pointa du doigt le cliché qui représentait un célèbre chanteur de country. Mais Sam n'était pas dupe : elle ne voulait pas parler de son frère. Ce qui l'incitait à creuser dans cette direction pour essayer d'en savoir plus. Maty et Carter avaient toujours été tellement proches, plus encore que des amis.

Maty finit de passer en revue les photos en noir et blanc et fit quelques pas en observant son bureau.

— Tu as vraiment fait un sacré boulot.

— Je n'ai pas vraiment besoin de ton approbation, répliqua-t-il.

Sam garda les bras croisés en cherchant son regard. Pourquoi est-ce qu'elle avait encore ce pouvoir sur lui après tout ce temps ? Il avait parcouru un tel chemin depuis elle. Il se sentait si fier de son parcours que l'avis de Maty n'aurait pas dû lui faire le moindre effet.

— Je sais que nous ne sommes pas repartis sur de bonnes bases, dit-elle. Est-ce à cause du passé ?

— Mon irritation n'a rien à voir avec le passé, mais bien avec l'attitude de ton patron, cet homme malhonnête et arrogant qui s'imagine qu'il pourra obtenir tout ce qui lui chante si son caprice dure suffisamment longtemps et qu'il menace suffisamment fort. Mais qu'il passe son chemin et aille se chercher une autre distillerie.

— Je comprends, dit Maty, mais c'est la tienne qui l'intéresse.

Sam haussa les épaules.

— Et comme par hasard, tu viens d'être recrutée pour t'occuper de cette mission pour lui...

Elle fronça les sourcils.

— M. Lockwood est en effet au courant de notre relation, si c'est ce que tu me demandes.

— Et est-ce pour cela qu'il t'a recrutée ? Dans l'espoir que j'accepte de te voir, que nous évoquions le passé ensemble et que tu arrives à déjouer mes réticences ?

Maty ouvrit de grands yeux lorsque Sam s'avança vers elle. Du bout du doigt, il glissa une mèche de cheveux derrière son oreille. Aussi doux que dans son souvenir.

— Peut-être espérait-il que je t'embrasse, pour que nous revivions cette complicité d'autrefois, dit-il en s'approchant encore. Peut-être espérait-il que je laisserais mon désir pour toi prendre le pas et que j'accéderais à ses conditions sur l'oreiller ?

Il approcha ses lèvres tout près, sentit son souffle, baissa les yeux vers ses lèvres et la vit retenir son souffle.

Elle était là, cette même tension d'autrefois qui les aimantait, cette électricité entre eux dès qu'ils s'approchaient l'un de l'autre.

Sam ne la touchait pas et il lui fallait une volonté de fer pour y résister. Elle sentait bon, un parfum floral qui émanait d'elle et qu'il ne reconnaissait pas.

— Sam, murmura-t-elle.

— Est-ce que c'est ce que tu espérais, Maty ? Obtenir un contrat contre du sexe ?

Sam posa ses lèvres sur les siennes et tout son corps se tendit à son contact. Elle soupira.

Contrôle-toi, Hawkins, ne joue pas à ce petit jeu !

Serrant les poings, il recula d'un pas. Ses grands yeux étaient toujours sur lui, mais ils lui semblaient plus sombres encore qu'à l'accoutumée. C'était le désir qui s'exprimait, il le savait.

Elle n'avait jamais été capable de dissimuler son désir. C'était bien la même Maty qu'il avait devant lui.

Il jura dans sa barbe et se retourna pour regagner son bureau. Il avait besoin de mettre un peu de distance entre eux. Ils avaient été dans la même pièce pendant dix minutes et il brûlait déjà de défaire sa robe.

— Retourne voir Rusty et dis-lui que personne, pas même toi, ne pourra me faire vendre, dit-il. Peut-être trouveras-tu un nouvel employeur qui ne sera pas aussi malhonnête que lui. À moins que tu ne fasses tout cela uniquement pour l'argent ?

Elle n'avait jamais été intéressée par l'argent, mais les temps et les gens changeaient. Peut-être que la mort de ses parents avait infléchi ses valeurs morales, après tout.

Mais cela ne le regardait pas. Il avait une entreprise à faire tourner, un gala d'inauguration à organiser d'ici à deux semaines et, après trois semaines de déplacements, il avait du pain sur la planche. Laisser son ex le distraire ainsi n'était certainement pas la façon la plus productive d'attaquer sa semaine.

Maty remit ses cheveux en ordre et plaqua un sourire policé sur son visage. C'était comme un coup de poing dans le ventre de la voir ainsi. Il avait l'impression qu'elle savait très précisément quel pouvoir elle avait sur lui. Maty n'était ni stupide ni naïve et il devrait rester vigilant à chaque instant.

— Je te rappellerai, promit-elle, un sourire aux lèvres. Viendra bien le moment où tu recevras une offre que tu ne pourras plus refuser.

Alors qu'elle retraversait son bureau, Sam dut admettre que c'était bien là ce qu'il craignait.

Il allait falloir qu'il se trouve une distraction, quelque chose pour se sortir de la tête cette femme qui semblait l'avoir marqué au fer rouge.

Elle referma la porte derrière elle.

Il baissa les yeux. La lettre manuscrite était toujours là. C'était si rare d'écrire à la main de nos jours, et il avait encore du mal à croire ce qu'il avait lu.

Sam,

Vous ne me connaissez pas et, lorsque vous recevrez cette lettre, je serai partie. Mon nom est Lori Campbell, je suis la mère de Nick. Je ne veux pas bouleverser votre vie, mais je ne peux quitter cette Terre sans révéler à mon fils la vérité sur son père, et je crains que cela ne m'oblige à vous la révéler aussi.

Rusty Lockwood est le père biologique de Nick. Il vient tout juste de le découvrir. Rusty a eu deux autres enfants, et vous êtes l'un d'eux.

Je regrette de vous l'annoncer ainsi, mais je sais qu'après ma mort mon fils aura besoin d'une famille. J'espère qu'il pourra trouver quelqu'un pour le soutenir dans cette épreuve et j'espère que vous serez celui-là.

J'espère que Rusty ne vous créera pas de problèmes. J'ai aussi écrit à votre autre frère. Je vous souhaite le meilleur.

Lori

Il ne pouvait digérer cette information.

Rusty Lockwood serait son père biologique ? Mais comment cette femme pouvait-elle être au courant, si tel était le cas ?

Sam était en rapport régulier avec Nick Campbell, maintenant. Ils s'étaient rencontrés pour un motif professionnel il y avait quelque temps, mais, depuis un mois, Nick s'était rapproché de lui pour l'inciter à refuser les offres de rachat de Rusty, et dans l'espoir que leur union contre Lockwood pourrait mettre un terme à son monopole dans la région.

La mère de Nick était décédée récemment, mais Sam ne l'avait jamais rencontrée et n'avait jamais même entendu son nom.

Est-ce que Nick savait que Rusty pouvait être son père ? Était-ce la raison de son désir de l'évincer professionnellement ? Ou bien le motif indirect de son rapprochement ?

Sam plaça les mains sur son bureau et souffla longuement. Qu'était-il censé faire de ces informations, de toutes ces questions ?

Devait-il parler à Nick de tout cela ? Valait-il mieux attendre un peu ?

Et sa mère à lui ? Elle avait gardé son secret jusqu'à ce jour. Chaque fois qu'il avait abordé le sujet, elle avait répondu qu'ils se portaient bien mieux sans lui. Sam devait effectivement reconnaître que si Rusty était bel et bien son père elle n'avait pas tort. Mais comment est-ce que sa mère avait bien pu avoir une liaison avec Rusty ?

Une nouvelle question surgit alors… Est-ce que Rusty lui-même était au courant de leurs liens de filiation ? Et si tel était le cas, avait-il révélé cela à Maty ? Était-ce en lien avec sa présence justement en ce moment ?

Entre le retour inattendu de Maty à Green Valley, les attaques répétées de Rusty contre sa distillerie et cette lettre mystérieuse qui arrivait, il ne savait plus à quel saint se vouer.

Il devait éclaircir ces énigmes au plus, vite, il n'avait pas le choix.

3

Rusty devait faire du chantage à Maty, c'était là la seule explication.

Même si elle l'avait quitté sans un regard, Sam refusait de croire que celle qu'il avait aimée ait perdu ses valeurs au point de devenir capable d'accepter un emploi et un salaire de la part de cet homme sans scrupule qui était devenu son ennemi personnel. Qu'est-ce qu'elle lui cachait ? Pourquoi revenir à Green Valley après tout ce temps pour s'associer à Rusty ?

Sam avait eu une journée chargée entre réunions et rapports à traiter, mais maintenant qu'il était rentré chez lui et avait un peu de temps pour faire le point, il n'arrivait plus à penser à autre chose qu'à cette idée d'un chantage. Non pas qu'il espérât que Rusty se montre menaçant envers Maty, mais Sam avait du mal à accepter qu'elle soit devenue une personne aussi peu scrupuleuse.

Est-ce qu'il s'agissait d'argent ? Ce serait presque pire, songea-t-il.

Tandis qu'il sortait sur le balcon de sa chambre, son téléphone vibra dans sa poche. Il sortit son téléphone, posa son verre de bourbon et regarda l'écran de son téléphone.

Nick. Il hésita un instant. Il avait presque oublié qu'il avait envoyé un SMS à ce dernier un peu plus tôt. Entre l'entrevue avec Maty et cette lettre... Il avait du mal à savoir où il en était.

Il inspira et prit la communication.

— Hawkins.

— Sam, c'est Nick, pardon de ne te rappeler que maintenant mais Silvia et moi étions en déplacement toute la journée.

Nick Campbell et Silvia Lane avaient commencé à travailler ensemble lorsque Nick l'avait recrutée comme architecte pour le complexe hôtelier de sa défunte mère. Sam n'avait pas connaissance de tous les détails, mais le fait était que maintenant ils étaient mariés et Silvia attendait leur bébé. La vie semblait sourire à Nick aujourd'hui, même s'il avait vécu un coup dur avec le décès de sa mère. Sam songeait qu'elle avait dû lui écrire peu de temps avant son décès, alors qu'elle savait sa fin proche.

— Est-ce qu'il y a un problème ? demanda Nick. Ton SMS semblait urgent.

Un problème ? Si Rusty Lockwood était son père – leur père – alors, oui, il y avait certainement un très gros problème.

— Oui, c'est urgent, mais je préfère en parler de vive voix, dit Sam en reprenant son verre pour faire tourner le bourbon autour du glaçon. Est-ce que tu aurais un moment demain matin ?

— Cela semble sérieux.

— Oui, ça l'est.

— Dans ce cas, j'aurais un moment, répondit Nick. Est-ce que je te retrouve à ton bureau ?

— Oui, vers 8 heures ? proposa Sam. Mon assistant n'arrive qu'à 9 heures, nous devrions être tranquilles.

— Est-ce que j'ai des raisons de m'inquiéter ? demanda Nick.

Sam n'avait pas la moindre idée de la réponse à lui apporter.

— Je suis tombé sur des informations confidentielles concernant Rusty et j'ai besoin de t'en parler de façon privée au plus vite.

— Ma curiosité est piquée, tu peux compter sur moi. Je serai là à 8 heures.

Sam raccrocha et descendit d'un trait son verre. Cette liqueur précieuse était plutôt prévue pour être savourée tranquillement, mais Sam n'était pas du tout dans ces dispositions pour le moment.

Il avait besoin d'un remontant, d'un coup de fouet.

C'est à Maty qu'il pensa aussitôt.

Elle était devenue plus pulpeuse avec le temps, mais son corps n'était pas la seule chose qui avait changé depuis ses vingt-deux ans. Il avait l'impression qu'elle était devenue une tout autre personne. Celle qui était joviale et joyeuse à l'époque semblait dure et froide. Elle lui cachait quelque chose et Sam savait que le mieux à faire était certainement de la tenir à distance, mais... Il n'en était pas capable. Quelque chose la liait contre son gré à Rusty. C'était la peur qui devait la tenir. Sam ne souhaitait à personne de se retrouver dans cette situation, et encore moins quelqu'un à qui il avait été tant attaché.

Rusty devait utiliser Maty pour l'atteindre et Sam n'était pas du genre à s'en laver les mains. Il n'était pas un manipulateur froid comme Rusty Lockwood.

Il n'avait rien à voir avec cet homme même s'il se révélait être son père.

D'ailleurs était-ce seulement la vérité ? Il pouvait bien aller interroger sa mère, mais elle avait toujours été tellement réticente à aborder la question avec lui... De toute façon, elle avait toujours été bien trop occupée à gaspiller sa vie et ses économies à des tables de black jack pour répondre à ses questions.

Sam était un grand garçon, maintenant, et il était capable d'affronter seul les coups durs.

Il parlerait à sa mère lorsqu'il y serait prêt. Il avait encore trop de choses à digérer et il lui semblait que Nick pourrait lui donner quelques pièces manquantes du puzzle.

Leur partenariat instauré afin de lutter contre Rusty les avait rapprochés au point de nouer une belle relation. Cela ne présageait cependant en rien de la réaction de Nick une fois que Sam lui aurait révélé la lettre de Lori.

Maty venait de retirer ses gants de boxe lorsque son téléphone sonna. Elle essuya son front mouillé de transpiration avant d'attraper son téléphone sur le rebord de la fenêtre.

La première chose en arrivant dans ce minuscule appartement avait été d'accrocher son sac de frappe. Certaines personnes buvaient en cas de stress, d'autres mangeaient compulsivement, mais elle préférait la méthode forte. Elle aimait aussi l'art, mais elle en profitait surtout lorsqu'elle était détendue, et son état d'esprit du moment était tout sauf détendu.

Elle vit le nom de Rusty s'afficher à l'écran. Commencer la journée par un appel aussi matinal de la dernière personne à qui elle avait envie de parler n'était probablement pas de bon augure.

— Miss Taylor, déclara Rusty, je commençais à m'impatienter, je n'ai pas eu d'échos de votre entrevue d'hier avec Sam.

Elle inspira en saisissant sa bouteille d'eau.

— Elle a bien eu lieu et nous avons eu une bonne discussion.

— Par « bonne », vous voulez dire qu'il est prêt à signer, j'imagine ?

Maty prit sur elle pour rester calme.

— Je vous avais prévenu qu'il ne serait certainement pas d'accord immédiatement. Sam Hawkins aime l'entreprise qu'il a fondée et il faudra du temps pour qu'il accepte de la vendre.

— C'est quelque chose dont vous ne disposez pas indéfiniment, rappela-t-il d'une voix menaçante. Le mois se sera écoulé avant que vous n'ayez eu le temps de vous en rendre compte.

Comme s'il était besoin de lui rappeler… Rusty l'avait non seulement contrainte à revenir à Green Valley au moyen d'un odieux chantage, mais il la soumettait à des délais intenables, même dans les meilleures des circonstances imaginables. Et ils étaient loin de les avoir. Son niveau de stress n'avait jamais été aussi élevé, au point qu'elle s'inquiétait parfois pour sa santé mentale. Mais sa toute première préoccupation restait son frère qui avait tant besoin de l'assurance santé que lui fournissait Rusty.

Maty se voyait contrainte de suivre le parcours d'obstacles qu'il lui imposait, qu'elle le veuille ou non. Elle devait œuvrer à son projet, coûte que coûte.

Elle était arrivée ici bien décidée à mener à bien sa mission face à Sam Hawkins. Le rendez-vous avec lui s'était d'ailleurs passé mieux que prévu, à son goût. Elle avait réussi à ne pas s'excuser pour sa fuite et leur rupture. Avait réussi à ne pas succomber à son charme toujours aussi irrésistible. Il n'avait pas refusé de la voir, ni ne lui avait déclaré qu'il la haïssait. Au bout du compte, les choses auraient pu être pires. Elle allait certes avoir du mal à se l'ôter de la tête maintenant qu'elle l'avait revu, plus solide, plus fort et sexy encore que dans ses rêves les plus fous.

Il allait pourtant falloir qu'elle arrive à le convaincre. Vaille que vaille.

Elle prit une longue gorgée d'eau fraîche, le temps de peser ses mots.

— Ce n'était que le premier jour, expliqua-t-elle. Vos avocats précédents s'y sont essayés pendant des mois et vous n'avez jamais eu l'ombre d'une possibilité de contrat, inutile dans ce contexte d'attendre un miracle.

— J'attends pourtant un miracle de votre part, sinon vous risquez de ne pas aimer les conséquences.

L'intimidation semblait être la seule méthode de Rusty pour parvenir à ses fins. Il se servait des gens et c'était ce qui lui avait permis d'arriver là où il était aujourd'hui.

C'était par des menaces qu'il l'avait fait céder, aussi forte soit-elle. Il avait su trouver son talon d'Achille et s'en servait de façon éhontée. Et comme si sa vie n'était pas déjà assez dure, il fallait maintenant qu'elle travaille pour le diable en personne.

Sam avait sans doute pensé qu'elle était devenue une avocate sans foi ni loi, une sorte de requin prêt à tout pour l'argent... Il devait déjà la détester, cela n'arrangerait certainement pas son cas. La simple idée qu'il puisse la détester lui nouait pourtant le ventre. S'il y avait bien une personne au monde dont l'opinion comptait aux yeux de Maty, c'était Sam.

Et elle ne pouvait pas lui en vouloir de refuser de vendre sa distillerie. Pourquoi accepterait-il ? En dix ans, il avait sauvé une entreprise plus que chancelante et avait réussi l'exploit d'en faire un immense succès. D'ici quelques années, sa marque ferait le tour du monde.

Sam avait toujours eu une idée très précise de son projet et de son rêve. Il le vivait jour après jour et l'argent n'en était pas le moteur.

C'était là un aspect de la personnalité de Sam que Rusty ne pouvait pas comprendre. Il n'était pas dans ce business pour l'argent, mais par passion. Il avait toujours aimé créer, apprendre, transformer et faire grandir. Il apprenait de ses erreurs.

Rusty quant à lui ne vivait que pour amasser des dollars, et c'était sans doute ce qui le perdrait au bout du compte, d'ailleurs.

Malheureusement, ce moment n'était pas encore venu et ne semblait pas même se profiler. Maty était tombée entre les griffes de Rusty et, tant qu'elle n'aurait pas d'option pour se tirer de cette impasse, elle était coincée.

Restait l'espoir de gagner à la loterie ?

— Je compte sur votre relation particulière avec Sam pour obtenir des résultats rapides, précisa Rusty.

Elle serra les dents. Elle aurait tant aimé avoir le pouvoir de dire à Rusty ce qu'elle pensait de lui et de son projet. Elle aurait tant aimé ne pas dépendre de lui pour assurer la santé de son frère. Elle pourrait ainsi retrouver la Virginie et sa vie !

Mais elle était coincée et n'avait aucune idée de ce qui se passerait au bout du compte. Rusty était capable de suspendre l'assurance de son frère, même si elle parvenait à obtenir une signature de la part de Sam. Et si tout cela était voué à l'échec ? Pourtant, elle n'avait guère le choix, elle ne pouvait pas baisser les bras...

— Malgré vos insinuations, je ne compte pas séduire Sam pour tenter d'obtenir quoi que ce soit. Je ne l'ai pas revu depuis seize ans, notre « relation particulière » est inexistante.

— Eh bien faites la renaître, je vous paye pour ça ! exigea-t-il, d'une voix forte.

Maty ferma les yeux et serra sa bouteille au point de faire craquer le plastique sous ses doigts. Elle avait su dès le départ que trahir Sam serait mission impossible. Mais, entre le risque pour son frère et sa propre situation professionnelle en jeu, elle n'avait pas eu le choix.

Une fois ce cauchemar terminé, elle devrait retrouver un poste honorable, et pour cela il valait mieux que son honneur soit sauf.

— J'attends un compte rendu après chacune de vos entrevues dorénavant, conclut Rusty avant de raccrocher sans une salutation.

Maty posa son téléphone sur le siège à côté d'elle et saisit une autre bouteille. Ses yeux se posèrent sur ses gants et elle se releva. Elle n'avait peut-être pas de meubles, mais elle avait un moyen de canaliser son stress et c'était ce qui primait pour le moment.

Il fallait qu'elle trouve le meilleur des suivis possibles pour son frère et qu'elle convainque Sam de renoncer à son entreprise. Il lui restait vingt-neuf jours.

Jamais elle n'avait eu aussi peur de sa vie.

Sam ouvrit la porte pour faire entre Nick.

— Merci d'être ici si tôt, dit-il en refermant derrière eux et en se dirigeant vers son bureau. Ici nous pourrons parler tranquillement.

— Tu as été absent pendant trois semaines et, à peine rentré, tu apprends quelque chose sur Rusty que tu ne peux aborder par téléphone, lança Nick, avoue qu'il y a de quoi piquer ma curiosité !

Sam avait la gorge nouée. Il n'avait pas été totalement honnête en évoquant le motif de leur entrevue ce matin, et il ne savait pas comment Nick prendrait ce qu'il avait à lui annoncer. Il imaginait que le décès de sa mère, encore récent, devait toujours être une douleur vive, même si Lori avait semblé vouloir les réunir après sa mort. Sam et Nick formeraient-ils une famille au bout du compte ?

— Je ne passerai pas par quatre chemins, dit Sam en saisissant la lettre sur son bureau. J'ai reçu ce courrier pendant mon absence. Il est resté ici pendant trois semaines, sans que je n'en sache rien.

Nick posa les yeux sur l'enveloppe.

— C'est au sujet de Rusty ?

Sam hocha la tête.

— C'est une lettre de ta mère.

— De ma mère ? demanda Nick avec des yeux ronds. Moi aussi elle m'avait laissé une lettre. Elle disait...

Le silence se fit tandis que Nick fixait l'enveloppe. Sam attendit que Nick se décide à poursuivre. Il devait déjà avoir une petite idée de ce qui l'attendait.

Au bout de quelques longues secondes, Nick avança et tendit la main vers le courrier.

— Est-ce que tu permets que je la lise ?

Sam lui tendit l'enveloppe. Il ne quitta pas Nick du regard tandis qu'il dépliait la lettre. Il le regarda lire sans que la moindre émotion ne transparaisse sur son visage. Les yeux de Nick parcouraient les lignes d'écriture les unes après les autres. Une fois à la dernière ligne, il reprit le courrier depuis le départ.

Après une deuxième lecture, il inspira et fixa Sam l'air désorienté.

— Qu'est-ce que tu penses de ce qui est écrit ? demanda-t-il.

— Et toi ?

Nick se passa la main dans les cheveux.

— Je crois que c'est la vérité.

Sam s'était attendu à cela. Il ne connaissait pas Lori Campbell, mais ne voyait pas pourquoi cette femme mentirait après sa mort sur un sujet aussi grave, en particulier pour Nick. Sam pensait qu'elle était sincère dans son désir de voir Nick retrouver une famille, et peut-être voulait-elle aussi obliger Rusty à pourvoir à ses besoins ? Il ne pouvait pas lui en vouloir pour cela.

Reculant d'un pas, Sam s'assit sur un coin de son bureau, croisant les bras devant son torse. Il n'avait pas la moindre idée de ce qu'ils étaient censés faire de tout cela, maintenant…

— Je ne sais pas ce qui me choque le plus dans toute cette histoire, dit-il. Est-ce d'apprendre que tu es mon demi-frère, ou que Rusty est notre père…

Nick replia le courrier avec soin et le replaça dans l'enveloppe.

— La révélation pour Rusty n'en est pas une pour moi. Mais je suis surpris de rencontrer un de mes frères.

Sam hocha la tête.

— Tout cela est tellement fou.

Nick acquiesça.

— Ma mère m'avait laissé une lettre à moi aussi. Elle me parlait de deux frères qui avaient Rusty pour père. Maintenant que je te connais, il n'en reste qu'un. S'il a lui aussi reçu cette lettre, il ne s'est pas encore manifesté, je m'attends à tout.

— Depuis quand sais-tu cela ? demanda Sam.

— J'ai ouvert la lettre le jour même des funérailles de ma mère.

Cela avait dû être terrible, songea Sam. Pourquoi est-ce que la mère de Nick avait souhaité que les enfants de Rusty apprennent une telle nouvelle ? À moins qu'elle n'ait simplement voulu soulager sa conscience avant le grand départ... Il n'aurait pas la réponse. Il devait avancer.

Il allait devoir parler à sa mère, l'obliger à affronter le passé et lui demander la vérité. Comme si leur relation n'était pas déjà difficile et douloureuse. Il l'aimait, bien sûr, mais son addiction au jeu était un tel problème... Et la poussait à agir de façon incohérente et imprévisible.

— Est-ce que tu as parlé à Rusty ?

Nick acquiesça.

— Oui. Je te laisse imaginer sa réaction... Il se moquait bien que ma mère ait dû lutter toute sa vie pour m'élever seule. Il n'avait pas l'air si surpris que cela d'apprendre que j'étais son fils.

— Et tu n'as pas le moindre doute ? demanda Sam. Non pas que je remette en question la parole de ta mère, mais tu ne penses pas que nous devrions faire tester nos ADN ?

Nick haussa les épaules.

— Je ne veux rien confirmer. Ma mère n'avait aucune raison de mentir et de bouleverser ma vie et celle de deux inconnus au passage. Je ne crois pas qu'un test pourra changer ce que je ressens pour lui ou lui pour moi.

Sam était d'accord. Lori Campbell avait écrit ces confessions depuis son lit de mort et, quelle que soit la réalité, cela ne changerait pas ce que Nick et lui éprouvaient pour Rusty. Ce dernier n'était pas du genre à leur ouvrir les bras avec ou sans test à la clé...

— Il a recruté une nouvelle avocate pour me faire vendre Hawkins, dit Sam. Maty Taylor. Et il se trouve que c'était ma petite amie à la fac...

Nick ouvrit de grands yeux.

— Waouh, je n'arrive pas à croire qu'il ait fait ça. Comment ça se passe ?

— J'imagine qu'il se sert d'elle, dit Sam. Elle m'a dit qu'il était au courant de nos liens passés. Nous avions perdu tout contact, mais je ne l'imagine pas du tout accepter de travailler par choix pour quelqu'un comme Rusty d'après ce que je connais d'elle.

Plus il y pensait et plus il se sentait en colère. Il avait prévu de rendre une visite impromptue à Maty aujourd'hui. La surprendre lui permettrait peut-être d'y voir un peu plus clair dans toute cette histoire. Et puis il avait envie de la voir, même si leur histoire était finie depuis bien longtemps. Sam était un être humain et il devait reconnaître que Maty lui faisait un effet fou. Sous une façade glaciale, il savait quelle vulnérabilité elle abritait. Il voulait mieux comprendre. Il était prêt à la protéger. Bien sûr, elle ne se laisserait pas faire et serait furieuse, sans doute, mais tant pis. Si Rusty essayait de se servir d'elle, il comptait l'en empêcher. Le face-à-face avec Rusty aurait lieu sans victime collatérale.

— Si je ne te connaissais pas, je n'aurais peut-être pas cru à tout cela, reconnut Sam. Je ne mets pas ta parole en doute, mais je reste réservé. Non pas que t'avoir pour frère soit une mauvaise nouvelle, bien au contraire, mais j'espère encore que Rusty n'est pas notre père.

Sam voyait bien à l'expression de Nick qu'il croyait à tout ce que sa mère leur avait révélé. De son côté, il gardait le mince espoir de la possibilité d'une erreur de la part de Lory Campbell.

— Tu comptes aller lui parler ? demanda Nick.

Sam avait beaucoup réfléchi depuis qu'il avait lu cette lettre.

— Non, du moins pas tout de suite. Je veux attendre un peu et voir comment il avance ses pions. J'ai besoin de comprendre à quel jeu il joue avec Maty.

— Tu tiens beaucoup à elle ? demanda Nick, les sourcils froncés.

Sam devait être sincère… Comment pouvait-il en être autrement ? Elle était la première femme à être entrée dans son cœur, et sans doute en avait-elle emporté un morceau en partant. Il savait qu'en la revoyant il rouvrait ces blessures, mais il n'était plus le même homme, aujourd'hui. Il pouvait la voir, la trouver séduisante et garder ses distances.

— Je tiens à la personne que j'ai connue à l'époque, mais je ne sais pas qui elle est aujourd'hui. Ce qui est sûr, c'est que Rusty sera prêt à tout pour essayer de se servir d'elle contre moi.

Nick déposa l'enveloppe sur le bureau devant Sam.

— Est-ce que tu veux la garder ?

Nick recula d'un pas.

— Non. Elle voulait que tu la reçoives et elle m'a écrit une lettre aussi. J'espère que nous pourrons continuer à travailler ensemble en équipe pour résister à Rusty.

— Plus que jamais, assura Sam.

— Si tu décides de le confronter à ces questions, je serai à tes côtés.

Sam apprécia ce soutien, même s'il ne savait pas le moins du monde ce qu'il devait faire de ces informations. Il aurait préféré avoir des preuves en main, quelque chose de plus solide que les confessions d'une femme aujourd'hui décédée. D'un autre côté, il n'avait pas particulièrement envie d'en savoir plus en creusant ce sujet.

Ce qu'il espérait le plus, c'était de voir Maty libérée de Rusty. Si les choses devaient se compliquer entre Rusty et lui, il ne voulait pas qu'elle y soit mêlée.

— Je dois y aller, dit Nick. Est-ce que nous jouons toujours aux cartes vendredi ?

Un mois plus tôt, ils avaient tous deux décidé de se retrouver au tournoi de poker du pub local, le Rogue Wingman. Chaque vendredi, Rusty et une poignée d'élus municipaux se retrouvaient pour jouer, et Nick avait proposé à Sam d'aller faire une petite apparition dans leurs réunions. Leur irruption avait été un choc pour Rusty et leur avait valu l'attention des conseillers. D'autres jeunes entrepreneurs du secteur avaient commencé à les imiter et une dynamique était en train de se créer.

Sam voyait une étrange ironie du sort au fait que les propres fils de Rusty, que ce dernier avait abandonnés et ignorés, seraient peut-être ceux qui lui vaudraient sa perte, bien méritée.

Bientôt, d'ailleurs, Sam et Nick auraient peut-être un nouvel allié.

— J'en serai, dit Sam. Est-ce que je peux te demander de garder cette lettre et toutes ces révélations entre nous pour le moment ?

— Tu as déjà honte de m'avoir pour frère, c'est ça ? plaisanta Nick.

— C'est la seule partie de l'histoire que je suis prêt à croire, corrigea Sam. J'ai besoin de comprendre ce qui se passe avec Maty, et il faut que je garde une petite longueur d'avance pour cela.

Nick hocha la tête.

— Je te comprends, Sam. J'ai fait la même chose, dit Nick en baissant les yeux.

Après le départ de Nick, Sam resta un long moment à son bureau à fixer la lettre. Son passé et son avenir semblaient sur le point d'entrer en collision. Il devait rester prudent. Quelle que soit la prochaine étape, il ne devrait pas se laisser amadouer ou séduire et risquer de tout perdre. Il avait travaillé trop dur pour arriver où il en était.

Mais il n'était pas optimiste pour autant. Revoir Maty après tout ce temps avait réveillé quelque chose, et il savait reconnaître le désir qui l'habitait. Un désir plus fort que jamais. Impérieux, irrésistible. Elle était devenue une femme accomplie et forte et n'en était que plus séduisante à ses yeux.

Comment garder ses distances ? Comment ignorer l'attraction ?

Il avait un ennemi à combattre et une entreprise à protéger. Et, au milieu de tout cela, la femme qu'il désirait plus que tout semblait bien décidée à changer la donne et bouleverser ses projets.

4

Maty s'engagea dans une allée bordée de conifères, presque surprise de ne pas être aussitôt cernée par des vigiles prêts à chasser les importuns.

Elle n'avait pas eu de mal à trouver la maison de Sam, mais elle s'était attendue à devoir franchir au moins un portail à l'entrée.

Elle avait aussi imaginé qu'il se serait installé plus en altitude et pas dans le creux de la vallée. Elle découvrit d'abord un grand parc, avec un étang et des arbres sans doute centenaires tant ils étaient majestueux. L'allée semblait s'étirer à n'en plus finir.

Finalement, une ouverture parmi les arbres dégagea la vue sur une demeure à couper le souffle. Toute de rondins et de pierre de taille, elle se dressait devant les Smoky Mountains. Elle ressemblait à Sam. Elle l'imaginait bien dans ce genre de lieu qui, comme lui, en imposait.

Deux rocking-chairs étaient installés sous un porche, ainsi qu'une balancelle rustique. Autour de la bâtisse, toutes les nuances de vert étaient déclinées naturellement par les arbres, les massifs, les pelouses et même l'eau, comme des aplats de couleurs répartis par un pinceau sur une toile. On aurait dit une photo de magazine… Et elle n'avait pas encore jeté un œil à l'intérieur. Elle essaya de fixer autant de détails que possible dans sa mémoire pour pouvoir les dessiner dès qu'elle serait rentrée chez elle.

Chez elle…

Cet appartement miteux qu'elle détestait. Comme elle

détestait ce qu'il évoquait et ce qu'il symbolisait aujourd'hui. Son aliénation, la perte de sa liberté… Si jamais Sam apprenait où Rusty l'avait installée, il serait sous le choc, c'était certain.

Mais il n'y avait aucune raison qu'il l'apprenne.

Rusty avait loué l'appartement précis où Sam vivait lorsqu'ils s'étaient connus. Cet homme faisait tout de manière calculée et délibérée.

Elle serra les poings. Venir ici était un geste fort, une tentative d'électrochoc, mais elle n'avait pas le choix. Il fallait qu'elle le touche personnellement, car l'homme d'affaires serait intraitable. C'était ainsi qu'il avait toujours fonctionné, au feeling. S'il n'envisageait pas une seconde l'offre plus que généreuse de Rusty, c'était parce que sa distillerie avait une valeur sentimentale à ses yeux. Elle avait bien essayé de faire comprendre ça à son patron, mais autant parler à un sourd.

Une fois garée devant les marches du perron, elle leva les yeux vers le porche qui abritait de grandes portes en bois d'acajou. Elle s'était doutée qu'il aurait une belle maison, mais elle n'avait pas prévu qu'elle se sentirait aussi émue en la découvrant.

Elle était plus nerveuse que jamais et elle savait que les enjeux par rapport à son frère n'en étaient que pour partie responsables. C'était sa relation à Sam qu'elle revivait. Après tout ce temps, elle ne pensait pas que le désir se réveillerait ainsi en le voyant.

Mais elle était attirée, c'était inutile de le nier.

Et s'il lui claquait la porte au nez ? Ou s'il n'était pas chez lui ? Et s'il la détestait encore d'être partie ? Ou alors de travailler pour Rusty ?

Les questions se bousculaient, faisant monter l'anxiété. Elle n'avait pas d'autre choix, aucun plan B. Il lui faudrait bien se résoudre à réunir ses forces et toute sa détermination pour aller le voir.

Elle saisit son téléphone et son sac. Sur l'écran de son smartphone, une photo de son frère et elle. Carter était sa raison de vivre et elle n'avait d'autre solution que de faire ce à quoi Rusty la contraignait.

Carter avait besoin d'elle.

Elle inspira en sortant l'air pur des montagnes. En cette

fin de printemps, la douceur de l'air était agréable. C'était une saison magnifique et cette beauté luxuriante l'apaisait. Il y avait quelque chose de très calme ici, si elle ne réfléchissait pas trop aux raisons de sa présence.

Passant son sac sur l'épaule, Maty fit le tour de son coffre avant de s'arrêter. Sam se tenait au sommet des marches, les bras croisés, la regardant d'en haut. Pas de surprise dans son regard, comme s'il s'était attendu à la voir.

Elle posa un pied devant l'autre, s'obligeant à avancer sans réfléchir.

— J'espère que je ne te dérange pas, dit-elle en soutenant son regard à grand-peine.

— Cela dépend de ce qui t'amène ?

Elle tenta un sourire amical en bas des marches.

— Je voudrais parler, essayer de reprendre depuis le début, je crois que nous avons pris un mauvais départ, expliqua-t-elle.

— Qu'est-ce que tu entends par là ? Est-ce que le mauvais départ était lié au fait que tu travailles pour un homme que je méprise ou alors à celui que tu imagines me faire vendre ma distillerie simplement pour tes beaux yeux ? rétorqua-t-il froidement.

Évidemment, il ne comptait pas lui faciliter le travail, elle s'y était attendue. Mais elle non plus ne se laisserait pas faire. Les enjeux étaient trop importants. Elle se retrouvait d'ailleurs à redouter l'impact émotionnel qu'il y aurait à continuer sa mission auprès de lui.

Plus elle le voyait et plus l'attirance était forte. Comment lutterait-elle contre une passion qui avait été autrefois si vivante, si ardente ? Elle n'avait pas pensé à cet aspect-là des choses en revenant à Green Valley.

Puisqu'il ne lui avait pas demandé de quitter les lieux, elle trouva le courage de gravir les marches jusqu'à lui. Il s'écarta un peu, lui laissant de la place sur le perron.

— Ta maison est magnifique, dit-elle. Tu as toujours rêvé d'un lieu comme celui-là, je m'en souviens bien. Isolé, au milieu des montagnes, fait avec des matériaux naturels et nobles.

Ne pouvant soutenir son regard plus longtemps, elle parcourut des yeux le vaste jardin et se concentra sur les piaillements des oiseaux, sur le vol des papillons autour des fleurs. Les montagnes majestueuses les entouraient. Tout cela viendrait nourrir ses croquis plus tard.

— Depuis combien de temps vis-tu ici ? demanda-t-elle pour tenter d'engager la conversation plus légèrement.

— Je l'ai fait construire il y a cinq ans.

Elle se tourna vers lui. Ses épaules étaient larges sous son T-shirt. Elle avait du mal à se contenter de cette conversation anodine, alors que la seule chose qui occupait son esprit était l'image de ses doigts effleurant sa peau.

— C'est une grande maison pour une seule personne, dit-elle.

— C'est ta façon de me demander si je suis en couple ? répliqua-t-il.

Maty rit.

— Non, pas du tout, je suis surprise car tu n'as jamais été du genre prétentieux, à vouloir afficher une maison immense si tu n'en avais pas l'usage. J'étais simplement curieuse de cela.

— Puisque tu as fait la route jusqu'ici, je suppose que tu as un peu de temps devant toi ?

Elle acquiesça.

— Je n'ai rien de prévu ce soir.

— Suis-moi.

Sam entra par la porte principale et l'attendit. À l'instant où Maty franchit le seuil, sa gorge se noua. Si elle avait trouvé les extérieurs impressionnants, ce n'était rien en comparaison de l'immense séjour devant elle qui occupait pratiquement toute la surface au sol de la demeure.

Un mur entièrement vitré au fond offrait une vue spectaculaire sur un autre étang, partiellement entouré d' une forêt de conifères. Une mezzanine prolongeait le séjour en hauteur tel un immense balcon reliant une aile de la maison à l'autre. Trois lustres imposants pendaient du plafond. Le sol, un parquet sombre et épais, crissait délicatement sous les pieds.

La cuisine était dans l'aile droite, sans véritable cloison, mais séparée par des poutrelles en bois. Tout semblait sorti d'une revue d'architecture intérieure.

— Je n'arrive pas à imaginer comment on peut vivre dans

un lieu tel que celui-là, murmura-t-elle en réalisant que son appartement tenait dans son entrée.

Peut-être était-ce la raison pour laquelle il avait choisi une si grande maison. Ayant grandi dans un minuscule appartement avec sa mère, il avait toujours rêvé de diriger sa propre distillerie et de bâtir une grande maison où ils auraient vécu.

Ensemble.

Ils avaient eu des rêves en commun fut un temps. Ces jours étaient depuis révolus et elle devait affronter la cruelle réalité : pour elle, ils ne s'étaient pas réalisés.

Elle avait eu des grands rêves pourtant, à une époque. Et il n'y avait pas si longtemps encore, d'ailleurs. Et puis l'accident... La mort de ses parents et la nécessité de prendre son frère en charge. Ses économies y avaient été englouties en même temps que ses rêves.

Elle aurait tout donné, ses rêves comme sa carrière, pour retrouver sa famille au complet aujourd'hui. Mais voilà qu'elle était sur le point de perdre son emploi et qu'il lui fallait tout reconstruire pour s'occuper de Carter.

À moins qu'elle n'arrive à convaincre Sam.

— Je rêvais d'un grand espace après avoir grandi dans un trois-pièces, dit-il.

C'était bien ce qu'elle avait pensé. Elle qui vivait seule dans ce trois-pièces à l'heure actuelle avait l'impression d'être dans un trou à rat.

Sam se dirigea vers un grand escalier.

— Au premier étage j'ai trois chambres avec leurs salles de bains. J'aime y recevoir mes amis.

Elle devait presser le pas pour le suivre. Il ouvrit les portes et elle découvrit alors ce qu'il appelait des chambres d'amis et qui lui paraissaient être de véritables suites. À couper le souffle...

Sam emprunta alors le balcon qui permettait de traverser la maison et arriva au pied d'un nouvel escalier.

— Là-haut il y a ma chambre, une salle de sport et un studio de visionnage. J'aime pouvoir être indépendant lorsque je reçois du monde.

Elle se demanda qui étaient les visiteurs qu'il évoquait. Des femmes ? Une sensation de jalousie inattendue la frappa. C'était ridicule, elle était celle qui l'avait quitté, et cela faisait seize ans, maintenant. Et ce n'était pas comme si elle n'avait pas fréquenté d'hommes pendant ce temps-là. Évidemment que Sam avait eu des liaisons.

Pourtant cette idée la dérangeait, elle qui ne s'était jamais considérée comme jalouse.

Avant aujourd'hui, elle n'avait jamais imaginé qu'elle pourrait le désirer autant à nouveau, et pourtant...

Sam ouvrit une porte double et elle aperçut une salle de gym incroyable, dotée d'équipements dernier cri avec même un sac de frappe dans un coin. À croire qu'après tout ce temps ils avaient encore des choses en commun, alors qu'ils n'avaient jamais boxé ensemble à l'époque.

Elle n'eut pas l'occasion de lui parler de boxe car il ouvrait déjà les portes suivantes. Maty avança pour découvrir des sièges en cuir, inclinables, face à un immense écran noir qui occupait tout le mur.

— Je me souviens comme tu aimais regarder des films, dit-elle en souriant.

— Nous n'avions pas vraiment les moyens de nous payer le cinéma, répondit-il. Ma mère dépensait chaque dollar au jeu... Maintenant, j'ai accès aux avant-premières depuis chez moi...

Maty sentit son cœur se serrer pour ce jeune homme qu'elle se remémorait. Elle savait que sa mère avait un sérieux problème avec le jeu. Elle repensait à leur premier appartement minuscule... Pourtant, elle n'avait pas vraiment abordé la question de sa mère et de son enfance avec Sam, à l'époque. Ils rendaient rarement visite à sa mère et elle avait toujours pensé que Sam était un peu gêné de la lui présenter et de la côtoyer.

— Moi je me souviens combien j'avais envie de t'emmener voir les dernières sorties, poursuivit-il. Mais je n'en avais pas les moyens et je me sentais terriblement honteux. Je cherchais toujours une excuse pour éviter d'avoir à te dire la vérité.

Elle s'en était doutée, pourtant. Elle voyait bien qu'il n'avait pas les moyens de l'emmener au cinéma. Elle se moquait bien de ses finances, cependant. Ses parents leur auraient payé la place, mais elle craignait que cela n'embarrasse Sam encore davantage. Elle était avec lui parce qu'elle l'aimait, qu'il la faisait rire et lui donnait l'impression d'être en vie. Jamais elle n'avait connu cela depuis.

— Cette pièce est incroyable, dit-elle, en tâchant de revenir au moment présent. Et là, c'est un bar ? Une machine à pop-corn ?

— Quand on a une distillerie, un bar c'est le minimum. J'en ai cinq au total. Et puis le pop-corn est un must pour les soirées films !

— Avec un supplément caramel ! lança-t-elle dans un sourire.

Il lui rendit son sourire.

— Évidemment.

Quelque chose se passa alors, imperceptiblement, comme si l'immense iceberg entre eux se fracturait. C'était la nostalgie qui avait permis cela. Elle détestait avoir recours à ce genre d'émotions. Elle se détestait pour ce qu'elle était en train de faire, en obéissant aux consignes de Rusty. L'espace d'un instant, pourtant, elle avait oublié Rusty en laissant Sam lui faire visiter sa maison, alors que les souvenirs envahissaient sa mémoire et celle de Sam. Mais maintenant le nuage noir et menaçant au-dessus de sa tête s'était rappelé à elle, et elle ne pouvait plus oublier.

Quoi qu'elle ait ressenti pour lui autrefois et quoi qu'elle ressente aujourd'hui, elle avait une mission à accomplir. Et ce n'était pas de retomber dans ses bras ou dans son lit à la première occasion...

Sam reprit le couloir et se dirigea vers les dernières portes, celles de sa chambre. Une chambre où deux immenses baies vitrées servaient de cloison avec l'extérieur. Même si la maison se trouvait dans une vallée, la vue était spectaculaire. Les montagnes majestueuses, l'étang du jardin qui semblait plus grand encore vu d'ici et le spectacle féerique du coucher du soleil ne gâchaient rien. Une lumière orangée baignait la pièce.

— J'avais envie de me sentir vraiment en pleine nature, dit-il. Ne plus me sentir enfermé.

Cela expliquait que son lit soit au milieu de la pièce. Son enfance difficile lui avait donné la force de devenir un entrepreneur talentueux, mais elle lui avait aussi laissé des blessures.

Elle était tellement impressionnée par ce qu'il avait accompli. Mais elle ne pouvait pas le lui dire. Si elle le faisait, elle courrait le risque qu'il cherche à découvrir pourquoi elle avait accepté de travailler contre lui.

Sam lui fit face.

— Voilà pourquoi j'ai une si grande maison, expliqua-t-il. Parce que je peux me l'offrir et que je ne me laisserai plus enfermer par qui que ce soit. Je veux garder la main sur ma vie, autant que possible.

Elle comprenait ce qu'il disait, mais pouvait-il seulement garder le contrôle sur ce qui était en train de se passer ? L'ombre de Rusty planait sur eux et il n'y avait pas grand-chose que l'un ou l'autre puisse y faire.

Maty aurait voulu le serrer dans ses bras, lui dire qu'elle comprenait ses blessures, mais elle savait que ce serait maladroit, égoïste, même. Elle avait envie de se sentir blottie dans ses bras, contre son torse. Elle avait envie qu'il la rassure. Pourquoi ne pouvaient-ils se réconforter l'un l'autre ?

Son regard s'attarda sur ses épaules qui tendaient le tissu de son T-shirt gris anthracite. Il y avait quelque chose de hautement érotique chez lui. En le voyant ainsi, personne n'aurait deviné qu'il était millionnaire et à la tête d'une distillerie réputée, en passe d'avoir pignon sur rue dans le monde entier. Bientôt il allait fêter les dix ans de sa première gamme de bourbon et ce serait un véritable événement.

Ce n'était pourtant pas sa fortune ou sa réussite qui attiraient Maty. Elle se rappelait ce qu'ils avaient vécu ensemble et ne pouvait s'empêcher de se projeter à nouveau avec lui. Elle n'arrivait pas à chasser les souvenirs de la magie de leurs étreintes, de la façon qu'il avait de l'aimer totalement. Était-ce une époque définitivement révolue ?

Avait-elle fait une erreur en le quittant ?

Elle avait voulu aller au bout de ses ambitions, intégrer cette école de droit prestigieuse coûte que coûte, et elle l'avait laissé derrière elle.

— Et pour répondre à ta question indirecte : oui, je suis célibataire.

Il était ridicule qu'elle se réjouisse d'une telle nouvelle, mais elle devait bien admettre que face à son lit, au milieu de cette chambre, elle n'avait qu'une idée en tête : leurs deux corps enlacés toute la nuit durant, dans une étreinte torride qui lui permettrait d'oublier tout le reste.

— Et toi ?

Sa question la tira de ses pensées érotiques.

— Pardon ?

Il avança vers elle.

— Je présume que tu es célibataire aussi ?

— Qu'est-ce qui te fait penser cela ? demanda-t-elle en espérant qu'il continuerait à s'approcher.

Il s'arrêta devant elle. Si proche...

— Parce que si nous étions ensemble jamais je ne laisserais quelqu'un comme Rusty s'approcher de toi, dit-il en avançant son visage jusqu'à ne plus parler que dans un souffle. Et si nous étions ensemble, tu ne serais certainement pas chez ton ex. Je suppose donc que tu n'as personne dans ta vie.

Maty se recula légèrement lorsqu'elle crut qu'il pourrait l'embrasser.

— Mais nous ne sommes pas ensemble ! répondit-elle dans un souffle.

Sam saisit une boucle de ses cheveux et la glissa derrière son oreille. Ce simple effleurement la fit frissonner. Il poursuivit son mouvement, frôlant sa joue et s'arrêtant sous son menton, puis il posa son pouce sur sa lèvre inférieure. Maty ne put s'empêcher de caresser son doigt de ses lèvres en un baiser silencieux. Elle vit son regard s'assombrir. Il serra les mâchoires.

— Non, en effet, nous ne sommes pas ensemble, dit-il en retirant son doigt.

Mais il resta tout près d'elle, pourtant.

— Alors c'était donc ton plan ? demanda-t-il, un sourire narquois aux lèvres. Venir me trouver chez moi et tenter de me séduire ?

Le séduire ? Peut-être avait-il oublié que c'était lui qui avait fait le premier pas ? Lui qui l'avait touchée le premier pour éveiller le désir en elle, lui donner envie de le sentir en retour ? Il l'avait emmenée dans sa chambre... Mais peut-être que cette caresse fugace ne l'affectait pas autant qu'elle...

Pourtant elle savait qu'il était troublé. Elle en avait reconnu les signes dans son regard, ses mâchoires tendues. Elle était sûre qu'il n'était pas si indifférent qu'il le prétendait.

— Je n'ai pas de plan, je peux te l'assurer, répondit-elle. Je suis venue te parler, rien d'autre.

Il continua à la fixer, faisant mine de ne pas croire un traître mot de ce qu'elle disait. Pourtant elle n'avait pas de plan, c'était la vérité.

Maty avait eu l'espoir que quelque chose se débloque entre eux, en allant ainsi le voir chez lui à l'improviste. Et c'était le cas, d'une certaine façon. Même s'il s'agissait surtout d'un désir ardent qui semblait se réveiller en elle. Plus irrésistible encore que celui qu'elle avait ressenti lorsqu'elle l'avait revu à son bureau un peu plus tôt et qui l'avait déjà déstabilisée.

Elle avait espéré le retrouver sur un plan plus personnel, et ce soir, il fallait le reconnaître, elle avait réussi bien au-delà de ses espérances.

Pourtant elle savait que le désir ne résoudrait pas ses problèmes, bien au contraire ! Elle risquait surtout d'être balayée par ses émotions et par le surgissement de sensations qu'elle pensait oubliées. Elle avait déjà bien trop d'émotions complexes à gérer...

Pourquoi est-ce qu'il ne se reculait pas un peu ? Elle n'arrivait plus à raisonner à le sentir si près... Si près qu'elle avait l'impression que sa peau s'embrasait au simple contact de son regard.

— Tu as eu envie que je t'embrasse, dit-il avec assurance et une pointe de morgue. Et je parierais même que tu as envie de plus que d'un baiser !

Maty redressa le menton et soutint son regard, bien décidée à ne pas baisser les yeux.

— Tu peux jouer aux devinettes tant que tu veux, Sam Hawkins, répliqua-t-elle en retenant son souffle imperceptiblement. Et si j'avais effectivement envie d'un baiser, qu'est-ce que cela signifierait, dis-moi ? Peut-être que...

Sans lui laisser le temps de finir sa phrase, il avança d'un dernier pas et couvrit sa bouche de la sienne avec fièvre. Elle perdit aussitôt le fil de ses pensées et s'abandonna à ce baiser fougueux.

Et soudain, comme par miracle, la vente de la distillerie Hawkins devint la dernière de ses préoccupations.

5

Sam ne savait pas du tout ce qu'il était en train de faire, mais il savait qu'il n'avait pas le moins du monde envie que cela s'arrête.

Il prit alors conscience de ce qu'il ressentait confusément depuis le début, sans réussir à le formuler avec précision… La raison de sa dureté envers Maty. Il voulait lui faire reconnaître qu'elle était revenue pour le voir. Qu'elle avait eu envie de le retrouver. Et en même temps, il n'était pas prêt à l'entendre. Il ne pouvait admettre qu'elle serait prête à le séduire, à l'embrasser ou coucher avec lui pour arriver à ses fins. Ce n'était pas la Maty Taylor qu'il avait connue. Et même si depuis que leurs chemins s'étaient séparés il avait pu se passer tellement de choses, il ne pouvait croire qu'elle ait changé à ce point.

Peut-être était-elle vraiment venue pour lui parler, mais il y avait certainement une part de curiosité. Il en avait été convaincu par une étrange lueur dans ses yeux dès leur première entrevue.

Il la saisit par les hanches sans cesser de dévorer ses lèvres encore quelques secondes. Il avait presque réussi à réunir ses forces pour interrompre ce baiser, lorsqu'elle avait passé les mains autour de son cou en soupirant de plaisir. Un de ces soupirs qui avaient toujours eu le don de lui faire perdre la tête.

Bon sang, il y avait des choses qui ne changeaient pas ! Même après tout ce temps, il la sentait éclore entre ses bras. Comment pourraient-ils reprendre où ils en étaient restés ? Comment est-ce que leur passion pouvait être toujours aussi vive après le temps passé ?

La main sur le bas de son dos, il la fit reculer de quelques pas jusqu'au chambranle de la porte contre lequel il l'adossa. Et lorsqu'il se plaqua contre son corps, elle l'entoura de ses jambes, s'agrippant à son cou dans un souffle.

— Sam, murmura-t-elle contre ses lèvres.

Il reconnut l'envie dans sa voix. Une envie qui faisait écho à la sienne.

Mais il ne pouvait pas. Il avait beau la désirer comme un fou, il ne pouvait pas aller plus loin. Pas maintenant... Il ne l'avait pas revue depuis seize ans et elle travaillait pour l'ennemi ! Il n'était plus ce jeune homme fou d'elle, incapable de se contrôler.

Il devait se concentrer sur ses affaires, sur sa mère qu'il devait soutenir. Il n'avait pas le temps pour ce genre de distraction, même avec sa si séduisante ex.

À grand-peine, il la remit sur ses pieds. Maty rouvrit les yeux.

— Qu'est-ce que tu fais, ça ne va pas ? demanda-t-elle dans un souffle.

— Je nous évite une erreur.

C'était si dur.

Lui qui avait pensé lui renvoyer son plan au visage, se retrouvait à ne plus savoir quoi faire du désir qui envahissait maintenant son corps.

— Mais c'est toi qui m'as embrassée, je ne comprends pas !

Il n'avait pas besoin qu'elle lui rappelle qu'il avait fait le premier pas. Il aurait dû rester dehors avec elle. Ne pas l'inviter à entrer, ou même la renvoyer d'où elle était venue avant même qu'elle n'ouvre la bouche.

Mais il n'avait pas pu s'en empêcher... Parader en lui faisant visiter sa maison, et l'entraîner jusque dans sa chambre.

— Tu essaies de prétendre que tu n'y avais pas pensé en venant me retrouver chez moi ? Ou que tu n'en avais pas envie ? Parce que je ne vais pas te croire ! dit-il en haussant les sourcils.

Maty rajusta ses cheveux.

— J'ai eu envie de t'embrasser, c'est vrai. Je ne regrette pas ce baiser. C'était bon, d'ailleurs, jusqu'à ce que tu coupes court.

Il reconnaissait là sa franchise directe habituelle. Il avait toujours aimé le fait qu'elle n'ait pas honte de son désir, qu'elle soit claire avec ses attentes. Pour lui, une femme qui savait ce qu'elle voulait n'était pas du tout un problème, bien au contraire.

Il devait être fou. Ou masochiste. Il avait beau le savoir, cela ne l'empêchait pas de renouveler ses erreurs. Il se rapprocha et la reprit par les hanches.

— Tu es en train de dire que si je n'avais pas coupé court tu nous aurais laissés continuer comme ça jusqu'à... Jusqu'à quand ?

Elle avait le regard brillant.

— Je ne sais pas, dit-elle. Nous sommes toujours attirés l'un par l'autre, non ? Où est le problème dans ce cas ? Nous sommes majeurs et consentants...

Il posa l'autre main sur son bassin.

Tu dois arrêter tout de suite cette folie !

Mais comme si un diablotin sur son épaule lui soufflait des encouragements démoniaques, Sam retrouvait le goût du risque qui le guidait en toutes circonstances.

— Nous ne sommes plus ceux que nous étions, dit-il en déboutonnant son jean sans la quitter du regard. Je ne suis plus le jeune homme d'autrefois, en tous les cas.

— Tu étais jeune mais pas naïf, dit-elle dans un soupir, lorsqu'elle sentit ses doigts effleurer ses hanches nues. Nous étions amoureux, c'est tout.

L'amour... Qu'en savaient-ils à l'époque ?

Ce qui se passait maintenant était de l'ordre du désir, le besoin de se prouver que c'était encore possible, qu'il pouvait la séduire et la combler.

Sans doute une façon aussi de prendre soin de son ego blessé lors de son départ, mais il s'en moquait. Maty plongea son regard dans le sien, comme si elle lui intimait l'ordre de poursuivre.

Elle le provoquait et il était du genre à ne jamais fuir devant un défi.

Il glissa lentement la main dans sa culotte et elle retint un gémissement en se mordant la lèvre sensuellement, sans jamais le quitter des yeux.

Serrant les dents pour essayer de garder le contrôle, il glissa un doigt en elle, tout doucement. Elle soupira et il la sentit se cambrer contre lui. Il poursuivit ses caresses, sans cesser de l'observer, comme s'il cherchait à ne rater aucune expression ou soupir qui lui serait adressé.

Elle saisit son poignet et la vision de ses doigts blancs crispés sur sa peau mate était ce qu'il y avait de plus sexy au monde à cet instant. Cette façon qu'elle avait de lui montrer son plaisir, d'aller le chercher elle-même.

Sam poursuivit jusqu'à ce qu'il sente le plaisir l'envahir. Elle cria en s'agrippant à ses épaules. Il aurait voulu que ce moment ne s'arrête jamais. Il aurait voulu lui procurer un plaisir infini et garder en mémoire chaque expression pour se les rappeler une fois qu'il se retrouverait seul dans cette grande maison vide.

Lorsqu'elle reprit une respiration plus lente, que son corps cessa de trembler, Sam rajusta délicatement sa culotte en dentelle. Elle avait gardé ce goût pour la lingerie fine, apparemment. Et lui aussi. Il rajusta son jean. Elle s'adossa au cadre de la porte, renversant la tête contre le montant en soupirant.

Les yeux fermés, elle resta silencieuse. Ce silence qui semblait assourdissant, maintenant. Il recula d'un pas pour maintenir un peu de distance entre eux et retrouver un peu de raison.

Il n'aurait pas dû faire ça et pourtant il ne le regrettait pas. Maty avait toujours été si passionnée, si réactive. Et voilà qu'il se comportait comme un sale égoïste. Ils n'étaient plus les mêmes. Plus les mêmes amants qu'autrefois. Maty aussi avait changé. Elle semblait plus intense encore. Elle ne retenait rien, ne cachait rien. Elle avait laissé le plaisir l'envahir librement et il espérait qu'elle non plus ne le regretterait pas.

— Tu as toujours envie de parler ? demanda-t-il quand le silence se fut suffisamment étiré.

Elle sembla mettre un certain temps à fixer son regard sur le sien.

— Parler..., répéta-t-elle pensive. Tu as vraiment changé, alors, si tu peux passer aussi rapidement du sexe à la discussion.

Sam croisa les bras, non pas parce qu'il avait envie de se tenir à distance, mais parce qu'il avait trop envie de replonger dans ses bras. Plonger la tête la première dans une erreur était parfois si bon. Ne serait-ce que le temps d'un instant. Mais à la fin, la situation restait la même. Elle était toujours dans le camp ennemi. Une très sexy et très ardente ennemie.

— Je n'ai pas changé, rétorqua-t-il. Lorsque je veux quelque chose, je vais le chercher.

Elle haussa un sourcil.

— Et tu voulais me donner un orgasme sans rien prendre en retour ? demanda-t-elle.

— Pourquoi est-ce si difficile à croire pour toi ? Je ne crois pas avoir été un macho égoïste autrefois…

Maty pencha la tête, plissa les yeux et sembla l'étudier un moment.

— Non. Et d'ailleurs, je n'ai jamais connu d'autre homme comme toi.

Sam ressentit un mélange de jalousie qui n'avait pourtant pas lieu d'être. Elle avait connu d'autres hommes, évidemment, tout comme il avait aussi rencontré des femmes, mais l'entendre ainsi formulé était brutal, alors même qu'il aurait pu le prendre comme un compliment.

— Je ne crois pas que ça existe, et j'en suis tout à fait heureux.

— Et qu'est-ce qu'on fait, maintenant ? Nous reprenons notre visite guidée ? lança-t-elle d'un ton rieur. Tu veux essayer une autre pièce ?

Sam éclata de rire devant son audace, même s'il savait qu'elle plaisantait.

— Tu es venue me trouver, dit-il en haussant les épaules. Qu'est-ce que tu voulais ?

Maty soupira et serra les lèvres.

— Honnêtement, j'avais envie de savoir ce que tu étais devenu depuis que nous étions séparés. Je veux dire au-delà de la façade de l'homme d'affaires qui monte et dont tout le monde parle. Je voulais connaître un peu mieux l'envers du décor.

Ne voulait-elle pas surtout avoir des armes personnelles, sans doute pour les utiliser contre lui plus tard ou les offrir à Rusty ? Sam jouerait le jeu, mais il resterait aussi sur ses gardes. Il avait la certitude que rien de bon ne pouvait sortir de l'intérêt de Lockwood pour ses affaires. Et il était inquiet aussi pour Maty. Il pouvait gérer Rusty, mais elle, en serait-il capable ? En avait-il seulement envie ? Il la sentait vulnérable, sans pouvoir identifier ce que c'était, car elle se gardait bien de le montrer, mais c'était en tous les cas une sensation qu'il n'avait pas connue lorsqu'ils étaient ensemble.

Maty ne savait pas à qui elle avait affaire avec Rusty, et Sam préférait qu'elle n'ait pas à s'en rendre compte d'elle-même. Il lui souhaitait de s'éloigner de lui au plus vite, mais elle ne semblait pas l'envisager. Comment la sortir de ses griffes ?

— Viens, allons faire le tour du lac, la nuit est belle, proposa-t-il.

— Tu préfères ne pas rester trop près du lit ? plaisanta-t-elle encore.

Sam avança jusqu'à ce qu'elle bute contre le cadre de la porte à nouveau.

— Maty, si nous devons faire l'amour, je me moquerai bien qu'il y ait un lit ou pas.

Son regard se troubla et Sam recula d'un pas avant de s'engager dans l'escalier. Il devait s'éloigner avant de lui prouver combien il avait envie d'elle.

Combien de temps son corps allait-il continuer à vibrer après cet orgasme ? La présence de Sam tout près d'elle n'aidait pas du tout, il fallait dire, et ses sous-entendus encore moins.

Si nous devons faire l'amour...

Il avait prononcé cette phrase si naturellement, avec une telle confiance dans la voix... Elle savait que plus elle passerait de temps avec Sam, plus elle devrait affronter cette attirance. Elle n'avait pas anticipé en revanche que ce serait aussi fort, au point qu'elle avait eu la tentation de le déshabiller pour se jeter sur lui, avant qu'il ne propose d'aller faire le tour de son jardin pour profiter de la vue sur le lac au coucher du soleil.

— Je devine que tout ne s'est pas passé comme tu l'espérais en Virginie ?

Comme si elle avait envie de se plonger dans tout cela après ce qu'ils venaient de partager...

— Je préférerais parler de toi.

Le soleil n'était pas encore couché, mais d'ici à peine une

demi-heure ses dernières lueurs orangées auraient disparu, remplacées par un beau ciel étoilé. La nuit dans cette nature devait être tellement apaisante. Maty se sentait pourtant tout sauf apaisée.

Elle ne savait pas quoi dire, pas plus qu'elle ne savait ce qu'elle devait ressentir ou comment se comporter après ce qu'ils avaient partagé dans sa chambre. Comment allait-elle pouvoir reprendre des relations purement professionnelles, maintenant ? Impossible...

Maty marchait à côté de lui, mais Sam s'arrêta pour sortir son téléphone qui vibrait. Il regarda le nom de son correspondant et jura avant de rempocher son portable. Maty avait eu le temps de voir son nom.

Carla Hawkins.

— Tu peux répondre, si tu veux, dit-elle.

— Non, je préfère rappeler, dit-il. Alors tu voulais savoir ce que je devenais ?

Il se remit en marche en soupirant. Maty ne connaissait pas l'état de ses relations avec sa mère... Elle savait que Sam se montrait très protecteur envers Carla à l'époque et se souvenait bien de l'énergie qu'il employait à essayer de l'aider par tous les moyens, malgré ses résistances et rechutes perpétuelles.

— Comment va ta maman ?

— Comme toujours... Les mêmes problèmes de jeu..., dit-il en faisant un geste élusif. Et toi, alors ? Tu es revenue ici juste pour travailler pour Lockwood ?

Maty enfouit les mains dans ses poches et fixa ses pieds dans l'herbe.

— Je suis venue pour essayer de commencer une nouvelle vie, disons.

— Une nouvelle vie qui implique de travailler pour un sale type sans scrupule ?

— Je n'ai pas à justifier pour qui je travaille, je n'ai pas à te rendre des comptes.

Sam s'arrêta et lui prit le coude.

— Pour quelqu'un d'assuré tu sembles particulièrement sur la défensive !

Elle soutint son regard, cherchant à ignorer le contact de sa main et les frissons qu'il lui provoquait.

— Si tu veux savoir ce que cherche Rusty, dit-elle, c'est bien simple : il veut tout simplement racheter ton affaire. C'est limpide, non ?

Sam hocha la tête.

— Oui, ça, je le sais.

— Et je ne lâcherai pas tant que je n'aurai pas rempli mon contrat.

Sam la fixa. Il avait un léger sourire aux lèvres qui s'effaça.

— Alors cela va devenir intéressant, car pour ma part c'est très clair : plutôt mourir, que de laisser ma distillerie aux mains de Lockwood.

Maty savait qu'il était sérieux. Mais elle l'était aussi. Il devait bien y avoir un moyen, quelque chose à faire. Elle allait trouver.

— Je sais que tu es prête à tout pour essayer d'arriver à tes fins, même si cela implique de te frayer un chemin dans ma vie. Je suis prêt à te laisser faire, Maty, mais tu n'obtiendras jamais mon entreprise, et encore moins mon cœur !

6

Le lendemain matin, Sam se reprocha amèrement d'en avoir autant dit à Maty. Il avait voulu qu'elle sache qu'elle perdait son temps, mais il avait l'impression que le jeune Sam blessé en lui avait repris les rênes devant elle.

Quoi qu'il en soit, il n'avait guère le temps ni la disponibilité d'esprit de s'inquiéter de tout cela bien longtemps. Il devait s'occuper de sa mère. Encore une fois.

Elle l'avait appelé ce matin dans un moment de panique alors qu'elle venait d'ouvrir ses factures. Sam ne supportait pas ses crises d'angoisse au téléphone et il préférait se rendre chez elle rapidement, dans la petite maison qu'il lui avait achetée il y a quelques années.

Parfois, il devait se montrer ferme avec elle, tant elle se reposait sur lui. Non pas qu'il se refuse à l'aider, mais il espérait qu'elle retrouve indépendance et fierté, c'était la seule façon qu'elle sorte du cercle vicieux du jeu qui lui faisait jeter son argent par les fenêtres.

Il aimait sa mère, mais elle avait un problème et il ne voulait pas lui faciliter les choses. S'il ne tenait pas à elle, il ne serait pas là pour elle à chaque fois, mais il était parfois difficile de rester ferme face à son abattement et ses crises d'angoisse.

Lorsqu'elle l'avait appelé, il s'était dit que c'était l'occasion de lui parler de la lettre et de ce qu'il avait appris au sujet de son père. Il voulait entendre sa version des choses, qu'elle lui explique comment elle avait bien pu accepter de fréquenter un homme comme Lockwood, pour commencer.

Sam se gara dans l'allée devant chez elle, juste derrière sa petite voiture rouge. Il prit son téléphone et descendit de son pick-up. Sa mère était devant la porte, en train de fumer une cigarette, une tasse de café à la main.

— Mon chéri, ce n'était pas nécessaire de venir aussitôt ! lança-t-elle lorsqu'il sortit de voiture. Je vais me débrouiller, tu sais.

— C'est ce que tu dis toujours.

Il gravit les quelques marches en empochant son téléphone. Si elle n'avait pas souhaité qu'il vienne, elle n'aurait pas appelé.

— De quoi s'agit-il, alors ? Combien est-ce que tu dois, cette fois-ci ?

— Ça dépend à qui, répondit-elle en baissant ses yeux bruns.

Ses traits tirés et ses yeux cernés indiquaient bien son état de stress. Ses dettes la rendaient toujours très anxieuse, même si elle s' attendait à celles-ci... Elle était pourtant incapable de briser ce cercle vicieux.

— Laisse-moi deviner : à ton fournisseur d'électricité, ton organisme de crédit ou d'autres malfaiteurs à qui tu dois de l'argent ?

Ses lèvres pincées lui signifièrent qu'il avait visé juste du premier coup.

— Tu ne peux pas t'empêcher de me juger ! C'est pour ça que tu es venu ? Pour me mettre plus bas que terre en me rappelant que toi, tu n'as pas de problèmes ?

Il n'avait pas de problèmes ? Première nouvelle... Mais elle en ignorait tout... C'était elle qui risquait d'en avoir un de plus une fois qu'il aurait démêlé le nouveau mystère qui lui était tombé dessus. Sa mère était pourtant aimante et bienveillante lorsqu'elle était dans son état normal, mais dès qu'elle avait des soucis, elle devenait amère et agressive. Il avait l'impression qu'elle était de plus en plus avancée dans le processus d'autodestruction...

— Combien dois-tu, maman ?

— Si j'inclus les factures en retard, j'arrive à douze mille dollars.

Le total n'était pas un problème pour lui, mais c'était une sacrée somme pour envisager un étalement de remboursement.

Et c'était énorme lorsqu'on pensait qu'il l'avait tirée d'un mauvais pas du même type la semaine précédente.

Tout ce qu'il voulait, c'était pouvoir lui faire confiance. Il lui avait demandé de venir travailler pour son entreprise, auprès de lui, mais cela restait encore impossible à ses yeux. Et cela le rongeait chaque jour. Il aurait tant aimé pouvoir entretenir une vraie relation avec elle, mais la confiance ne se décrétait pas, ils devraient la reconstruire ensemble, mais pour y parvenir il avait besoin de sa participation.

— J'imagine qu'il y a des pénalités de retard importantes, pour atteindre cette somme ?

— Il est possible que j'aie une dette de quelques milliers de dollars envers mon amie Sally, marmonna-t-elle dans sa cigarette. Et le reste ce sont quelques factures qui traînent depuis la semaine dernière, que je ne t'ai pas mentionnées parce que je pensais pouvoir m'en tirer seule.

Toujours la même histoire... Elle pensait toujours pouvoir s'en tirer toute seule et cela finissait de cette façon : un appel en panique.

— Si Sally était vraiment ton amie, elle arrêterait de te prêter de l'argent pour que tu le joues. Quoi qu'il arrive, les factures devraient toujours être prioritaires, on en a déjà parlé.

Sa mère souffla la fumée de sa cigarette en fixant les montagnes.

— C'est dur, dit-elle alors que des larmes roulaient sur ses joues. J'essaie, Sam, tu le sais, mais l'autre jour, j'ai eu un coup de chance et j'ai cru me refaire...

Comme toujours depuis des années, des décennies, même... Sam connaissait son rythme habituel. Un café devant son ordinateur pour se connecter aux plates-formes de jeux en ligne. Il avait le souvenir très précis de tous ces matins de son enfance. Dernièrement, pourtant, les choses s'étaient aggravées et il était temps de mettre un terme à cette folie.

Que fallait-il pour qu'elle comprenne ? Que fallait-il pour qu'elle comprenne qu'elle ne retrouverait jamais les années perdues et qu'elle ne pouvait pas indéfiniment jeter son argent par les fenêtres. Où en serait-elle aujourd'hui sans son aide ?

Lorsqu'il avait eu dix-huit ans et qu'elle lui avait donné un petit pécule pour sa majorité, elle avait prétendu qu'il provenait de ses gains au jeu, mais il comprenait aujourd'hui qu'il s'agissait sans doute de l'argent de Rusty Lockwood pour se dédouaner de ses éventuelles responsabilités parentales, sans doute.

C'était avec ces fonds qu'il avait lancé Hawkins. Il ne savait pas trop comment analyser cela à l'heure actuelle. Quelle ironie que ce soit justement celui qui voulait lui racheter son entreprise qui en ait financé le lancement sans le savoir…

— Donne-moi le nom de cette femme à qui tu dois de l'argent, et aussi tes documents de reconnaissance de dette, je vais m'occuper de tes factures aussi, mais tu n'auras pas un centime de plus de ma part ensuite, est-ce que c'est bien clair ?

— Je suis ta mère, répliqua-t-elle, blessée, et ce n'est pas ma faute si je ne gagne pas autant d'argent que toi !

— Si tu gérais ton argent au lieu de le jouer, tu aurais quelques économies.

Elle n'avait certainement jamais eu le moindre centime de côté, malgré son poste d'assistante administrative. La simple idée d'épargne lui était d'ailleurs totalement étrangère de manière générale.

Il fallait que cela s'arrête. Il allait réfléchir à la possibilité d'une procuration sur son compte, mais il devait d'abord régler quelques détails.

Il alla s'asseoir sur le rocking-chair en regardant sa mère passer du café à sa cigarette.

Il ne savait pas comment aborder les sujets qui le préoccupaient. Il n'avait pas la moindre idée de sa réaction. Reconnaîtrait-elle seulement qui était son père biologique ? Il n'était pourtant pas du genre à reculer devant la difficulté même s'il s'agissait de poser une bombe qui risquait de lui exploser à la figure. Mais il méritait de connaître la vérité et sa mère avait le droit aussi de lui présenter sa version des choses.

— J'ai reçu une lettre intéressante à mon retour de voyage, commença-t-il.

Carla vida sa tasse de café et la posa sur la balustrade. Puis elle se tourna vers lui.

— Est-ce que tu connais Lori Campbell ? Ce nom te dit quelque chose ?

Elle fronça les sourcils et fit « non » de la tête.

— Jamais entendu parler.

— Elle est décédée il y a un mois, mais elle avait laissé cette lettre derrière elle. Pour moi.

Sam observait sa mère avec attention, mais il ne nota aucune réaction.

— Pourquoi est-ce qu'une femme morte t'aurait écrit ? demanda-t-elle avant de plisser les paupières. Tu n'aurais pas mis une femme enceinte ?

— Non, maman. Lori était la mère d'un de mes associés, expliqua-t-il alors que le mot *frère* résonnait dans sa tête. Son fils est Nick Campbell, il rénove le vieux bâtiment d'Elkin Mountain. Sa mère prétend que Rusty Lockwood serait mon père biologique et celui de son fils.

Sa cigarette lui glissa de la main et tomba sur le sol. Elle ouvrait de grands yeux.

— À en juger par ta réaction, je devine que ça t'évoque quelque chose...

La douleur était vive. Elle savait cela depuis trente ans et avait délibérément choisi de ne pas lui en parler. Il n'avait jamais eu la moindre liberté de décider de ce qu'il devait faire vis-à-vis de son père et de leur relation.

Il comprenait pourtant une partie de son appréhension. Sa mère n'aurait jamais eu la force de lutter contre quelqu'un comme Rusty. Mais Sam, si. C'était précisément ce qu'il était en train de faire.

— Cet homme est un sale type, lança-t-elle. Nous nous portions bien mieux sans lui.

— Oui, mais il est arrivé un moment où j'avais droit à la vérité. J'étais capable d'y faire face, mentalement et financièrement, ajouta-t-il. Combien d'argent t'a-t-il donné pour sortir de sa vie ?

— Cinquante mille, dit-elle en glissant une mèche de ses cheveux noirs derrière une oreille. Je ne jouais pas autant à l'époque et j'ai eu la présence d'esprit d'en mettre la moitié de côté pour toi. L'autre moitié m'a servi à acheter une voiture et obtenir un appartement plus confortable.

Sans cet apport, Sam se demandait s'il aurait été capable d'acquérir sa distillerie. Peut-être pas, même s'il avait l'impression d'avoir toujours eu ce métier dans le sang.

— Je ne te reproche pas d'avoir fait ce que tu pensais juste, dit-il. Mais tu aurais dû me dire la vérité au bout d'un moment.

— Bon et maintenant, qu'est-ce que tu attends ? Tu voudrais aller le rencontrer pour organiser une grande réunion familiale ? Tu le connais pourtant, tu sais quel genre d'homme il est !

Sam sourit tristement.

— Oh oui...

En poussant un soupir, il se leva et saisit la balustrade, fixant dans le lointain les brumes sur les montagnes.

— Je ne sais pas ce qu'il aurait fallu faire, mais je peux te dire que je n'ai pas aimé apprendre la vérité ainsi et découvrir de qui il s'agissait. Tu sais à quel point je déteste cet homme.

Sa mère se leva et avança jusqu'à lui. Elle lui tapota la main. Sam savait combien ce geste lui coûtait. Venir lui parler de tout cela l'était tout autant. Dire qu'elle avait gardé ce secret pendant trente ans...

— J'ai travaillé pour Rusty, expliqua-t-elle. Je faisais le ménage chez lui depuis environ deux mois, lorsque nous avons eu une aventure. Je n'avais que dix-huit ans et pas la moindre idée de ce que je voulais faire dans la vie. Et puis je suis tombée enceinte.

Sam ne pouvait s'empêcher de compatir en imaginant combien tout cela avait dû être difficile pour elle... Une jeune femme sans repères, elle avait dû être terrifiée.

— J'étais si naïve, murmura-t-elle. J'ai imaginé un temps qu'il allait me proposer de venir emménager avec lui dans son immense demeure et que nous t'élèverions ensemble. Il me semblait qu'il ne fréquentait personne d'autre à l'époque... Mais j'ai appris plus tard qu'il enchaînait les aventures sans lendemain. Il n'avait pas plus de scrupules dans sa vie qu'en affaires.

— Et il t'a proposé un chèque pour acheter ton silence ? suggéra Sam.

— Oui, c'est à peu près cela, répondit-elle tristement. Alors j'ai pris l'argent et je l'ai investi pour que tu aies une vie correcte. Je voulais ce qu'il y avait de mieux pour toi, pas comme moi…

Sa voix se brisa et Sam se retourna pour la serrer dans ses bras. Elle avait perdu du poids. Sa mère avait toujours été un petit modèle, mais aujourd'hui elle lui semblait presque fragile. Il fallait qu'il garde un œil sur elle, car si elle se laissait aller, alors son addiction prendrait le pas sur tout le reste.

— Je suis désolée d'être une telle déception pour toi, murmura-t-elle contre son torse.

Sam s'écarta pour essuyer ses larmes.

— Tu n'as jamais été une déception. Si je ne t'aimais pas, je ne serais pas là, mais il faut que tu me laisses t'aider et que tu aies envie que je t'aide. Ce que je pense de toi n'est pas l'enjeu, il faut que tu t'aimes toi-même suffisamment pour vouloir changer.

Elle acquiesça doucement en reniflant, levant ses yeux rougis vers lui.

— J'essaie, Sam, je te le promets.

Il savait bien qu'elle avait eu un but autrefois, des aspirations dans la vie. Personne ne décide de sombrer dans l'enfer du jeu ou dans une quelconque addiction. Il refusait de la laisser couler.

— Je vais régler tes factures et tes dettes, et nous allons te chercher de l'aide.

— Et Rusty ? Qu'est-ce que tu comptes faire avec lui ? Il est tellement puissant…

Sam se mit à rire.

— Ce sale arrogant s'imagine qu'il peut menacer le monde entier, mais je ne le crains pas. Tu n'as pas à t'inquiéter de lui.

Elle lui tapota doucement la joue, comme elle le faisait souvent quand il était petit.

— Sois prudent…

Bien sûr, qu'il serait prudent. Rusty n'était pas le problème en soi, Sam ne le laisserait pas toucher aux gens qu'il aimait.

Ce qui lui fit penser à… Maty

Il saurait être prudent avec Rusty, mais avec Maty, c'était

une autre histoire. Il savait que tout n'était pas réglé entre eux, loin de là.

Cela venait à peine de recommencer.

Qu'elle soit dans le camp ennemi ou pas, il avait entrevu le genre de femme qu'elle était devenue et il n'en avait pas eu assez !

7

Après la visite à sa mère de bon matin et une longue journée de travail, Sam avait par-dessus tout envie de souffler… Ses pensées ne cessaient pourtant de le ramener à Maty.

Lors de sa visite chez lui, il l'avait retrouvée plus passionnée que jamais. Cette façon qu'elle avait eue de s'abandonner à ses caresses, de lui dire clairement qu'elle était prête à aller plus loin. Cette franchise brute l'avait perturbé et il devait bien reconnaître qu'il n'avait pas cessé de penser à elle depuis lors.

Voilà donc qu'il faisait route vers l'appartement qu'il avait eu la surprise de trouver associé à son nom dans ses recherches sur Internet. Une adresse qu'il ne connaissait que trop bien… Elle ne lui avait rien dit à ce sujet lors de sa visite.

Encore des secrets…

Ces quartiers qui avaient autrefois été vivants et animés semblaient tristes et éteints. La résidence dans laquelle se situait l'appartement paraissait encore plus miteuse qu'à l'époque où il y avait vécu adolescent.

Entre les émotions liées au retour de Maty, leurs retrouvailles plus intimes la veille et la découverte stupéfiante de son adresse actuelle, Sam avait l'impression de plus en plus nette qu'il commettait une erreur en venant la voir.

Mais ce ne serait pas sa première erreur, après tout, et il était prêt à tenter le tout pour le tout.

Il s'engagea dans le parking et passa en revue chacune des

entrées de ces lieux familiers. Il repéra la voiture de Maty garée précisément devant ce qui avait été sa maison toute son enfance.

La colère l'envahit. Il y reconnaissait la vilaine patte de Lockwood... Et Maty était son appât. Quelles qu'aient été les manigances de Rusty, Sam devait y mettre un terme au plus vite.

Cet homme qui avait abusé sa mère et manipulait aujourd'hui Maty avait réussi à le faire sortir de ses gonds une fois encore. Il se sentait capable d'aller se confronter à lui et éventuellement de lui coller son poing dans la figure sans trop se faire prier.

Il devrait se contenter de protéger sa distillerie et tout ce qui lui tenait à cœur des griffes de ce vautour.

Il se gara à côté de la voiture de Maty et fixa la porte qu'il avait franchie des milliers de fois, enfant. Il n'était pas effrayé par ses souvenirs d'enfance. Sa mère l'avait toujours aimé et elle avait fait de son mieux, mais cela semblait une époque si lointaine que c'en était surréaliste.

Il se demanda ce que Maty avait ressenti en revenant ici, dans cet appartement défraîchi... Qu'était-il advenu de son appartement en Virginie ? Et n'avait-elle pas hérité du patrimoine de sa famille ?

Sam ne savait rien de tout cela, mais il avait la certitude que Rusty avait dû trouver un levier de poids pour la décider. Il lui fallait tous les tenants et aboutissants s'il voulait l'aider.

Il se dirigea vers la porte noire à la peinture craquelée. Rien ici n'était accueillant, mais Maty avait placé une décoration jaune vif sur la porte qui la faisait se détacher un peu des autres.

Il frappa avant de reculer d'un pas pour patienter. Il entendit du mouvement à l'intérieur et se rappela qu'il était venu pour lui parler calmement et pas pour exploser au sujet de Rusty et de ses manipulations, comme celle qui faisait qu'elle logeait précisément ici...

Il entendit le bruit du verrou, puis la porte s'ouvrit. Maty écarquilla de grands yeux. Elle avait son téléphone à l'oreille, et il lui fallut un instant pour gérer sa surprise avant de libérer le passage pour Sam, tandis qu'elle retournait à l'intérieur, poursuivant sa conversation téléphonique. Il prit cela pour une invitation silencieuse à entrer.

— Dites-lui que je serai là dès que possible, et s'il vous plaît, dites-lui que je l'aime !

Sam referma la porte derrière lui, tandis que Maty raccrochait. Il regarda la pièce autour de lui, sans bien savoir ce à quoi il s'attendait.

Au moins la vieille moquette avait-elle été remplacée par un revêtement en vinyle façon faux bois. Il y avait un canapé. Une chaise. Une lampe. Pas de photos sur les murs. Un pichet en verre était posé sur la table avec quelques fleurs sauvages qu'elle avait sans doute cueillies sur un bord de route.

Les lieux lui étaient étrangement familiers tout en étant différents. La nostalgie l'envahit, mais il la repoussa de toutes ses forces. Il ne comptait pas laisser Rusty l'atteindre avec son passé.

— Pourquoi es-tu venu ici ?

Sam fixa Maty qui semblait peu réjouie de le voir, ce n'était rien de le dire. Mais il voulait des réponses maintenant. Il les méritait.

— J'ai pensé que je pourrais passer te proposer de manger un morceau avec moi.

Ce mensonge lui était venu spontanément. La vérité était qu'il avait commencé par penser à leurs caresses toute la journée. C'était en découvrant son adresse qu'il avait eu besoin de réponses.

Il aurait aussi voulu savoir à qui elle voulait témoigner son amour par téléphone, mais cela ne le regardait certainement pas.

Elle devait être rentrée depuis peu de temps, à en juger par son tailleur strict et ses cheveux tirés en arrière. Elle avait dû enlever ses chaussures en entrant, car elle était pieds nus... Ce qu'il trouva étonnamment excitant.

Mais la vérité était qu'à peu près tout en elle lui faisait cet effet... Depuis son apparence, à son regard inquiet, ses lèvres pincées ou la vulnérabilité qui émanait d'elle. Il la désirait comme jamais, à cet instant.

— Tu t'arrêtes à l'improviste pour me proposer de diner ? demanda-t-elle, suspicieuse. Je ne te crois pas, Sam Hawkins !

— Bon, tu as raison, ce n'est pas ça, mais maintenant, j'ai faim, alors que dis-tu de ma proposition ?

— Tu ne comptes rien dire quant à cet appartement ? demanda-t-elle.

Sam serra les dents et pesa ses mots. Il brûlait de la questionner, mais il savait qu'il fallait qu'il retienne ses questions et surtout sa colère. Rusty tirait les ficelles et Sam comptait bien les couper une par une.

Si Lockwood avait fureté dans le passé de Sam pour retrouver cet appartement, c'était sans doute parce qu'il connaissait sa mère. Se souvenait-il d'elle, savait-il qui il était ou n'était-elle qu'une mésaventure parmi d'autres qu'il avait payée puis oubliée ?

— Qu'est-ce que tu veux que je dise ? répliqua Sam en avançant vers elle. Je reconnais bien là les idées tordues de Rusty pour m'atteindre. Il veut que je me souvienne de notre relation, et au passage me rappeler d'où je viens. Je ne sais pas bien quelle est son intention d'ailleurs, mais je devine où il veut en venir et je sais qu'il se sert de toi pour me faire flancher plus facilement. Pourquoi ne me dis-tu pas ce qu'il a contre toi ?

Elle serra les lèvres.

— Je t'ai déjà dit que je ne peux pas évoquer ce qui me lie à un client.

— Si l'on considère que je suis le dénominateur commun entre nous, j'aurais imaginé qu'il était possible que tu m'en fasses part.

Maty soupira et se glissa la main dans les cheveux, retirant les épingles qui maintenaient son chignon, jusqu'à ce que la masse de boucles blondes s'étale sur ses épaules. Elle passa la main dans les ondulations et Sam sentit tout son corps se tendre. Il brûlait de ressentir ce contact soyeux sur son corps, sous ses doigts.

Il ne pouvait s'empêcher de se demander si elle n'essayait pas de le séduire à chacun de ses gestes, aussi anodins soient-ils. La frontière était sans doute ténue.

— Écoute, je suis épuisée et tendue ce soir, je n'ai qu'une envie : enfiler une tenue confortable, retirer mon soutien-gorge et ne rien faire.

Sam sourit.

— Je ne voudrais pas t'empêcher de retirer ton soutien-gorge !

Maty leva les yeux au ciel et se tourna vers le couloir qui menait à la chambre.

— Une réponse tellement prévisible ! soupira-t-elle en disparaissant.

Sam aurait donné n'importe quoi pour la suivre, mais il sentait que ce n'était pas le moment. Il était tendu, lui aussi. Ces révélations étranges, Maty, Rusty et sa mère, cela faisait beaucoup à la fois.

Lorsqu'elle revint en legging noir et un T-shirt ample qui lui découvrait une épaule, il serra les poings involontairement. Comment pouvait-elle être encore plus sexy, alors qu'elle n'avait plus la moindre trace de maquillage et ne portait qu'une tenue d'intérieur ?

C'était sans doute la Maty qu'il avait connue à l'époque qu'il retrouvait. Simplement belle et naturellement élégante. Elle incarnait tout ce qu'il aimait chez une femme.

— Tu comptes rester sur le pas de la porte, ou tu vas finir d'entrer ? demanda-t-elle.

— Je ne me suis pas encore décidé.

Elle croisa les bras devant sa poitrine, lui rappelant au passage qu'elle avait bel et bien retiré son soutien-gorge. Elle devait bien s'amuser à le torturer ainsi.

— Pourquoi est-ce que tu es venu ?

— Je voulais te voir.

— Tu espérais reprendre où nous nous en étions arrêtés ? suggéra-t-elle.

Sam haussa les épaules. Inutile de prétendre le contraire. Il ne pouvait nier qu'il la désirait et il était à peu près sûr que c'était réciproque.

— Maintenant, je voudrais surtout savoir pourquoi tu es ici, dans cet appartement, et pourquoi tu laisses un type comme Lockwood se servir de toi.

Elle ne répondit pas et Sam sentit que, tant que personne ne baisserait la garde, ils resteraient mutiques l'un en face de l'autre. Mais ils étaient aussi têtus tous les deux. D'ailleurs sa détermination contribuait encore à rendre la Maty d'aujourd'hui plus séduisante à ses yeux.

Il voulait la connaître mieux. Il savait que c'était risqué, mais ne pouvait s'en empêcher. C'était bien la dernière chose dont il avait besoin, pourtant... De quoi s'agissait-il en réalité ? Pouvait-il parler d'une relation ? Ils n'avaient pas même une aventure, même s'il ne parvenait à exclure cette possibilité de son esprit.

Après les quelques instants partagés avec elle dans sa chambre, il n'avait cessé de fantasmer. Il était prêt à parier sa distillerie qu'elle aussi s'était rejoué la scène plusieurs fois les heures suivantes.

Mais sa distillerie était déjà en jeu.

Il ne devait pas oublier qu'elle travaillait pour l'ennemi. Celui qui essayait de lui prendre tout ce qu'il avait construit. Cela ne signifiait pas qu'il ne pouvait rien partager avec elle, mais il ne devait pas laisser des sentiments se développer. Rien d'autre que le sexe.

— Laisse-moi m'inquiéter toute seule de ma vie personnelle, répondit-elle.

Sam avança et se planta devant elle, effleurant du pouce les ombres noires sous ses yeux.

— Tu es épuisée et tu ne mérites pas de vivre ici. Laisse-moi t'aider.

Elle ne cilla pas.

— Parce que tu as envie de moi ?

— Si j'ai envie de toi ou pas ne change rien, répliqua-t-il en posant la main sur son épaule nue. Je n'aime pas te voir ainsi, fatiguée et manipulée.

Avant qu'elle n'ait le temps de répondre, Sam recula d'un pas.

— Mets des chaussures, je t'emmène dîner.

— Je ne suis plus vraiment habillée pour dîner, répondit-elle en souriant.

Il se moquait bien de sa tenue, étant donné l'effet qu'elle lui faisait déjà, et il n'avait pas prévu de l'emmener dans un lieu public.

— Personne d'autre que moi ne te verra.

Maty hocha la tête.

— Pourquoi est-ce que cela me donne l'impression que tu as une idée derrière la tête ?

Il ne put s'empêcher de rire.

— Si tu insistes...

Elle haussa les épaules et repartit vers sa chambre.

— Laisse-moi mettre mes chaussures.

Il ne pouvait s'empêcher de se demander s'il n'était pas en train d'entrer dans le piège de Rusty sans même s'en apercevoir. Il pensait être assez méfiant, et pourtant il fallait bien admettre qu'il était totalement à fleur de peau en sa compagnie.

Mais après tout, il n'y avait pas de raison qu'ils ne puissent reprendre où ils en étaient restés la veille. Une aventure sans lendemain permettrait sans doute qu'ils passent à autre chose et se débarrassent de cette tension grandissante entre eux.

Sam décréta qu'il sortirait de toute cette histoire entier, victorieux et le cœur intact.

Maty aurait dû s'attendre à voir Sam débarquer ainsi chez elle.

— C'est toi qui cuisines ? demanda-t-elle.

— Eh bien, non, mais mon cuisinier a préparé plusieurs plats aujourd'hui, tu pourras choisir.

Il entra dans son garage et la porte se referma derrière eux. Elle se sentit tendue à l'idée de se retrouver seule avec Sam dans la pénombre. Il avait raison sur le fait qu'elle était vulnérable et que Rusty se servait d'elle, mais lui en parler ne réglerait pas son problème, d'autant plus que Sam tenterait de voler à son secours. Il fallait qu'elle se débrouille de son côté dans ces nouvelles épreuves de la vie et qu'elle parvienne à se relever seule.

Elle trouverait bien une façon de sortir de tout cela sans que personne n'y perde de plumes. Bien sûr, elle s'exposait à quelques égratignures émotionnelles, mais c'était le prix à payer pour que son frère bénéficie des soins dont il avait besoin. Elle était prête à tout pour lui. Il était sa seule famille à ce jour.

Elle sentit des larmes lui monter aux yeux. Elle avait horreur d'être aussi émotive, en particulier en face de Sam. Pleurer ne résolvait rien et elle n'avait pas le temps de s'abandonner.

À une époque, elle avait tout, pourtant. Une famille, une carrière réussie et lucrative. Il ne lui manquait presque rien pour devenir associée dans l'une des principales et plus prestigieuses entreprises d'Arlington, en Virginie.

Tout avait changé en moins d'un an, avec la mort de ses parents, la blessure de son frère et le chantage de Rusty à la suite.

Maintenant qu'elle était au fond du seau, de retour dans sa ville natale, face à la dernière personne qu'elle aurait voulu revoir à ce moment si difficile… Voilà que cet homme était son dernier recours.

Alors qu'elle ouvrait sa portière, Sam avait déjà fait le tour pour lui tendre la main.

— Est-ce qu'on peut parler des larmes dans tes yeux ? demanda-t-il.

Rien ne lui échappait jamais. Il avait toujours été tellement en phase avec ses émotions et ses sentiments. Peut-être était ce là une compétence qu'il avait développée en grandissant avec une mère célibataire.

— Pas forcément, répondit-elle. Est-ce que tu veux parler de ta mauvaise journée ?

Sam hocha la tête.

— Allons plutôt jeter un œil à ce que mon chef nous a préparé.

Un point partout. Cela convenait à Maty. Il valait mieux qu'ils évitent les échanges trop intimes. Et les orgasmes ne comptaient pas.

Elle le suivit dans la maison. La cuisine avait le plus grand îlot central en béton qu'elle ait jamais vu.

Elle prit un siège au bar et déposa son sac, tandis que Sam fouillait dans son réfrigérateur pour en sortir différent plats.

— Je te propose un buffet varié, dit-il. Veux-tu t'occuper du vin ?

— Tu bois du vin ? demanda-t-elle en découvrant une impressionnante cave à vin de service.

Il lui adressa un regard par-dessus l'épaule.

— Je suis un connaisseur de tout ce qui se fait de raffiné ! répondit-il.

Elle préféra faire mine de ne pas saisir son allusion. La tension était déjà suffisante.

Elle choisit une bouteille de pinot, bien fraîche.

— Où est ton tire-bouchon ?

Sam posa quelques victuailles et couverts sur la table et pointa du doigt le minibar.

La vue par la porte-fenêtre était à couper le souffle. Avec le soleil qui se couchait derrière les montagnes dans le calme du soir, Maty ressentit un vague apaisement. Sam n'insistait pas pour obtenir des informations, c'était aussi un soulagement.

Dans son état global d'anxiété, elle ne savait pas comment elle réagirait face à son insistance. Elle avait tellement besoin de pouvoir se reposer sur quelqu'un. Mais il n'y avait personne.

Les personnes avec qui elle parlait le plus souvent étaient l'infirmière de Carter et Rusty Lockwood. Elle ne se confiait évidemment à aucun des deux.

— Si tu continues à me fixer ainsi, je vais finir par me sentir mal, dit-il.

Elle réalisa qu'il s'était assis en face d'elle et qu'il y avait de la nourriture à profusion entre eux et ne put s'empêcher de rire.

— Pardon, je pensais à quelque chose. Tu as faim ? demanda-t-elle.

— Je suis affamé, et je suppose que tu n'as rien mangé non plus, alors à table ! dit-il en saisissant une assiette. Je te prépare un petit assortiment.

Le simple fait qu'il lui serve un en-cas avec un verre de vin pour l'accompagner lui suffisait pour se détendre. C'était tout ce dont elle avait besoin. Et tant pis s'il avait d'autres motivations.

Elle avait la certitude qu'ils finiraient par se retrouver dans son lit… Peut-être pas ce soir, ni demain soir… Mais Maty était certaine qu'elle ne repartirait pas de Green Valley sans avoir refait l'amour au moins une fois avec Sam Hawkins.

8

Sam finit de débarrasser leur dîner et servit un nouveau verre de vin à Maty avant de l'accompagner dans la bibliothèque. Elle avait toujours aimé les livres et avait une véritable fibre artistique. Elle était d'ailleurs très douée en dessin. Il avait installé une table à dessin dans la pièce, et il songea qu'elle s'y plairait.

Il n'avait pas vraiment pensé à elle, pourtant, en concevant cette pièce, mais il se demandait maintenant si elle n'avait pas téléguidé ses choix d'une façon ou d'une autre.

Pour le moment en tout cas, il souhaitait simplement qu'elle se sente bien, apaisée et détendue.

Lui-même avait eu une sacrée journée, même s'il était soulagé de connaître la vérité. Il allait avoir besoin de l'aide de sa mère pour affronter Rusty, et il devrait aussi unir ses forces à celles de Nick.

Et puis, il y avait Maty.

Ce ne devrait pas être si compliqué que ça, mais elle remuait des émotions en lui, et cela compliquait tout. Elle était une page de son histoire, et aujourd'hui elle engageait son présent et son avenir du même coup. La retrouver ici, à Green Valley, était un vrai choc, mais il devait reconnaître qu'il en était plutôt heureux.

Et voilà qu'elle était chez lui, dans sa maison. Pourquoi fallait-il qu'il se soucie des manœuvres de Rusty ? Sans doute s'inquiétait-il pour elle parce qu'il n'était justement pas comme son père. Ce sale type.

Que dirait Maty en découvrant la vérité ?

Sam avait toujours admiré sa volonté à toute épreuve, mais en l'occurrence sa détermination risquait de la mener à sa perte.

D'autant plus qu'une enquête était en cours sur de possibles malversations de la part de Rusty... Elle risquait d'y laisser des plumes professionnellement, si tout cela était confirmé. Si l'on prouvait qu'il avait bien détourné des sommes destinées à un fond de charité pour des enfants déshérités, Rusty serait peut-être bien fini !

Sam espérait que la carrière de Maty n'en serait pas compromise par la même occasion.

Qu'était-il advenu de la fortune de ses parents ? Cette question lui revenait à l'esprit régulièrement. Y avait-il eu un scandale quelconque, de mauvais investissements ? Elle avait pourtant toujours vécu dans une certaine opulence.

Il fut tiré de ses pensées en voyant Maty monter sur l'échelle qui permettait d'accéder aux rayonnages en hauteur, ses doigts effleurant les tranches de livres anciens.

Il ne put s'empêcher de laisser son regard s'attarder sur sa silhouette. Il inspira profondément et elle baissa les yeux vers lui.

— C'est une sacrée collection que tu as là, dit-elle. J'adorerais avoir un bureau comme celui-là.

Il l'imagina vivant ici, installant son bureau dans cette pièce...

Il y avait une éternité de cela, ils avaient eu le projet de vivre ensemble. Il n'avait pas d'argent, pas de maison, mais il aurait tout donné pour elle. Il aurait franchi tous les obstacles pour la rendre heureuse.

Mais elle avait eu d'autres ambitions. Des ambitions sans lui.

Aujourd'hui, il avait l'impression que les rôles étaient inversés.

Elle choisit un livre qu'elle sortit précautionneusement du rayon et redescendit de l'échelle.

— L'histoire, ça a toujours été ta prédilection, dit-il.

— Oui, je trouve fascinant de comprendre comment nous en sommes arrivés où nous sommes. Notre culture, nos lois, tout cela est le fruit de l'histoire.

Il avait toujours été fasciné par son intelligence. C'était éminemment séduisant. Et cela ne changeait pas aujourd'hui. Il y avait en elle tant de choses similaires à la Maty d'autrefois, et en même temps tant de choses avaient changé. Comment résister à la curiosité de mieux la connaître, comment ne pas rêver de dévoiler ses secrets ?

— Tu séduis toujours tes conquêtes dans cette pièce ? lança-t-elle en riant. C'est un vrai piège à filles pour les rats de bibliothèque !

Elle rougit aussitôt.

— Pardon, oublie ce que je viens de dire..., reprit-elle. Cela ne me regarde pas du tout et je suis certaine de pouvoir résister à un piège comme celui-ci !

Sam hocha la tête.

— Dommage... J'avais des projets pourtant.

— Tu voulais me séduire ? lança-t-elle. C'était tellement prévisible !

Sam haussa les épaules.

— La vérité c'est que j'ai vraiment eu une dure journée, et j'ai pensé que je pouvais peut-être adoucir un peu notre soirée... J'avais l'espoir que tu m'expliques pourquoi tu logeais à cette adresse où je t'ai trouvée. Je me suis dit que je pourrais t'aider à te tirer de cette situation dans laquelle je n'arrive pas à comprendre que tu te sois mise. Mais je dois admettre que tu occupes un peu trop mes pensées, sans doute, ces derniers temps.

Il savait qu'il marchait au beau milieu d'un champ de mines... Mais il ne pouvait faire autrement pour le moment.

Maty soupira. Elle se dirigea vers les grandes baies vitrées qui offraient une vue incroyable sur les montagnes. Elle posa le livre et s'appuya contre le bureau.

— Rusty m'a proposé un emploi et un logement, dit-elle en croisant les bras. Je n'avais pas idée de ce qu'il avait en tête en acceptant et je n'avais nulle part où aller.

— Pourquoi ne pas louer autre chose ? Je peux te mettre en contact avec un agent immobilier qui te trouvera sans doute quelque chose de beaucoup mieux.

Elle fit mine de sourire, mais il nota que ses yeux restaient froids.

— Merci, mais ce n'est pas nécessaire. Tout est sous contrôle.

Il savait bien que c'était faux, mais ne voyait toujours pas où se situait le problème.

Elle avait perdu un atout précieux depuis leurs jeunes années. Sa confiance semblait évanouie. Pourtant Maty paraissait forte, mais il sentait que quelqu'un tirait les ficelles et qu'elle n'avait pas la liberté de s'en défaire.

— Qu'est-ce qui permet à Lockwood de te tenir ainsi ? demanda-t-il.

Il reconnut la détermination dans son regard. Mais il y avait aussi de la peur. Elle avait élevé des murailles autour d'elle.

— Rien que je ne puisse gérer moi-même.

Sam fit un pas vers elle.

— Tu dis ça, mais tu sembles épuisée…

— Si tu acceptais de revendre ta distillerie, mon travail serait terminé, déclara-t-elle. Est-ce que tu voudrais que nous en parlions ?

— Jamais.

— Alors nous revoilà dans une impasse.

Il sentit la colère et l'impuissance l'envahir à nouveau.

— Si tu ne me laisses pas te mettre en contact avec mon agent immobilier, pourquoi est-ce que tu n'emménagerais pas ici ? lança-t-il soudain.

Maty le fixa, surprise. Il l'était lui aussi d'avoir prononcé ces mots avant même de les avoir pensés. Mais il était prêt à s'engager dans cette voie.

— Je ne peux pas emménager ici, Sam. Je travaille pour Rusty, et toi et moi…

Sam avança d'un pas, jusqu'à se retrouver tout près de Maty. Il plaça les mains de chaque côté de ses hanches sur le bureau.

— Toi et moi, quoi ?

Elle posa les mains sur son torse et le repoussa doucement.

— Laisse-moi, Sam. Tu essaies de me faire dire quelque chose que je ne suis pas prête à admettre.

Sam rit et l'embrassa du bout des lèvres.

— Fais attention, tu te livres sans le vouloir !

— Non, je suis ici pour le travail avant tout. Je n'ai pas grand-chose d'autre à l'heure actuelle que ma carrière, tu sais…

Il voyait bien qu'elle avait tout perdu, mais il n'arrivait pas à comprendre ce qui s'était passé.

— Tu veux dire que ta carrière passe avant tout le reste ? Pas de compagnon ? Pas de famille ?

Elle baissa les yeux.

— Je n'ai plus rien de tout ça.

Intéressant. Même si lui non plus n'avait rien construit de tel, après tout.

— J'ai rencontré des hommes avec qui j'ai eu des relations, bien sûr. Mais jamais rien de très sérieux.

C'était ridicule, il ne pouvait pas être jaloux. Lui non plus n'avait pas été célibataire pendant seize ans, il savait bien qu'elle avait connu d'autres hommes.

Et pourtant, il avait du mal à l'envisager.

— Écoute, tu n'as pas besoin de me répondre dans l'immédiat, dit-il malgré son impatience. Réfléchis et tu verras. Tu vois qu'il y a de la place, tu n'auras même pas à me croiser si tu n'y tiens pas. Si c'est moi qui rends service, alors Rusty aura un levier en moins sur toi.

C'était là la clé de la situation... Sam voulait être celui sur qui Maty pourrait s'appuyer.

Un triste sourire s'afficha sur son visage.

— Cela semble si simple à t'entendre, mais tu sais bien que cela ne marche pas ainsi !

— Écoute...

Elle leva la main pour l'interrompre.

— Pourquoi est-ce que tu ne me racontes pas comment tu as réussi à devenir le plus jeune patron d'une distillerie du Tennessee, plutôt ?

— Si tu veux, dit-il. Tu sais que j'ai toujours été passionné par cet univers, mais ma passion est née autrement... Lorsque j'ai eu dix-huit ans, ma mère m'a annoncé qu'elle avait mis de côté une somme conséquente d'argent au moment de ma naissance.

Maty ouvrit de grands yeux.

— Vraiment ? Je n'ai jamais imaginé qu'elle était du genre prévoyant ! Pardon de te parler aussi franchement.

Sam acquiesça.

— Non, tu as raison, et ce n'est pas comme si ses habitudes

de jeu étaient un secret. Elle avait mis l'argent de côté avant d'être trop avancée dans son addiction.

— Je ne savais pas que tu avais des économies lorsque nous étions ensemble, dit-elle. Même si ce n'est pas du tout un problème.

— C'est vrai que je n'envisageais pas cet argent comme une somme que j'aurais pu dépenser, expliqua-t-il. J'avais tellement l'expérience de la vie avec ma mère que je savais que je devais être responsable et économe pour deux, et j'ai immédiatement pensé que cet argent nous servirait en cas d'urgence.

Maty sourit avec empathie.

— J'ai participé un jour à une dégustation de bourbons et ce fut une révélation. J'ai su que c'était ce que je voulais faire. Bien sûr, cela a été un chemin plus long que cela, mais c'est cette première rencontre qui a tout déclenché. Un jour, j'ai appris que la distillerie de la ville était en vente et j'ai saisi ma chance. C'était une affaire idéale, qui arrivait précisément au bon moment et correspondait à la somme que ma mère m'avait transférée. C'était un risque, bien sûr, car si j'échouais, je n'aurais plus eu de matelas de sécurité, mais je me suis lancé dans l'aventure de la distillerie Hawkins corps et âme.

Tout à coup, il se leva et vint lui prendre la main. Pourquoi continuait-il à être aussi attiré par cette femme qui l'avait laissé tomber des années plus tôt et réapparaissait dans sa vie sans prévenir ?

— Est-ce que tu as confiance en moi, Maty ? demanda-t-il gravement.

Maty haussa les sourcils en riant.

— Je ne devrais pas ? Je crois que c'est moi qui te cache des choses !

— Nous avons tous des secrets, Maty, dit-il en songeant qu'il n'était pas prêt à révéler les siens. Est-ce que tu me fais confiance ?

Elle acquiesça avec émotion et il serra sa main dans la sienne.

— Oui, bien sûr que je te fais confiance.

Ces simples mots, prononcés de façon convaincue, furent un choc. Un soupçon d'espoir l'envahit. Peut-être accepterait-elle de l'écouter.

Elle se trouvait sans le savoir prise dans un conflit qui n'avait rien à voir avec elle et, pourtant, elle n'était pas claire de son côté avec ses propres intérêts. Comment pouvait-il tout lui exposer ?

— Il est temps que je t'emmène voir quelque chose.

Maty n'avait pas la moindre idée de ce que Sam voulait lui montrer, et elle eut la surprise de découvrir qu'il l'emmenait à sa distillerie.

Il ouvrit une petite porte discrète et elle eut l'impression d'une visite clandestine, même si c'était le directeur des lieux en personne qui l'accompagnait.

— Il n'y a pas d'entrée principale ? J'ai l'impression d'une intrusion !

Sam éclata de rire.

— Je t'assure que nous ne faisons rien d'illégal, pourtant, n'aie pas peur.

Maty leva les yeux vers le haut en découvrant les salles voûtées. Les lieux étaient impressionnants, entre le bâti ancien et les équipements dernier cri.

— C'est incroyable, dit-elle. Je n'aurais jamais imaginé que cela ressemblait à cela !

— Je me suis imaginé que cela te ferait cet effet. Les bâtiments datent des années 1800, dit Sam avant de se diriger vers un mur. Et si tu regardes ici, il y a une plaque qui correspond au niveau d'eau lors des grandes inondations de 1903.

Maty découvrit une plaque en bronze patinée par le temps. Elle se souvint d'un exposé qu'elle avait fait au lycée sur ces fameuses inondations.

— C'était l'ancien hôpital…, dit-elle.

Sam acquiesça.

— Il était déjà totalement désaffecté depuis longtemps lorsque William Wallace l'a racheté pour en faire une distillerie. Lorsque j'ai repris son installation, nous avons dû faire de nombreux travaux pour remettre les lieux en état, mais la structure de la distillerie était déjà là.

Maty apprécia la passion avec laquelle il parlait de l'architecture de sa distillerie, de son histoire, de son métier. Il avait passé tant d'heures ici avant de pouvoir sortir ses premières bouteilles et commencer à se faire un nom. Longtemps, il était resté dans l'ombre, et Maty appréciait le fait qu'il se présente comme un simple monsieur-tout-le-monde qui avait eu la chance de faire le métier qui lui plaisait.

Il avait peut-être fait fortune, mais il n'était pas du genre à rester assis toute la journée derrière un bureau. Il aimait trop son métier pour cela.

Elle le suivit pendant qu'il lui expliquait les différents processus, le temps d'attente entre chaque opération, les contraintes à respecter.

— Et tu vas donc dévoiler ta première cuvée millésimée 10 ans d'âge d'ici peu, si j'ai bien compris ? demanda-t-elle.

— Oui, c'était mon projet lorsque j'ai repris cette fabrique. Je voulais produire du bourbon. Notre gin est une réussite, en tête des ventes aux États-Unis et à la troisième place au niveau mondial. J'espère que le bourbon suivra le même chemin.

Maty sourit.

— Je suis sûre que tu vas y arriver ! Rien ne t'arrête.

Il la fixa un instant.

— Il est des défis plus compliqués que d'autres.

Elle soutint son regard pendant quelques secondes. Leur attirance mutuelle ne faisait que croître au fil du temps et à chacune de leurs entrevues. Il fallait dire que le voir ainsi, dans son environnement et si passionné, le présentait particulièrement à son avantage. Elle le trouvait plus séduisant encore que dans son souvenir. Et puis il y avait cet aspect nouveau, qu'elle n'avait pas connu lors de leur relation, il était devenu un homme accompli et sûr de lui.

Sam avait réussi à tracer sa voie, sans laisser quiconque se mettre en travers de son chemin.

Maty aussi avait rempli ses objectifs, pourtant. Elle était devenue l'avocate qu'elle avait voulu être, mais, depuis l'arrivée de Rusty Lockwood dans sa vie, elle avait perdu toute joie de vivre.

Comment l'arrêter ? Comment l'empêcher de tout détruire ? Maty ne voyait pas comment se défaire de son emprise et craignait en se confiant à Sam qu'il ne s'oppose à Rusty et que cela se retourne contre son frère. Qu'est-ce qu'il lui arriverait dans ce cas ? Elle n'avait pas les moyens de l'aider. Plus maintenant.

Son frère n'avait pas d'assurance depuis longtemps et, une fois les funérailles de leurs parents réglées, leur héritage avait été employé à payer ses dettes. Maty avait vendu la maison familiale et cet argent aussi y était passé. Elle avait pu subsister quelque temps avec ses salaires mais, très vite, cela n'avait pas suffi.

Petit à petit, elle avait perdu pied. Elle qui avait sacrifié sa relation avec Sam pour suivre son rêve de carrière, voilà qu'elle était sur le point de tout perdre.

— Est-ce que tes bouteilles sont prêtes pour ta cuvée de bourbon ? demanda-t-elle, préférant se concentrer sur du positif.

Sam sourit.

— Oui, mais elles n'ont pas encore été dévoilées.

— Tu ne veux pas me les montrer ?

Il la prit par la taille pour la guider dans un couloir.

— Certainement pas !

Parce qu'elle travaillait pour Rusty.

Elle pouvait comprendre, mais cela restait blessant. Elle lui avait dit qu'elle avait confiance en lui, et pourtant ce n'était pas réciproque. Tant qu'elle travaillerait pour l'ennemi, Sam serait toujours sur ses gardes.

Il l'aurait peut-être été même sans Rusty, d'ailleurs. Après tout, c'était elle qui l'avait quitté du jour au lendemain, même s'il ne s'était pas battu pour qu'elle revienne.

Elle s'était toujours demandé si elle aurait accepté de revenir s'il avait insisté... Au lieu de cela, il l'avait soutenue dans son rêve et avait compris sa démarche. Comment le lui reprocher ?

Elle s'en voulait pourtant de ces pensées. Rien ne pouvait changer le passé et elle avait assez de choses à gérer entre son présent et son avenir. Inutile de regarder en arrière.

— Je peux te faire visiter nos réserves, mais je te demande de ne pas prendre de photos.

— Je n'ai même pas pris mon téléphone, dit-elle.

Imaginait-il vraiment qu'elle serait capable de faire des photos pour les envoyer à Rusty ? Elle n'était pas à ce point dévouée... Sa seule loyauté consistait à garantir une assurance santé à son frère.

La sensation de la main de Sam au bas de son dos la déconcentrait, tout en lui rappelant que toute intimité avec Sam interférait avec sa capacité de jugement. Il lui suffisait d'être seule avec lui pour ne plus pouvoir penser à autre chose qu'au plaisir mutuel qu'ils pourraient partager s'ils le désiraient...

Comme ils se rendaient vers la réserve, elle eut la tentation de tout lui révéler. Elle était sincère un peu plus tôt en lui disant qu'elle lui faisait confiance, mais elle craignait qu'il se mette en tête de vouloir la sauver, et ce n'était pas son propos. Elle ne voulait pas de sa pitié, ni qu'il joue les chevaliers blancs...

Il devait bien y avoir une façon de satisfaire Rusty en permettant à Sam de garder sa distillerie, tout en assurant les soins de son frère...

— Est-ce que tu as déjà goûté un grand bourbon ? demanda-t-il.

— Non, j'ai déjà bu du brandy, une fois, répondit-elle avec un sourire.

— Je vais faire comme si je n'avais pas entendu ta réponse, dit-il. Les bourbons entre eux sont très différents, alors autant te dire qu'un brandy et un bourbon n'ont pas grand-chose en commun.

— Je te promets de goûter la cuvée Hawkins à sa sortie ! lança-t-elle.

Sam lui posa la main sur l'épaule.

— Nous pouvons peut-être envisager que tu aies une bouteille personnelle mise de côté, dit-il.

Maty ne pouvait plus résister : elle voulait comprendre pourquoi il l'avait emmenée ici.

— Qu'est-ce que tu as en tête ? demanda-t-elle, sachant très bien qu'elle jouait avec le feu.

Elle était attirée par Sam, bien plus encore que lorsqu'ils étaient ensemble autrefois. Elle le trouvait plus fascinant, plus intrigant et plus intéressant encore.

Sa confiance affichée, son intégrité étaient aussi des qualités qui l'impressionnaient beaucoup. Mais elle savait qu'il ne ferait plus partie de sa vie comme avant, désormais.

Elle était si fière de ce qu'il avait accompli. D'autant plus qu'elle connaissait son parcours. Si elle avait eu toutes les cartes en main pour réussir sa carrière, ce n'était pas le cas de Sam. Et pourtant, c'était elle qui s'était retrouvée dans un cercle vicieux sans fin après l'accident. De ce jour, elle avait commencé sa descente aux enfers.

Mais elle était bien décidée à se relever sans l'aide de personne.

— Sam, est-ce que tu essayes de me séduire ? Tu veux coucher avec moi, c'est ça ?

Il se tourna vers elle.

— Pourquoi est-ce que tu dis ça ?

— J'ai besoin de mettre cela au clair, c'est tout.

Sam soupira.

— Je te respecte, Maty. Et je ne suis pas en train de te promettre une bouteille en échange de faveurs, si c'est ce que tu suggères.

Ses yeux bruns la fixaient. Elle savait qu'il disait vrai et qu'il était sans doute plus attentif à son bien-être qu'elle ne l'était elle-même. Elle aurait tellement voulu pouvoir partager ses problèmes avec lui...

Sam se pencha alors et déposa un baiser derrière son oreille en la prenant par la taille. Elle ressentit des frissons dans tout le corps.

— Et ça, c'était quoi ? demanda-t-elle.

— Je connais tes points sensibles et je voulais te dire que j'étais là. Quoi qu'il arrive avec Rusty ou quoi que tu redoutes de me dire, je suis là pour toi, si tu décides de me parler.

Maty sentit sa gorge se nouer d'émotion et pria pour ne pas pleurer. Il serait si simple de retomber dans sa zone de confort avec lui. Même si le temps les avait changés, il la comprenait mieux que quiconque.

Il y avait pourtant tant de choses entre eux. La possibilité d'une relation semblait cependant totalement irréelle dans les circonstances actuelles.

Mais elle ne pouvait nier son désir, c'était certain. Et peut-être pouvait-elle oublier toutes les contraintes le temps d'une nuit ?

Oui, juste une nuit où elle pourrait prendre ce qu'elle désirait.

9

Sam n'avait rien vu venir.

Voilà que soudain Maty l'avait saisi par le col, plaquant son corps contre le sien et l'embrassant comme si elle avait attendu seize ans pour ce baiser-là.

Il l'avait saisie par les hanches et l'avait attirée tout contre son corps en lui retournant son baiser passionné. Ils avaient tourné autour de cet instant depuis le premier jour où ils s'étaient revus. Elle était bien trop intelligente, trop sexy, trop…

Et voilà pourtant qu'elle était dans ses bras. Après tout, n'était-ce pas ce qu'il voulait ? Profiter d'une aventure et oublier le reste…

Il se savait incapable de s'engager dans une relation. Il avait son entreprise qui lui prenait tellement de temps et d'énergie, et puis sa famille, sa mère, ce nouveau frère qu'il venait de découvrir, et puis… Et puis Rusty.

Mais ce n'était certainement pas à lui qu'il voulait penser alors qu'il embrassait Maty !

Il recula la tête, détachant ses lèvres, sans la lâcher pourtant.

— Pourquoi maintenant ? demanda-t-il en retenant son souffle.

Elle passa la langue sur ses lèvres et Sam ressentit un frisson qui parcourait tout son corps.

— J'en ai envie, dit-elle, et puis cette nuit je voudrais oublier les secrets et les peurs qui me répètent que c'est une erreur.

Les peurs. Il savait qu'elle craignait quelque chose et il aurait tant voulu qu'elle en parle avec lui pour pouvoir l'aider. Une fois encore, elle faisait passer sa carrière avant lui.

Pourquoi refusait-elle qu'il lui vienne en aide ? Encore une fois un sujet complexe...

Il aurait voulu que tout le reste du monde, ses complications, ses obstacles disparaissent et qu'il ne reste plus qu'eux et ce moment.

Il la fit reculer pas à pas, sans se décoller de son corps, jusqu'à atteindre la réserve. Arrivés devant la porte, il tapa le code de sécurité et alluma les lumières avant de refermer derrière eux. Il était tard et ils étaient seuls, mais il ne voulait courir aucun risque.

Sam la prit dans ses bras et Maty l'entoura de ses jambes. Il fit quelques pas jusqu'à un banc qui se trouvait à côté de l'entrée.

— Tu poursuis la visite guidée ? demanda-t-elle dans un sourire.

— Nous sommes sur le parcours VIP.

Il la déposa sur le banc et elle saisit le bouton de son jean. Il ne comptait pas l'interrompre dans un mouvement si passionné. La simple idée qu'elle sache si clairement de quoi elle avait envie l'excitait plus que tout.

Elle fit glisser son jean et son boxer sur ses cuisses au moment où il saisissait son T-shirt et le passait par-dessus sa tête. Il rouvrit les yeux et la fixa avec exaltation. Ses paupières semblaient lourdes de désir, ses lèvres gonflées et elle ne paraissait pas éprouver la moindre once d'hésitation. Un léger sourire se dessinait sur ses lèvres, une mèche de cheveux barrait son visage. Elle ne le quitta pas des yeux tandis qu'elle se déshabillait langoureusement. Un vêtement à la fois, elle lui offrait le plus simple et le plus sexy des strip-teases de toute sa vie. Et puis elle se retrouva nue devant lui.

— Dans la poche de mon pantalon, mon portefeuille, j'ai un préservatif, dit-il.

Elle s'exécuta et trouva la protection, tandis qu'il la couvait du regard. Il découvrait ses formes sensuelles, sa peau soyeuse. Lorsqu'elle se redressa et écarta la mèche de cheveux de son visage, Sam ne put s'empêcher de l'attirer contre elle.

— Mets-le-moi, demanda-t-il d'une voix entrecoupée par le désir.

Maty déchira l'emballage et déroula le préservatif sur son sexe tendu. Sam serra les dents lorsqu'elle le toucha. Il n'avait jamais imaginé qu'il la retrouverait un jour, cette idée n'avait jamais traversé son esprit. Et voilà qu'elle était là, et il comptait bien savourer chaque instant, car ce serait peut-être la dernière fois.

Ce soir, ils profiteraient l'un de l'autre. Ils n'étaient plus naïfs ni l'un ni l'autre. Elle ne voulait pas de relation autre que physique et ils ne resteraient pas ensemble après cette nuit. Ils ne vivraient pas heureux et n'auraient pas de nombreux enfants, comme ils l'avaient imaginé à une époque.

Mais il ne passerait pas à côté de cette superbe amazone qui venait de se placer au-dessus de lui. Elle s'agrippait à ses épaules sans le quitter des yeux. Il avait toujours aimé la sensation de contrôle, mais à cet instant plus rien ne lui appartenait, et c'était divin de se laisser faire, de s'abandonner entre ses bras. Maty pouvait faire ce qu'elle voulait, il était à son service plein et entier.

— Caresse-moi, dit-elle.

Sam saisit ses seins, et en porta un à ses lèvres. À l'instant où sa langue effleura son téton, elle le chevaucha et unit leurs corps avides. Elle poussa un gémissement aigu en cambrant son bassin et en attirant Sam au plus profond de son corps. Il se sentait comme hypnotisé par cette femme, et la regarder lui faire ainsi l'amour était sans doute la vision la plus érotique qui soit.

Pourtant ils avaient déjà fait l'amour des milliers de fois, mais rien ne semblait l'avoir préparé à cette nouvelle Maty, si captivante et assurée. Sa Maty.

Avant qu'il n'ait le temps de prendre conscience de ce qu'il venait de penser, il la serra contre lui et s'abandonna. Elle reposa son front contre le sien et se mit à onduler du bassin d'une façon qui l'hypnotisa. Elle murmura quelque chose aussi, mais il ne comprit pas. Il n'arrivait plus à se concentrer sur grand-chose, il fallait le reconnaître.

Il sentait son corps frémir et il ne voulait pas que cette extase s'arrête. Sentir Maty tout contre lui ici, dans cette réserve, c'était un peu comme un rêve devenu réalité.

— Je crois que la visite est terminée, murmura-t-elle doucement.

— Elle ne fait que commencer, promit-il.

Sam enfonça les mains dans ses poches et avança à la rencontre de Nick, à l'arrière du bar où Rusty et ses comparses se réunissaient pour leurs parties de cartes hebdomadaires.

La nuit n'était pas encore tombée, mais le bâtiment voisin ombrageait tout le parking. Nick était là, qui attendait Sam et lui fit un signe de tête en le voyant.

— Est-ce que tu trouves que c'est un peu différent entre nous, depuis ces révélations ? demanda Sam.

Nick haussa les épaules.

— Nous sommes toujours les mêmes, et par chance aucun de nous deux ne ressemble au sale type qui est à l'intérieur, lança-t-il.

Sam éclata de rire.

— Tu as raison !

— Rien ne m'empêchera de lutter contre lui, dit Nick. Apprendre que tu es mon frère et que nous sommes du même côté ne me rend que plus déterminé.

Sam était parfaitement en accord avec Nick. Rusty était malhonnête et brutal, sans foi ni loi, ne s'intéressant qu'à ce quipouvait lui rapporter de l'argent, qu'il brassait par millions.

— Écoute, maintenant que nous avons quelques munitions contre lui, il me semble que nous pouvons vraiment le mettre à l'amende, dit Sam. Il ne va pas pouvoir conserver son monopole dans le secteur éternellement. De jeunes entrepreneurs, plus rapides et plus ingénieux, des investisseurs plus puissants arrivent et ne le suivent pas. Il ne sait pas gérer tout cela.

Nick acquiesça.

— Tu as raison. L'autre jour j'ai reçu un appel de sa part : il me demandait de revendre sa piquette dans mes hôtels, je l'ai envoyé promener !

Sam soupira.

— Il serait prêt à tout pour intégrer un complexe comme le tien, tu es en plein essor.

C'était la raison pour laquelle Rusty voulait mettre la main sur les distilleries Hawkins. Il voulait toutes les affaires qui marchaient.

— Et si nous allions jouer au poker ? proposa Sam. J'ai besoin de me changer les idées ce soir.

— Quelque chose qui ne va pas ? demanda Nick, l'air attentif.

Sam soupira.

Difficile de lui cacher quelque chose dans son état. Il avait ramené Maty chez elle après leur folle soirée dans la réserve. Il ne lui avait rien dit de plus quant à son offre, mais il espérait avoir semé une graine qui ferait son chemin et qu'elle finirait par réfléchir sérieusement à sa proposition d'emménager chez lui.

Ce qui le torturait maintenant était qu'il avait commencé à y penser intensément de son côté et qu'il avait très, très envie qu'elle emménage chez lui sans attendre ! Comme si le fait de l'avoir formulé juste une fois rendait son désir plus urgent tout à coup.

Au départ, il avait espéré la reprendre ainsi à Rusty, la dégager un peu de son influence. Si elle était sous son toit, alors il aurait plus de poids pour essayer de comprendre ce qui se tramait contre lui et envisager de le déjouer plus facilement.

Mais maintenant…

Il avait toujours envie de la protéger, mais aussi de tellement plus ! Il voulait qu'elle cesse de lutter contre lui. Il voulait qu'elle se sente en sécurité. Il la voulait dans son lit et dans sa vie.

— Des problèmes de cœur peut-être ? tenta de deviner Nick.

— Je ne sais pas si j'ai un cœur, mais je crois que j'ai des problèmes, répondit Sam. Mais mon plus gros problème se trouve à l'intérieur, sans aucun doute.Allons nous occuper de Rusty.

— Une fois que nous en aurons fini avec lui, j'espère que tu me parleras de la femme qui te fait soupirer ! Je suis curieux d'en savoir un peu plus.

Peut-être le ferait-il. Peut-être qu'avoir un frère se révélerait un soutien émotionnel qu'il n'avait pas imaginé, après tout. Une force qui lui ouvrirait des portes et lui permettrait d'avancer et de réussir à s'ouvrir aux autres et à faire confiance de nouveau.

Mais l'heure n'était pas encore venue de réfléchir à cela ni à sa relation avec Maty. Il y reviendrait. Pour le moment, il avait une partie de poker qui l'attendait et il ne comptait pas laisser Rusty l'emporter.

10

— C'est impossible, s'exclama Maty en montant en voiture son portable vissé à l'oreille. L'assurance de Carter était payée pour le mois à venir !

— J'ai pourtant reçu un message confirmant que sa prise en charge se terminerait à la fin de la semaine prochaine, mais je n'ai pas d'autres détails, répondit le directeur de la structure de soins. Je suis désolé de vous contacter si tard, mais je viens de recevoir ces informations et j'ai été surpris de découvrir ce changement, alors que Carter n'est chez nous que depuis peu de temps. J'espérais que vous me diriez où il allait être transféré afin de me mettre en relation avec le prochain établissement.

Maty ne savait pas ce qui était en train de se passer, mais elle avait la certitude que Rusty Lockwood était derrière tout ça.

— Est-ce que je peux vous rappeler ? demanda Maty. Je suis sûre qu'il s'agit d'un malentendu, je vais me renseigner et je vous tiens au courant.

— Oui, bien sûr.

Maty se moquait bien de l'heure qu'il était ce vendredi soir, elle voulait des réponses. Elle rentra chez elle au plus vite et, à peine son sac posé sur la table, elle composa le numéro de Rusty. Il fallait s'y attendre, son appel tomba sur la messagerie. Il ne répondait jamais aux appels, surtout s'ils semblaient urgents. Il rappelait généralement plus tard, une fois qu'il avait constaté l'appel en absence, comme pour signifier qu'il gardait le contrôle.

Maty lui envoya un SMS, lui expliquant qu'elle avait besoin

de lui parler de façon urgente. Comment avait-il pu interrompre les paiements sans la prévenir ? Pourquoi avait-il dit au centre que Carter serait transféré ? Son frère ne pouvait aller nulle part ailleurs et certainement pas sans assurance de toute façon.

Elle avait envie de pleurer, mais elle savait que cela ne résoudrait rien. Le temps ne jouait pas en sa faveur et il fallait qu'elle trouve des réponses d'abord et une solution ensuite.

Elle fixa son téléphone du regard en espérant qu'il sonne. Furieuse et à bout de nerfs, elle saisit finalement son sac au bout de quelques minutes et décida de repartir. Elle monta en voiture et sans même y réfléchir prit la direction de chez Sam.

Elle ne l'avait pas revu ni appelé depuis qu'il l'avait ramenée chez elle la veille, après leur visite très privée de la distillerie.

Au point où elle en était, elle ne savait plus quoi lui dire ou pas. Où en étaient-ils dans leur relation ? Le sexe n'était vraiment pas un problème entre eux, il ne l'avait jamais été, mais ils n'étaient plus un jeune couple éperdu, aujourd'hui... Non, elle avait un problème autrement plus sérieux, et elle ne pourrait pas y trouver de solution si elle ne lui parlait pas franchement.

C'était sans doute ce qui l'avait poussée à se diriger vers chez lui, ce soir. Ces décisions impulsives ne lui ressemblaient pourtant pas, mais à circonstances désespérées...

Elle chassa les larmes qui lui brûlaient les paupières et ouvrit sa portière au moment où une averse s'abattait sur la voiture. En maugréant, elle chercha son parapluie et se débattit contre la portière entrouverte pour parvenir à l'ouvrir.

Le parapluie refusait de se déployer, elle se leva et se cogna à la portière et, lorsqu'elle se dégagea, cette dernière se referma sur son sac. La pluie lui battait le visage. Lorsqu'elle finit par ouvrir son parapluie, une bourrasque soudaine le retourna.

Elle jura et jeta l'objet devenu inutile dans les plates-bandes avant de s'élancer vers la porte. Sam était sans doute en train de la regarder en riant aux éclats, bien à l'abri à l'intérieur avec un verre de bourbon à la main, pendant qu'elle se débattait ridiculement avec son parapluie sous l'orage.

Elle se rendit compte à cet instant que les larmes se mêlaient à la pluie sur son visage. Des larmes de colère, d'impuissance, d'angoisse. Elles jaillissaient maintenant après avoir été retenues si longtemps.

Elle appuya sur la sonnette et attendit en s'essuyant le visage. Au bout de quelques instants, elle essaya le heurtoir sans plus de résultat.

Bon sang, elle aurait dû le prévenir avant, s'assurer qu'il était là. Où pouvait-il être ? Elle avait tellement besoin de lui parler...

Elle sortit son téléphone et tenta de rappeler Rusty, laissant un nouveau message avant de jeter son portable au fond de son sac. La pluie continuait de tomber. Elle vit son parapluie toujours dans les plates-bandes et songea que c'était une bonne illustration de l'état de sa vie à l'heure actuelle.

Elle devait rester concentrée sur sa priorité : les soins à son frère.

Le tonnerre gronda et Maty s'abrita sous le porche. Elle s'assit dans la balancelle. Elle avait besoin de parler à Sam et décida de l'attendre. Si seulement Rusty pouvait l'appeler pendant ce temps. Mais mieux valait éviter d'espérer un miracle.

Maty poussa du pied pour se balancer doucement et se remémora aussitôt leurs virées en camping sauvage avec Sam. Ils partaient dans sa fourgonnette aménagée et dormaient à l'arrière, en pleine nature. Ils parlaient de l'avenir, celui qu'ils avaient imaginé ensemble. Ils regardaient le ciel étoilé... Il avait toujours voulu avoir une balancelle sous son porche. Il avait toujours dit qu'il se ferait un nom, qu'il deviendrait quelqu'un et qu'elle serait fière de lui.

Et puis la vie en avait décidé autrement pour elle. Elle avait voulu entrer dans une école prestigieuse, n'avait pas cru en une relation à distance. Elle avait eu peur de devoir renoncer à l'ambition de toute sa vie pour une histoire d'amour, et Sam de son côté n'avait pas envisagé de la suivre.Si elle avait abandonné son rêve, elle aurait certainement fini par en vouloir à Sam.

Elle n'avait jamais voulu lui faire de mal, et voilà qu'elle se retrouvait dans une situation où elle risquait de lui en faire. Mais cette fois-ci elle n'avait plus le choix.

Rusty avait stoppé l'assurance de son frère pour lui mettre un coup de pression, certainement. Quels que soient ses sentiments pour Sam, il fallait qu'elle arrive à le convaincre de revendre Hawkins au plus vite. La vie de son frère en dépendait...

La partie de poker ne s'était finalement pas si mal passée que ça, mais Rusty n'était pas venu cette fois-ci. Peut-être avait-il quelque chose d'autre à faire, mais Sam ne pouvait s'empêcher de penser qu'il l'évitait peut-être d'une façon ou d'une autre.

Malgré l'absence de Rusty, Sam et Nick étaient restés jouer et avaient remporté la partie.

Sur le chemin du retour, Sam accéléra, galvanisé par leur victoire, sans doute.Il commençait à penser qu'il pouvait peut-être obtenir tout ce qu'il espérait sur la lancée. Sa licence d'exploitation, devenir fournisseur officiel des enseignes de la ville, ruiner Rusty Lockwood et garder Maty !

Il ne lui avait pas parlé depuis la veille et il avait la certitude qu'elle avait repensé à leurs étreintes autant que lui. Chaque caresse, chaque baiser avait tourné dans son esprit, sans fin. Il rêvait plus que jamais qu'elle vienne emménager avec lui.

Alors qu'il approchait de chez lui, il repéra la tache rouge de sa voiture au bout de l'allée. Il entra dans son garage et, au lieu de passer directement par l'intérieur, il sortit et gagna son porche sous la pluie. Il ne l'avait pas vue dans sa voiture, mais il nota au passage son parapluie retourné, abandonné dans le jardin.

À l'instant où il allait saisir sa poignée de porte, il la vit, endormie dans la balancelle. La pluie continuait à tomber dru et le tonnerre grondait dans le lointain.

Sam essuya son visage et se passa la main dans les cheveux. Il n'osait pas s'approcher, elle avait l'air si paisible, malgré les cernes sombres autour de ses yeux. Il aurait voulu pouvoir effacer de son visage tous les signes de stress. La protéger de ses inquiétudes dont elle ne lui avait toujours pas expliqué la cause.

Des mèches de cheveux couleur miel étaient collées à son visage. Elle tenait son portable dans une main, mais son sac était tombé à ses pieds.

Est-ce qu'elle attendait un appel ?

Sam sortit son téléphone et vérifia. Elle n'avait pas cherché à le contacter.

Est-ce qu'elle avait voulu parler avec lui ? De son emménagement, peut-être ? Ou était-ce en lien avec leurs retrouvailles de la veille ?

Il tapa le code de son alarme pour la désactiver, puis revint vers Maty. Il ramassa son sac, le déposa dans l'entrée, et se demanda comment perturber son sommeil le moins possible.

Il glissa un bras sous ses épaules et l'autre sous ses genoux et la souleva ainsi, la tenant fermement contre son torse. Maty bougea doucement, mais garda les yeux fermés. La main qui serrait son téléphone s'ouvrit, mais ce dernier resta sagement contre le torse de Sam.

Elle était éreintée, et ce n'était guère surprenant puisqu'elle travaillait pour Rusty qui ne devait pas la ménager un seul instant. Sam ne connaissait pas vraiment tous les tenants et aboutissants, mais il savait que Maty ne renoncerait pas et serait capable d'aller au bout de ses forces avant de reconnaître la moindre faiblesse.

Tandis qu'il la portait à l'intérieur, il se dit qu'elle était sans doute la femme la plus forte qu'il connaissait. Elle n'abandonnait jamais, et surtout pas quand la situation était désespérée.

Il l'admirait, bien sûr. Et cela ne l'en rendait que plus attirante à ses yeux.

Son téléphone se mit alors à sonner, et Sam s'arrêta devant les marches pour la déposer en douceur tandis qu'elle se réveillait. En lui passant son téléphone,il vit le nom de son interlocuteur. Lockwood.

Quel timing parfait... Même s'il n'y avait jamais de bon moment pour recevoir un appel de Lockwood...

Maty émergea en saisissant son téléphone, écartant ses cheveux de ses yeux et regardant autour d'elle pour essayer de comprendre où elle était. Puis elle prit l'appel et tourna le dos à Sam.

Tant pis s'il était indiscret, mais il était chez lui et décida de ne pas quitter la pièce.

— Je peux savoir ce que vous êtes en train de fabriquer, Lockwood ?

Sam fut stupéfait de la façon dont elle parlait à Rusty, même si ses mots confirmaient ses craintes. Son employeur devait lui faire un chantage terrible pour qu'elle réagisse aussi vivement par rapport à lui.

— Vous jouez avec sa vie ! s'écria-t-elle en se dirigeant vers l'escalier.

Sam pensa d'abord qu'elle voulait s'isoler à l'étage, mais elle saisit la rampe d'une main tremblante avant de s'asseoir sur les marches. Elle posa la tête sur ses genoux remontés, semblant lasse et sans force. Sam aurait tellement voulu l'aider, la soutenir. D'autant plus que leur ennemi était le même…

Mais il ne savait toujours pas de quoi il retournait.

— Ce que vous me demandez est impossible, murmura-t-elle.

Lorsque sa voix se brisa sur ce dernier mot, Sam se dit qu'il en avait assez entendu. Il avança jusqu'à elle, lui prit le téléphone des mains et coupa la communication en raccrochant.

— Sam ! s'écria Maty en se relevant d'un bond. Tu ne peux pas faire ça…

— Je viens pourtant de le faire, répliqua-t-il. Je ne vais pas laisser ce salopard continuer à te traiter ainsi. Qu'est-ce qu'il se passe à la fin ?

Il s'était attendu à toutes les réactions, mais pas à la voir fondre en larmes. Son visage se froissa et elle se détourna en laissant échapper un sanglot. Il avait imaginé de la colère, du mépris ou des reproches, mais pas de la voir craquer ainsi.

Il était plus que temps de briser ce cercle vicieux et de se parler vraiment. Tout le monde avait une limite, et Maty venait sans doute d'atteindre la sienne.

Sam glissa le téléphone dans sa poche et lui saisit les épaules avant de l'attirer contre sa poitrine. Il attendit qu'elle se décide à parler. Il avait beau vouloir savoir de quoi il retournait, il ne supportait pas de la voir ainsi en détresse. Rien ne méritait qu'elle souffre autant, même pas son bras de fer avec Rusty.

Il sentit son corps secoué par de violents sanglots et en eut le cœur noué. Tout doucement, il la prit dans ses bras et la souleva, pour monter les marches avec elle.

— Je ne vais pas rester, dit-elle entre deux sanglots. Je ne suis pas venue pour ça.

Il ne répondit pas et continua son chemin vers sa chambre. Il faudrait vraiment qu'il ait un cœur de pierre pour essayer de profiter d'elle maintenant. Elle avait simplement besoin d'un refuge. Un refuge contre Rusty, contre elle-même peut-être et même contre Sam. Elle avait besoin de se sentir en sécurité et il pensait au moins pouvoir lui offrir ça.

— Je ne peux pas rester, ajouta-t-elle d'une voix faible. Il faut que je règle tout ça. Il faut que tu... Sam, il faut que tu vendes ta distillerie, je t'en supplie, je sais combien elle compte à tes yeux, mais...

Non, il ne vendrait pas. Il ne laisserait pas Rusty le dépouiller de son bien en se servant d'elle.

Au moment où il entrait dans sa chambre, un éclair illuminait la pièce. Il allongea Maty sur son lit et écarta les cheveux de son visage avant d'allumer le chevet et de s'allonger à côté d'elle.

Ses yeux remplis de larmes le fixaient.

— Je n'ai pas le temps, Sam, dit-elle. Je dois m'assurer que Carter peut rester où il est.

Carter ? Qu'est-ce que son frère avait à voir avec toute cette histoire ?

— Je ne comprends pas ce que tu dis...

Elle ferma les yeux et se frotta les tempes.

— Mon frère a besoin de soins médicaux et je ne peux pas les assumer plus longtemps.

— Des soins pour quoi ? demanda Sam en se rapprochant pour mieux l'entendre.

— Suite à l'accident qui a emporté mes parents, dit-elle en rouvrant les yeux, mon frère est resté paralysé, il a besoin de soins permanents. L'aide qu'il perçoit ne couvre pas les frais. Il se trouve dans un centre de rééducation à Arlington en ce moment.

Paralysé ? Bon sang. Pourquoi ne lui en avait-elle pas parlé plus tôt ? Il aurait dû faire des recherches peut-être, pour essayer de comprendre de quoi il retournait. Il s'était douté qu'il y avait quelque chose de sérieux, mais il était trop préoccupé par ses propres problèmes pour creuser le sujet. Et puis le retour de Maty à Green Valley l'avait aussi sacrément perturbé.

Maintenant il savait qu'elle était manipulée par Rusty d'une façon qu'il n'avait pas même envisagée, et cela le rendait plus furieux encore.

— Repose-toi, dit-il en espérant qu'elle comprendrait qu'il était son allié. Je vais m'occuper de tout ça, tu n'auras plus à t'inquiéter.

Elle ouvrit de grands yeux.

— Tu ne peux pas !

— Bien sûr que si, assura-t-il. Tu disais l'autre jour que tu avais confiance en moi, il est temps de mettre ta confiance à l'épreuve.

Elle essaya de se relever, mais Sam posa la main sur son épaule pour l'en empêcher. Elle ne pouvait pas repartir maintenant, il était primordial qu'elle se repose… Comme elle était primordiale à ses yeux.

— Fais-moi confiance, répéta-t-il en plongeant son regard dans le sien.

— N'essaie pas de traiter avec Rusty, surtout, insista-t-elle. Cet homme est horrible, il est dangereux, tu n'imagines même pas…

Trop tard.

— Je reprends le dossier, répondit-il en lui embrassant le front. Ne t'inquiète plus pour ton frère, ni pour toi. Je m'occupe de tout maintenant, et je peux t'assurer que tout se passera bien.

Il n'avait pas été capable de sauver leur relation par le passé, mais il était certain de pouvoir gérer la situation, maintenant. Il n'y avait rien, ni l'argent, ni l'influence d'un homme, absolument rien qui l'empêcherait d'aider Maty.

Il allait s'occuper de Rusty, et ce serait un plaisir de le voir mettre un genou en terre. Qu'il soit son père ou pas, le règne de Rusty Lockwood allait bientôt arriver à son terme.

11

Les mains parcoururent ses hanches et se posèrent dans le creux de sa taille. Maty se cambra, accueillant avec délice la promesse excitante.

Le frôlement passa sur son abdomen juste en dessous de son nombril puis descendit à l'intérieur de ses cuisses jusqu'à ce point si sensible. Elle frémit et se tordit, les sens en éveil. À cet instant, elle nota une étrange odeur, comme un arôme intense de café chaud.

Qui donc pouvait préparer du café maintenant ?

Maty cligna des yeux, essayant de comprendre où elle était.

Oh non !

Elle était dans la chambre de Sam, mais Sam n'était pas avec elle au lit. Ce n'étaient pas ses mains à lui qui la caressaient.

— Je ne voudrais surtout pas t'interrompre...

C'était sa propre main qui effleurait sensuellement son entrejambe, alors qu'elle rêvait de Sam... Qui l'avait surprise !

Maty se redressa d'un bond le rouge aux joues. Il se tenait au pied du lit, une tasse fumante à la main et un sourire curieux aux lèvres.

Pourquoi fallait-il qu'elle rêve de lui ainsi ? Il l'avait surprise en plein fantasme...

Elle saisit les draps et les remonta sur son corps.

— Où sont mes vêtements ? demanda-t-elle.

Il vint à côté d'elle et lui tendit la tasse.

— Je t'ai retiré tes chaussures et ton pantalon lorsque tu t'es endormie. J'avais peur que tu ne sois pas à l'aise. Je te promets que la seule personne qui a posé la main sur ton corps, c'est toi !

Maty détourna le regard et plongea le nez dans sa tasse de café.

— J'espère que tu l'aimes toujours avec une goutte de crème à la vanille et du sucre ?

Elle releva les yeux vers lui.

— Tu as de la crème à la vanille ?

Il haussa les épaules.

— J'en ai acheté hier, après t'avoir proposé de venir t'installer ici.

— Je ne sais pas quoi dire.

— Il n'y a rien à dire, répondit-il en souriant. Est-ce que tu as faim ?

Il se montrait charmant alors qu'elle devrait lui en vouloir… Et cela fonctionnait : elle n'arrivait pas être en colère. Elle s'en voulait à elle-même d'être tombée dans ce piège et d'avoir affiché ainsi sa vulnérabilité.

— Est-ce qu'on discute tout de suite ou tu préfères prendre ton petit déjeuner d'abord ?

— De quoi veux-tu discuter ?

— De ton frère et de Rusty.

Aussitôt, Maty chercha fébrilement son téléphone du regard.

— Il faut que…

— Il ne faut rien, dit-il d'un ton calme. L'assurance de ton frère est prise en charge d'avance pour les cinq prochaines années.

Maty resta bouche bée.

— Quoi ?

— J'ai appelé ce matin le centre d'Arlington et j'ai confirmé que Carter restait bien chez eux, expliqua-t-il en s'asseyant auprès d'elle. Maintenant que ce n'est plus un problème, dis-moi si tu es toujours liée à Lockwood ? J'ai supposé que le deal était que tu obtiennes de moi que je vende Hawkins, sinon il coupait l'assurance de ton frère ? Je ne sais pas ce qu'il est advenu de vos biens familiaux, mais je veux bien croire que l'accident et les soins médicaux ont quelque chose à voir avec tout ça.

Maty n'arrivait pas à en croire ses oreilles. Le coût de l'assurance pour Carter était énorme. Comment avait-il pu avancer cinq années ainsi, avant même qu'elle n'ait bu sa première tasse de café ?

Avec perspicacité il avait mis le doigt sur l'engrenage qui la maintenait prisonnière de Rusty. Il devait vraiment tenir à elle pour se montrer aussi attentif.

Et pourtant, alors qu'elle se sentait immensément redevable, elle avait surtout honte de ne pas être capable de prendre soin elle-même de sa propre famille. Sa seule famille.

— Je ne sais pas quand je pourrai te rembourser, dit-elle, embarrassée.

— Tu n'as rien à me rembourser. Tu ne m'as jamais rien dû, dit Sam en posant la main sur la sienne. Il me suffit que tu me dises quand tu seras prête à emménager ici pour que Rusty n'ait plus le moindre pouvoir sur toi.

— Comment ça ?

Il inspira.

— Pardon, je me suis mal exprimé. Je n'ai pas payé l'assurance pour que tu viennes t'installer ici, mais parce que je refuse que Rusty puisse effectuer la moindre pression sur toi. Je sais que le centre d'Arlington est un des meilleurs, je veux que ton frère puisse continuer d'en bénéficier sans l'intervention de Rusty.

— Comment connais-tu le centre d'Arlington ? demanda-t-elle.

À son regard, elle devina qu'il avait fait quelques recherches pendant qu'elle dormait.

Elle ne dit rien. Sam avait raison, et maintenant qu'il savait la vérité, elle n'avait plus de raison de rester ici. Peut-être pourrait-elle rentrer en Virginie pour être auprès de son frère, essayer de reconstruire sa vie. Il fallait qu'elle se trouve un nouveau travail avant que Rusty ne mette sa promesse de ruiner sa réputation à exécution. Au point où elle en était, elle n'avait ni les moyens, ni l'énergie de le combattre efficacement.

Maty s'écarta de Sam et se redressa.

— Il faut que j'y aille, dit-elle, laisse-moi me lever, s'il te plaît.

Il ne bougea pas.

— Tu n'as besoin d'aller nulle part.

— Si. Je ne peux pas...

— Reste ici, ramène tes affaires et essayons de régler tout cela ensemble.

Confuse, elle le fixa un moment.

— Régler tout ça ?

— Tu veux laisser Rusty continuer à te manipuler ? demanda-t-il. Tu peux aussi rester et m'aider à le faire tomber.

Elle détailla son expression. Il était sérieux. Elle ne l'avait jamais vu aussi sérieux. Aussi furieux non plus. Une colère froide en lui.

— Tu lui en veux à ce point d'avoir voulu acheter ta distillerie ?

— Oh ! mes problèmes avec Rusty sont bien plus profonds que cela. Je compte bien régler mes comptes avec lui, que tu restes ou non, Maty, mais, s'il te plaît, reste...

Elle ne l'avait jamais entendu aussi direct. Il était sincère déjà lorsqu'il lui avait demandé de rester la première fois, il y avait seize ans de cela. Elle n'avait pas réussi à l'envisager alors, mais aujourd'hui...

Pouvait-elle rester ?

Est-ce que les choses pouvaient être aussi simples que cela ? Ou est-ce que Sam comptait tout prendre en main de façon autoritaire ? Elle avait toujours tout fait pour être le plus indépendante possible et en tirait une grande fierté, mais il était sans doute temps pour elle d'admettre qu'elle avait besoin d'aide. Il n'y avait pas de honte à accepter une main tendue.

Et comment repousser Sam, alors qu'elle avait tant besoin de lui et que son cœur semblait déjà avoir pris sa décision ?

Il était si naïf d'imaginer qu'ils pouvaient n'avoir qu'une simple relation physique...

— Peut-être que tu n'as pas besoin de trop réfléchir, mais simplement d'écouter ce que te dictent tes tripes ? suggéra-t-il. Lorsque je t'ai demandé de rester, qu'as-tu ressenti ?

— C'est vrai, dit-elle. Ma première réaction était de ne rien écouter et de dire oui.

— Alors dis-le, implora-t-il.

Maty ferma les paupières et inspira profondément. Pourquoi ne serait-ce pas possible ? Si son frère était à l'abri pour les cinq prochaines années grâce à Sam, alors Rusty ne pouvait plus rien contre elle. Sam pourrait l'aider à se retrouver un poste, même si Rusty cherchait à nuire à sa réputation. Elle était libre, non ?

Elle faisait vraiment confiance à Sam, comme elle le lui avait dit. Mais faisait-elle confiance à son cœur ?

Elle le regarda droit dans les yeux.

— Et si je reste, qu'est-ce qu'il se passera à ton avis ? demanda-t-elle.

— Nous montrerons ensemble à Rusty qu'il ne peut pas manipuler les gens.

Elle avait l'impression de ne pas avoir toutes les clés de l'animosité de Sam envers Rusty. Comme s'il cherchait à obtenir une vengeance personnelle.

Elle avait envie de prendre sa revanche aussi pour ce qu'il lui avait fait endurer, ainsi qu'à son frère. Et elle brûlait d'être auprès du seul homme qu'elle ait jamais autant désiré. C'était peut-être fou, mais au point où elle en était, elle n'avait pas grand-chose à perdre. Il était temps d'essayer de rebondir. Peut-être que cela ne fonctionnerait pas, pas ici ou pas cette fois, mais elle ne le saurait jamais si elle n'essayait pas.

— Je veux bien essayer de rester, dit-elle timidement. Pour l'instant...

Le sourire qu'il lui adressa l'inonda de chaleur de la tête jusqu'au bout des orteils...

Et dans le ventre...

Sam se sentit immensément soulagé. Elle avait accepté, même si ce n'était que temporairement, pour le moment. Il n'avait pas vraiment réfléchi au-delà de son acceptation, d'ailleurs, qu'il s'était fixée comme but.

Bien sûr, il rêvait de la retrouver dans son lit, mais avant toute chose ce qui lui importait était qu'elle se sente en sécurité.

S'il projetait quelque chose avec elle au-delà de ça ? La vérité était qu'il avait peur de laisser son esprit s'aventurer sur ce chemin.

Il avait l'impression que toutes les questions cruciales de son existence se rappelaient à lui en même temps. Sa mère et son addiction au jeu. Son lien de filiation avec Rusty, la découverte de son demi-frère, et maintenant les retrouvailles avec Maty.

Le simple fait de les énumérer lui donnait le vertige. Il avait déjà tant de choses à gérer au quotidien avec sa distillerie et le lancement imminent de son millésime de bourbon.

D'ailleurs, cela le fit penser à quelque chose...

— Est-ce que tu as quelque chose de prévu vendredi prochain ?

— Vendredi ? Non, je ne pense pas. Il va falloir que je m'occupe de trouver un travail avant que Rusty ne cherche à me fermer toutes les portes.

— Rusty ne fera rien pour nuire à ta réputation, crois-moi, assura Sam dans un sourire. Donc, nous disons que tu es libre vendredi.

— Oui, pourquoi ?

— Il y a une dégustation pour mes principaux clients, et ce sera la première fois que nous ferons goûter le nouveau millésime.

Il était nerveux et très enthousiaste à la fois. Il avait tant attendu ce moment.

— J'aimerais que tu m'accompagnes, ajouta-t-il en posant la main sur sa jambe.

Elle prit une gorgée de café et posa sa tasse sur la table de chevet en se retenant de rire.

— Tu veux que je t'accompagne à une soirée de gala dans ta distillerie, alors que j'étais mandatée pour essayer de te la faire vendre ?

— Tu agissais par désespoir, sous le chantage de mon concurrent.

— Que fera-t-il selon toi lorsqu'il découvrira ce que nous avons décidé ? demanda-t-elle. Lorsqu'il comprendra qu'il n'a plus de moyen de pression sur moi et qu'il n'obtiendra pas ce qu'il veut ?

— Je suis impatient de le découvrir, répondit Sam. Je veux qu'il sache une bonne fois pour toutes qu'il ne peut pas manipuler les gens, ni prendre ce qu'il convoite malgré eux. Il peut continuer à distiller son alcool frelaté tant qu'il veut, même si cela ne dure pas éternellement.

L'entreprise Lockwood Lightning avait été contrôlée ces dernières semaines pour des soupçons de détournement de fonds de mécénat. Sam était soulagé que le nom de Maty ne risque plus d'y être associé, d'ailleurs.

— Je n'ai jamais été responsable des fonds de mécénat, expliqua-t-elle. Lorsque Rusty m'a fait venir, il s'est bien gardé de me laisser approcher les dossiers sensibles de son entreprise, mis à part ceux en lien avec ce projet d'acquisition de Hawkins.

— Ce que quelqu'un comme lui ne peut pas comprendre, c'est que je n'exerce pas mon métier uniquement pour l'argent. Aucune offre n'aurait pu me décider à abandonner mon projet.

Maty inspira.

— Je voudrais t'aider à lutter contre lui et lui rendre la monnaie de sa pièce pour ce qu'il m'a fait et a tenté de faire à mon frère.

Sam venait d'avoir une idée. Il ne savait pas comment elle avait germé, mais il avait l'impression de tenir quelque chose de brillant.

— Et si tu continuais à travailler pour lui ? suggéra-t-il soudain.

Maty ouvrit de grands yeux.

— Comment ça ?

— Tu pourrais par exemple lui faire croire que je suis en train de réfléchir à sa proposition, et que ses affaires sont en bonne voie.

Elle fronça les sourcils.

— Alors toi aussi, tu veux te servir de moi ? lança-t-elle sèchement.

Sam se plaça face à elle, les deux mains posées sur ses épaules.

— Jamais, Maty. Si cela ne te convient pas ou si tu ne veux plus avoir à croiser son chemin, je m'assurerai que ce soit le cas, tu n'as qu'un mot à dire.

Elle le fixa attentivement.

— Bon, c'est d'accord, dit-elle finalement. Je veux bien essayer.

Sans réfléchir, il avança la tête et effleura sa bouche du bout des lèvres.

— Jamais je ne me servirai de toi, Maty, et je ne laisserai personne le faire.

Il l'embrassa une nouvelle fois, de façon un peu plus appuyée. Il avait besoin de plus. Il sentit alors ses doigts se poser sur son torse, remonter vers ses épaules et l'attirer contre elle. Sam se laissa guider jusqu'à se retrouver presque allongé sur elle.

— Est-ce que tu as toujours confiance ? demanda-t-il contre ses lèvres.

Elle hocha la tête en guise d'acquiescement et revint chercher ses lèvres. Mais il devait en avoir le cœur net.

— Dis-le, s'il te plaît.

Elle rouvrit les yeux.

— J'ai confiance en toi, Sam. J'ai toujours eu confiance en toi.

— Je vais t'aider, assura-t-il. Toi et ton frère, je serai là pour vous.

— Je le sais. Tu as déjà tant fait.

— Pas encore assez, dit-il.

Elle allait répondre, mais il se redressa et fit mine de lui retirer son T-shirt en l'interrogeant du regard.

— Enlève-le, dit-elle.

Ces mots de sa part étaient les plus érotiques qui soient. Maty avait toujours été claire et franche sur ses envies et il avait toujours trouvé ça très séduisant. Elle était forte, elle se relèverait de ce qu'elle venait de traverser, et elle serait plus forte que jamais. Et Sam comptait bien être à côté d'elle pour assister à cela, même si, curieusement, il ressentait comme une appréhension à cette idée.

Mieux valait se concentrer sur le moment présent, et ce n'était pas difficile avec Maty en sous-vêtements de dentelle dans son propre lit. Il se redressa et se dévêtit à son tour. Il croisa son regard et ce qu'il y lut lui fit un effet incroyablement aphrodisiaque.

— Tu vas rester longtemps comme ça à me regarder dans le blanc des yeux ? suggéra-t-elle dans un sourire.

Sam rit et commença par écarter les couvertures avant de glisser les doigts sous la dentelle qui enserrait ses hanches.

— Et tout à l'heure, dans tes rêves, est-ce que tu étais en bonne compagnie ? demanda-t-il.

Maty rougit et il la trouva plus sexy encore. La retrouver

ainsi, nue dans son lit, était absolument déroutant, délicieux et terrifiant à la fois. Il avait envie d'elle comme jamais et pourtant, au fond de lui, il n'oubliait pas qu'elle lui avait déjà brisé le cœur une fois. Cette fois-ci, pourtant, il n'était plus le jeune homme naïf qui rêvait d'amour éternel. Il savait maintenant qu'il fallait savourer l'instant présent.

Il plaça un genou de chaque côté de ses hanches et s'assit sur ses cuisses. Elle lui caressa les bras, remontant jusqu'à ses épaules avant de se glisser dans ses cheveux.

— Je suis vraiment désolée de tout ce qu'il s'est passé, dit-elle.

— Ce n'est pas ta faute, rappela-t-il. Mais ne laissons pas le monde extérieur parasiter cet instant. Maintenant il n'y a que toi et moi. Plus de problèmes.

Elle sourit et il se pencha vers elle.

— Ton monde n'est pas le même que le mien, dit-elle dans un soupir. J'avais oublié que l'argent pouvait résoudre les problèmes.

— Alors servons-nous de mon argent pour résoudre tous tes problèmes ! Mais parlons-en plus tard.

Il ne la laissa pas opposer d'objection en couvrant ses lèvres aussitôt. Il ne voulait plus qu'elle s'inquiète d'autre chose que de leur plaisir.

Elle écarta les genoux pour l'accueillir tout contre elle. Il sentait sa chaleur et eut l'impression que jamais de sa vie il n'avait ressenti une telle félicité. Elle le comblait. Elle était sienne.

Sienne ?

Non.

Non, pas vraiment. Il pouvait la posséder physiquement, mais il savait qu'émotionnellement c'était plus complexe que cela.

— Je prends la pilule, murmura-t-elle, mais tu devrais mettre un préservatif.

— J'ai toujours utilisé des préservatifs et j'ai fait des tests, si tu en es d'accord, nous pouvons peut-être nous passer de protection.

— J'ai aussi fait des tests et je suis célibataire depuis deux ans, répondit-elle.

Elle ne le quittait pas des yeux. Il glissa la main entre ses cuisses, tandis qu'elle relevait les genoux pour s'offrir à lui. Elle était si excitante lorsqu'elle le désirait. Lentement, les yeux dans les yeux, il glissa un doigt en elle.

De sa main libre, il chercha ses seins qu'il caressa doucement. Il les sentit se tendre sous ses doigts et son excitation s'accrut encore. Il se consumait de désir, mais avait envie de faire durer. Il voulait lui offrir tout le plaisir qu'elle méritait.

— Sam, je t'en prie, soupira-t-elle.

Le fait qu'elle manifeste ainsi son impatience lui faisait un effet incroyable. Il ne savait combien de temps il pourrait résister encore.

— Dis-moi ce que tu veux.

Elle le serra contre elle.

— Toi. Viens.

Il n'avait pas besoin d'en entendre davantage. Il se redressa sur les genoux en la prenant par les cuisses. Elle s'abandonnait totalement entre ses mains et cette confiance absolue était terriblement excitante.

À la seconde où leurs corps s'unirent, Maty gémit en agrippant son oreiller. Sam la regarda se cambrer contre lui tandis qu'il se mettait doucement en mouvement. Elle avait la bouche entrouverte, les yeux mi-clos, et cette vision de son plaisir faillit le faire jouir aussitôt.

Maty l'entoura de ses jambes pour l'attirer plus profondément en elle. Ses gémissements de plaisir ne laissaient aucun doute sur la vague qui montait en elle, et soudain son corps se tendit tout entier, ses jambes agrippées à lui.

Sam aurait voulu que cet instant dure toujours, mais le plaisir le saisit à son tour sous le regard de Maty. Il eut l'impression de noter quelque chose de nouveau dans son regard ; une expression qu'il ne lui connaissait pas.

Quand il retrouva une respiration normale, Sam se pencha vers elle pour l'embrasser et posa les mains sur les siennes, entremêlant leurs doigts.

Il aurait voulu que cet instant dure toujours, que jamais elle ne doive quitter son lit.

Ou sa vie, peut-être.

Mais leurs vies à tous les deux étaient tellement bouleversées ces derniers temps qu'il ne s'accrocha pas à cette pensée. Il n'avait déjà que trop souffert et ne devait pas baisser la garde un seul instant.

12

Maty soupira en regardant le lac depuis la bibliothèque. Elle tenait son téléphone d'une main et un verre de vin dans l'autre. Elle n'avait jamais vraiment recouru à l'alcool comme un anxiolytique, mais aux grands maux les grands remèdes. Pour cette fois peut-être, un petit verre lui permettrait-il de se focaliser sur autre chose que cet appel à passer.

Sam était parti à la distillerie pour finaliser l'organisation du gala. Elle appréhendait de participer à une soirée mondaine de ce type, d'autant qu'elle n'avait pas de tenue appropriée pour ce genre d'événement, mais il serait temps de s'en préoccuper plus tard.

Elle lança son appel et attendit. Rusty répondait rarement…

Comme à l'accoutumée, elle tomba sur sa messagerie. Elle lui laissa un message et raccrocha, furieuse. Il avait décidément le don de lui mettre les nerfs en pelote. Elle prit une gorgée de pinot. Elle n'allait tout de même pas passer la journée chez Sam à boire du vin en fixant son téléphone. Il fallait qu'elle se mette en mouvement. Qu'elle se cherche un emploi, avant toute chose.

Mais où ? Comment ? Par quel bout commencer ? Elle était perdue.

La pression était moindre maintenant qu'elle savait que son frère serait pris en charge. Elle avait le temps de réfléchir à ses options. Rentrer en Virginie en était une. Elle pouvait aussi rester ici dans le Tennessee.

Son frère était en Virginie et elle ne voulait pas être trop longtemps éloignée de lui. Mais Sam était ici, à Green Valley.

Pouvait-elle reconsidérer toute sa vie aussi radicalement à cause de quelques moments passés avec Sam ? Et même s'ils avaient été plus intenses et forts que jamais, tout cela était ridicule... Elle ne pouvait pas prendre une telle décision en fonction de lui ou d'une hypothétique relation, c'était une pure folie.

Leur véritable relation appartenait au passé. Ils avaient fait l'amour, bien sûr, mais le sexe ne faisait pas tout. Ce qu'ils vivaient maintenant était... Elle ne savait même pas comment le nommer.

Bien sûr, elle avait la tentation de rester ici. Elle savait qu'elle avait envie de ressentir cela encore, de ressentir à nouveau ces émotions, mais elle avait si peur. Pourrait-elle garder son libre arbitre avec Sam ? Ne dépendrait-elle pas complètement de lui ? Elle lui était infiniment redevable pour tout ce qu'il avait fait pour elle, mais elle voulait rester libre et indépendante.

Et si Sam avait simplement envie d'un peu de compagnie agréable ? Ou s'il l'utilisait pour se venger de leur rupture ou pour atteindre Rusty ?

Elle allait se retrouver prise au piège entre eux deux, servant de prétexte pour régler leurs rivalités.

Son téléphone vibra dans sa main et elle jeta un coup d'œil au SMS qui venait d'arriver.

Marly et Natalie viendront à 1 heure te proposer des robes de gala. Elles travaillent pour moi. Ne te pose pas de questions et choisis ce que tu veux.

Il lui envoyait des modistes ? Elle était tout de même capable d'aller s'acheter une tenue ! Certes, ses finances étaient très limitées en ce moment, mais elle ne voulait pas qu'il prenne en charge toutes ses dépenses alors qu'elle vivait déjà chez lui. Il fallait qu'elle parvienne à le lui dire au plus vite.

Il faut que nous parlions de ta façon de tout prendre en main, ce n'est peut-être pas nécessaire.

Elle relut sa réponse et se demanda sielle n'était pas un peu désagréable alors que Sam essayait de l'aider. Elle ne savait pas comment réagir. Elle n'avait pas l'habitude qu'on s'occupe d'elle ainsi. Elle sentait bien qu'il tenait à elle et que c'était sa façon de l'aider. Il ne faisait pas tout ça pour profiter d'elle...

Maty se tourna vers la fenêtre. Curieusement, la vue sur cette nature si belle et paisible ne l'apaisait pas du tout. Il y avait aussi tous ces livres inspirants, mais elle était trop agitée pour lire. Restait la table de dessin... Oui, ça, c'était une idée. Elle aimait dessiner pour se détendre et démêler ses pensées.

Elle prit place à la table au moment où son téléphone se remettait à vibrer. Cette fois, c'était un appel. Rusty.

Elle prit une gorgée de vin, posa son verre et inspira avant de répondre.

— Rusty, dit-elle en s'efforçant de paraître cordiale. Merci de me rappeler.

— J'espère que vous avez de bonnes nouvelles à m'annoncer ?

Elle détestait le son de sa voix. Il avait toujours l'air d'en savoir plus long qu'il ne voulait bien le dire.

Ce serait un vrai plaisir d'aider Sam à le démasquer. Les hommes comme Rusty ne respectaient personne.

— C'est bien possible. Je crois que Sam est sur le point de signer.

— J'en étais sûr ! Il suffisait d'un peu de pression, lança Rusty, satisfait.

Maty s'interdit de lui répondre. Il avait mis en jeu la santé de son frère pour exercer son chantage sur elle. Cet homme était un monstre.

Au moins était-elle maintenant du bon côté. En disant la vérité à Sam, elle avait pu reprendre en partie le contrôle de sa vie.

— Mais il demande plus que votre dernière offre. Une rallonge de dix millions, lança-t-elle.

— Comment ? Mais c'est ridicule, c'est une somme énorme !

Maty sourit et fit tourner le contenu de son verre.

— C'est le prix qu'il en demande, moi si j'étais vous, je réfléchirais à sa proposition.

À moins qu'il n'ait besoin de cet argent pour payer ses avocats en charge du dossier de détournement de fonds ? Il s'était piégé tout seul...

— J'exige que vous le fassiez diminuer ses prétentions ! répondit-il finalement.

— Ainsi quand vous disiez que son prix serait le vôtre, ce n'était pas vraiment cela ? Si l'argent est un problème, monsieur Lockwood...

— L'argent n'est pas un problème ! rétorqua-t-il aussitôt, piqué au vif.

Et pourtant, il ne devait pas être si tranquille. Pas alors qu'un scandale comme celui du détournement des fonds de mécénat destinés à des enfants menaçait d'éclater.

Maty n'avait aucune pitié pour ce monstre qui avait bâti son empire sur des malversations et des intimidations. Il avait cherché à se servir d'elle de la façon la plus ignoble qui soit. Elle espérait qu'elle parviendrait au moins à sauver son honneur.

— Si l'argent n'est pas un problème, vous devriez accepter son offre pendant que je m'occupe des actes de vente, lança-t-elle en tâchant de paraître parfaitement sûre d'elle malgré sa tentative de bluff. Si vous voulez que ce soit réglé au plus vite et que la distillerie Hawkins soit vôtre d'ici quelques semaines.

Rusty ne parlait plus. Elle savait qu'il était en train de calculer, et cela ne lui disait rien qui vaille. Il n'y avait rien de pire qu'un manipulateur à qui on laissait le temps de réfléchir.

Mais elle avait foi en Sam, il avait une longueur d'avance et ne la laisserait pas tomber.

— C'est d'accord. Je rajoute dix millions, mais je veux que tout soit signé avant la fin de la semaine prochaine.

S'il savait...

— Très bien, répondit-elle. Dans ce cas, je vais aussi vous demander de décrocher votre téléphone la prochaine fois que je vous appelle, je n'ai plus le temps pour ces parties de cache-cache.

Rusty ricana.

— Je suis un homme occupé, mademoiselle Taylor. Je vous répondrai lorsque je pourrai vous répondre !

Sur ces mots, il raccrocha et il fallut beaucoup de self-control à Maty pour ne pas jeter son téléphone en travers de la pièce. Elle préféra finir son verre de vin en jurant.

— Sale type arrogant...

— Tout à fait de ton avis.

Elle sursauta et se tourna vers Sam qui venait de passer le pas de la porte. Elle observa sa large carrure qui semblait occuper tout le cadre de la porte. Son cœur se mit à tambouriner alors que son regard était aussitôt happé par le sien.

— Je pensais que tu étais à la distillerie...

Maty remit son téléphone dans sa poche et déposa son verre vide sur la table. Sam était parti assez précipitamment ce matin en lui disant qu'elle pouvait faire comme chez elle, ce qui était finalement plus facile à dire qu'à faire, surtout dans son état de nervosité actuel.

Faire l'amour avec lui avait tout changé. Elle sentait bien que ce n'était pas son corps seul, mais bien son cœur qui avait changé. Elle n'avait cessé de douter depuis et, si l'on ajoutait le coup de fil à Rusty, elle se retrouvait maintenant prête à se servir un deuxième verre.

— Je savais très précisément ce que j'avais à faire, et mon assistant connaît les dossiers mieux que quiconque, il n'y avait plus qu'à finaliser.

— À voir ta tête, poursuivit-il, je devine que la conversation avec Rusty ne s'est pas passée comme tu le voulais ?

— Je l'ai pourtant convaincu de te proposer dix millions de plus.

Sam fronça les sourcils avant de se mettre à rire.

— Qu'est-ce qui t'a pris, nous n'avions pas du tout parlé de ça !

— Non, j'ai eu envie d'improviser ! dit-elle en haussant les épaules.

Il avança jusqu'à se planter devant elle et baissa les yeux vers son verre vide et ses croquis tracés d'un trait qu'il devinait nerveux.

— Tu cherchais à te déstresser, on dirait...

— Rien n'y fait...

Sam tendit la main et lui prit le bras. La sensation de ses paumes sur sa peau la faisait frissonner de la tête aux pieds. Elle ne le quittait pas des yeux.

— Tu es tellement déterminée, dit-il en lui prenant les épaules. Tu ne te laisses pas faire et j'aime ça. Je me demandais si cela t'intéresserait d'intégrer mon équipe juridique ?

Maty se raidit.

— Pardon ?

— Voudrais-tu travailler pour moi ? Sans pression ni chantage, c'est à la professionnelle que je m'adresse, précisa-t-il.

Elle eut envie de le serrer, de poser la main sur sa joue et de retrouver ce lien si fort, cette connexion qu'elle avait éprouvée la nuit dernière.

Mais elle devait rester solide et se protéger des élans de son cœur. Ne pas s'emballer parce qu'il lui faisait miroiter un travail ou la complimentait sur ses compétences. Elle n'était pas vraiment prête à accepter de faire un grand saut comme celui qu'impliquerait le fait de travailler pour lui.

— Je ne peux pas accepter cela...

Il fronça les sourcils.

— Pourquoi pas ?

— Eh bien... Je ne peux pas, c'est tout.

— Ce n'est pas un argument très convaincant, essaie encore !

Maty s'écarta pour se placer face à la fenêtre. Elle avait besoin de remettre un peu de distance entre eux pour retrouver son calme. Elle parcourut du regard le parc, le lac et les montagnes environnantes. Elle se souvenait de ces paysages à l'automne, c'était si beau, les couleurs étaient si vibrantes... Serait-elle là pour voir ce spectacle ?

— Il faudra sans doute que je reparte en Virginie, murmura-t-elle. Je ne suis pas sûre de pouvoir rester ici, tu sais...

Le silence se fit et elle tourna la tête pour observer sa réaction.

— J'imagine que je me suis un peu emballé en imaginant que tu voudrais rester.

Il y avait quelque chose dans sa voix qu'elle avait du mal à définir. Elle se demanda s'il était blessé à l'idée qu'elle s'en aille ou si c'était autre chose. Pourtant, ils ne s'étaient rien promis dans un sens ou dans l'autre. Maty se retourna pour lui faire face.

— Je ne sais pas quoi faire, reconnut-elle. Je veux être plus près de mon frère, il est ma seule famille... Et en même temps, j'hésite. Je sais que tu as payé ses soins, mais il faut que je m'occupe de lui moi aussi, que j'arrive à être indépendante et à prendre en charge son assurance santé. Reprendre le cours de ma vie.

— Et pourquoi ne pourrais-tu pas faire cela ici, à Green Valley ?

Maty scruta son expression, sans bien savoir si elle y voyait plus qu'un désir de revanche. Les choses étaient si compliquées ! Entre son départ il y a seize ans et les derniers rebondissements... Ils avaient tellement changé eux aussi avec le temps. Et pourtant, l'attirance entre eux était bien la même.

— Je ne suis pas capable de prendre une décision aussi importante maintenant, admit-elle. Est-ce que tu me permettrais simplement de rester un peu ici, le temps de...

Sam avança jusqu'à elle et prit doucement son visage entre les mains.

— Tu peux rester autant que tu le veux, murmura-t-il en se penchant pour saisir ses lèvres entre les siennes. Ce n'est pas moi qui te demanderai de partir.

Il lui laissait la main, pleinement et complètement. C'était si fort et si important à ses yeux. Comme lorsqu'il l'avait laissée partir il y a seize ans. Tant de choses avaient changé, et pourtant d'autres étaient immuables.

Maty resterait, le temps que l'affaire avec Rusty soit résolue...

Oui, c'était bien la suite qui la terrifiait, car elle avait tant d'espoirs et tant de craintes... À la fois d'être déçue, et de se fracasser le cœur une nouvelle fois.

13

Sam observa la carafe à décanter qu'il avait dessinée. Il devait reconnaître qu'il n'en avait pas totalement inventé les courbes, assorties à celles de sa bouteille, mais une seule personne au monde pouvait le savoir.

Il avait du mal à croire que le jour de la sortie officielle de son millésime de bourbon arrivait. D'abord, le gala pour appâter sa clientèle haut de gamme, et d'ici à quelques semaines le lancement international. D'ici à cinq ans, il aurait un 15 ans d'âge et, cinq ans plus tard, un 20 ans d'âge. Un cycle s'ouvrait qu'il était impatient de voir éclore.

Ses entrepôts étaient remplis de fûts que l'on faisait tourner sur eux-mêmes de façon régulière. Il aimait marcher dans les allées parmi les empilements de fûts qui sentaient le bois et le bourbon. Rien n'égalait cette odeur. Sam ne pouvait croire que c'était vraiment devenu sa vie.

Sa vie professionnelle. Cette vie qu'il contrôlait et menait comme il l'entendait. C'était sur le plan personnel que tout lui semblait anarchique et hors de contrôle.

Pourtant, sa mère avait accepté d'être prise en charge, et Rusty connaissait sans doute ses dernières heures de gloire.

Et puis il y avait Maty...

Qu'est-ce qu'il espérait ?

S'il était honnête avec lui-même, il devait reconnaître qu'il avait envie de plus. Mais n'étaient-ce pas ses souvenirs qui parlaient ?

Et, depuis leurs ébats torrides dans les entrepôts, il savait qu'il ne pourrait plus passer par là sans ressentir un frisson d'excitation.

Il était impatient de l'emmener au gala. Reconnaîtrait-elle son inspiration pour la forme de la bouteille ? Est-ce qu'elle s'en souviendrait seulement ?

Elle avait dessiné ce flacon bien des années auparavant, et depuis lors, il n'avait jamais pu imaginer une autre forme de bouteille que celle-là.

Il replaça son prototype dans son coffre et le verrouilla. Il entendit son téléphone sonner depuis son bureau.

Il traversa la pièce et jeta un coup d'œil à l'écran. Le nom de Nick s'affichait.

— Hé, Nick, quoi de neuf ?

— Je viens d'apprendre que le conseil municipal a convoqué une réunion exceptionnelle vendredi après-midi, répondit-il.

— J'imagine que c'est en lien avec l'obtention de ta licence ?

— Tu es tellement perspicace que nous ne pouvons qu'être frangins !

Sam ne put retenir un sourire. Il avait un demi-frère, c'était une chose qu'il n'avait jamais imaginée et, aujourd'hui, il avait envie de connaître les détails de cette histoire qui les avait séparés avant de leur permettre de se réunir. Et puis il y avait encore cet autre frère qu'ils devaient découvrir.

— Pour répondre à ta question, oui, il s'agit de la licence. Personne n'est censé savoir que la réunion va se tenir, mais j'ai un contact qui m'a renseigné.

— Comment est-ce que Lockwood pourrait l'ignorer ? demanda Sam. S'il y a quelqu'un qui a des indics infiltrés un peu partout, c'est bien lui !

Sam savait qu'ils devaient couvrir leurs arrières avec quelqu'un comme Rusty. Le moindre défaut d'attention pouvait les faire trébucher. Tout cela avait commencé quelques décennies plus tôt, alors que Rusty lançait son alcool de contrebande en achetant très largement les membres du conseil en charge de l'attribution des licences.

Lorsqu'il avait obtenu le droit de produire son alcool légalement quelques années auparavant, Rusty avait de fait déjà la majeure partie des membres du conseil dans la poche et il était devenu le fournisseur officiel de tous les débits de boissons de la région.

— Mon contact est un homme de confiance et il m'assure que Rusty n'en saura rien, répondit Nick. Il semblerait que nous ayons fait douter quelques-uns de ses hommes de main qui commencent à reconnaître que la mainmise de Rusty est abusive. Écoute, je sais que tu as ta soirée de gala ce soir, mais je voulais te tenir au courant au cas où Rusty prévoirait un coup d'éclat.

— Qu'il essaye seulement et il entendra parler de moi, marmonna Sam les dents serrées.

— En tous les cas, il ne devrait pas apprécier le bilan de la réunion de vendredi, dit Nick, mais si nous sommes ensemble avec une galerie d'invités de poids, il n'osera sans doute pas tenter quoi que ce soit.

Sam avait invité du beau monde à sa soirée, des hommes politiques, des restaurateurs, des chefs d'entreprise, des mécènes. Tout le monde avait été partant pour participer à cette nouvelle aventure, d'autant plus qu'avec un jeune chef d'entreprise prometteur comme Sam aux commandes d'une distillerie novatrice les médias adoraient couvrir ce genre d'événements. Mais Sam préférait évidemment qu'aucun coup d'éclat ne vienne ternir sa soirée de lancement.

— Je dois te laisser, dit Nick, Silvia a besoin de moi. Je te tiens au courant sans faute.

Sam raccrocha et lut un SMS de sa mère qui venait d'arriver.

Est-ce que tu pourrais passer aujourd'hui ?

Il s'empressa de répondre.

Bien sûr.

Il jeta un coup d'œil à sa montre, il pouvait s'échapper maintenant, tout était organisé, jusqu'aux stylistes et au coiffeur pour Maty. Non pas que sa tenue ou sa coiffure lui posent le moindre souci, elle était toujours belle à couper le souffle.

Il était impatient de la retrouver. C'était peut-être un peu égoïste, mais il espérait qu'elle serait fière de tout ce qu'il avait accompli. Lorsqu'ils étaient ensemble, il essayait toujours de l'impressionner, lui qui avait longtemps souffert d'un complexe d'imposture plus grand que lui. Elle venait d'une famille fortunée et, même s'il y avait été accueilli les bras grands ouverts, il avait en permanence eu l'impression de ne pas appartenir à leur monde, et s'était senti un peu perdu dans leur grande maison et leurs soirées branchées.

Il savait pourtant que ses parents étaient des gens bien. Jamais ils n'avaient manifesté le moindre doute à son égard, malgré sa situation instable et son cadre familial fragile. Ils s'étaient montrés encourageants, toujours, accueillant ses idées les plus folles avec bienveillance, même lorsqu'il parlait de créer sa propre distillerie. Ils auraient pu rire, pourtant, ou le décourager en lui rappelant qu'il n'avait ni les fonds, ni le début d'un pied dans le domaine, mais ils avaient semblé y croire, pourtant. Sam n'arrivait toujours pas à se faire à l'idée qu'ils n'étaient plus de ce monde. Il n'arrivait pas à accepter que Maty ait perdu ses parents et doive accompagner son frère paralysé. C'était tellement lourd à porter toute seule…

Il ferait tout ce qui était en son pouvoir pour l'aider à se relever, à se sentir prête à affronter ce nouveau chapitre de sa vie qu'elle devrait écrire sans ses parents. Sam ne lui souhaitait que des bonnes choses, mais il ne savait pas dans quelle direction la mènerait ce chemin. Elle était la seule à pouvoir le déterminer.

Au fond de lui, il espérait qu'elle resterait définitivement à Green Valley, mais il redoutait aussi cette possibilité. Qu'adviendrait-il si elle prenait cette décision ? Est-ce qu'ils étaient prêts à s'engager dans une relation tous les deux à nouveau ? La vie pouvait-elle être si simple ?

Peut-être.

Ou peut-être pas.

Il était fou de l'envisager seulement. Le bonheur à la fin de l'histoire, ce n'était que dans les contes. Maty doutait que Green Valley soit une bonne idée, alors pourquoi essayer de se projeter ? Mieux valait essayer de profiter au mieux de ce qu'ils avaient à vivre ensemble tant qu'elle était là, et préserver son cœur des émotions et des désillusions. N'avait-il donc pas appris la leçon la première fois ?

Il sortit pour rejoindre sa voiture. Il n'était habituellement pas d'un tempérament anxieux, mais les circonstances le mettaient malgré tout un peu sur les nerfs, il devait le reconnaître.

Il monta le son de la musique dans sa voiture et reprit la route sinueuse qui menait chez sa mère. Il profiterait de ces quelques minutes de route pour s'éclaircir les idées. Il était important qu'il parvienne à maintenir une distance émotionnelle vis-à-vis de Maty, même si cela se révélait de plus en plus difficile. Il ne pouvait simplement faire abstraction de ses émotions, même s'il avait réussi à ne pas s'impliquer sentimentalement pendant toutes ces années. Il n'était pas un animal à sang-froid...

Il ne pouvait prétendre qu'il ne serait pas blessé si elle décidait de partir. Maty avait toujours eu une emprise sur lui qu'il ne parvenait pas à expliquer.

Il se demanda quelle influence il avait sur elle de son côté... Si tant est qu'il en ait la moindre...

Il gara sa voiture devant chez sa mère, et la vit sortir sur le pas de la porte, un sourire aux lèvres. Elle avait les traits particulièrement tirés, mais elle était toujours une très belle femme. Elle n'avait pas eu une vie facile, mais elle avait toujours fait de son mieux et l'avait toujours aimé inconditionnellement.

Elle avait mis de côté l'argent de Rusty pour lui, malgré ses problèmes d'argent, malgré son addiction au jeu. Elle avait toujours voulu qu'il ait l'avenir qu'il méritait. Il n'avait qu'un espoir : qu'elle puisse prendre un nouveau départ.

Comme Maty était en train de le faire.

Il sentait bien que ses pensées le ramenaient toujours à Maty. Il avait besoin de comprendre ce qui se jouait entre eux. Quel nom mettre sur leur relation ? Le sexe n'était pas le seul enjeu. Cela durerait un temps, mais ils ne pourraient éviter de se confronter à leurs sentiments très longtemps.

Il rejoignit sa mère et l'embrassa.

— Je ne voulais pas t'obliger à quitter ton travail sur-le-champ, dit-elle.

— C'est moi le patron, tu sais. Je n'ai de comptes à rendre à personne, sauf à ma mère !

Elle rit en levant les yeux au ciel, mais il nota le voile préoccupé sur son visage.

— Je voulais te dire que la clinique m'a appelée et qu'ils proposent que je rentre dès vendredi et pas lundi.

Vendredi matin. Ce qui signifiait qu'elle ne serait pas présente pour son gala, qu'elle n'assisterait pas à la sortie de sa cuvée millésimée.

Mais sa santé passait avant tout le reste et il était pressé qu'elle puisse intégrer la clinique et commencer à se reconstruire.

— C'est une bonne nouvelle, dit-il.

Elle baissa les yeux.

— Je voudrais repousser.

— Non, insista-t-il. Vas-y. Ne t'inquiète pas pour le gala, il y en aura d'autres, je te le promets et je te mettrai de côté une des bouteilles numérotées.

— J'espère sortir rapidement, dit-elle en lui caressant la joue. Je voulais tellement être à tes côtés pour ce grand jour !

Sam la serra dans ses bras.

— Je le sais et c'est tout ce qui compte, mais j'ai surtout besoin de te voir en bonne forme, guérie.

Elle reposa sa joue contre sa poitrine.

— Je savais que tu dirais cela, murmura-t-elle.

Sam s'écarta légèrement.

— Alors pourquoi avons-nous cette conversation ? plaisanta-t-il.

— J'espérais aussi que tu convaincrais la clinique de reporter mon admission à samedi matin...

Un jour. Elle demandait un petit jour de plus pour pouvoir le soutenir...

— S'il te plaît, plaida-t-elle.

Sam l'embrassa sur le front.

— Très bien, je vais les appeler aujourd'hui.

Il avait payé très cher pour lui obtenir une place dans cette clinique privée et il pourrait sans doute négocier vingt-quatre heures de délai.

— Il faut que tu saches qu'il pourrait y avoir du grabuge avec Rusty, cependant, dit-il. Rien de grave, des histoires de concurrence entre nos compagnies, mais je préfère te prévenir. Il ne sait pas que je sais tout et je préfère que cela reste ainsi.

Nick avait décidé de se confronter à Rusty, mais Sam préférait garder un coup d'avance et attendre que leurs affaires soient réglées. Une fois que Rusty n'aurait plus le monopole des ventes de liqueurs dans la région, Sam pourrait lui parler. Il n'ambitionnait pas le moins du monde de renouer ou de tenter de créer un lien père-fils qui n'avait jamais existé, cette absence de relation lui convenait tout à fait, mais il se demandait comment il réagirait.

La bonne nouvelle était que d'ici là sa mère aurait intégré sa clinique et serait préservée de l'influence de Rusty. Sam préférait ne pas le savoir à proximité des gens qu'il aimait. Il était rassuré en cela de savoir Maty chez lui.

— Ne t'approche pas de lui, Sam, il est vraiment tordu, tu sais, avait prévenu sa mère.

— Je le sais, mais je n'ai pas peur de lui, je suis plus malin et j'ai un coup d'avance.

— Promets-moi d'être prudent, je ne veux pas m'inquiéter pour toi pendant que je serai à la clinique.

Sam sourit.

— Alors ne t'inquiète pas, je viendrai te voir et je te tiendrai régulièrement au courant de ce qui se passe.

Ses yeux s'emplirent de larmes et il essuya du doigt celle qui roulait sur sa peau mate.

— Je suis désolée de te faire vivre tout ça... Tu as déjà tellement de choses à gérer sans avoir à voler à mon secours tous les quatre matins.

— Si tu ne vas pas bien, alors rien d'autre ne compte, dit-il. Est-ce que tout est prêt pour le gala de ce soir ? Tu as choisi ta robe et tes chaussures ? Une styliste va venir s'occuper de ta coiffure et de ton maquillage.

Il était heureux de savoir que les deux femmes de sa vie pourraient se préparer dans les meilleures conditions pour être auprès de lui ce soir.

— Je peux me coiffer et me maquiller toute seule ! protesta-t-elle en riant.

— Et si cela me fait plaisir que quelqu'un te dorlote ? répondit-il alors que son portable vibrait dans sa poche. Tiens-toi prête à partir de 10 heures ce matin, ensuite j'enverrai une voiture pour venir te chercher.

Elle sourit et caressa tendrement sa joue.

— Je suis tellement fière de toi, n'oublie jamais cela ! Je ne sais pas ce que je serais devenue sans toi.

Sam était bouleversé par ses déclarations, mais il se devait d'être fort pour prendre soin d'elle.

— Je sais que tu luttes chaque jour contre tes démons, mais tu vas y arriver, j'en suis certain.

Il la serra dans ses bras afin qu'elle sache combien il l'aimait et pour la rassurer sur sa présence intangible à ses côtés.

14

Maty détailla son reflet dans le miroir, se tournant d'un côté et de l'autre en se demandant si elle n'avait pas fait un mauvais choix. Elle aurait peut-être dû opter pour la robe rouge. Son choix était plutôt classique et sans doute un brin prévisible...

— Waouh !

Maty se retourna et trouva Sam à l'entrée de la pièce. Il portait une chemise blanche sans cravate, avec une veste noire assortie à son pantalon. Il avait même dompté ses cheveux en bataille pour l'occasion, mais n'était pas rasé de près, et ce mélange des genres le rendait toujours aussi sexy.

Le regard qu'il posa sur elle parvint aussitôt à la convaincre qu'elle avait bien choisi sa robe.

Elle sentit son estomac se nouer à la seule idée de la soirée qui s'annonçait. Elle ne savait pas vraiment à quoi s'attendre, mais elle imaginait quelque chose d'exceptionnel.

— Quel dommage de devoir te partager ce soir ! Tu es sublime.

Il posa la main sur son bras et l'attira contre lui. Leurs regards se croisèrent dans le miroir. Ressentir la chaleur de sa peau alors que leurs yeux ne se lâchaient pas lui donnait envie d'oublier les mondanités de ce soir pour s'échapper avec Sam.

— Peut-être pourrions-nous arriver en retard ? suggéra-t-il en effleurant son cou de ses lèvres.

Ses larges mains se glissèrent autour de sa taille par-derrière et Maty renversa la tête contre lui, entrelaçant ses doigts dans les siens.

— Mieux vaut y aller maintenant, avant que nous ne soyons plus en mesure de partir ! dit-elle. Nous reprendrons plus tard, une fois rentrés... Peut-être que je te montrerai ce que je ne porte pas sous ma robe ?

Sam soupira et lui fit faire volte-face avant de l'embrasser tendrement.

— Ne me dis pas cela, je n'étais déjà vraiment pas prêt à te voir aussi...

Maty aimait l'idée qu'elle pouvait lui faire un tel effet. Quoi qu'il y ait entre eux, c'était plus fort, plus intense que tout ce qu'elle avait imaginé. Elle ne savait pas ce qui pouvait se passer en revenant s'installer à Green Valley, mais pour le moment, elle ne regrettait rien, même si elle n'aimait pas les circonstances de son retour.

Elle détestait Rusty, évidemment, mais ses manœuvres l'avaient remise sur le chemin de Sam. Un chemin qui l'avait menée dans ses bras. Elle se demandait ce qu'elle devait faire. Rester, partir...

Sam se pencha vers elle pour l'embrasser encore, mais elle esquiva son baiser d'une pirouette. Pourtant, elle ne désirait rien tant que de sentir ses lèvres, ses mains sur elle, mais elle savait que c'était jouer avec le feu. Une fois qu'il aurait commencé, elle aurait trop de mal à mettre le holà, et sa coiffure sophistiquée ou sa robe de gala n'y résisteraient pas.

— Je suis prête à partir, dit-elle en saisissant son sac doré sur le vanity.

Sam la prit par les hanches et se pencha vers elle.

— Je n'aurais voulu personne d'autre à mon bras, ce soir. C'est vraiment important pour moi.

Elle pesa ses mots tandis qu'il l'accompagnait dehors. Elle l'avait senti sincère et pensait qu'il lui ouvrait vraiment son cœur. Et s'il y avait un futur pour eux ? Peut-être serait-elle capable de se construire une vie ici ? Une nouvelle vie. Elle n'était pas si loin de la Virginie, après tout.

Était-ce là ce qu'elle voulait faire ? Écrire ce nouveau chapitre de sa vie ici, où tout avait commencé si longtemps en arrière ? Était-elle prête à risquer son cœur, son avenir, en les mettant entre les mains d'un homme dont elle ne savait s'il l'aimerait ainsi en retour ?

Elle se figea un instant alors qu'une évidence la frappait.

— Maty, tout va bien ?

Elle aurait voulu lui dire, s'ouvrir devant lui sur ses sentiments, ses doutes. Cette bouffée d'espoir lui avait donné des ailes, mais ce n'était pas le moment. Sam avait une soirée importante et mieux valait qu'il reste concentré.

Et s'il ne ressentait pas la même chose ? Une fois qu'elle lui aurait parlé, il ne serait plus possible de retirer ce qu'elle avait dit et de rendre la soirée légère à nouveau.

Maty lui sourit.

— Oui, tout va bien, dit-elle. Mais j'ai quelque chose à te dire ce soir, une fois que nous serons rentrés.

— Quelque chose à me dire ? Je n'aime pas ces mots. Tu n'es pas enceinte ?

Maty se mit à rire.

— Non, mais je note que j'ai là un sujet sensible !

Il hocha la tête.

— Ce n'est pas ça, j'espère avoir des enfants un jour, mais... Tu m'as fait peur ! Est-ce que tu veux bien me dire de quoi il retourne ?

Elle reprit sa main dans la sienne, tendrement.

— Tout à l'heure, en rentrant !

— Avant ou après le moment où nous nous déshabillons fougueusement ? plaisanta-t-il en lui adressant un clin d'œil.

Alors qu'il déambulait parmi les convives, Sam ressentit un moment de grande fierté. Il avait attendu cet instant toute sa vie, et ce sentiment d'accomplissement qui l'envahissait était profondément agréable.

Et pourtant, il manquait quelque chose... Il ressentait un vide qu'il ne parvenait pas à identifier.

Il croisa le regard de sa mère, qu'il avait vue un peu plus tôt, occupée à discuter avec un restaurateur de Miami. Elle était resplendissante dans sa robe bleue. Lorsqu'elle lui sourit, il sentit que tout irait bien, qu'elle allait s'en sortir.

— Monsieur Hawkins ?

Sam se tourna vers la voix affable et sourit au gouverneur qui venait à sa rencontre, la main tendue.

— Belle soirée, et grand bourbon, dit le gouverneur Pate en lui serrant la main.

— Je suis ravie d'entendre que vous passez une bonne soirée, gouverneur.

— J'aimerais surtout acquérir un fût pour une inauguration prochaine, ajouta-t-il.

— Vous envisagez déjà une réélection ? lança Sam un sourire aux lèvres.

— On ne se lance pas dans ce genre d'aventure si l'on pense perdre ! répliqua le gouverneur. Puis-je mettre mon assistant en contact avec votre bureau la semaine prochaine ? Votre bourbon est le meilleur qu'il m'ait été donné de goûter, et de loin !

Sam acquiesça.

— Je préviens mon assistant, ce sera un plaisir.

Derrière le gouverneur, il reconnut Maty, avec sa robe dos-nu en soie qui semblait enlacer son corps.

— Si vous voulez bien m'excuser ? dit-il à son invité de marque.

Le gouverneur suivit son regard et vit Maty.

— Bien sûr, je vous comprends… Vous avez beaucoup de chance…

Sam sourit et hocha la tête.

C'était ça. C'était ce qui lui avait manqué. Elle était celle qui avait manqué à sa vie. Maty Taylor. Avait-elle toujours été la femme de sa vie ? Avait-il fallu toutes ces années de séparation et son retour dans des conditions aussi difficiles pour tous les deux afin qu'ils puissent en prendre conscience et se retrouver ? Peut-être n'y avait-il pas d'autre façon pour eux d'apaiser les blessures et d'être capable d'aller à nouveau de l'avant ensemble ? Ou alors était-ce enfin le moment, après une première histoire ratée seize ans auparavant ?

Tout allait rentrer dans l'ordre, maintenant.

En avançant vers elle, il vit Nick et Silvia de l'autre côté de la pièce. Les bras solides de Nick autour de la taille de sa femme qu'il enlaçait avec tendresse. Il se dégageait une forme de protection dans son geste et Sam se sentit étrangement touché.

Il n'avait pas encore eu vraiment l'occasion de parler à son frère. Sam aimait assez penser à Nick en ces termes. Il espérait avoir prochainement des nouvelles de la réunion d'attribution de licence qui devait statuer en ce moment.

Mais avant de s'occuper de tout cela, il était impatient de rentrer chez lui avec Maty et de se livrer à leur célébration personnelle. Et puis elle voulait lui parler. Il repensa à cet instant où il s'était demandé si elle n'allait pas lui annoncer qu'elle craignait d'être enceinte et dut reconnaître qu'après un premier réflexe de rejet il ne détestait pas l'idée de Maty portant leur bébé. Il n'imaginait personne d'autre qu'elle avec qui fonder une famille.

Pourtant, il devait lui dire la vérité. Et toute la vérité. Au sujet de Rusty. De Nick. Est-ce que cela serait un choc pour elle après ce que Rusty lui avait fait ? Il espérait qu'elle ne le prendrait pas mal et qu'elle ne se sentirait pas menacée par cette proximité involontaire.

Sam fut coupé plusieurs fois dans son élan pour rejoindre le coin de la salle où se trouvait Maty. Lorsqu'il se débarrassa du dernier importun, elle avait disparu de son champ de vision.

Il parcourut l'assemblée du regard et la repéra à l'étage, sur l'un des balcons, près de sa mère. En avançant, il nota que les deux femmes se tenaient les mains et se souriaient.

Sam sentit son cœur se remplir d'une émotion indescriptible. Il avait l'impression de voir toute sa vie devant ses yeux. Son passé, son présent et peut-être son avenir.

Il se dirigea vers l'escalier en saluant les invités au passage, impatient de dévoiler sa cuvée d'ici à une heure. Il se demandait comment Maty réagirait, si elle reconnaîtrait le design de ses flacons qui datait de l'époque où ils étaient ensemble.

Il espérait secrètement que ce serait une pièce du puzzle qu'ils étaient en train de tenter de réassembler en ce moment pour unir à nouveau leurs vies.

— Sam.

Arrivé au pied des marches, il se retourna en entendant la voix de Nick et le vit qui venait à sa rencontre avec Silvia à son bras.

— Bonsoir, je ne vous ai pas vraiment salués ce soir, dit-il. Je suis heureux que vous soyez des nôtres !

— Nous de même ! répondit Nick en levant son verre. Ce bourbon est incroyable, Sam ! Je suis impatient de pouvoir le servir dans mes restaurants.

Sam ouvrit de grands yeux.

— Tu veux dire que... ?

Nick sourit.

— Nous voulions te l'annoncer nous-mêmes, intervint Silvia, le conseil a donné un avis positif, Rusty n'a plus de monopole !

La soirée ne pouvait décidément s'annoncer sous de meilleurs auspices !

— C'est vrai, vous avez obtenu la licence ?

Nick hocha la tête.

— J'ai reçu un appel de mon contact juste avant de venir ici !

Intrigué, Sam croisa les bras et tourna le dos à la salle pour éviter d'être entendu.

— Qui est ta source, tu peux me le dire ?

— Il s'agit du fils du conseiller Perry, répondit Nick en souriant. Nous avons fait connaissance il y a quelque temps, et il a obtenu un poste dans un de mes centres.

Sam avait du mal à y croire, il avait l'impression que tout à coup tous ses rêves devenaient réalité, s'unissant pour lui tracer un chemin vers un avenir doré.

— Est-ce que Rusty est au courant ?

Nick haussa les épaules et termina son bourbon d'un trait, avant de le déposer sur le plateau d'un serveur qui passait.

— Je ne sais pas, mais il ne tardera pas à le savoir si ce n'est pas encore le cas. Soyons préparés à sa réaction, car nous pouvons être certains que réaction il y aura.

— Avec un peu de chance, il est déjà trop occupé sur le front des accusations de détournement de fonds, suggéra Sam.

Connaissant Rusty, cependant, il savait que celui-ci ne s'effacerait pas humblement en reconnaissant qu'il avait perdu à la loyale. Quelqu'un comme Lockwood ne s'admettait jamais vaincu.

— Peut-être que, si je lui dis qu'il est mon père, il se rendra compte que...

Nick fit une drôle de tête alors que le regard de Silvia était braqué derrière Sam. Il se retourna et vit sa mère et Maty, juste à côté d'eux.

— Rusty est ton père ? interrogea Maty avec difficulté, comme si elle ne pouvait prononcer ces mots sans un certain dégoût.

Il s'avança vers elle.

— Maty, je...

Elle leva les mains.

— Non, réponds à ma question d'abord.

Sam inspira et jeta un regard à sa mère aux yeux remplis de tristesse et de culpabilité. Il se détesta aussitôt d'avoir gardé ce secret envers Maty.

— Oui, c'est bien le cas, et Nick est mon demi-frère, répondit-il.

Maty ne le quittait pas du regard et il se sentit tout à coup dans l'œil du cyclone, alors que l'animation de la soirée lui semblait s'éloigner. Comme si son monde s'apprêtait à imploser.

— Allons en parler dans mon bureau, si tu veux ? proposa-t-il.

Il tendit la main vers elle, mais elle se recula, serrant instinctivement son sac contre elle.

— Je ne compte pas faire de scène, si c'est ce que tu redoutes, murmura-t-elle les dents serrées. Je n'ai rien à te dire de plus, je préfère partir.

Il aurait presque préféré qu'elle lui crie dessus, qu'elle fasse cette fameuse scène ou formule ses reproches. Son ton grave et définitif le blessait bien davantage, alors que les regrets l'étreignaient.

— Je t'en prie, ne pars pas, demanda-t-il. Je sais que je n'ai aucun droit de te demander ça, mais s'il te plaît, j'aimerais que tu restes !

Elle redressa le menton et lui jeta un regard noir. Elle n'était pas seulement blessée, elle était aussi furieuse contre lui.

Sam la regarda quitter la salle dignement, d'un pas gracieux et mesuré, s'arrêtant même pour saluer un convive. Elle ne faisait pas de scène, mieux, aucun témoin de la scène n'aurait sans doute pu imaginer ce qui était en train de se passer derrière la façade.

Malgré ses mensonges qui la blessaient, elle respectait les enjeux cruciaux pour lui de cette soirée, et cela en disait long sur la femme dont il était épris. Bon sang. Il l'aimait plus qu'il n'était capable de le formuler et il la regardait partir sans réagir ! Il n'arrivait pas à croire qu'elle allait le quitter ainsi sans un mot de plus. Encore une fois.

— Rattrape-la !

Sam se retourna.

— Cela ne servirait à rien, maman, elle est trop bouleversée, maintenant.

— Je suis désolé, dit Nick, je n'ai pas imaginé que...

— C'est moi qui ai fait n'importe quoi. J'aurais dû lui parler avant. C'est juste que cela ne s'est pas présenté et puis...

— Tu veux t'isoler un moment ? demanda sa mère.

Sam fit « non » de la tête.

— Il faut que la soirée se déroule comme prévu, je ne laisserai pas Rusty me prendre tout ce que j'ai.

Il aurait bien aimé pouvoir accuser Rusty de tous ses malheurs, mais ce qui venait de se passer avec Maty était entièrement sa faute.

Un désespoir qu'il n'avait jamais connu auparavant l'envahit. Il était arrivé pour passer la meilleure soirée de sa vie et voilà que le pire advenait. Si seulement il avait compris plus tôt que Maty n'était pas l'ennemie.

Elle était tout pour lui.

15

Elle était tellement naïve...

Maty fixa son sac rempli de ses quelques affaires et retint ses larmes. Sa vie se résumait donc à une valise et un cœur brisé...

Mais elle avait au moins une certitude : Rusty et Sam ne valaient pas mieux l'un que l'autre.

Elle avait appelé un taxi pour la ramener chez Sam afin de réunir ses affaires. Inutile de tergiverser plus longtemps. Elle prendrait un hôtel pour la nuit et rentrerait en Virginie dès le lendemain matin. Elle était trop épuisée pour faire le voyage de nuit.

Elle baissa les yeux vers sa robe et éclata de rire au ridicule de la scène. Il fallait qu'elle retire cette robe, elle n'allait pas partir avec. Elle fit glisser une épaule.

— Garde-la.

Elle sursauta et fit volte-face en maintenant le tissu devant sa poitrine.

Sam se tenait à l'entrée.

— Qu'est-ce que tu fais là ?

— C'est chez moi.

— Tu as quitté ta soirée de gala ?

C'était une évidence qu'elle venait d'énoncer, mais il répondit pourtant.

— Je suis resté jusqu'à la présentation de la nouvelle bouteille. Il y avait assez de monde pour me remplacer, et certaines choses sont prioritaires.

Il avait quitté sa soirée de gala...

La soirée qu'il avait attendue si longtemps. Il l'avait quittée pour venir la retrouver. Il n'avait pas cherché à la retrouver seize ans plus tôt, mais il le faisait aujourd'hui.

— Je récupère simplement mes affaires et je m'en vais, répondit-elle sobrement, même si elle ressentait une vraie émotion à sa présence.

Cela n'excusait en rien ses mensonges.

— Est-ce que tu veux entendre ma version de toute cette histoire ? Tu sais mieux que personne que les choses ne sont parfois pas ce qu'elles semblent.

Maty retira ses bijoux. Un bracelet, une boucle d'oreille, puis l'autre. Elle replaça chaque pièce dans son écrin en respirant pour essayer de se calmer.

— Tu as pourtant reconnu que Rusty était bien ton père, lui rappela-t-elle. C'est là la preuve que tu t'es moqué de moi, à moins que Nick ne te l'ait appris ce soir ?

Il baissa le regard et Maty sentit son cœur se serrer un peu plus encore. Elle espéra que des larmes ne viendraient pas la trahir trop vite.

En attendant de pouvoir laisser libre cours à sa tristesse, elle réunit toutes ses forces pour traverser cette nouvelle épreuve. Elle en avait vu d'autres, après tout.

— Pour tout te dire, j'ai appris que Rusty était mon père il y a quelques semaines, expliqua-t-il. La première fois que tu m'as appelé, j'étais en train d'ouvrir la lettre qui allait me l'annoncer...

Maty acquiesça. Elle avait envie de partir, mais elle avait aussi besoin de ces explications. Elle leva les yeux vers lui pour l'inciter à poursuivre.

— J'ai finalement lu cette lettre un peu plus tard dans la journée. Elle était arrivée pendant un de mes déplacements et était là depuis quelques jours déjà. C'est la mère de Nick qui l'avait écrite. Elle est décédée depuis, mais avant cela, elle avait envoyé trois lettres, aux trois fils de Rusty.

Maty s'assit sur le bord du lit.

— Trois fils ? Nick, toi, et qui est le troisième ?

Sam inspira.

— Nous n'en savons rien. Personne ne s'est manifesté. Soit il n'a pas reçu la lettre, soit il n'y a pas cru ou pas souhaité donner suite.

Elle avait du mal à en croire ses oreilles. L'homme qu'elle avait tant aimé était le fils de celui qui l'avait manipulée, qui lui avait fait le chantage le plus infâme… Comment faire confiance à Sam aujourd'hui ?

— Et qu'a dit Rusty à tout ça ?

— Je ne lui ai pas parlé. Nick a souhaité lui parler immédiatement, mais pas moi.

— Est-ce que tu redoutes de lui dire ?

Sam la fixa quelques instants avant de passer une main impatiente sur son menton.

— Je n'ai pas peur de lui, mais je ne suis pas encore prêt à ouvrir cette porte. Tant que je garde ce secret pour moi, j'ai un coup d'avance sur lui.

Maty comprenait cela. Elle se disait aussi que parler à Rusty ne changerait rien. Cet homme n'avait pas de cœur, pourquoi serait-il touché par le fait de rencontrer ses enfants ? Mais quoi qu'il en soit, cela ne la regardait plus. Elle sortait de l'équation.

— C'est à toi de décider et de faire les choix qui te conviennent pour ta vie, dit-elle. Toute décision est porteuse de conséquences. Certaines sont pires que d'autres.

— Est-ce que tu es en train de me parler de Lockwood ou de nous ?

Maty baissa les yeux.

— Des deux, sans doute.

— Je n'ai jamais voulu te blesser.

— Tu l'as fait, pourtant.

Comment pouvait-on à la fois en vouloir à quelqu'un au point de le détester et l'aimer en même temps ?

Mais elle ne détestait pas Sam. Elle détestait ce qu'il avait fait. Elle détestait cette douleur dans sa poitrine, mais elle savait bien qu'elle ne pourrait jamais le détester.

— Tu es venue vers moi alors que tu travaillais pour l'ennemi, rappela-t-il. Je ne savais pas vraiment à qui j'avais affaire. Tu travaillais pour Rusty, je ne pouvais pas encore te faire totalement confiance.

C'était désagréable à entendre, mais il avait raison sur ce point. Lorsqu'ils s'étaient retrouvés, ils ne savaient pas encore ce que l'autre était devenu. Seize années faisaient un sacré bail. On avait le droit de changer pendant tout ce temps.

— Mais une fois que nous nous sommes retrouvés dans ton lit, que tu m'as demandé de venir m'installer chez toi, est-ce que tu n'avais toujours pas confiance ?

Sam fit un pas vers elle. Elle ne l'arrêta pas. Maty le fixait sans fléchir, refusant de sembler fragile ou hésitante, alors même qu'elle luttait pour ne pas s'effondrer.

— Je voulais te dire la vérité, Maty. Je m'apprêtais à le faire parce que je veux construire quelque chose avec toi, et que je voulais simplement attendre que ce gala soit derrière nous pour voir comment Rusty réagissait avant de tout te dire.

— C'est le genre de choses que l'on dit lorsqu'on vient de se faire prendre, non ?

— C'est la vérité, Maty.

Elle lui accorda le bénéfice du doute. Même s'il avait prévu de lui parler après le gala, la réalité était qu'il n'avait pas assez confiance en elle jusque-là pour lui dire la vérité. Après tout ce que Rusty lui avait fait, ne méritait-elle pas un peu de crédit ? Au moment même où il avait vu qu'elle était dans son camp, il aurait dû lui dire la vérité.

— C'est peut-être la vérité, rétorqua Maty, mais cela ne rend pas ton silence moins blessant pour autant. Tu devais bien te douter que ce serait douloureux pour moi.

Il se frotta la joue et elle reconnut le bruit de sa barbe naissante contre sa paume.

— Je pensais qu'il n'y aurait pas de bon moment et que tu risquais d'être blessée. Je voulais me laisser le temps de te retrouver, m'assurer que je pouvais te faire pleinement confiance. Et puis les choses se sont compliquées et j'avais tellement de choses en même temps… La distillerie, Rusty, toi, ma mère…

Sa voix se brisa en disant cela et Maty sentit son cœur se serrer.

Elle se leva et il ne bougea pas. Elle dut effleurer son torse pour passer devant lui et elle sentit aussitôt le désir l'envahir. Elle lutta farouchement, cependant. Ce n'était pas le moment, cela ne ferait que compliquer les choses.

— Je voudrais retirer cette robe, dit-elle, et puis m'en aller d'ici.

Il la fixa un long moment et elle espéra qu'il se reculerait. C'était compliqué qu'il reste si proche alors qu'elle se remémorait les promesses qu'ils s'étaient faites.

L'émotion lui noua la gorge. Elle avait imaginé lui dire tout son amour, lui dire qu'elle voulait leur offrir une nouvelle chance, ici, maintenant. Et voilà qu'ils se regardaient en chiens de faïence, l'un devant l'autre, leurs cœurs brisés et l'espoir en fuite.

— Tu peux garder la robe, répondit-il la voix chargée d'émotion.

— Non, je ne peux pas.

— Alors change-toi et viens me retrouver. Je t'en prie, Maty.

Elle ne répondit pas immédiatement. Elle faillit dire « non », mais finit par hocher la tête en signe d'acquiescement.

Sam quitta la chambre pour qu'elle puisse se changer. Maty soupira, se rendant compte au même instant qu'elle avait retenu son souffle tout ce temps. Elle se glissa rapidement hors de sa robe, regrettant que la soirée se termine ainsi.

Elle plaça soigneusement la robe sur le lit, et recula d'un pas. Ensuite elle retira un escarpin, puis l'autre, et les plaça côte à côte au pied du lit. Elle extirpa alors de son sac un short en jean et un débardeur qu'elle enfila rapidement.

Après avoir réuni ses dernières affaires, elle sortit de la chambre de Sam et descendit le retrouver dans son bureau. Elle sentait son cœur lourd battre contre sa poitrine, ses nerfs à fleur de peau. Elle ne savait pas à quoi s'attendre ni ce qu'elle pouvait espérer. Que pouvait-il avoir à lui dire ? Elle avait l'impression d'avoir surtout besoin de faire le tri dans ses pensées et de faire le point sur ses projets.

Elle s'était retrouvée dans cette situation compliquée avec Sam de façon précipitée et sous la pression de Rusty. Elle s'était réfugiée dans ses bras, et il allait falloir qu'elle mette maintenant toute son énergie à reculer et à reconquérir son indépendance et sa clairvoyance.

Soufflant profondément, elle s'immobilisa devant la porte

avant de frapper et d'entrer. La pièce était faiblement éclairée, seule la lampe de bureau était allumée. Sam se tenait devant la baie vitrée et fixait la nuit noire. Maty fit un pas dans la pièce et s'arrêta, préférant rester sur la réserve.

— La lettre est sur mon bureau, si tu veux la lire, dit-il sans se retourner.

Maty réfléchit un instant, mais elle était tellement intriguée par toute cette histoire qu'elle fit les quelques pas qui la séparaient du bureau et saisit la lettre.

Elle essaya de la parcourir rapidement, mais dut reprendre une lecture plus attentive depuis le départ. Elle devinait la détresse de la femme qui avait écrit cette missive, dans l'espoir de transmettre la vérité à son fils, Nick et de lui offrir à terme le soutien de celui qu'il allait découvrir être son frère. Maty n'avait jamais rencontré la mère de Nick, mais à en juger par cette lettre, cette femme était quelqu'un de bien.

— Je n'ose imaginer ce qu'elle a ressenti toutes ces années à porter ce secret, dit elle en reposant la lettre sur le bureau. Est-ce que tu vas en parler à Rusty ?

Sam lui jeta un regard par-dessus son épaule. La façon qu'il avait de la regarder lui procurait toujours un frisson irrépressible. Son désir semblait le même, qu'elle porte une robe à dix mille dollars ou un jean déchiré.

— Je ne crois pas, répondit-il. Il ne mérite rien de moi, et certainement pas la vérité. S'il avait souhaité en savoir plus sur ses enfants, il aurait pu parler avec ma mère, plutôt qu'acheter son silence.

Maty regarda autour d'elle, ne sachant pas vraiment si elle devait rester encore. Que se serait-il passé si elle avait décidé de rester dans sa vie, alors qu'il essayait de régler le chaos autour de sa naissance, la relation entre sa mère et Rusty ? C'était peut-être une autre raison qui l'avait incité au silence vis-à-vis d'elle.

Mais elle aussi avait connu des tourments. Comment effacer ses mensonges et lui refaire confiance comme si de rien n'était, alors qu'elle avait été tellement blessée...

— Avant de partir au gala, ce soir, tu m'as dit qu'il y avait quelque chose que tu voulais me dire ?

— Comment ?

Sam se tourna vers elle et la fixa.

— Juste avant de sortir, tout à l'heure, tu m'as dit que tu aurais quelque chose à me dire. Est-ce que tu t'en souviens, maintenant ?

Évidemment qu'elle s'en souvenait. Rien n'avait changé, même si tout avait changé.

Ses sentiments ne s'étaient pas évanouis, elle ne pouvait les annuler ni les éteindre. Mais elle pouvait préserver son cœur.

— Je voulais te dire que... Que je t'aime, dit-elle en redressant le menton. J'ai eu la folie de croire que nous avions une deuxième chance devant nous, que nous formions une équipe, il me semble que c'est le terme que tu avais employé.

Il avança d'un pas et tendit une main.

— Maty...

— Non, fit-elle en relevant les mains d'un geste défensif avant de reculer d'un pas.

— Voilà ce que je pensais, reprit-elle, et maintenant tu le sais, mais je veux m'en aller. Il est tard et je suis épuisée.

— Où veux-tu aller ? demanda-t-il. Reste ici, dans la chambre d'amis si tu veux, je te promets de te laisser tranquille. Si tu préfères, c'est moi qui m'en vais, mais je préfère te savoir ici, en sécurité.

Maty fit « non » de la tête.

— Ne sois pas ridicule ! Tu ne vas pas quitter ta propre maison. Je suis une grande fille, Sam, tout ira bien. Ne t'occupe plus de moi, Sam, s'il te plaît.

Quelque chose changea dans son regard, quelque chose qu'elle ne parvenait pas totalement à identifier, mais qui semblait attester d'une lutte interne acharnée qu'il menait contre lui-même.

Peut-être qu'après tout c'était de temps dont ils avaient besoin tous deux. Pour panser leurs plaies.

— Je ne voulais pas simplement m'occuper de toi. Tu es ma vie. Tu étais ma vie. Autrefois comme aujourd'hui. Je veux savoir où cela nous mènerait. Je sais que je n'ai pas le droit d'espérer une deuxième chance, mais je te la demande pourtant.

Maty aurait aimé que la vie soit aussi simple que cela. Pouvoir effacer en quelques mots peine et blessure, et bâtir un pont pour repartir ensemble au-delà de la douleur.

— Nous avons été trop vite, répondit-elle. C'était bien, j'y ai presque cru un moment, d'ailleurs, que tu tenais à moi...

— C'était le cas et ça l'est toujours, dit-il en se passant la main dans les cheveux. Bon sang, Maty, reste ici, prends ma chambre et ferme la porte à double tour ! Je te promets que je ne t'ennuierai pas et nous pourrons parler demain matin. S'il te plaît, ne pars pas ainsi, alors qu'il est tard et que tu es bouleversée. Tu n'as nulle part où aller...

Il n'avait pas complètement tort. En tous les cas, elle ne savait pas précisément où se réfugier et n'avait pas beaucoup d'argent devant elle.

— Alors je prendrai ta chambre d'amis, répondit-elle. Je ne te promets rien demain matin, mais tu as raison, je suis fatiguée et je ne sais pas où aller dormir ce soir.

C'était dur de le reconnaître, dur à vivre. Elle n'avait jamais été plus vulnérable de toute sa vie, mais au moins lui restait-il un peu de bon sens.

— Je vais t'apporter tes affaires.

— Je peux le faire, répondit-elle. J'ai juste besoin d'un peu d'espace.

Il serra les mâchoires en hochant la tête. Ses yeux sombres pourtant ne la quittèrent pas un instant. Maty aurait voulu qu'il l'entoure de ses bras solides, qu'il lui dise que tout irait bien, que rien de tout cela n'était grave, c'était une simple incompréhension, qu'il n'était pas le fils de Rusty, qu'il ne lui avait jamais vraiment menti.

Mais comme il n'y avait rien à ajouter pour le moment, elle tourna les talons, ramassa son sac par terre et prit le chemin de la chambre la plus éloignée de celle de Sam.

— Moi aussi, je t'aime.

Il avait prononcé ces mots avec une telle douceur... Maty se figea, mais ne se retourna pas. Elle ne voulait pas croiser son regard maintenant. Peut-être que cela faisait d'elle une lâche, mais elle savait qu'elle n'était pas en capacité de le soutenir. Que ce soit mentalement ou émotionnellement.

— J'espère que tu penses vraiment ce que tu dis, murmura-t-elle avant de quitter la pièce, le cœur brisé et retenant ses larmes.

16

Les lueurs du matin filtraient par les persiennes et Maty se retourna pour saisir son téléphone. Elle avait peu dormi et ne se sentait pas plus au clair que la veille. Et elle était toujours aussi blessée.

Sam avait tenu sa promesse et n'avait pas essayé de lui parler. Elle ralluma son téléphone et trouva un message de sa part.

Je suis à la distillerie, prends tout le temps et l'espace dont tu as besoin. Je pensais ce que je t'ai dit hier soir.

Il l'aimait.

Une partie d'elle le croyait sincèrement, mais l'autre, la partie d'elle qui souffrait, se demandait comment dans ce cas il avait pu lui mentir sur une chose aussi importante.

Elle s'assit dans son lit, mais ne lui répondit pas. Elle nota qu'il lui avait envoyé le message à 4 heures du matin. Il n'avait pas dû beaucoup dormir, lui non plus. Était-ce sa culpabilité qui s'était exprimée ?

Elle écarta les cheveux de son visage et décida d'aller se changer les idées en surfant sur Internet. Peut-être qu'aller fureter dans la vie d'autres personnes lui permettrait d'oublier la sienne un moment.

À peine eut-elle tapé le nom de Sam qu'une interview au sujet de sa distillerie apparut. Elle ne put résister à l'envie d'en savoir un peu plus.

Elle parcourut l'article où il détaillait ses débuts, l'achat des bâtiments qui allaient devenir la Distillerie Hawkins. Elle continua à lire et tomba sur une photo d'eux deux, prise la veille. Une photo où il la tenait par la taille, où elle riait de quelque chose qui se passait hors cadre, alors que Sam la regardait attentivement. Elle zooma et observa son visage. Il avait une expression qu'elle ne lui avait jamais vue. Ou peut-être qu'elle n'avait jamais vraiment pris le temps de la noter ?

Il la regardait comme si elle était son monde tout entier. Ce gala avait réuni tant de gens importants, des milliardaires de tout le pays et pourtant, au moment de la photo, il semblait ne pas leur accorder la moindre importance.

Maty sentit sa gorge se nouer. Elle tomba sur une question au sujet du design des bouteilles, et en détailla la photographie juste en dessous.

La bouteille était de forme rectangulaire, assez haute et fine avec un bouchon doré et un grand H qui en couvrait toute la surface.

Maty reprit sa lecture.

> *Lorsque j'ai rêvé de toute cette aventure au départ, quelqu'un de très important pour moi a dessiné ce flacon. C'était un simple croquis pour elle, mais je ne l'ai jamais oublié, malgré les années. Je gardais en tête l'idée fixe que si j'arrivais un jour à lancer ma cuvée spéciale, ce serait dans cette bouteille-là et pas une autre.*

Elle remonta vers la photo.

Les souvenirs se mirent alors à affluer en force. Elle se remémora le jour où elle avait griffonné cette forme. Ils avaient mangé une pizza et bu une bière qu'il avait brassée lui-même. Elle était imbuvable. La pizza n'était pas terrible non plus, mais ils avaient ri et continué à rêver ensemble à des projets d'avenir et elle avait dessiné cette bouteille.

Il avait gardé son dessin toutes ces années !

C'était comme un baume sur son cœur blessé. Elle sentit des larmes lui monter aux yeux. Elle lâcha son téléphone et laissa enfin libre cours à toutes ses émotions contenues. Les larmes affluèrent et elle pleura la perte de ses parents, la paralysie de son frère, le chantage de Rusty et la trahison de Sam.

Tant de coups durs à la suite. Elle devait cicatriser de l'intérieur et se demander ce qu'elle voulait vraiment pour l'avenir. Elle avait besoin d'une vision, de quelque chose à quoi se raccrocher pour retrouver l'espoir qui lui avait manqué depuis si longtemps.

Sam était cet espoir.

Même si elle l'avait rejeté hier, il lui avait ouvert son cœur et révélé ses sentiments. Elle le croyait lorsqu'il lui disait qu'il l'aimait. Son regard sur la photo de l'article, ce croquis qu'il avait conservé si longtemps, la façon dont il n'avait pas hésité à la protéger de Rusty, et dont il avait pris en charge les soins de son frère. Il lui avait prouvé ses sentiments de façon répétée.

Il avait aussi fait une erreur, mais n'en avait-elle pas commis elle aussi ? En particulier lorsqu'elle l'avait quitté il y a si longtemps. Peut-être qu'elle aurait dû lui faire confiance, croire en leur avenir, en la possibilité de concilier amour et carrière.

Et pourquoi ne serait-ce pas possible aujourd'hui encore ? Rien ne les en empêchait !

Elle essuya ses larmes et sécha son visage, avant de repousser ses couvertures. Elle voulait courir à la distillerie au plus vite, mais il fallait d'abord qu'elle retrouve forme humaine, en prenant une douche et en avalant quelque chose après cette nuit d'insomnie. Elle comptait retrouver son avenir, ses espoirs, sa vie. Elle allait retrouver l'homme qu'elle aimait.

— Tout va bien ?

Sam soupira et hocha la tête en se tournant vers Nick, parmi les bouteilles vides.

— Oui, mentit-il. Je n'ai pas trop bien dormi cette nuit, c'est tout.

C'était peu de le dire, vu qu'il avait passé la nuit entière à espérer un signe de Maty. Il avait vraiment tout gâché en lui cachant la vérité. Il aurait dû savoir qu'il pouvait lui faire confiance, que jamais elle n'aurait essayé de lui nuire.

— Nous pourrons reprendre tout ça un autre jour, suggéra Nick.

Silvia lui tapota sur l'épaule.

— Il n'y a pas de mal à prendre un jour de repos !

Sam fit « non » de la tête.

— Je préfère travailler, et quoi de mieux que de m'occuper des premières commandes de mon frère et de sa femme !

Ils avaient prévu de se retrouver ce matin et Sam n'avait pas voulu reporter ou annuler le rendez-vous. Sa vie personnelle était une chose, mais il avait une distillerie à faire tourner, et cette commande était des plus importantes pour Nick et Silvia.

Un bruit de talons dans l'entrée attira son attention. Maty avançait à sa rencontre, d'un pas ferme et déterminé. Il resta figé à la table de dégustation. Elle était si belle avec ses longs cheveux ondulés détachés sur les épaules, un jean moulant, des escarpins et un simple débardeur noirs. Ses lèvres rouges lui donnaient une touche de glamour qui le séduisit aussitôt.

Il jeta un regard à Silvia et Nick qui souriaient tous deux comme s'ils savaient quelque chose…

— Excusez-moi, marmonna-t-il finalement en avançant à sa rencontre.

Sam leva les yeux vers Maty qui le rejoignit et lui offrit le plus large sourire dont elle était capable à cet instant.

— Je veux que les choses soient claires. Tu t'es montré en dessous de tout en me cachant la vérité.

Sam se mordit la lèvre inférieure pour ne pas rire, mais il acquiesça.

— C'est vrai.

— Mais j'arrive à voir les choses de ton point de vue, et je te crois quand tu me dis que tu n'essayais pas délibérément de me cacher des choses.

Cette discussion commençait sur un ton radicalement différent de celui de la veille. Il avait craint que le temps ne fasse qu'augmenter sa colère.

— Qu'est-ce qui t'a fait reconsidérer les choses de mon point de vue ? demanda-t-il.

Elle jeta un regard vers la table et Sam se retourna vers Nick et Silvia aux mines hilares. Il éclata de rire.

— Ignore-les, dit-il.

— Nous pouvons vous laisser, proposa Silvia.

— Non, non, hors de question de le laisser risquer de tout gâcher encore une fois, intervint Nick.

Sam rit de plus belle.

Maty s'écarta de Sam et gagna la table de dégustation. Il la regarda saisir une des bouteilles.

— Pourquoi ne m'avais-tu pas dit que tu avais utilisé mon modèle ?

Sam enfonça les mains dans ses poches et baissa le regard, gêné. Même s'il aurait préféré que Silvia et Nick ne participent pas à cette minutede vérité, il ne voulait pas laisser échapper ce moment. Maty était venue le retrouver et il voulait croire que c'était là sa dernière chance.

— J'ai voulu t'offrir la surprise hier au gala. Je ne savais pas si tu t'en souviendrais et si tu la reconnaîtrais une fois bien réelle. Je me disais que c'était la soirée idéale pour te présenter cela et pour te dire que… je t'aime.

— Nous devrions vraiment les laisser tranquilles, souffla Silvia.

Nick lui prit la main.

— Nous serons dans le hall d'accueil, glissa-t-il.

Sam attendit qu'ils s'éloignent et se retourna vers Maty.

— Je t'aime. Je t'aime vraiment, répéta-t-il en se disant qu'il ne le lui dirait jamais assez. Je voulais tellement que la soirée d'hier soit parfaite pour nous deux. Je voulais t'embarquer avec moi pour ce voyage parce que tu étais avec moi dès le début de l'aventure.

Les yeux de Maty s'emplirent de larmes et elle se mordit la lèvre. Sam ne pouvait pas attendre un instant de plus. Il saisit ses mains et les attira contre son torse.

— Dis-moi que nous pouvons essayer encore une fois, implora-t-il. Dis-moi que je n'ai pas tout gâché, que tu ne vas pas tirer un trait sur nous.

Maty s'avança et reposa son front contre son torse.

— Je veux tout tenter avec toi. Tout, murmura-t-elle. Je sais pourquoi tu as fait ce que tu as fait et je sais que tu m'aimes. J'ai simplement peur, Sam. Peur du futur, de la vie pour moi, mon frère, ma carrière… Et toi.

Elle recula d'un pas et redressa le menton pour qu'il puisse voir ses yeux.

— Tu es la femme la plus forte que je connaisse, Maty. Tu n'as pas à avoir peur, même seule. Et ensemble, nous serons invulnérables.

— Tu sembles tellement sûr de toi...

Une larme roula sur la joue de Maty et Sam l'essuya doucement du pouce. Il aurait voulu que plus jamais elle ne pleure. Que plus jamais elle n'ait à souffrir dans son cœur la moindre douleur.

— Je le suis.

— Et Rusty ? demanda-t-elle. Tu sais qu'il essaiera de nous détruire.

Sam sourit et saisit son visage entre ses deux larges paumes.

— Écoute-moi. Lockwood n'est personne. En tout cas, il n'est pas un problème à mes yeux et il n'en sera certainement pas un pour toi. Nick m'a dit ce matin qu'il avait été arrêté dans la nuit dans le cadre de l'enquête sur les détournements. J'imagine que ses soutiens le sortiront d'affaire et qu'il enverra ses avocats au combat pour essayer de se faire blanchir, mais dans tous les cas, m'est avis qu'il sera trop occupé pour être une réelle nuisance pour nous.

Elle ferma les yeux et soupira longuement. Sam en profita pour effleurer ses lèvres des siennes, aussi légèrement qu'une plume qui viendrait s'y poser, et un soulagement immense l'envahit lorsqu'elle l'enlaça en lui offrant sa bouche.

Il posa les mains sur sa taille et l'attira tout contre lui, rêvant qu'il n'aurait plus jamais à la laisser s'éloigner d'un pouce. Elle enfouit les doigts dans ses cheveux avant de pencher la tête, juste assez pour lever les yeux et le regarder en face.

— J'imagine que cela signifie que je reste à Green Valley, alors ? dit-elle dans un sourire.

— Pour toujours...

— Excusez-moi !

Sam se retourna vers l'entrée, serrant Maty par la taille. Nick et Silvia accompagnaient un homme qu'il ne connaissait pas et qui venait d'entrer. Il était grand, avec de larges épaules et des cheveux noirs. Il semblait élégant, avec discrétion et bon goût, mais sans doute beaucoup d'argent.

— Je suis navré de débarquer ainsi, expliqua-t-il. Je sais que la distillerie n'est pas ouverte aujourd'hui, mais j'espérais que quelqu'un pourrait me renseigner. Je suis à la recherche de Sam Hawkins et de Nick Campbell.

Le regard de Nick se planta dans celui de Sam. Maty se raidit contre lui.

Il la maintint fermement pour qu'elle sente sa présence rassurante, bien que silencieuse.

— Je suis Sam Hawkins.

— Et moi je suis Nick Campbell, de quoi s'agit-il ?

Sam savait déjà. Il avait sondé le regard de cet inconnu et avait deviné avant même qu'il ne parle ce qu'il était venu leur dire.

— Je m'appelle Reese Conrad et je sais que tout cela vous paraîtra complètement fou, dit-il en sortant une enveloppe de la poche arrière de son pantalon, mais j'ai reçu cette lettre au courrier.

Maty sursauta. Sam avança vers l'homme et Nick qui ne quittait pas la lettre des yeux. Une lettre qui venait de sa mère, sans l'ombre d'un doute.

— Je crois que nous sommes tous les trois frères, messieurs, déclara-t-il.

Ainsi, ils avaient finalement retrouvé le troisième frère. Sam ne l'avait jamais vu, et pourtant le nom de Reese Conrad lui disait quelque chose. Peut-être un membre de la famille Conrad qui dirigeait la chaîne de restaurants de luxe du même nom ?

Sam sentit la fine main de Maty sur son dos et il se dit que quoi qu'il advienne à l'avenir, dans ce nouveau chapitre qui allait se présenter, il serait prêt à tout avec cette femme à ses côtés.

Qui que soit cet homme, cet inconnu pourtant son demi-frère, il allait participer à une nouvelle dynamique et interagirait dans leurs relations à tous, ici présents. C'était une évidence.

Maty ne put s'empêcher d'espérer secrètement pour Sam et Nick que Reese Conrad n'aurait rien à voir avec leur père.

JULES BENNETT

Fiancée à son meilleur an

INTÉGRALE
LIAISONS SCANDALEUSES

Traduction française de
PATRICIA RADISSON

SAGAS

HARLEQUIN

re original :
ANDALOUS ENGAGEMENT

roman a déjà été publié en 2021.

1

Josie Coleman ouvrit la porte de sa maison et leva les yeux au ciel en s'exclamant :

— Combien de fois t'ai-je dit d'entrer sans frapper !

Comme d'habitude, Reese Conrad, son meilleur ami, haussa les épaules. Il refusait tout bonnement d'entrer sans frapper chez elle, où il était toujours le bienvenu. Quant à elle, elle agissait différemment et entrait toujours chez lui sans prévenir. Ils habitaient des maisons voisines, sur la plage de Sandpiper Cove, en Caroline du Nord. Cette proximité, c'était une des choses qu'elle appréciait le plus dans ce lieu magnifique de bord de mer.

— Question de respect, répliqua-t-il.

C'était comme un rite : elle posait chaque fois la même question, il donnait chaque fois la même réponse. Elle lui avait même offert une clé de sa maison. Il avait refusé, sous prétexte qu'il ne venait chez elle que lorsqu'elle s'y trouvait.

Globalement, ils passaient beaucoup de temps ensemble, soit chez elle, soit chez lui ou sur son yacht. Ou alors ils voyageaient lorsque leurs emplois du temps le leur permettaient, choisissant une destination à tour de rôle.

Ils traversèrent le vaste hall d'entrée et se dirigèrent vers la terrasse derrière les baies vitrées.

— Je suis en train de boire un café, tu en veux ? lui proposa-t-elle.

— Il est 17 heures !

— Et alors ?

Il se mit à rire... comme s'il ignorait son goût immodéré pour le café !

Ils s'installèrent sur la terrasse extérieure.

— Je te croyais parti en voyage d'affaires, dit-elle.

— Je l'ai abrégé. J'ai fait ce que je devais faire.

Josie remarqua une sorte de tristesse dans son regard, ce qui l'étonna. En règle générale, Reese était un homme heureux. Il avait tout : une carrière brillante dans le domaine de la restauration, des parents qui l'aimaient sans restriction, et il l'avait, elle, comme meilleure amie. Que demandait-il de plus ?

Et, pourtant, quelque chose clochait.

— Tout va bien ? lui demanda-t-elle en prenant place sur une chaise longue, sa tasse de café à la main.

Le regard perdu sur l'horizon, Reese enfouit ses mains dans ses poches. Comment être de mauvaise humeur devant une telle vue ? songea Josie. Pour la première fois, elle n'avait pas la moindre idée de ce qui se passait dans la tête de son ami. D'ordinaire, ils connaissaient parfaitement les pensées de l'autre. Dans n'importe quelle soirée, au milieu d'une foule d'invités, un seul regard, un clin d'œil, un hochement de tête, un sourire leur suffisaient pour se comprendre.

Cela en disait long sur le lien d'amitié qui les unissait.

— Honnêtement..., commença-t-il.

La sonnerie du téléphone de Josie l'interrompit dans sa confession. Reposant sa tasse, elle consulta l'écran de son portable. Oh non... Son ex.

Elle jura entre ses dents et se résigna à répondre :

— Quoi encore ?

Du coin de l'œil elle remarqua le regard de Reese posé sur elle. Son ami n'ignorait rien du pétrin dans lequel elle s'était fourrée en épousant, sur un coup de tête, un homme peu fait pour elle. Ce mariage avait été un échec total. Elle se demandait encore comment elle avait pu perdre l'esprit au point d'épouser un homme qu'elle n'aimait pas.

Certes, Chris était un gentil garçon, simplement il ne lui correspondait pas. Et, depuis quelque temps, il essayait de la reconquérir. Mais toute reconquête était impossible.

— Sois raisonnable, Chris. Ce que tu demandes est impossible. Si nous avons divorcé, c'était pour une bonne raison. Tu es un homme bien, mais nous ne sommes pas faits l'un pour l'autre, comprends-le.

Seulement il ne comprenait pas et l'appelait de plus en plus souvent, la noyait sous les textos.

Ils ne se connaissaient que depuis trois mois quand ils avaient décidé de se marier. Jamais elle n'agissait sur une impulsion ; elle se vantait d'être aussi prévisible et raisonnable que son militaire de père. Et pourtant elle avait agi sans discernement pour la plus importante décision de sa vie.

Cette précipitation vers l'autel ne lui ressemblait pas du tout. Mais, à cette époque-là, Reese venait juste de se fiancer, et cela l'avait interpellée. Ne devrait-elle pas à son tour ouvrir un nouveau chapitre de sa vie ? s'était-elle demandé avec angoisse.

De toute évidence, la réponse était négative.

Et voilà où tout cela avait abouti ! Elle avait divorcé. De son côté, Reese avait rompu ses fiançailles. La solution semblait être de revenir au point de départ qui leur convenait depuis des années. Heureux de la compagnie l'un de l'autre, de leurs voyages communs, l'arrivée d'éléments étrangers dans leur amitié ne pouvait que semer le trouble dans un équilibre parfait.

Mais encore fallait-il faire comprendre son point de vue à Chris. Malheureusement, plus elle le lui exposait, moins il semblait l'admettre.

Une idée lui vint soudain à l'esprit. Et si elle lui faisait croire qu'elle avait quelqu'un d'autre ? Cela lui ferait peut-être comprendre qu'il n'avait plus sa place dans sa vie ?

Sautant sur ses pieds, elle dit :

— Je... j'ai rencontré quelqu'un.

Reese leva vers elle un regard surpris.

— Et cet homme est avec moi en ce moment même, précisa-t-elle, pour mieux enfoncer le clou. Excuse-moi mais je dois raccrocher.

Elle jeta son portable sur la chaise longue.

Reese continuait à la contempler.

Elle soupira en haussant les épaules.

— Il me harcèle, marmonna-t-elle. Il fallait bien que je dise quelque chose.

— Comme ça, je suis ton nouveau petit ami ? demanda-t-il en souriant.

Un peu coupable de l'avoir utilisé, elle lui sourit.

— Il ne sait pas qui est en ma compagnie en ce moment, expliqua-t-elle. Et c'est la première chose qui m'est venue à l'esprit. Il faut qu'il comprenne que je vis avec quelqu'un d'autre, sans ça il va continuer à perdre son temps à essayer de me reconquérir. Il doit lâcher prise, ce n'est pas plus compliqué que ça. Pardonne-moi de t'avoir pris comme excuse. Ne pensons plus à Chris. Que t'apprêtais-tu à me dire avant le coup de fil ?

Reese hésita un instant avant de répondre :

— Je me suis rendu à Green Valley, dans le Tennessee, et ce n'était pas seulement pour affaires.

— Quelque chose de personnel ?

Avait-il rencontré une femme ? Depuis la rupture de ses fiançailles, il n'était sorti avec personne, trop occupé à reprendre l'ensemble des restaurants huppés de ses parents, situés sur toute la côte est. Son père avait fait un infarctus qui avait conduit à une opération. Ses parents s'étaient ensuite envolés vers un luxueux établissement sous les tropiques, pour s'y reposer, y fêter le rétablissement de son père, et entamer leur retraite toute neuve.

Donc... Qu'était allé faire Reese dans le Tennessee, si ce n'était pas des affaires ?

Il ouvrait la bouche pour répondre quand un coup de sonnette à la porte d'entrée l'en empêcha. Qui venait la déranger au moment où son ami se lançait dans un aveu important ? songea-t-elle, agacée.

— Excuse-moi, dit-elle en se dirigeant vers l'entrée. Je n'attends personne, j'en ai pour une minute.

Elle regarda dans l'œilleton de la porte et soupira de nouveau. Chris... Encore lui ! Quand comprendrait-il enfin ?

Excédée, elle ouvrit la porte.

Son ex-mari se tenait devant elle. Grand, fort, athlétique, il ne manquait pas de charme. Simplement il n'était pas fait pour elle. Amis, oui. Mari et femme, non. Si seulement il pouvait l'accepter !

— Chris..., grommela-t-elle. Nous venons juste de raccrocher !

— Je sais... Mais je venais de me garer devant chez toi quand j'ai appelé. Je voudrais te parler quelques minutes. Juste quelques minutes.

Il la contemplait avec des yeux de chien battu. Un peu de dignité ! eut-elle envie de hurler.

— Nous avons déjà discuté des centaines de fois et nous n'allons pas recommencer, rétorqua-t-elle. Nous n'étions pas faits l'un pour l'autre, tu le sais.

— Pourquoi ne pas essayer encore une fois ?

Avant qu'elle ait le temps de répondre, Reese, qui s'était avancé, lui passa un bras autour de la taille et l'attira contre lui en demandant :

— Tout va bien, mon cœur ?

« Mon cœur ? » Qu'est-ce qu'il lui prenait ?

Son regard alla de Chris à Reese, et elle se souvint de ce qu'elle avait dit au téléphone. Seigneur ! Quelle bévue elle avait commise ! Elle avait embrouillé les choses sans le vouloir !

Chris regarda Reese puis se tourna vers elle.

— Pouvons-nous nous parler en privé ? demanda-t-il.

— Tu peux parler devant moi, déclara Reese avec un grand sourire. Ma fiancée et moi n'avons rien à nous cacher l'un à l'autre.

« Ma fiancée ? » Perdait-il la tête ? songea Josie. Il ne faisait qu'empirer la situation ! Elle pouvait très bien se défendre toute seule. Fiancés ! Il y allait un peu fort ! À aucun moment au téléphone elle n'avait fait la moindre allusion à un remariage possible.

— Tu épouses ce type ? demanda Chris dont le regard s'était assombri. J'ai toujours su que vous étiez davantage que des amis. C'était déjà ton amant quand nous vivions ensemble ?

— Bien sûr que non ! s'exclama-t-elle.

Comment ramener la conversation à un échange plus normal ?

La serrant d'un peu plus près, Reese intervint de nouveau :

— Comme tu le vois, elle n'est plus libre. Et nous nous préparons à sortir, ce soir.

Quand la main de son ami glissa le long de sa hanche, Josie fut envahie d'une multitude de pensées et d'émotions complexes. Pourquoi la touchait-il ainsi ? Et pourquoi y prenait-elle autant de plaisir ? Jamais auparavant le contact de son ami ne l'avait troublée.

C'était comme si quelque chose venait brusquement de naître entre eux. Reese était si fort et il sentait tellement bon...

Non ! Il fallait arrêter ça tout de suite ! Non seulement c'était absurde, mais cela ne conduirait qu'à des ennuis prévisibles.

Des ennuis avec un grand E.

La dernière fois où elle s'était aventurée hors de sa zone de confort, elle avait épousé un homme qui ne lui convenait pas, dont elle avait à présent le plus grand mal à se débarrasser.

Reese était son ami.

Son meilleur ami.

Et il devait le rester. Leur amitié devait rester claire, sans zones d'ombre. Tout le monde et chaque chose à sa juste place, c'était le secret du bonheur.

Pourtant, l'odeur de Reese...

Pas question ! Elle se dégagea du bras de son ami et adressa à Chris un regard compatissant.

— J'espère que tu vas aller de l'avant, lui dit-elle. Quelque part dans le monde, il existe une femme pour toi. Une femme qui n'est pas moi.

Sur le visage de Chris se succédèrent incrédulité puis colère. Une colère noire.

— Tu es sûre que c'est ce que tu veux ? rétorqua-t-il. D'ailleurs, tu ne portes même pas de bague de fiançailles ! Tu mérites mieux que ça ! Moi, je te traitais comme une reine.

Elle ouvrait la bouche pour riposter, mais Reese la devança.

— Ce qu'elle mérite ou pas ne te regarde plus, dit-il. Les quelques minutes que tu demandais sont écoulées. Retire-toi tout de suite.

Puis, sans autre forme de procès, il recula de quelques pas et claqua la porte au nez de Chris.

Josie n'en croyait pas ses yeux. Il avait eu le culot de... de...

— Tu es sérieux ? s'exclama-t-elle.

Reese fit demi-tour comme s'il ne venait pas de se conduire comme un malotru.

Médusée et furieuse, elle lui emboîta le pas. Elle était chez elle, après tout ! Pas question de le laisser manipuler la situation à sa guise !

Parvenue sur la terrasse, elle croisa les bras sur sa poitrine et le regarda bien en face.

— Tu vas t'expliquer ?

— Expliquer quoi ? demanda-t-il en s'asseyant. Il t'a téléphoné, tu lui as dit que tu avais une relation avec un autre homme. Donc, quand il a débarqué, c'était à moi de jouer le rôle, non ?

Elle ne trouva rien à répondre. Au cours des vingt dernières minutes, son ex lui avait affirmé qu'ils pouvaient revivre ensemble, et son meilleur ami s'était déclaré son fiancé. Difficile, dans ces conditions, de garder son calme. Surtout après avoir constaté à quel point le contact de Reese contre son corps l'avait troublée...

— Fiancés, c'était un peu exagéré, tu ne trouves pas ? marmonna-t-elle.

— Pas vraiment. Ce type insiste, il faut le repousser. Avec ce genre d'individu, la subtilité n'a pas cours. Seule la fermeté compte.

— En effet, lui claquer la porte au nez manquait de subtilité !

Reese lui adressa un clin d'œil et un sourire satisfait.

— Merci du compliment ! dit-il.

Josie serra les poings. Cet homme avait beau être son ami, il se montrait parfois exaspérant... d'une façon qu'elle adorait.

— Bois ton café avant qu'il refroidisse, ajouta-t-il d'un ton goguenard

— J'ai plutôt envie de te le jeter à la figure ! répliqua-t-elle, agacée.

— Oh mon chou, tu crois que c'est une façon de traiter un fiancé tout neuf ? Méfie-toi, si tu n'es pas gentille avec moi, tu n'auras pas ta bague !

— Tu sais très bien que Chris va parler à tout le monde de ce qu'il croit avoir découvert. Comment l'éviter ? Toi et moi sommes tous les deux des personnages publics.

S'ils n'étaient pas célèbres tous les deux, chacun dans leur domaine, la sortie intempestive de Reese aurait été sans conséquences. Seulement, lui était un des magnats de la restauration, et tout Internet n'était qu'éloges depuis qu'il avait repris l'empire familial. Quant à elle, avec la double casquette d'influenceuse et d'éditorialiste d'un des meilleurs hebdomadaires du pays, tout le monde la connaissait. Dans ces conditions, impossible que des fiançailles passent inaperçues.

— Je ne m'inquiète pas trop du public, reprit Reese. Chris peut nous surprendre et ne pas ébruiter l'information.

Encore ce maudit haussement d'épaules, comme si tout cela n'avait pas d'importance.

— Dis-moi, mon cœur, quelle pierre veux-tu pour ta bague ?

Elle le fusilla du regard avant de déclarer sèchement :

— Il me faut un verre de vin.

Dédaignant le ricanement joyeux de Reese, elle se dirigea vers la cuisine. Depuis sa cave à vin, elle observa son ami. Contemplant l'horizon, décontracté, il ne semblait pas se rendre compte qu'il venait de bouleverser leurs vies.

En arrivant tout à l'heure, il avait eu l'intention de lui dire quelque chose d'important, et elle n'avait appris qu'une chose : qu'il revenait d'un voyage pour affaire personnelle. De quoi s'agissait-il ?

Il travaillait comme un fou. Sa vie sociale se réduisait au minimum. Quelques dîners d'affaires, la plupart du temps dans un de ses restaurants.

De son côté, elle ne prenait jamais un jour de congé, mais au moins travaillait-elle chez elle et ne se rendait-elle au siège de la boîte, à Atlanta, qu'en cas d'absolue nécessité. Tandis que Reese sautait d'un avion à l'autre, toujours à l'affût de nouveauté pour garder ses restaurants dans le vent.

Se versant un verre de pinot, elle rejoignit son ami sur la terrasse. Elle ne se lassait pas de la brise océane et laissait toujours ses larges baies vitrées ouvertes. Elle avait ainsi l'impression de vivre à l'extérieur. C'était ce qui l'avait incitée à acheter cette maison.

Un peu rassérénée, elle s'installa dans un fauteuil en osier en face de Reese.

— Tu veux bien m'expliquer ce qui t'a rendu si... interventionniste ? demanda-t-elle.

Croisant ses mains derrière sa nuque, il la contempla calmement et répondit :

— En dehors du fait que tu as fait une erreur en épousant ce type ? Eh bien, j'ai voulu t'aider.

Elle but une gorgée de vin avant de poser son verre sur la table basse. Penchée en avant, elle regarda son ami dans les yeux.

— Je suis capable de mener mes propres batailles, tu sais.

— Tu ne devrais pas avoir à le faire, répliqua-t-il.

Elle appréciait les bonnes intentions protectrices de Reese, mais n'en ressentait pas le besoin. L'échec des fiançailles de son ami, son propre échec conjugal, tout cela lui avait ouvert les yeux. Il n'y avait aucune urgence à se précipiter. Existait-il un âge magique pour se marier ? Et d'ailleurs, aurait-elle un jour envie de se remarier ?

En revanche, Reese souhaitait peut-être une famille ?

Un jour viendrait où il rencontrerait une femme avec laquelle il aurait envie de partager sa vie, à qui il voudrait faire des enfants...

Cette pensée la déstabilisa. L'idée qu'il y ait une femme derrière cette affaire personnelle qu'il venait de régler ? Ou parce qu'elle sentait encore la brûlure des doigts de son ami sur sa taille ?

La sonnerie de son portable retentit, et sur l'écran s'afficha le nom de Chris.

— Il n'a toujours pas compris ? s'exclama Reese. Je lui ai pourtant claqué la porte au nez !

Elle ne prit pas la peine de lire le texto, elle le ferait plus tard, à tête reposée. Ou pas du tout.

— J'aurais peut-être dû lui parler un instant, dit-elle.

— Certainement pas ! Chaque fois que tu lui parles, ça lui donne de l'espoir. Il faut au contraire rompre chirurgicalement.

Il avait raison, mais elle détestait se montrer trop dure. Elle avait dit à Chris que tout était fini entre eux avec le plus de doigté possible, et leur divorce datait de six mois. Un divorce, n'était-ce pas un moyen chirurgical de rompre des liens ? Apparemment, non, puisque Chris n'avait pas encore compris.

— Ne t'inquiète pas, ajouta Reese. Quand il nous verra ensemble et constatera que ma voiture est garée devant chez toi, il comprendra.

— Ce n'est pas comme si elle allait rester garée ici vingt-quatre heures sur vingt-quatre, lui fit-elle remarquer en riant.

Les yeux de Reese étincelèrent.

— Bien sûr que si ! s'exclama-t-il. Je peux travailler de chez toi. Ce sera parfois un peu compliqué, et je devrai voyager de temps en temps. Mais, à partir de maintenant, tu deviens ma priorité. Quelle chambre me donnes-tu ?

— Pardon ? Tu veux dire...

Le sourire polisson qu'il lui adressa la fit frissonner. C'était son meilleur ami... Que se passait-il, à la fin ?

— J'emménage chez toi, mon cœur, décréta-t-il.

2

Alors là... Rien ne se déroulait comme il l'avait prévu en arrivant chez Josie la veille, songea Reese, perplexe. Il faut dire que la hanche voluptueuse de son amie sous sa main lui avait mis la tête à l'envers.

Bien entendu, il savait depuis toujours à quel point Josie était sexy. Et voilà qu'elle devenait tout d'un coup sa prétendue fiancée ! Qu'est-ce qui lui avait pris, de dire ça ?

Dans quel pétrin les avait-il fourrés tous les deux ?

La veille, il était venu solliciter les conseils de Josie, et même son épaule. Cela ne lui ressemblait pas, mais sa vie venait d'exploser, et il n'avait personne d'autre à qui se confier.

Il s'efforçait de mettre de l'ordre dans sa tête, où ses pensées bouillonnaient. Depuis la lettre énigmatique reçue à son bureau pendant que son père se remettait de son opération, jusqu'à la découverte que son père... n'était pas son père. Si l'on pouvait accorder du crédit à la lettre d'une femme décédée.

Cette fameuse lettre en main, il se laissa tomber sur le lit de la chambre d'amis de Josie.

À son départ pour le Tennessee, quelques jours plus tôt, il avait annoncé qu'il partait pour une semaine. Au bout de deux jours il était de retour.

Le trajet de Green Valley, Tennessee, à Sandpiper Cove, Caroline du Nord, ne lui avait pris qu'une heure. C'était l'avantage de posséder un avion et de le piloter lui-même. À l'aller comme au retour, il avait réfléchi aux événements… sans toutefois parvenir à se faire une idée claire de ce qui se passait.

Il s'était rendu à la Hawkins Distillery pour y rencontrer Sam Hawkins et Nick Campbell, les deux hommes censés être ses demi-frères. Avant de mourir, la mère de Nick avait tenu à laisser une confession très claire. Elle avait fait distribuer aux trois hommes des lettres leur révélant l'identité de leur vrai père.

Selon elle, ils avaient tous les trois un père commun, Rusty Lockwood, chevalier d'industrie à la tête de l'entreprise multimilliardaire Lockwood Lightning. Le monde entier connaissait cette florissante compagnie, mais peu de gens connaissaient l'homme qui se cachait derrière. Et parmi eux, Reese.

La semaine dernière, il avait loué les services d'un détective, pour fouiller les aspects obscurs de cette affaire qui ne s'étalaient pas sur le Net. Il avait lui-même fait des recherches en ligne. En apparence, Rusty Lockwood semblait irréprochable. Il possédait la plus grande distillerie du monde et donnait chaque année des milliers de dollars à Milestones, une ONG s'occupant d'enfants handicapés.

Or récemment, Rusty Lockwood avait été arrêté. Cela avait éclaté comme une bombe : il avait, à son profit, largement puisé dans la caisse de cette ONG ! Selon Sam et Nick, c'était un homme peu recommandable. Tous les deux avaient traité avec lui au fil des années, pour affaires. Rien ne parlait en faveur de cet homme, et la nouvelle selon laquelle il était leur père biologique ne les réjouissait pas du tout.

Que croire ? songeait Reese. Tout ceci lui explosait au visage sans signes avant-coureurs. L'idée que ses parents lui avaient caché des informations capitales sur ses origines lui déplaisait souverainement. Ainsi, on lui avait menti toute sa vie ?

La lettre lui était parvenue pendant que son père se trouvait à l'hôpital. Ensuite, ses parents étaient partis en vacances. Pas question de leur gâcher un séjour bien mérité.

Tant de choses étaient arrivées en même temps… La santé défaillante de son père, la responsabilité de la boîte familiale qui lui incombait désormais, la lettre affirmant qu'il n'était pas le fils de ses parents…

Le temps que ces derniers rentrent, il espérait élaborer un plan solide et trouver des réponses à toutes ses questions.

Pour l'instant, déboussolé, il ne savait que faire. Affronter ses parents ? Ignorer toutes ces révélations ? Où se trouvait la vérité, dans tout cela ? Les questions se pressaient dans sa tête, innombrables. Une partie de lui-même regrettait qu'un voile se déchire sur son passé. Et, bien sûr, la curiosité le poussait à découvrir sa véritable histoire...

Repliant la lettre, il la posa sur la table de chevet et se leva. Il avait peu dormi cette nuit, en partie parce qu'il n'était pas chez lui, et aussi parce qu'il n'avait pas l'habitude d'un lit à fanfreluches et d'orcillers duveteux.

Josie avait beau s'habiller de façon assez stricte et mener sa carrière avec rigueur, elle s'était créé un intérieur confortable et chaleureux, à base de blanc et de camaïeu de gris. Cela manquait certes un peu de couleur, mais pour rien au monde il ne changerait quoi que ce soit à son amie.

Surtout pas ses satanées courbes voluptueuses...

Qui aurait cru qu'elle se fondrait si intimement contre lui ? Ce simple contact avait suscité en lui une nuit pleine de fantasmes... Auxquels il ne devait pas se laisser aller ! Ne se passait-il pas assez de choses dans sa vie, sans y ajouter un inopportun désir sexuel pour sa meilleure amie ?

Il passa une main sur son torse nu et se dirigea vers la cuisine. Malgré l'heure matinale, il lui fallait un café avant de commencer sa journée.

Il fréquentait cette maison depuis des années, mais jamais il ne s'y était préparé un café. Il fouilla donc sans bruit dans les placards, pour ne pas réveiller Josie qui n'était pas une lève-tôt.

De son côté, il croulait sous les choses à faire, en particulier lancer les invitations pour l'inauguration de son nouveau restaurant à Manhattan dans quinze jours.

La chaîne de restaurants Conrad's était en plein expansion sur la côte est et ouvrait un nouvel espace à New York. Reese ne tenait plus en place. Manhattan était son phare depuis toujours.

Il avait grandi ici, à Sandpiper Cove. Il adorait cet endroit, au point d'y avoir acheté une maison avec une plage privée. Son yacht était amarré au bout de son propre ponton, et il n'avait aucune envie de vivre ailleurs.

Il avait hérité de son père des restaurants haut de gamme de Miami à Boston, mais ce nouveau restaurant à Manhattan serait sa création exclusive, sa première aventure totalement personnelle. Il avait hâte de mettre à l'épreuve des clients les innovations qu'il avait imaginées !

— Mon Dieu ! s'exclama une voix derrière lui.

Se retournant, il découvrit Josie dans l'embrasure de la porte, en état de choc, une main sur la poitrine, les yeux fixes. Son regard à lui se riva aussitôt sur le petit short et le haut minimaliste qu'elle portait. L'ensemble laissait peu de place à l'imagination, et durant la nuit il avait pourtant beaucoup imaginé...

— Tu ne pourrais pas t'habiller un peu, grommela-t-elle en entrant dans la cuisine.

Sans le regarder, elle se dirigea vers un placard et en sortit un *mug*.

Il ne put s'empêcher de sourire. Elle avait les cheveux en bataille, comme si elle s'était bagarrée avec ses oreillers. Quant à son mini-pyjama, il ne cachait pas grand-chose...

Il sentit son corps s'émouvoir.

Certaines choses, il pouvait les contrôler. Par exemple s'empêcher de dire à Josie qu'il avait envie de la déshabiller sur-le-champ pour la faire jouir au-delà de tout ce qu'elle pouvait envisager. En revanche, son érection... beaucoup plus difficile à dissimuler.

Se ressaisir ! Bon sang ! Il s'agissait de Josie, en face de lui ! Pas question de se lancer dans un vaudeville improvisé, sous prétexte que ses hormones le chatouillaient devant une amie sexy au petit matin !

Ils étaient amis. Pas davantage.

— Tu m'as déjà vu en maillot, dit-il en lui prenant le mug des mains. Assieds-toi, je m'occupe de ton café.

— Un maillot, c'est une chose, un boxer en est une autre, marmonna-t-elle. Si tu restes ici, enfile un pantalon !

Il versa du café dans deux *mugs* et vint s'asseoir en face d'elle.

— Je ne me rappelais pas que tu étais aussi grincheuse, le matin.

— C'est mon état naturel avant le premier café, rétorqua-t-elle. Laisse-moi en profiter...

Il sirota son café en silence. De toute évidence, elle aussi avait passé une mauvaise nuit. Il ne fit aucun effort pour détourner le regard intense qu'il portait sur elle. Elle était craquante. Encore quelques minutes et il ne pourrait plus rien dissimuler.

— Tu ne devrais pas être en train de soulever des poids, faire du jogging ou animer une de ces réunions au cours de laquelle tu décides de renvoyer des employés ? demanda-t-elle.

Il se mit à rire.

— Heureux de savoir comment tu imagines une journée typique de Reese Conrad !

Elle haussa une épaule, ce qui eut pour effet... de faire glisser une fine bretelle le long de son bras. Il se retint de tendre la main pour la remettre en place.

Ne surtout pas la toucher...

Une relation sexuelle changerait tout entre eux. Pour le pire ou le meilleur ?

Mais que lui prenait-il, à la fin ! En quel honneur laissait-il sa pensée vagabonder dans ces eaux troubles et dangereuses ?

— Tu n'es pas obligé de vivre ici, dit-elle soudain.

Elle le contemplait par-dessus le rebord de sa tasse. Ses yeux noirs intenses ne trahissaient jamais totalement ce qu'elle pensait. Ils avaient cela en commun : la faculté de garder pour eux leurs émotions.

— Combien de textos Chris t'a-t-il envoyé la nuit dernière ? demanda-t-il.

Elle détourna la tête en marmonnant un chiffre.

— Raison de plus pour que je reste quelque temps chez toi, déclara-t-il.

Sa présence tiendrait-elle Chris à l'écart ? Impossible à déterminer. En revanche, une chose était sûre : il jouissait de la délicieuse torture de ce petit déjeuner en compagnie de sa troublante meilleure amie et n'avait aucune envie de se lancer dans sa journée de travail.

Dormait-elle tout le temps en tenue aussi... sexy ?

Sans doute devraient-ils adopter un code vestimentaire,

maintenant qu'ils allaient temporairement vivre ensemble. Cela rendrait leur cohabitation plus légère.

Leur amitié était solide, parfaite, à toute épreuve. Ils se complétaient à merveille, avaient, l'un dans l'autre, une confiance absolue. Malgré cela, il ne se sentait pas tout à fait prêt à lui parler de cette lettre. Il ne savait pas encore très bien que faire de toutes ces soudaines révélations. Et les sentiments étranges et nouveaux qu'il éprouvait depuis l'annonce mensongère de leurs fiançailles ne l'aidaient pas à y voir clair.

Il y a seulement une semaine, son principal souci était l'inauguration de son restaurant à Manhattan. Or, en cet instant précis, cet événement était le cadet de ses soucis.

— Comment va ton père ? s'enquit Josie en reposant son mug sur la table. Toujours bien ?

Son père... Ces deux mots lui semblaient tellement étranges, maintenant. Il ne parvenait pas à analyser froidement ses émotions devant ce chamboulement familial. Sauf une déception poignante à l'idée que ses parents, les gens qu'il aimait le plus au monde depuis toujours, lui avaient menti depuis le début.

— Reese ?

Il sortit de la dérive de ses pensées.

— Il va bien, répondit-il. Son médecin vérifie chaque jour ses progrès depuis qu'ils sont partis.

— C'est bien ! Tes parents ont beaucoup travaillé toute leur vie. Et cette opération au moment de leur retraite, c'est injuste. Ils méritent de prendre du bon temps, désormais.

C'est la raison pour laquelle Reese avait gardé la révélation du nom de son père biologique pour lui. La lettre était arrivée avec un monceau de courrier qu'il n'avait pas lu tout de suite, submergé par ses responsabilités de nouveau directeur des restaurants de son père, sans compter le lancement du sien à Manhattan.

Josie se leva, le tirant de nouveau de ses pensées.

— Je dois achever mon article avant midi, dit-elle. Mais d'abord je vais prendre une douche rapide. Tu peux utiliser la salle de bains de la chambre d'amis, ou aller chez toi, au choix. On se retrouve pour dîner ensemble, si tu es libre ?

Elle s'éloigna d'une démarche dansante... qui décupla son désir pour elle.

Seule une douche très froide viendrait à bout des nouvelles réactions de son corps envers son amie.

Il fit la vaisselle du petit déjeuner puis alla enfiler un pantalon. Il s'apprêtait à quitter la maison pour se rendre chez lui chercher quelques affaires quand lui parvint un bruit sourd, suivi d'un chapelet de jurons étouffés. Sa curiosité prenant le dessus, il frappa à la porte devant laquelle il passait.

— Ça va, Josie ?

La porte s'ouvrit, et son amie parut, encore plus ébouriffée que tout à l'heure. Une mèche de cheveux noirs lui barrait le visage.

— Qu'est-ce que tu fais ? lui demanda-t-il.

— Rien.

Comme elle tentait de refermer la porte, il prit sur lui de l'en empêcher.

— Tu es une piètre menteuse !

Il scruta la pièce du regard. Un ameublement simple et blanc.

— Laisse-moi deviner... C'est là que tu caches tes secrets journalistiques ? demanda-t-il. Ou bien tu y ranges tes recettes de cocktail ? Je brûle ?

— Très drôle, marmonna-t-elle en croisant les bras sur sa poitrine. Je n'ai pas de secrets. Si j'en avais, tu les connaîtrais.

La porte du dressing étant ouverte, il remarqua un vêtement rouge. Étonnant quand on savait que Josie ne portait jamais de couleurs vives.

Il fit un pas en avant et découvrit avec surprise une grande variété de vêtements colorés. Deux rangées pleines, avec les étiquettes de prix encore fixées. Le sol était jonché de boîtes de chaussures, et les étagères les plus hautes regorgeaient de sacs à main, de toutes couleurs et de tous modèles.

Il se tourna vers Josie.

— Tu ouvres un grand magasin ? lui demanda-t-il en riant.

— Non, répondit-elle d'un air de défi.

— Alors... Tous ces vêtements neufs ? Il y en a pour des milliers de dollars ! Et toutes ces couleurs ?

Elle détourna le regard, mais il eut le temps de percevoir sa vulnérabilité.

— Tu veux en parler ? s'enquit-il d'une voix douce.

— Il n'y a rien à dire. Je viens ici tous les matins avant de me préparer, c'est tout.

— Pour trouver quelque chose à te mettre ?

Pourquoi lui cachait-elle ce qui la tracassait ? Pour quelqu'un qui portait du noir comme une seconde peau, elle dépensait des sommes faramineuses dans une garde-robe colorée. Quelque chose ne collait pas.

— Je ne peux pas être elle, murmura-t-elle.

Il la regarda sans comprendre. Qui ne pouvait-elle pas être ?

Il l'observa avec attention. Que lui cachait-elle ? Pourquoi cette tristesse dans ses yeux ?

Elle venait de lui affirmer qu'elle n'avait pas de secret. Donc elle lui mentait. Tout ce qu'il venait de découvrir par hasard, elle aurait apparemment voulu le garder pour elle. Depuis combien de temps cette penderie pleine de vêtements colorés existait-elle ?

La sonnerie d'une alarme résonna soudain dans la maison. Aussitôt Josie quitta la pièce.

Plongé en pleine confusion, il la suivit, résistant à la tentation de saisir au passage un des vêtements de couleur pour en recouvrir le pyjama érotique et la peau dorée de son amie.

Un homme n'était qu'un homme, après tout. Mais le danger de s'autoriser à prendre ce dont il avait soudain envie était trop important. En aucun cas il ne pouvait se permettre d'abîmer leur amitié si profonde, si spéciale. Ce serait un gâchis impardonnable.

Il retrouva Josie dans la cuisine, qui éteignait l'alarme de son téléphone.

— Désolée, dit-elle avec un sourire. C'était mon rappel quotidien pour que je n'oublie pas de consulter mon agenda.

Reese la regarda sans comprendre.

— Tu as besoin d'un rappel pour consulter ton agenda ? Ça ne coule pas de source, pour toi ?

Elle leva les yeux vers lui, et l'espace de quelques secondes, son regard intense se posa sur son torse nu. Tiens tiens, songea-t-il. Elle ne semblait pas indifférente à sa semi-nudité.

Un soudain attrait sexuel devenait palpable entre eux. Intéressant et... dangereux.

— J'ai une alarme pour presque tout, expliqua-t-elle. Pour boire la quantité d'eau nécessaire, arroser mes plantes, parler à ma nouvelle assistante parce qu'elle me paraît parfois un peu perdue, et...

Il l'arrêta d'un signe de la main.

— J'ai compris ! Je te savais très structurée, mais j'ignorais que c'était à ce point.

— Si tu veux je peux programmer ton téléphone pour qu'il te rappelle quelques éléments essentiels de ta journée, lui proposa-t-elle avec un grand sourire.

— Moi j'ai tout dans la tête. Pas besoin d'alarme. Quant à mon assistante, elle me précède en tout, donc je suis paré. Des alarmes toute la journée, ça me dérangerait plutôt qu'autre chose. Conclusion, on ne connaît jamais vraiment quelqu'un avant d'avoir vécu avec lui.

Josie leva les yeux au ciel.

— Nous ne vivons pas ensemble, Reese ! Tu peux retourner chez toi quand tu veux.

— Tu viendrais avec moi ?

— Non. Je suis bien chez moi, et de toute façon, Chris ne sera pas un problème, lui assura-t-elle.

Pourquoi Chris renoncerait-il ? songea Reese. Il avait eu la femme la plus exquise possible, il l'avait laissée filer et il s'en mordait les doigts.

— Je vais prendre ma douche maintenant, annonça-t-elle. Je suis déjà en retard sur mon programme.

Comme elle passait près de lui, Reese lui bloqua le passage. Levant les mains pour protester, elle les posa à plat sur son torse.

— Josie, que se passe-t-il avec ce dressing ?

Il éprouvait un impérieux besoin de comprendre la vulnérabilité et la souffrance entrevues un peu plus tôt au fond des yeux de son amie.

Malgré tout, il trouvait difficile de se concentrer, avec les mains de Josie sur sa peau nue, et leur quasi-absence de vêtements. Franchir l'invisible barrière de l'amitié serait une faute.

D'où venait cette soudaine attraction sexuelle entre eux ? Certes Josie était sexy, mais ce tout nouveau besoin irrépressible qu'elle provoquait en lui le déroutait et le frustrait.

— Ne t'en fais pas pour cette penderie, répondit-elle en lui décochant un sourire. Pourquoi ne t'inquiètes-tu pas plutôt de l'ouverture de ton nouveau restaurant ?

Reese repoussa doucement les cheveux de Josie de son épaule, se torturant une nouvelle fois au contact de sa peau satinée.

— Oh ! Conrad's Manhattan est au premier plan de mes préoccupations, mais quel fiancé serais-je, si je ne t'ajoutais pas à la liste de mes tracas ? répliqua-t-il avec un clin d'œil.

Comme il l'espérait, elle éclata de rire. Puis ses yeux s'attardèrent un instant sur ses lèvres, elle poussa un soupir et recula d'un pas.

— Tu n'es pas mon fiancé, Reese. Nous sommes des amis, c'est tout.

Passant sa langue sur ses lèvres, elle répéta à mi-voix :

— De simples amis.

Sur ces mots, qui semblaient lui avoir coûté, elle s'éloigna.

Reese ne la suivit pas du regard. Il avait besoin de reprendre ses esprits. Quelle matinée !

Josie ressentait-elle à son égard des sentiments plus intenses que ce qu'elle voulait bien afficher ? Serait-elle prête à aller plus loin avec lui ? Et quel était l'épais mystère de tous ces vêtements colorés pendus dans le dressing, des vêtements non encore portés vus qu'ils avaient encore leur étiquette ?

Une seule chose était certaine : maintenant qu'ils vivaient ensemble, tout au moins temporairement, il devait mettre à profit cette période pour résoudre ce mystère.

Et aussi évaluer ses propres sentiments, comprendre ce qui se passait vraiment entre sa meilleure amie et lui.

3

La pluie tombait à verse. Reese courut de son SUV au porche de la maison de Josie. Le temps de se mettre à l'abri, il était trempé.

Il sonna à la porte et n'entendit aucun mouvement à l'intérieur. Sans doute aurait-il dû accepter la clé que Josie lui avait proposée à l'époque. Mais pourquoi en aurait-il eu besoin ? Il ne venait chez elle qu'en sa présence.

Il sonna de nouveau et attendit. Finalement, le verrou cliqua, et elle ouvrit la porte, vêtue d'un short et d'un haut noir, les cheveux et le visage mouillés.

— Qu'est-ce qui se passe ? demanda-t-il.

— Une fuite au-dessus de mon dressing, grogna-t-elle en se précipitant vers la chambre concernée. Satané orage !

Refermant la porte derrière lui, Reese ôta ses chaussures et lui emboîta le pas.

En fait, le dressing en question était celui qui contenait tous les vêtements colorés. Son contenu s'étalait maintenant partout, boîtes de chaussures et sacs à main sur le sol, tas de vêtements dans le fauteuil et sur le lit.

Il y en avait encore davantage qu'il ne l'avait cru ! Qu'est-ce que cela cachait ?

Il trouva Josie au fond de la penderie, disposant des seaux sous les fuites.

— Comme si j'avais du temps à perdre avec ça, bougonna-t-elle.

— Tu as d'autres seaux ?

— Non, mais j'ai des vases sur la table de la cuisine. Jette les fleurs et apporte-les.

Reese se précipita dans la cuisine, où il s'arrêta net. La table était couverte de fleurs de toutes sortes, une infinie variété de couleurs et de plantes toutes fraîches. Josie n'avait pas pu acheter ça elle-même. Tous les bouquets s'accompagnaient de cartes de visite. Chris, sans aucun doute. Il se débarrassa en hâte des fleurs et rejoignit son amie, les bras chargés de vases.

— Tu veux en parler ? lui demanda-t-il en les installant sous les diverses fuites.

— De quoi ?

— Des fleurs.

— Non.

— Tu as pour des milliers de dollars de fleurs sur la table de ta cuisine.

— Pas mon argent, répondit-elle, les yeux rivés au plafond pour placer les vases judicieusement. Et avant que tu dises quoi que ce soit, Chris est vraiment un problème.

À la bonne heure ! Elle s'en était rendu compte.

— Pourquoi as-tu épousé ce type, pour commencer ? demanda-t-il.

Leurs yeux se croisèrent brièvement.

— Tu crois vraiment que c'est le moment d'en parler ? rétorqua-t-elle en s'emparant d'un autre vase.

Elle avait raison… mais il remettrait le sujet sur le tapis. Il s'était posé la question dès qu'elle lui avait annoncé qu'elle s'était mariée avec Chris dans la plus stricte intimité, devant un juge.

Sans lui demander d'être son témoin ! Et devant un juge !

Elle méritait mieux qu'un mariage en catimini. Elle lui avait si souvent parlé de son rêve : une belle cérémonie intime sur la plage. Alors pourquoi ce mariage à la va-vite ?

Mais ses propres fiançailles ayant été une erreur, il n'avait pas à juger.

Il restait deux vases, et la fuite était sous contrôle.

Il sortit son portable de sa poche. Faire intervenir son couvreur dès la fin de l'orage lui paraissait impératif, pour limiter les dégâts.

Quelques minutes plus tard, il se tourna vers Josie et annonça :

— Il arrive dès que possible.

Le regard de Josie alla d'un seau à l'autre, d'un vase à l'autre.

— Quelle histoire, murmura-t-elle.

— Tu as repéré d'autres fuites dans la maison ?

Écarquillant les yeux, elle sortit précipitamment du dressing puis de la chambre. Il la suivit et constata deux petites fuites, dans la chambre de Josie. Il retourna chercher les deux vases restants et les installa.

— Quel cauchemar ! s'exclama-t-elle quand ils eurent regagné la cuisine.

— Tout ça peut être réparé sans problème. Mon couvreur est excellent, il en fera son affaire dès la fin de l'orage.

Josie rejeta ses cheveux en arrière et contempla les fleurs étalées pêle-mêle sur la table.

— Ça me fait de la peine de mettre tout ça à la poubelle, dit-elle.

— Eh bien, ne le fais pas ! Si on faisait des petits bouquets, on pourrait les apporter au service de cardiologie où se trouvait mon père. On les distribuerait au personnel, et pourquoi pas aux malades ?

Josie lui adressa un sourire enchanté.

— Je n'y aurais jamais pensé ! dit-elle. Tu peux vraiment être adorable, quand tu veux !

Il haussa les épaules avec modestie.

— Beaucoup de patients ne reçoivent aucune visite, reprit-il.

— Tu penses toujours aux autres, dit-elle en lui caressant la joue. Un jour, tu vas rencontrer la femme qui te convient, et elle aura bien de la chance.

— Tu es bien la seule à le dire !

Laissant retomber sa main, elle regarda les fleurs.

— Continue avec ces gestes généreux, et une femme va t'enlever et te garder pour elle seule.

Une seule scène d'enlèvement lui paraissait enviable : un lit avec Josie.

Mais il le savait, tout était bien classé dans l'esprit de Josie. Elle tenait son goût d'une vie structurée d'un père militaire, sa mère étant morte alors qu'elle n'était encore qu'un bébé. Lui, il se trouvait dans la case « amis ». Ce qui n'avait présenté aucun problème... jusqu'à présent.

— Je ne cherche pas à me marier, dit-il honnêtement. Mes fiançailles m'ont suffisamment effrayé pour me faire comprendre que je préférais travailler comme un forcené. Je me nourris de travail et, ça, je peux le contrôler.

— Ah, le contrôle... C'est pourquoi tu es encore seul. Les femmes détestent être contrôlées. Tu n'as pas envie d'être attendu quand tu rentres chez toi ? De tout partager avec quelqu'un ? Quelqu'un avec qui faire les courses ?

Il éclata de rire.

— D'abord, je ne fais jamais les courses. Ensuite, je te dis tout. Et quand je rentre chez moi, je bois un bon bourbon. Ça suffit à mon bonheur.

Josie leva les yeux au ciel.

— C'est si solitaire, dit-elle.

— Et pour ma défense, jamais je ne voudrais contrôler une femme. Je ne mène pas de batailles perdues d'avance !

— Tu es un homme rare.

— Tu cherches à me séduire ? Je te rappelle que nous sommes déjà fiancés.

— Nous ne sommes pas fiancés ! protesta-t-elle en riant. Mais je pourrais avoir besoin de convaincre Chris que nous le sommes, car de toute évidence il ne m'a pas crue. Ou il s'en moque.

— Ou alors c'est un imbécile, ce que je crois fermement. Fais une valise et viens t'installer chez moi.

Josie écarquilla les yeux.

— Tu plaisantes ? Ma maison tombe en ruine, si tu ne l'as pas remarqué ! Je dois surveiller les dégâts.

— Mon couvreur va venir réparer tout ça dès aujourd'hui. Tu ne veux pas être dans les pattes de son équipe pendant les travaux, si ?

Il s'empara de la main de Josie et lui caressa l'annulaire.

— Il nous faut trouver une bague, décréta-t-il.

Retirant sa main en riant, elle protesta :

— Tu ne peux pas être sérieux deux minutes ?

— Je suis sérieux.

Levant les yeux au ciel, elle se tourna vers les fleurs.

— Je vais chercher du papier et des rubans, dit-elle.

— Rassemble toutes les fleurs, on trouvera des vases chez moi. Prépare un sac pour passer la nuit.

— C'est idiot. Je peux très bien rester ici.

— Tu peux, mais pourquoi le ferais-tu ? On va se faire une nuit cinéma dont on a le secret.

— C'est moi qui choisis le film alors, répondit-elle en lui lançant un regard en coin.

Il hocha la tête sans enthousiasme. Le film favori de Josie était *An Affair to Remember*. Elle le lui avait fait découvrir au lycée, et il l'avait détesté. Depuis, chaque fois que c'était son tour de choisir, elle le ressortait. Il le connaissait par cœur. Mais là n'était pas la question. Si cela lui faisait plaisir, c'était tout ce qui comptait.

— Va faire ta valise, répéta-t-il. On se retrouve chez moi.

— D'accord, dit-elle en quittant la cuisine.

Une vague inquiétude s'empara de Reese. Passer du temps avec Josie n'avait jamais été un problème auparavant. Il est vrai que ses hormones indésirables n'avaient alors pas pointé le bout de leur nez. Pas de cette manière, en tout cas. Combien de temps tiendrait-il avant de franchir la ligne interdite dont ils ne reviendraient pas ?

Entre la mystérieuse penderie multicolore de Josie, la lettre qu'il avait reçue d'une inconnue, deux demi-frères qui lui tombaient du ciel et son désir incandescent pour sa meilleure amie, il avait les nerfs à vif.

En fait, il n'existait qu'une solution : prendre ces fausses fiançailles un jour après l'autre. Il était quand même capable de se contrôler, non ?

Josie ouvrit la belle grille du jardin de Reese. Comment avait-elle pu se laisser convaincre de venir s'installer ici ? Certes, elle n'avait pas opposé une résistance farouche. Elle était fatiguée, inquiète de l'état de son toit. Pour couronner le tout, elle n'avait aucune envie de se retrouver avec les ouvriers, bruit, poussière et matériel compris !

Mais un détail la tracassait. Reese allait-il continuer à parader devant elle en boxer ? Bien entendu, elle l'avait déjà vu de nombreuses fois en maillot, mais c'était... avant. Avant que quelque chose se déclenche en elle en entendant les mots « ma fiancée ». Avant qu'il l'attire contre lui comme l'aurait fait un amant. Il avait pris la situation en main avec tellement de possessivité, de sensualité, de virilité...

Elle se vantait depuis toujours d'être une femme indépendante, mais la façon dont Reese s'était imposé à elle face à Chris l'avait tourneboulée. Pourrait-elle revenir en arrière ? Rien n'était moins sûr.

La situation lui échappait totalement. Rien de plus frustrant, de plus déstabilisant. Pour elle, dont la vie était réglée comme du papier à musique, la nouvelle situation ressemblait au désordre le plus absolu.

Elle se gara en face des marches menant à la magnifique demeure de Reese. Cet homme ne faisait jamais rien en petit ! Sa maison était grande comme quatre fois la sienne, et il y vivait seul ! Son cuisinier et sa gouvernante allaient et venaient, on les voyait à peine, et pourtant la demeure était impeccable, le réfrigérateur regorgeait de produits frais.

Reese traitant ses employés comme des membres de sa famille, ceux-ci lui vouaient une grande fidélité et se mettaient en quatre pour lui être agréables. Il avait beau être multimillionnaire, il n'en demeurait pas moins l'homme le plus généreux qu'elle connaisse. Un cœur d'or.

Son téléphone sonna au moment où elle allait descendre de voiture. Si c'était encore un message de Chris... Elle avait largement sous-estimé le nombre de textos et d'appels de son ex, pour éviter que Reese resserre son emprise sur elle.

Elle consulta sa messagerie et vit qu'il s'agissait de Melissa, son éditrice. Mais son soulagement fut de courte durée...

Félicitations pour ces fiançailles ! Mon équipe et moi venons de l'annoncer sur ton blog, mais je veux une interview avec Reese et toi aussi vite que possible ! Tout ça est très excitant !

La gorge nouée, elle relut le message, ne comprenant pas comment...

Oh non...

Un peu plus tôt ce matin, elle avait confié à Carrie, son assistante, que Reese avait brusquement décidé qu'ils étaient fiancés, et que cela avait mis son monde sens dessous dessus. Mais elle l'avait dit sur le ton de la plaisanterie !

Et maintenant ? Un *teaser* avait déjà été posté sur son blog ! Un blog consulté des centaines de milliers de fois par jour. Impossible de se soustraire à pareille annonce sans ternir la réputation non seulement de la revue *Cocktails and Classy*, mais de sa propre image publique.

Désarmée, elle contempla le message. Comment y répondre ? En tout cas, elle connaissait la responsable de cette catastrophe. Comme s'il ne suffisait pas de devoir suivre pas à pas sa nouvelle assistante pour s'assurer qu'elle ne commettait pas d'erreurs, voilà qu'elle ne pouvait lui accorder aucune confiance !

De toute évidence, elle allait devoir s'occuper de Carrie dès demain matin. Pour le moment, il n'y avait rien d'autre à faire. Le mal était fait.

Il ne lui restait plus qu'une option, feindre des fiançailles avec son meilleur ami ! Cela dépassait le simple mensonge à son ex. Maintenant, le public aussi prenait connaissance de sa vie personnelle.

Appuyant sur la touche « répondre », elle choisit ses mots avec soin.

Merci. Désolée que tu apprennes la nouvelle de cette façon. L'interview va devoir attendre un peu.

Ses fans exigeraient le scoop, surtout parce qu'elle avait divorcé six mois plus tôt. À l'époque, le flot d'amour et de gentillesse qui s'était déversé sur elle l'avait rendue un peu coupable, dans la mesure où elle n'aimait pas Chris.

Elle se targuait d'être disponible pour ses lecteurs et elle comprenait le désir de Melissa de partager l'heureuse nouvelle de ses fiançailles avec eux. Hélas, la dernière chose qu'elle désirait, c'était une nouvelle relation sentimentale rendue publique... Un nouvel échec. Car ces fiançailles improvisées n'avaient aucune chance de survie.

Sans attendre de réponse de son éditrice, elle prit son sac et sa petite valise et se dirigea vers la porte d'entrée. Elle allait devoir raconter tout ça à Reese, et ensuite voir comment il réagirait à la perspective de leurs fiançailles rendues publiques.

Il ferait sans doute quelque chose d'idiot comme aller acheter une bague ! Et le connaissant, ce ne serait pas une bague en toc.

Une fois de plus, elle se maudit. Si seulement elle n'avait rien dit à Carrie ! Mais, voilà, elle n'avait aucune raison de se méfier de son assistante. D'ailleurs, peut-être que cette dernière ne pensait pas à mal en divulguant cette information à Melissa. Et maintenant le mensonge s'était propagé, et il fallait en supporter les conséquences.

La porte d'entrée s'ouvrit devant elle.

— Tu aurais dû m'appeler, lui fit remarquer Reese en prenant sa valise.

— Tu plaisantes ? répliqua-t-elle en pénétrant dans la maison. Je suis capable de porter ma valise moi-même !

Il murmura quelque chose à propos de son entêtement, et elle laissa passer sans riposter.

— Tu es prête pour le film ? s'enquit-elle. On s'installe dans le home cinéma ou sur la terrasse ?

Mais, à présent, regarder un film ne lui disait plus rien. Elle ne pensait qu'à une chose : la vitesse à laquelle se propageait l'incendie. Qui d'autre, à présent, savait que Reese et elle se fiançaient ?

— Qu'est-ce qui ne va pas ? demanda Reese en la prenant par le bras. Chris ?

— Non.

Il avait envoyé des textos, mais cela n'avait plus aucune importance.

— Alors quoi ? insista Reese.

Elle sourit et prit son courage à deux mains.

— Si nous allions la choisir, cette bague de fiançailles ? lança-t-elle.

4

Reese ne s'attendait vraiment pas à ça ! Plus tôt dans la journée, quand il avait évoqué la bague en plaisantant, elle avait semblé stupéfaite.

— La bague ? répéta-t-il.

Josie déposa son sac à main sur le guéridon de l'entrée et se tourna vers lui avec un petit rire nerveux.

— Voilà. C'est une histoire complètement idiote, lui expliqua-t-elle. Au téléphone ce matin, j'ai eu une conversation que je croyais innocente avec Carrie, mon assistante. Je lui ai expliqué ce qui s'était passé avec Chris et comment tu t'étais débrouillé pour le faire partir de chez moi en lui affirmant que nous étions fiancés.

Reese écoutait avec attention, intrigué par l'état de nervosité de Josie. Quelque chose semblait vraiment la perturber.

— Ensuite nous avons parlé travail, continua-t-elle en se tordant les mains. Et là, au moment où je me garais devant chez toi, j'ai reçu un texto de mon éditrice. Elle me félicitait pour nos fiançailles ! Elle a déjà posté une annonce sur mon blog et elle veut nous interviewer. Tu t'imagines ? Je suppose que Carrie m'a prise au sérieux. Qui d'autre aurait pu prévenir mon éditrice ? Je suis désolée pour le désordre que ça provoque, conclut-elle, essoufflée.

Reese la regardait se tordre les mains, les plaquer contre sa robe noire, se les passer dans les cheveux. Ses nerfs semblaient prêts à la lâcher. Décidément, ces fiançailles inventées les tourneboulaient tous les deux. De toute évidence, Josie s'affolait à l'idée de perdre le côté strict et bien rangé de sa vie, qu'elle affectionnait.

Quant à lui… Il mourait d'envie de déshabiller sa meilleure amie et de sentir sous ses mains ses courbes voluptueuses. Que faire de ce désir ?

Conclusion, ils devaient faire face à un gros problème qu'il n'avait pas le temps de résoudre.

— Dans ce cas, dit-il en repoussant fermement ses fantasmes, nous allons acheter une bague et répondre à quelques questions. Autre chose ?

Elle écarquilla les yeux.

— Autre chose ? C'est ça, ta réponse ? Nous n'allons pas nous marier, Reese ! Je ne peux pas refaire ça publiquement. Je viens de mettre un terme à un mariage qui n'aurait jamais dû avoir lieu. Toi et moi sommes des personnes publiques, les médias vont s'emparer de la nouvelle. Je ne veux pas de ça !

Il la prit d'autorité par la taille et la guida jusqu'au salon. Comment lui assurer que tout allait bien se passer ?

— Écoute. Jouons le jeu, proposa-t-il. On peut sûrement faire semblant de bien s'aimer, non ?

— Tu pourrais être sérieux cinq minutes ?

Il se pencha un peu vers elle. Le regard de Josie s'attarda quelques secondes sur sa bouche, avant de se planter dans ses yeux.

— Oh ! Je suis tout ce qu'il y a de plus sérieux, Jo. Répondons aux questions de ton éditrice et faisons une apparition en couple à l'inauguration de mon restaurant dans quinze jours. Entre-temps, nous imaginerons la suite.

Posant les mains sur ses épaules, il ajouta :

— Dans quelque temps, nous pourrons toujours dire que nous rompons nos fiançailles. Nous déclarerons que finalement nous préférons l'amitié à la vie maritale. Ce sera très plausible, parce que les gens nous ont déjà souvent vus ensemble, ils savent que nous sommes proches.

— Mais je n'ai pas envie d'un nouvel échec ! Même d'un faux nouvel échec !

C'était ce dont elle avait peur ? Échouer ? Donc elle ne craignait pas le faux engagement entre eux ? Intéressant…

— Tu n'as jamais échoué en rien, lui rappela-t-il. Même pas avec ce mariage auquel tu as mis fin. Tu as compris qu'il ne fonctionnait pas, c'est tout. Et je ne risque pas de te faire échouer dans quoi que ce soit. Jamais je ne supporterais de te faire du mal. Je suis là, à tes côtés.

Fermant les yeux, elle inspira profondément, mais il sentait toujours ses épaules tendues sous ses mains.

— Tu me fais confiance ? lui demanda-t-il.

Elle ouvrit les yeux et le regarda un instant sans répondre.

En général ses grands yeux sombres cachaient bien ses émotions. Mais pas en cet instant. Au fond de son regard, il lut à livre ouvert la peur, la vulnérabilité, l'inquiétude. Lui-même ressentait les mêmes émotions, mais il avait suffisamment foi en leur amitié pour croire qu'ils résoudraient tout. Même le franchissement de la ligne invisible entre eux.

Celle qu'il s'était promis de ne pas franchir.

Josie finit par hocher lentement la tête, et un intense soulagement l'envahit. Il la protégerait et s'occuperait d'elle à n'importe quel prix, se promit-il. Il pouvait jongler avec ses problèmes familiaux, avec l'inauguration de son restaurant à Manhattan, et s'assurer en même temps que Josie sorte indemne de cette aventure.

Les yeux de son amie toujours plantés dans les siens, il se sentit soudain submergé par un désir violent. Penchant la tête vers elle, il approcha ses lèvres des siennes jusqu'à les frôler.

— Que... Qu'est-ce que tu fais ? murmura-t-elle.

— Je m'entraîne. Il faut que nous soyons crédibles, en public.

Elle passa sa langue sur ses lèvres. Leurs bouches étant si proches, sa langue effleura la lèvre inférieure de Reese. Sans préméditation. Mais prémédité ou pas, cela ne changeait rien. Ce simple contact déclencha quelque chose en lui.

N'y tenant plus, il couvrit la bouche de Josie de ses lèvres, tout doucement, lui offrant ainsi l'occasion de refuser son contact. Si elle le repoussait, il respecterait sa décision. Même si maintenant il en voulait davantage.

Bien davantage.

Le désir de l'attirer contre lui le consumait, mais il refusait de la contraindre. Il mourait d'envie de continuer à l'embrasser, de la caresser, mais plus que tout il voulait qu'elle se sente en sécurité et qu'elle choisisse ou non de continuer...

La patience s'imposait, pour ne pas gâcher ce qui les unissait depuis longtemps.

Quand les lèvres de Josie s'entrouvrirent sous les siennes, il interpréta cela comme un feu vert et approfondit aussitôt son baiser. Les doigts délicats de son amie coururent le long de ses bras, lui donnant la chair de poule.

Quand avait-il eu la chair de poule pour un simple baiser ?

Jamais. Un baiser ne lui donnait jamais le vertige. Il n'était plus un adolescent.

Josie avait un pouvoir sur lui, bien plus qu'il ne l'aurait imaginé. Elle poussa un petit soupir, et il mit aussitôt fin à leur baiser.

Mâchoire et poings crispés, il ferma les yeux et inspira profondément, résistant à l'envie de la conduire dans sa chambre.

Un baiser aussi puissant, sans vraiment se toucher, appelait... quelque chose d'autre. Et ce quelque chose d'autre, il le désirait passionnément.

— Qu'est-ce que nous avons fait ? murmura-t-elle en laissant tomber ses mains le long de son corps.

Pour alléger l'atmosphère, il lui sourit.

— Nous nous sommes entraînés à nous embrasser, répondit-il.

Il ne souhaitait pas exposer en pleine lumière ses vrais sentiments. D'autre part, il ne voulait pas la gêner non plus. Elle avait franchi une étape, il ne voulait pas provoquer sa fuite.

Elle recula d'un pas et hocha la tête.

— Bon, dit-elle. Tu embrasses sacrément bien.

Un beau compliment, songea-t-il. Et comment ne pas vouloir davantage ? Le simple goût des lèvres de son amie avait embrasé son imagination.

— Toi aussi, répondit-il avec un sourire. Je vais déposer ta valise dans une chambre, et ensuite on regarde le film. Quelle chambre préfères-tu ?

— N'importe laquelle, du moment qu'elle a une vue sur l'océan.

Il hocha la tête puis, prenant la valise de Josie, il se dirigea vers l'ascenseur. Il avait besoin de quelques minutes pour reprendre ses esprits. Mais comment penser à autre chose qu'à ce baiser ? Comment ne pas rêver au moment où il se reproduirait ?

Maintenant qu'il y avait goûté, son corps exigeait davantage. Seulement, se concentrer sur ce désir insensé alors qu'il avait tant à faire serait pure folie.

Et pourtant... Il ne pensait qu'à ça.

An Affair to Remember ne retenait pas l'attention de Josie. Ce manque d'intérêt ne devait rien au fait qu'elle connaissait chaque plan du film par cœur, chaque réplique. Non, toute son attention se concentrait sur ses lèvres encore brûlantes, sur l'homme assis à côté d'elle sur le canapé. Ils s'étaient finalement installés dans le home cinéma, à cause du mauvais temps persistant. Il y avait d'autres sièges dans la pièce mais, non, Reese s'était installé tout près d'elle !

Pourquoi diable l'avait-il embrassée ainsi ? Au simple contact de ses lèvres, son corps entier avait frémi. Ce petit pincement de désir qu'il avait allumé en la désignant comme sa fiancée s'était transformé en autre chose. Un besoin inconnu d'elle la tourmentait. Jamais auparavant un baiser, aussi doux soit-il, n'avait suscité en elle l'envie forcenée de déshabiller un homme.

Et puis Reese avait fait marche arrière, la laissant pantelante, en pleine confusion mentale.

Si ce baiser n'était qu'un entraînement, comme il l'avait dit, que se passerait-il s'ils devaient s'embrasser devant tout le monde ?

Le téléphone portable de Reese bipa. Il le consulta et bougonna quelque chose en envoyant une réponse rageuse.

— Tout va bien ? demanda-t-elle.

Il acquiesça en souriant.

— Tout va bien. C'est un texto de travail.

— Pour l'inauguration à Manhattan ?

— Non. Un truc au Tennessee.

Surprise, elle se tourna vers lui.

— En rapport avec le séjour dont tu reviens ? Pour lequel tu as fait tant de mystère ?

Les yeux de Reese quittèrent l'écran pour se poser sur elle.

Comme il ne répondait pas, elle appuya sur la télécommande et arrêta le film.

Elle fixa les mains fermes de son ami toujours agrippées au téléphone. Quels secrets cachait-il ?

Reese lui prit la main et soupira. Elle tressaillit. Ce geste amical innocent, accompli des centaines de fois dans le passé, prenait une autre allure, après ce maudit baiser.

Elle se trouvait toujours en présence de son meilleur ami... Mais devenu un soi-disant fiancé. Il leur fallait jouer ce rôle pendant quelques semaines, avant de redevenir de simples bons amis.

Cela dit, était-elle sûre de ne vouloir que l'amitié de Reese ? Pouvait-elle se permettre de ne pas avoir peur ? Devait-elle autoriser Reese à déborder du cadre strictement amical ? Pour être honnête, voilà déjà quelque temps qu'elle avait envie d'autre chose entre eux. Un... changement. Peut-être pouvait-elle desserrer l'étau du contrôle, s'autoriser un peu de hardiesse ? Puisque la situation était provisoire, peut-être devait-elle saisir cette occasion d'agir comme la femme audacieuse qu'elle s'interdisait d'être ? Ou pas.

Oh Seigneur... Tout se mêlait dans sa tête.

Comment son cœur supporterait-il de jouer à la fiancée de Reese, avec tous les gestes intimes et les regards langoureux qui vont avec ? Dans quelles mesures cela affecterait-il la dynamique de leur relation amicale ? Pouvaient-ils vraiment glisser d'un type d'intimité à un autre sans dommage émotionnel ?

Rien n'était moins sûr. Pourtant, toute une partie d'elle mourait d'envie de le découvrir.

— Je ne te cache rien volontairement, lui répondit-il enfin en lui caressant la main. J'essaie juste de régler certaines choses... délicates. Je t'en parlerai quand je serai prêt.

Elle l'observa attentivement. Cela avait l'air sérieux, et il était sincère. En général, il essayait toujours de la faire sortir de sa coquille, de renoncer à son emploi du temps planifié pour la faire agir à l'improviste. Alors que là, c'était lui qui s'enfermait dans sa coquille. Ce qui lui encombrait l'esprit devait être très important.

La façon dont il lui caressait la main la faisait frissonner.

Séjourner dans cette maison se révélait une très mauvaise

idée. Vu l'espace, au moins ne coucherait-elle pas dans la même chambre que lui !

Il était tard, et le lendemain matin elle démarrait un nouveau projet. Elle devrait avoir l'esprit clair, dégagé de rêveries de baisers passionnés, sans fantasmes dérangeants concernant son meilleur ami.

— Je suis fatiguée, dit-elle en se levant. J'ai une journée chargée demain. Je vais me coucher.

Reese se leva à son tour et la domina de sa haute taille. Il était grand et fréquentait une salle de gym, mais jamais encore elle n'avait remarqué à quel point il était puissant et sensuel. Son cœur se mit à battre plus vite.

— Ça va ? demanda-t-il, sourcils froncés. Si tu t'inquiètes au sujet des fuites dans ton toit, mon couvreur va y remédier rapidement.

Ah oui, ces satanées fuites ! Elle les avait complètement oubliées ! Tout ce qui avait précédé ce baiser avait été balayé de son esprit. Et, pourtant, elle ferait bien de recoller à la réalité, parce que rien de ce qu'elle éprouvait, rien de ce que Reese et elle faisaient semblant de vivre n'était réel.

Le baiser de Reese n'avait rien de réel. Son ami ne projetait pas de vivre quoi que ce soit avec elle sur la base de ce simple baiser. Il lui avait expliqué qu'il s'entraînait pour qu'ils soient crédibles quand ils seraient en public. Un simple jeu.

Cela, elle pouvait le gérer. En revanche, comment manœuvrer pendant cette courte période ? Reese était son roc, son meilleur ami, celui à qui elle pouvait tout dire. Le changer de case dans sa vie ne ferait que déstabiliser la structure solide sur laquelle elle s'appuyait.

Si elle échouait publiquement dans une nouvelle relation sentimentale, qu'adviendrait-il de sa réputation ? Soudain elle paniqua. Avait-elle laissé tomber tous ses principes de vie ? Elle, toujours si fière de son indépendance, du contrôle qu'elle exerçait sur sa vie. Grâce à son père militaire et à son enfance structurée à l'extrême, elle ne connaissait rien d'autre.

— Je ne m'inquiète pas des fuites, lui assura-t-elle.

Reese lui glissa une mèche de cheveux derrière l'oreille, puis ses doigts s'attardèrent le long de sa joue. Avait-il déjà eu des gestes aussi affectueux envers elle ? Son intérêt pour elle était-il récent ? Avait-elle pris tous ces petits gestes tendres pour argent comptant, jusqu'à maintenant ?

— C'est le baiser qui te pose problème ? lui demanda-t-il.

Josie eut un haut-le-cœur.

— Nous sommes toujours amis, Jo. Ce baiser n'est pas obligé d'avoir de l'importance.

Elle avala sa salive et planta son regard dans les beaux yeux bleus de Reese.

— Mais il en a eu, murmura-t-elle.

Effrayée à la pensée qu'il ne ressente pas la même chose qu'elle, elle s'empressa de quitter la pièce.

Sans doute manquait-elle de courage mais, en cet instant précis, elle avait peur. Très peur. Que se passerait-il après quinze jours passés à faire semblant d'être amoureux devant les autres ? Elle n'était ici que depuis deux heures, et ses sentiments nouveaux s'affermissaient déjà. Combien de temps Reese se cantonnerait-il dans cette case « ami » dans laquelle elle l'avait si soigneusement rangé ?

Plus que tout, elle s'inquiétait de ne plus jamais être la même. Maintenant qu'elle avait entrevu ce que Reese pouvait lui apporter… elle mourait d'envie de l'expérimenter.

Cette révélation allait l'empêcher de dormir toute la nuit.

5

— Tout va bien, fiston ?

Au son de la voix de son père sur le Bluetooth de son SUV, les mains de Reese se crispèrent sur le volant.

« Fiston. » Ce surnom affectueux, entendu des milliers de fois au fil des années, ne lui rappelait soudain plus que près de quarante ans de mensonges.

Il se gara devant le premier Conrad's de ses parents, à Sandpiper Cove. Ce restaurant était presque aussi vieux que lui et demeurait l'endroit le plus recherché de l'État. Beaucoup de magazines et de revues le mentionnaient pour louer sa cuisine raffinée.

Tout ceci lui appartenait maintenant, puisqu'il était le fils de Martin Conrad... Du moins le croyait-il jusqu'à récemment.

Mais même avec cet énorme héritage, il aspirait à faire ses preuves et s'y employait avec le nouveau restaurant à New York.

— Ça va, répondit-il en éteignant le moteur. Je suis content que maman et toi passiez de bonnes vacances. Vous le méritez, tous les deux.

C'était vrai. Il les avait toujours vus travailler d'arrache- pied, bâtissant cet empire de la restauration à partir d'un petit estanco qu'ils avaient agrandi peu à peu. Assez vite, ils s'étaient rendu compte de leur capacité à ouvrir un nouveau restaurant, puis un autre.

Reese s'enorgueillissait d'appartenir à une famille aussi travailleuse et entreprenante. Ses parents lui avaient enseigné leurs valeurs. Lui-même souhaitait un jour fonder une famille, avoir des enfants auxquels transmettre à son tour ces valeurs et cet empire.

Mais que devenaient toutes ces aspirations aujourd'hui ? Il remettait tout en question.

— Nous passons de très bons moments, lui assura son père. Attends... Qu'est-ce que tu dis, Laura ?

Reese attendit pendant que ses parents discutaient entre eux.

Malgré tout ce que cette lettre lui avait fait découvrir, mais était-ce la vérité, Martin et Laura Conrad l'avaient élevé. Ils l'avaient aimé, avaient tout fait pour lui. En conséquence, quelle que soit l'issue de leur confrontation au sujet de son père biologique, ils demeuraient ses parents. Il regrettait seulement qu'ils ne lui aient pas fait assez confiance pour lui dire la vérité.

— Fiancé ? s'exclama son père. Reese, ta mère affirme que tu es fiancé ? Elle est en train de lire le blog qu'elle aime bien dans la revue de Josie. Quoi, Laura ? Qu'est-ce que tu dis ? Il est fiancé à Josie ? Notre Josie ?

Reese sourit. Josie faisait partie de leur famille depuis longtemps. Quand son père, militaire, voyageait, elle venait souvent habiter chez eux. Du temps où elle étudiait à l'université, elle avait passé la plupart de ses vacances avec eux. Ses parents l'adoraient ; elle était la fille qu'ils n'avaient pas eue, et ils la traitaient comme telle, avec une affection jamais démentie.

Reese se passa une main dans les cheveux. Oui, il aurait dû en parler à ses parents plus tôt, dès la nuit dernière. À sa décharge, à ce moment-là il ne pensait pas à ces fiançailles fictives. Seule Josie l'occupait. Le baiser échangé, le fait qu'il avait une importance pour elle. Quelle importance au juste ? Mais avant qu'il lui pose la question, elle s'était détournée pour monter dans sa chambre.

Il était resté dans le home cinéma longtemps après qu'elle s'était retirée. Ainsi, il n'avait pas été le seul affecté par ce baiser. Que faire de cette révélation ?

De toute façon, ses parents méritaient une explication. Ils aimaient Josie comme leur fille, et la nouvelle inattendue semblait les réjouir.

— Fiston, tu es toujours là ?

Sortant de la dérive de ses pensées, Reese répondit :

— Bien sûr... J'allais vous en parler aujourd'hui, en fait. Tout cela est allé très vite.

— Josie est une fille merveilleuse, déclara son père. Ta mère veut te parler.

Reese avala sa salive avec difficulté. La voix de sa mère retentit dans l'habitacle du SUV.

— Mon chéri, je suis tellement heureuse pour vous, même si je regrette d'avoir découvert la nouvelle dans les médias. Qu'importe ! Comment te sens-tu ? Comment as-tu fait ta demande ? Pour ma part, je sens cet événement venir depuis des années ! J'ai hâte d'organiser une soirée monstre pour vous deux !

La tête de Reese lui tournait. Pas question de laisser sa mère organiser quoi que ce soit ! Et pourtant, il ne parvenait pas à lui avouer l'imposture.

— Maman, ne te lance dans rien pour le moment. Josie croule sous le travail, et je suis très occupé avec l'ouverture du restaurant à Manhattan. Laissons passer ces deux semaines agitées, et on en reparle. D'accord ?

Le silence à l'autre bout n'était pas bon signe. Sa mère n'approuvait pas.

— Promis ? insista-t-il. Tu sais l'importance de l'ouverture de ce nouveau restaurant pour moi. Je dois m'y consacrer entièrement. Josie le comprend très bien.

— Bien sûr qu'elle le comprend, répondit sa mère. C'est pour ça que vous êtes faits l'un pour l'autre. Vous êtes tous les deux des bourreaux de travail !

Vrai ! Reese ressemblait à son père. Enfin, à Martin. Il consacrait le plus clair de sa vie à ce que ses restaurants haut de gamme se maintiennent au sommet de leur art, conformément à leur réputation.

— J'ai demandé à Josie de couvrir l'événement, reprit-il en détournant la conversation vers les affaires. C'est bon pour nous deux.

— J'ai hâte de vous voir ! s'exclama sa mère. Embrasse Josie de ma part !

Pas de problème pour l'embrasser ! Et même davantage, s'il l'avait pu.

— On se voit à l'inauguration, mon chéri, conclut sa mère. On t'aime !

L'émotion faillit submerger Reese mais il résista. Sa mère l'aimait, cela ne faisait aucun doute. Mais, à un certain moment, il lui faudrait trouver les mots justes pour les interroger tous les deux.

— Moi aussi je t'aime, maman. À dans deux semaines.

Il raccrocha et demeura assis dans son SUV, songeur.

Il se sentait coupable, essayait de se convaincre que la situation était passagère. Deux petites semaines. Ensuite, Josie et lui retourneraient à la case départ, des amis de toujours. Personne ne saurait que tout ceci n'était qu'une imposture. Pas même ses parents.

Mais lui le saurait.

Comment diable s'y prendrait-il pour ne plus jamais la toucher, plus jamais l'embrasser comme il le désirait ?

La situation affectait Josie aussi. Il avait remarqué l'étincelle dans son regard, son souffle court, au moment du baiser.

Son portable vibra dans sa main. Un message de Josie s'affichait sur l'écran.

Melissa souhaite une série de photos en même temps que l'interview. Elle a tout prévu pour demain matin 9 heures et espère voir le Conrad's en arrière-plan. Tu veux que je trouve une excuse pour remettre à plus tard ?

Reese contempla le message. S'ils allaient trop vite, quels seraient les dommages, au bout du compte ?

D'un autre côté, quel mal pouvait provoquer quelques photos ? L'interview serait un jeu d'enfant. Ils se connaissaient l'un l'autre sur le bout des doigts. La couverture de cet événement ferait peut-être une bonne publicité pour l'ouverture de son restaurant ?

Il écrivit :

Pas de problème, on peut tous se retrouver au restaurant.

Elle répondit aussitôt :

Désolée pour cette histoire…

Il appuya sur la touche « répondre ».

Moi aussi. On en sortira ensemble, t'inquiète.

Il ne craignait qu'une chose, c'était perdre Josie à jamais. Le risque de rechercher quelque chose de plus avec elle le terrifiait. Cependant il commençait à entrevoir une autre vérité : s'il ne tentait rien avec elle, cela le terrifiait aussi.

Sauf qu'il n'avait pas de temps à consacrer à une relation sentimentale en ce moment. Il ouvrait un nouveau chapitre dans sa carrière et devait y consacrer toute son énergie, tout son temps.

Non seulement pour lui, mais pour ne pas décevoir ses parents. Ils lui avaient confié leur empire. Pas question de dévier de ce but.

Il envoya un dernier message à Josie.

À ce soir, à la maison.

Le message partit avant qu'il se rende compte à quel point il semblait intime et familier. À la maison ! Il n'était aucunement préparé à cette situation ! Peut-être un jour, mais pas maintenant. Il se sentait trop écrasé de travail, sans compter le tour très dramatique que venait de prendre sa vie familiale personnelle.

Pourtant, l'idée que Josie l'attende chez lui le ravissait. Il avait déjà demandé à son chef personnel de leur préparer le plat et le dessert favoris de son amie. Une bouteille de son vin préféré refroidissait au réfrigérateur. Il avait l'intention de transformer cette situation stressante en des moments de vie décontractés.

Reese sortit de son SUV. La chaleur l'accabla aussitôt. Quand il était à Sandpiper Cove, il venait chaque jour travailler au Conrad's. Aujourd'hui, pour une fois, il ressentait le désir de laisser tomber le travail et de profiter de la plage, comme les gens normaux. Josie accepterait-elle un jour de faire quelque chose d'aussi spontané, sortant de l'ordinaire ? Quelque chose qui ne serait pas consigné à l'avance dans son agenda ?

Pénétrant dans le restaurant par la porte de derrière, il débrancha l'alarme et se dirigea vers son bureau au dernier étage. Le premier étage était réservé aux VIP et se trouvait déjà presque tout retenu pour ce soir.

En sortant de l'ascenseur, il envoya un nouveau message à Josie.

Après l'interview de demain, garde le reste de la journée. J'ai une surprise.

Il connaissait d'avance sa réponse. Aussi, quand son téléphone bipa, il regarda son écran et éclata de rire.

Je déteste les surprises. J'ai besoin d'organiser mon temps. On dirait que tu ne me connais pas.

Oh si ! Il la connaissait très bien. C'est la raison pour laquelle il cherchait à l'éloigner de sa zone de confort, pour la voir vivre un peu. Ils étaient tous les deux très sollicités, une journée sans travail leur ferait du bien. Certes, en principe il n'avait pas de temps à perdre, mais rien ne lui importait davantage que Josie.

Il ne répondit pas à son message, préférant la laisser imaginer toutes les surprises qu'il pouvait lui préparer. Elle avait décidé de travailler depuis chez lui aujourd'hui, voulant rester loin des travaux sur son toit.

La savoir chez lui, c'était à la fois étrange et naturel. Il ne pouvait s'empêcher de se demander comment elle se sentait, après la nuit dernière.

Il avait l'intention de reparler de ce baiser avec elle, découvrir ce qu'elle éprouvait au juste. Parce que, lui, il voulait obtenir davantage. Davantage de baisers, de caresses... Josie tout entière.

Maintenant qu'elle habitait chez lui, une occasion en or se présentait...

Mais devait-il la saisir ?

6

Son article achevé, Josie s'appuya au dossier de sa chaise et contempla son écran. Quelque chose clochait dans son travail, sans qu'elle parvienne à mettre le doigt dessus. Et son verre de vin vide ne lui avait procuré aucune aide.

Elle ne parvenait pas à se concentrer sur son travail depuis qu'elle avait embrassé son meilleur ami, et cela l'agaçait. D'ailleurs, c'était lui qui l'avait embrassée. Elle, elle s'était contentée… d'en tirer un grand plaisir. Ses lèvres en ressentaient encore la brûlure.

Elle se leva en soupirant. Heureusement, il lui restait une semaine pour boucler cet article sur les soirées cocktails d'été. Elle avait en main tous les éléments pour rendre un très bon papier. Elle y insérerait de belles photos, avec des verres de martini énormes emplis de boissons rose pâle où flottaient des pétales de fleurs. On y trouverait la recette de cocktails de différents restaurants de la côte est et du monde entier, des entretiens avec des restaurateurs de renom, et d'autres choses encore. Elle fourmillait d'idées ! Pourtant, elle ne trouvait pas le fil conducteur pour donner du liant à son article et en faire un papier de qualité.

Son verre vide à la main, elle quitta le bureau.

La maison de Reese comptait trois endroits dédiés au travail, chacun face à l'océan. Préférant les endroits douillets et intimes, elle avait choisi de s'installer dans le plus petit bureau.

Au moment où elle atteignait le palier, une odeur délicieuse en provenance du rez-de-chaussée lui chatouilla les narines.

Qu'avait donc préparé Frisco ? Aucune idée, mais cela s'annonçait divin. Elle discerna une odeur de… pêche confite ?

Frisco, le chef personnel de Reese, n'avait fait qu'une apparition rapide, ce matin, pour lui demander ce qu'elle aimerait pour le déjeuner. Le luxe pour une femme comme elle, habituée à manger sur le pouce ou à acheter un repas tout prêt au coin de la rue – sans compter que ses dons culinaires étaient plus que basiques. Si elle restait trop longtemps chez Reese, elle deviendrait une femme trop gâtée.

Au moment où elle arrivait en bas de l'escalier, Reese fit son entrée dans la maison. Leurs yeux se rencontrèrent, et les doigts de Josie se crispèrent sur son verre. Elle ne l'avait pas vu depuis la veille au soir, au moment de sa fuite après le baiser. Sans doute n'avait-il pas passé la nuit à se rejouer ce moment. En tout cas, il ne semblait pas le moins du monde gêné ou perturbé.

Sa chemise bleue aux manches retroussées sur ses avant-bras laissait voir sa peau hâlée et ses muscles déliés. Ses yeux bleu cobalt plongés dans les siens lui parurent encore plus intenses que d'habitude.

Bon sang ! Ce baiser avait tout changé.

— On dirait que tu as besoin d'un second verre, lui fit-il remarquer, un petit sourire en coin. Et le repas sent délicieusement bon. J'arrive à temps !

Fermant la porte d'entrée derrière lui, il posa ses clés sur la petite commode.

Oui, ce baiser avait tout changé entre eux, songea-t-elle, incapable de faire un pas en avant.

Elle avait cru sentir les choses se modifier entre eux au moment où il l'avait prise par la taille pour annoncer leurs fiançailles à Chris. Mais c'était la rencontre de leurs bouches qui avait vraiment mis le feu aux poudres. Depuis ce moment-là, elle ne parvenait pas à contenir Reese dans la case « amis ».

Elle connaissait depuis toujours ses traits magnifiques, la beauté de son regard, mais jamais auparavant elle ne les avait ressentis comme ça. Comment décrire à son ami l'effet qu'il lui faisait, alors qu'elle ne se l'expliquait pas à elle-même ?

Mieux valait éviter ce genre de questions et essayer de garder une relation amicale la plus normale possible.

— Je viens de finir un premier jet de mon article, dit-elle en s'avançant vers lui. Je n'en suis pas satisfaite mais, pour aujourd'hui, j'arrête.

— Viens, tu m'exposeras tes problèmes au cours du dîner.

Ses problèmes ? C'était à mourir de rire, sachant que le problème, c'était lui ! Pas lui physiquement. Physiquement, il était la réponse, et c'était bien cela, le problème !

Elle n'y comprenait rien. Son cerveau était un perpétuel tourbillon de pensées confuses et d'émotions embrouillées. Elle savait ce qu'elle voulait dire, mais ordonner les différents aspects de sa réflexion se révélait impossible. Et elle détestait ça !

— J'aimerais mieux que tu me dises ce que l'on va faire demain, répliqua-t-elle.

Reese se mit à rire tout en la guidant vers la cuisine. Sa main au bas de son dos semblait trop intime, alors que quelques jours plus tôt, cela aurait paru un simple geste amical. Oh Seigneur… Voilà qu'elle remettait même en question ces petits gestes d'amitié qu'ils partageaient depuis des années…

— Eh bien, nous allons faire ce truc pour ton magazine et, ensuite, j'ai une surprise pour toi, répondit-il.

Elle s'arrêta et le dévisagea, interloquée.

— Ce « truc » ? répéta-t-elle. Comment peux-tu être aussi décontracté à propos d'un entretien et de photos pour de fausses fiançailles ? Rendre public un énorme mensonge !

— C'est programmé, et nous ne pouvons rien y changer. Autant ne pas nous prendre la tête avec ça.

Elle devait tout décommander. Être franche avec son éditrice, lui expliquer la farce. Mais cela endommagerait beaucoup sa crédibilité personnelle. Si elle avait voulu révéler la vérité, il aurait fallu le faire tout de suite. Maintenant c'était trop tard.

— Au fait, mes parents sont enchantés de la nouvelle, ajouta Reese.

— Pardon ? Tu l'as dit à tes parents ?

— Tu sais bien que ma mère lit tous les jours ton blog attaché à la revue *Cocktails and Classy*. Je n'ai pas pensé à les prévenir avant.

Les yeux fermés, elle prit une profonde inspiration. Ce mensonge se répandait à une vitesse incontrôlable. Elle aimait et respectait Martin et Laura Conrad qui étaient pour elle des parents d'adoption. Que penseraient-ils d'elle quand elle et Reese rompraient ? Et s'ils apprenaient que ces fiançailles n'étaient qu'une vaste comédie ? Oh Seigneur ! Jamais elle ne sortirait de ce cauchemar vivante.

— Tout va bien se passer, la rassura Reese d'un ton apaisant. Il nous suffit de faire semblant pendant deux semaines. Ensuite nous redeviendrons de simples très bons amis.

Deux semaines ? À cet instant précis, cela lui paraissait plutôt être deux ans ou deux décennies ! De plus, au point où elle en était déjà maintenant, dans deux semaines elle serait peut-être irrémédiablement attachée à Reese, le corps et le cœur pris. Aurait-elle alors la volonté de mettre un terme à cette folie ?

Reportant son attention sur Reese, elle soupira.

— Tu as raison. Deux semaines, ce n'est pas insurmontable, ça peut se faire, murmura-t-elle.

Le large sourire de Reese la réconforta un peu, et elle s'efforça de le lui rendre.

— Tu ne parlais pas de me servir un verre de vin ? reprit-elle.

Il éclata de rire et lui fit signe d'entrer dans la cuisine.

— J'ai demandé à Frisco de cuisiner tes plats préférés, alors j'espère que tu n'as pas trop mangé à midi ?

Elle se mit à rire à son tour et répliqua :

— Tu rigoles ? Il a essayé de me faire avaler un menu à cinq plats !

— Je lui avais demandé de bien te nourrir et de prendre soin de toi.

Prendre soin des autres, c'était la vie de Reese. Il prenait soin de ses parents, s'occupait avec dévotion de tous ses employés, prenait soin d'elle aussi. Elle ne connaissait pas d'homme plus altruiste.

Avant leur baiser, ces traits de caractère faisaient simplement partie de ce qu'elle aimait en lui en tant qu'ami. Mais maintenant... Elle ne pouvait s'empêcher de se demander ce que donnerait cette générosité dans une chambre à coucher.

Une image enflamma brièvement son imagination. Elle la balaya vite pour se replonger dans la réalité du moment.

— Je me serais contentée d'une banane ou d'un smoothie, dit-elle. Mais j'apprécie le geste.

La vaste cuisine donnait sur l'océan par de larges baies vitrées. Le soleil déclinait, embrasant l'horizon de lueurs orangées qui scintillaient comme des diamants.

Une vue à un million de dollars.

Josie contempla la table et s'exclama :

— Mais... Qu'est-ce que c'est que ça ?

— C'est le dîner ! répondit Reese en sortant une bouteille de vin blanc du réfrigérateur.

— Tu as invité tout Sandpiper Cove ? s'enquit-elle en regardant chaque plat.

— J'ai demandé à Frisco de préparer tous tes plats préférés et je lui en ai communiqué la liste.

Et en effet, tout y était ! Même un petit bol de Tootsie Rolls, ce qui la fit rire.

— Comment a-t-il fait pour préparer tout ça, en plus du déjeuner ? demanda-t-elle.

— C'est pour cette raison que je ne pourrai jamais me séparer de Frisco. C'est un magicien, quand il s'y met !

— Tu te rends bien compte que l'on ne peut pas manger tout ça ?

— Bien entendu ! Frisco emporte toujours les restes au refuge des sans-abri. Rien de tout cela ne sera gaspillé, ne t'inquiète pas.

Des fleurs pour l'hôpital, des repas pour les sans-abri. Son meilleur ami n'avait rien du millionnaire lambda. Depuis toujours elle admirait sa nature généreuse mais, à son grand désarroi, le fait de faire toujours passer les autres avant lui devenait à ses yeux de plus en plus sexy...

— Pourquoi ce sourire ? lui demanda-t-il.

Contournant l'îlot central, elle posa une main sur le torse de Reese.

— Tu es un homme remarquable. Je l'ai toujours su, mais cela devient de plus en plus évident.

Il posa la bouteille de vin sur la table, couvrit sa main de la sienne... Et elle fut brusquement replongée dans le souvenir incandescent de leur baiser de la veille. Elle n'aurait jamais dû le toucher ! Elle aurait mieux fait de garder ses distances. Parce que de nouveau elle lisait dans le regard de Reese cette expression très intense qui la déstabilisait tant.

D'où venait cette soudaine attraction entre eux ? Quand avait-il commencé à la regarder comme s'il voulait lui arracher ses vêtements et la prendre sans attendre ?

— Il faut que nous en parlions, murmura-t-il.

« En parlions ? »

Comme si prononcer le mot « baiser » rendrait la situation moins étrange. Comme si elle avait pensé à quoi que ce soit d'autre depuis.

— Il n'y a rien à en dire, répliqua-t-elle en essayant de nier la chaleur et la force qu'elle sentait circuler entre sa main et le torse de Reese.

— Tu ne peux pas dire que cela ne t'a pas affectée.

— Je n'ai jamais dit ça.

La tête penchée sur le côté, il la contemplait d'un regard pénétrant.

— C'était plus fort qu'un baiser entre amis, dit-il.

C'était évident !

— Et plus qu'un simple entraînement, précisa-t-il.

Le cœur de Josie bondit dans sa poitrine. Ils étaient trop près l'un de l'autre, parlaient de choses trop intimes. Qu'importe ce qu'elle ressentait ou ce qu'elle pensait vouloir, ce qui se passait entre eux n'était pas bon. Elle n'acceptait pas de désirer physiquement aussi fort son meilleur ami. Si ce baiser troublait à ce point leur quotidien, elle préférait ne pas imaginer ce qu'aller plus avant dans cette nouvelle relation changerait dans leur relation.

Comment contrôler ses émotions si elle laissait la situation évoluer ? Elle avait déjà assez de mal à gérer les circonstances actuelles.

— Nous ne pouvons pas..., bafouilla-t-elle. Je veux dire... tu embrasses très bien...

— Très bien ? C'était bien mieux que très bien !

Elle sourit.

— D'accord, c'était incroyable, reconnut-elle. Toujours est-il...

que nous ne pouvons nous laisser prendre au jeu de ses fausses fiançailles, en oubliant qui nous sommes en réalité.

— Je n'oublie rien. Je sais très bien qui nous sommes... et ce que je veux.

Pourquoi ces derniers mots sonnaient-ils aussi... délicieusement dangereux ? Pourquoi son corps bruissait-il de plaisir à ce contact si simple, alors qu'elle avait décidé de ne pas se laisser embarquer dans un voyage sensuel avec Reese ?

Oh Seigneur ! Était-il en train de se rapprocher ? De se pencher vers elle ?

— Reese, que fais-tu ? murmura-t-elle sans se défendre.

— Je vérifie une théorie.

Sa bouche effleura ses lèvres avec la légèreté d'une plume. Elle sentit ses jambes flageoler. Tenant toujours sa main contre son torse, il entoura sa taille de son autre bras et l'attira fermement contre lui.

Comment auraient-ils pu nier la vibration entre eux ? Elle s'était toujours moquée de ces histoires de vibration, d'étincelle, d'éblouissement, entre un homme et une femme. Mais pour l'heure ces mots traduisaient au plus près ce qu'elle ressentait.

Embrasser de nouveau son meilleur ami se révélait une expérience unique.

Reese intensifia son baiser, l'explorant de plus en plus profondément.

Elle prit entre ses mains le visage de son ami et, renversant la tête en arrière, laissa ses doigts s'égarer dans ses cheveux touffus, s'abandonnant à ces lèvres viriles qui couraient maintenant le long de son cou, déclenchant dans tout son corps de merveilleux frissons.

Elle aurait dû mettre un terme à tout ça, mais c'était tellement bon... Où trouver la force d'arrêter ? Elle ne se souvenait même plus de toutes les bonnes raisons de ne pas s'engager dans cette voie !

La main de Reese dans son dos se mit à bouger, insensiblement il glissa un pouce sous l'ourlet de son chemisier et caressa sa peau nue. Elle laissa échapper un gémissement, réprimé avec peine.

Les lèvres de Reese exploraient son cou, le coin sensible derrière son oreille, glissaient vers l'échancrure de son chemisier…

Trop de vêtements les séparaient. Son corps tout entier aspirait à sentir sa peau contre la sienne.

— Reese…, murmura-t-elle.

Qu'il continue, qu'il lui donne tout ce dont elle s'était privée jusqu'ici !

Une sonnerie retentit dans la pièce, mais elle l'ignora. Elle ne voulait pas que ce moment s'arrête… Pas tout de suite, en tout cas.

Mais la sonnerie persistait. Reese posa son front contre le sien. Son corps tremblait.

— Je dois répondre, dit-il d'une voix rauque.

Répondre ? L'esprit de Josie partait en vrille. Que ce bruit s'arrête !

Reese s'écarta lentement, attendant qu'elle lève la tête vers lui. Comme ses jambes la soutenaient mal, elle posa une main sur l'îlot, le cœur battant, à la recherche de son souffle normal.

Quand il sortit son portable de la poche de son pantalon, elle comprit enfin qu'il s'agissait d'un appel téléphonique. Cette interruption était sans doute une bénédiction. Sans elle, elle n'aurait pas su arrêter ce qui s'annonçait…

Elle se demandait déjà quand l'occasion se représenterait.

7

Reese maudit l'appel téléphonique. Il lui fallait recouvrer la maîtrise de lui-même avant de répondre. Pas facile alors que le doux corps de Josie palpitait tout près de lui.

Jusqu'où serait-il allé, sans cette interruption ? Jusqu'où lui aurait-elle permis d'aller ?

Regardant son écran, il lut le nom de Sam Hawkins.

Son demi-frère, celui qu'il était allé voir la semaine dernière. Propriétaire de la Hawkins Distillery à Green Valley, dans le Tennessee, plus jeune distillateur du pays, c'était un type assez remarquable.

Il lança un regard en coin à Josie. Elle semblait en état de choc. Choquée de leur attitude ? Du plaisir qu'elle y avait pris ? Ses soupirs, ses gémissements, la façon dont elle lui avait agrippé les cheveux, tout indiquait clairement son farouche désir d'aller plus avant.

Par un effort de volonté, il se détourna de la tentation et répondit à l'appel.

— Allô ?

— Reese, je te dérange ?

Le déranger ? Cela aurait pu être bien pire ! Si Sam avait, par exemple, appelé quinze minutes plus tard, alors que leurs vêtements auraient été éparpillés dans toute la pièce.

De nouveau il regarda Josie qui semblait toujours à la recherche de sa respiration. Qu'avait-il fait ? Il avait seulement voulu vérifier si l'effet du baiser de la veille se reproduirait. Et au moment où leurs lèvres s'étaient jointes il avait ressenti le même impérieux déclic que la première fois. Un déclic qu'il n'avait pas davantage réussi à contrôler que la veille.

— Tu ne me déranges pas du tout, répondit-il. Je ne m'attendais pas à ce que tu me rappelles si vite.

— Je sais. Nick et moi avions l'intention de te laisser du temps pour digérer toutes ces informations qui te tombent dessus, sachant que tu ne connais pas Rusty comme nous le connaissons. C'est un véritable choc de se découvrir un père à nos âges.

Ce n'était rien de le dire ! Jusqu'à peu, Reese ne savait même pas qu'il y avait un père à découvrir ! Depuis presque quarante ans, il appelait Martin Conrad « papa ».

— Rusty est sorti de prison où il purgeait sa peine pour avoir détourné de l'argent d'une ONG locale, expliqua Sam. Nick et moi avons donc maintenant l'intention de le confronter avec la vérité. Le moment est venu.

Reese savait que Rusty avait été traîné en justice pour avoir détourné de l'argent d'une organisation caritative que soutenait son entreprise, Lockwood Lightning. De toutes les informations qu'il avait lues sur Internet et dans les journaux, ajoutées à celles qui circulaient de bouche-à-oreille, il avait tiré une conclusion sans appel : grâce au ciel, il avait échappé à la malédiction d'être élevé par un sale type comme Rusty Lockwood.

— Et tu voudrais que j'assiste et participe à cette confrontation ? lui demanda-t-il.

Comme il n'avait encore rien dévoilé à Josie, il choisissait ses mots avec soin. En outre, il ne savait toujours pas par quel bout prendre l'affaire.

— Loin de nous l'idée de faire pression sur toi, dit Sam, mais j'aimerais beaucoup t'inclure, en effet. Tout cela est nouveau pour nous aussi, et puis… j'ai bien envie de connaître mon demi-frère un peu mieux. Mais bien sûr, c'est à toi de décider.

Demi-frères…

Reese avait été élevé en fils unique. Au fil des années, il s'était souvent demandé ce qui aurait changé dans sa vie s'il avait eu un frère ou une sœur. Sans doute aurait-il dû partager l'entreprise familiale. Mais pouvoir se reposer sur quelqu'un d'autre aurait eu du bon, par moments. Sans compter qu'il aurait grandi avec un ou une amie. Pourtant, il ne se plaignait de rien. Il avait su se créer des amitiés solides en dehors du cercle familial.

Des amis comme celle qui venait de gémir de plaisir dans ses bras…

Mettant de côté cette pensée délicieuse, il se concentra sur ce qu'il voulait apprendre de Nick et Sam. Il découvrait deux hommes remarquables dans leurs domaines professionnels. Alcools de luxe pour l'un, hôtellerie pour l'autre ; des domaines étonnamment proches du sien. C'était prometteur, et il avait très envie d'en apprendre davantage à leur sujet.

Ce nouveau chapitre de sa vie nécessiterait beaucoup de réflexion de sa part, de prudence. Ce qui ne lui posait aucun problème, les nouvelles aventures ne l'ayant jamais effrayé. Au contraire, il adorait les défis. Même celui qui consistait à embrasser Josie Coleman…

Il s'arracha à ses pensées et se concentra sur sa conversation avec Sam.

— Je pourrais revenir à Green Valley, dit-il. Dis-moi la date qui vous conviendrait à tous les deux. J'ouvre un nouveau restaurant à Manhattan dans une quinzaine de jours. On pourrait aussi envisager une collaboration professionnelle entre nous.

— Ce serait un bon début. J'en parle à Nick et je t'envoie les dates par texto. Nous avons l'intention de rencontrer Rusty le plus tôt possible.

Reese marqua une pause. Était-il vraiment nécessaire d'affronter Rusty à trois ? Qu'espéraient Nick et Sam ? Voulaient-ils simplement signifier au milliardaire que tous ses fils avaient été identifiés ?

Aucun d'eux n'avait besoin d'argent. Quant à lui, il ne recherchait pas une figure paternelle pour combler un vide. Le couple adorable qui l'avait élevé lui avait donné tout l'amour et toute l'attention dont il avait besoin.

D'ailleurs, il devait parler à ses parents avant de rencontrer Rusty. Il exigerait de connaître toute l'histoire, sans mensonges, sans secrets, sans omissions.

Et il voulait comprendre le vrai rôle qu'il jouerait avec Rusty

Lockwood. Il avait un besoin vital de comprendre son exacte position dans toutes ses relations affectives, et aussi de démêler la jungle de ce qu'il ressentait.

Son monde tout entier avait basculé, et il ne savait plus quoi en penser.

— Je vais voir ce que je peux faire, dit-il au bout de quelques secondes. Pour le moment, je ne peux rien promettre.

— Compris. Je te rappelle bientôt.

Reese raccrocha. Son téléphone en main, il contempla la vue à travers la baie vitrée. Le corps encore frémissant de leur brève intimité, il ne se sentait pas capable de regarder Josie en face. Ils étaient toujours habillés, le contact de leurs peaux avait été très fugace, mais il avait toujours l'impression de tenir Josie contre lui. Que se passerait-il, s'ils finissaient par franchir la prochaine étape ?

Car, lui, il avait bien l'intention de la franchir. Après le premier baiser, il hésitait encore, mais la façon dont Josie avait réagi ne lui laissait plus de doute.

Leur passion physique et leur désir étaient trop manifestes. Qui sait depuis combien de temps ces émotions couvaient entre eux ?

S'il ne prenait pas le risque, ils n'en auraient jamais le cœur net. Bien entendu, il ne voulait pas la perdre comme amie très proche. Mais qui sait ? Peut-être que leur relation pouvait encore s'approfondir ?

Se retournant, il découvrit le regard de Josie posé sur lui. Elle avait eu le temps de reprendre contenance, mais au fond de son regard brûlait encore une sorte de faim. Ses épaules crispées et ses lèvres pincées disaient clairement sa désapprobation envers elle-même.

— Tu repars à Green Valley ? s'enquit-elle.

— Cela n'a pas de lien avec ce que nous faisions...

— Tu parles du baiser ? Je ne suis pas sûre que c'était une bonne idée.

Sur ce point, ils divergeaient totalement, songea-t-il. C'était au contraire une excellente idée.

— Tu ne te plaignais pas, tout à l'heure, lui rappela-t-il. En fait, tu aimais plutôt ça, autant que je m'en souvienne.

L'espace d'une seconde, elle détourna le regard, avant de l'affronter à nouveau.

— Tout à l'heure, je me suis laissé entraîner par...

— Mes caresses ? suggéra-t-il en souriant.

Les yeux de Josie s'étrécirent.

— C'est ton ego qui parle ? rétorqua-t-elle. J'aurais pu embrasser n'importe qui et me laisser embarquer de la même façon. J'avais les yeux fermés, je te rappelle, et puis j'aime embrasser.

Une pointe de jalousie serra le cœur de Reese.

Il se rapprocha d'elle, la prit dans ses bras et la serra contre lui. De son côté, elle posa ses mains à plat sur son torse et le regarda dans les yeux.

— Tu crois que tu réagirais comme ça avec n'importe quel homme ? demanda-t-il en la renversant de telle sorte qu'elle doive s'accrocher à lui. Ne me jette pas les autres hommes au visage, Josie, je pourrais te donner tort.

— Mais... Nous sommes des amis, Reese.

Quelque chose dans sa voix à la fois déroutée et pleine de désir l'adoucit.

— Nous sommes amis, murmura-t-il en approchant ses lèvres des siennes. De très très bons amis.

Il ne voulait pas brusquer les choses avec elle. Il voulait juste qu'elle reconnaisse cet attrait persistant entre eux, qu'elle admette qu'ils avaient déjà franchi la ligne rouge entre amitié et désir. Alors il ne leur resterait plus qu'à explorer cette passion du corps.

Certes, depuis quelques jours, tout tournait au chaos autour d'eux. Mais s'ils ne saisissaient pas leur chance maintenant, quand le feraient-ils ?

— Reese...

Elle ferma les yeux et lui tendit sa bouche.

Il la prit, comme s'il n'attendait que cette invite pour prendre ce que tout son corps exigeait. La dépouiller de cette petite robe noire, lui ébouriffer les cheveux, être la cause du chamboulement de tout son être.

Jamais il n'avait eu autant envie d'une femme.

Elle enfonça ses doigts dans ses épaules et, l'espace d'un instant, il lui sembla qu'elle allait le repousser. Mais elle n'en fit rien.

De quoi avait-elle peur ? Ne savait-elle pas qu'il ne la laisserait jamais tomber ?

La soulevant de terre, il l'assit sur un coin de la table. Elle détacha sa bouche de la sienne et le regarda au fond des yeux. À chaque seconde il s'attendait à ce qu'elle l'arrête, tout en priant pour qu'elle n'en fasse rien. La toucher devenait une drogue dont il ne pouvait plus se passer.

Il fit glisser la bretelle de sa robe sur son épaule, emportant la bretelle de son soutien-gorge dans le même mouvement. Elle tremblait sous sa main, et il s'obligea à agir avec lenteur. Elle le désirait, n'envisageait pas de s'arrêter, il le lisait dans ses paupières mi-closes, ses joues empourprées. Sans parler du fait qu'elle ne mettait pas un terme à ce qui se déroulait entre eux.

Leurs regards demeuraient rivés l'un à l'autre.

Il fit glisser les bretelles le long de l'autre épaule de Josie. Elle tressaillit et passa sa langue sur sa lèvre inférieure. Elle n'imaginait pas le pouvoir qu'elle exerçait sur lui. Lui-même ne le mesurait pas pleinement, avant cet instant précis.

Appuyant ses deux mains derrière elle sur la table, elle rejeta légèrement la tête en arrière, comme pour le défier. Elle le provoquait de la plus délicieuse des façons...

Il se pencha vers elle, impatient de poser ses lèvres sur cette peau veloutée.

— Reese..., murmura-t-elle.

Les deux mains posées sur les hanches de Josie, il s'arrêta.

— Nous voulons cela tous les deux, Reese. Mais dis-moi que cela ne changera rien à notre amitié.

Que répondre ? Il savait très bien que les choses entre eux avaient déjà changé, dès l'instant où il avait compris qu'il la désirait. Pour être honnête, cela datait de plusieurs années.

— Tu resteras toujours ma meilleure amie, dit-il avec sincérité.

Puis il joignit sa bouche à la sienne tout en passant sa main sur sa cuisse nue, sous la robe. Elle bougea un peu d'arrière en avant, pour lui offrir un meilleur accès.

Il souhaitait par-dessus tout lui donner du plaisir sur-le-champ, déverser sur elle toute la passion qui couvait en lui depuis longtemps. Aucune femme n'égalait Josie. Oui, l'intimité physique entre eux changerait sans doute quelque chose, mais pourquoi pas en mieux, en plus profond ?

Quand sa main s'égara vers le slip de Josie, elle gémit en soulevant un peu ses hanches. Mais au moment où il glissait un doigt sous la dentelle, c'est lui qui ne put retenir un grognement.

S'appuyant sur ses coudes, Josie se pencha encore un peu en arrière. Jamais il n'avait vu un spectacle aussi sensuel. Les cheveux en bataille, sa robe relevée, ses yeux intenses qui mendiaient davantage, ses cuisses écartées. Jamais plus il ne pourrait dîner à cette table sans repenser à cette scène et revivre cette excitation.

Il mourait d'envie de laisser sa bouche errer sur tout le corps de Josie, de découvrir ses points sensibles, un à un. D'un autre côté, il ne voulait pas manquer une seconde du désir qu'exprimaient les yeux de son amie. Au moment où il enfonçait un doigt dans la chaleur humide de son intimité, elle ferma les yeux, et sa bouche s'entrouvrit en un long gémissement.

Oui, c'est cela qu'il voulait. Cette réaction abandonnée, lascive et vulnérable.

Elle finit de s'allonger sur la table. Puis, arquant son corps, elle prit son poignet entre ses doigts délicats. Il n'avait pas prévu de perdre le contrôle de la situation, mais il accepta avec joie de la laisser le guider vers son propre plaisir.

Il ne fallut pas longtemps avant qu'elle crie son nom dans un gémissement voluptueux.

Reese ne rata pas une seconde de cette volupté. La passion, le besoin, la façon qu'elle avait de s'abandonner, de se laisser consumer tout entière par son désir.

Jamais, de toute sa vie, il n'oublierait ce moment.

Quand elle se détendit, il retira sa main.

Allongée sur la table, elle était à présent totalement alanguie. Jamais il ne l'avait vue si calme, si sereine. Elle était abandonnée, tranquille. Époustouflante.

Toute une part de lui souhaitait aller plus loin. Cependant, il la prit dans ses bras, la serra contre lui. La tête de Josie se nicha naturellement dans son cou, comme si elle avait fait cela des centaines de fois. Comme si c'était sa place naturelle depuis toujours.

Il remit lentement en place les bretelles de son soutien-gorge et de sa robe.

Les mains de Josie s'aventurèrent vers la fermeture Éclair de son pantalon.

— Pas maintenant, murmura-t-il en lui embrassant le front.

Un baiser innocent, alors que les pensées les plus érotiques tourbillonnaient dans sa tête. Le simple fait de savoir qu'elle voulait continuer représentait une victoire. Mais elle sortait juste d'un orgasme, et il ne voulait pas qu'elle pense lui devoir la réciproque.

Elle leva la tête, et ses yeux plongèrent dans les siens.

— Pourquoi ? demanda-t-elle.

Il ne répondit pas. La soulevant dans ses bras, il se dirigea vers la baie vitrée, qu'il fit coulisser avec son pied.

— Où allons-nous ? demanda-t-elle en s'accrochant à son cou.

— Tu vas t'asseoir ici et te reposer, et je vais t'apporter quelque chose à manger, dit-il en la déposant sur une chaise.

Elle le contempla sans comprendre.

— C'est ce qui t'inquiète en ce moment, la nourriture ? demanda-t-elle, surprise.

— Je ne suis pas inquiet, mais tu n'as pas mangé.

Elle secoua la tête en marmonnant quelque chose au sujet de ces sacrés hommes, plus difficiles à comprendre que les femmes. Argument auquel il évita de répondre.

Dans la cuisine, il contempla la table désormais vide. Non, jamais plus il ne dînerait sur cette table sans penser à Josie, à son abandon total entre ses mains. Et jamais il n'avouerait à Frisco ce qui s'y était passé !

Il se tourna vers l'îlot central, y posa ses mains et ferma les yeux un instant. Il lui fallait quelques instants pour maîtriser ses émotions et son excitation. Refuser d'aller plus loin avec Josie lui avait beaucoup coûté, mais il préférait attendre le bon moment. Ce qu'il souhaitait par-dessus tout, c'était qu'elle se donne à lui en toute connaissance de cause, et non parce qu'un récent orgasme lui faisait perdre sa lucidité. Il la voulait pleinement consentante.

Quand il releva la tête, il surprit le regard de Josie posé sur lui. Malgré la distance qui les séparait, lui dans la cuisine, elle sur la terrasse, il y lut de la confusion et de la frustration, mais aussi… de la passion.

Qu'allait-elle faire de tout ça ?

8

Josie était sortie sur le balcon de sa chambre et contemplait les reflets de la lune dansant sur l'océan. Depuis combien de temps laissait-elle libre cours à ses pensées ?

Dans la journée, Chris lui avait envoyé un texto. Elle avait fini par lui répondre, lui affirmant qu'elle mettait un terme à leurs échanges sous toutes leurs formes. Elle avait avancé dans la vie et lui souhaitait de tout cœur d'en faire autant. Puis elle avait bloqué son numéro. Au moins une chose claire et nette.

En revanche, que penser de ce qui s'était passé un peu plus tôt avec Reese ? La suite logique de sa gaffe au téléphone avec son assistante. Quelques mots malheureux qui avaient déclenché ce calvaire et mis par la même occasion sa vie sens dessus dessous.

Toutes ces cases ordonnées qui compartimentaient et régissaient si bien sa vie jusqu'alors avaient volé en éclats.

Cela allait des émotions que lui procurait Reese, jusqu'au fait que jamais elle n'avait vécu un tel chamboulement intérieur. Autre chose : comment interpréter le fait qu'il s'était retiré alors qu'elle voulait à son tour lui donner du plaisir ? Encore une nouvelle question sans réponse.

Comment jongler avec toutes ses émotions et rester sereine ? C'était au-dessus de ses forces.

Croisant les bras, elle frotta ses mains contre sa peau. La douce caresse de la brise de l'océan sur elle ne calmait pas son excitation.

Car elle était toujours excitée. Certes, Reese lui avait donné du plaisir, beaucoup de plaisir… Et pourtant, elle désirait davantage. Il l'avait laissée pantelante, à se demander ce qu'elle pouvait encore expérimenter avec lui. Qu'arriverait-il s'ils se retrouvaient nus dans un lit ? S'ils faisaient vraiment l'amour ?

Jusqu'à quel point cela changerait-il leur relation ?

Et si elle cédait complètement à ses désirs, où cela l'entraînerait-il ? Jamais auparavant elle n'avait eu ce sentiment terriblement frustrant de tourner en rond sans savoir quelle direction prendre. C'était pourtant ce qui lui arrivait en ce moment. Les décisions à prendre entraient en conflit avec celles qu'elle prenait, et tout cela la plongeait dans un état de doute insupportable.

A l'idée de perdre son meilleur ami, son estomac se nouait. Elle ne pouvait se passer de lui, n'imaginait pas une seule journée sans lui envoyer des textos ou lui parler, ne serait-ce qu'au téléphone.

Et voilà qu'il lui avait fait perdre la tête en l'allongeant sur la table de la cuisine.

Au souvenir des doigts de Reese sur sa peau et en elle, elle frissonna. Qui aurait cru que son meilleur ami se révélerait si expert en caresses ? Qui aurait cru qu'elle y prendrait tant de plaisir ?

Le dîner qui avait suivi avait manqué de naturel. D'où provenait sa gêne ? De l'excitation qui couvait encore en elle ? Du fait que leur relation avait pris un tour qu'elle ne parvenait pas à définir ?

Cela dit, Reese et son chef s'étaient surpassés en lui offrant ses plats favoris. Dommage qu'elle n'ait pas été vraiment en état d'en profiter pleinement.

Elle retourna à l'intérieur et referma la baie vitrée derrière elle. Demain, elle devait se lever tôt et être fraîche pour les photos et l'entretien pour son blog. Il était déjà minuit, elle doutait d'être aussi présentable et reposée qu'elle l'aurait aimé.

La soie de sa chemise glissa sur son corps tandis qu'elle gagnait son lit. Depuis qu'elle avait ressenti sur elle les mains de Reese, chacune de ses sensations lui rappelait à quel point son ami avait été merveilleux. Depuis l'orgasme qu'il lui avait donné, elle ne rêvait que de recommencer… Mais comment provoquer cela ? Par quel biais ?

Son état d'esprit déroutant la laissait sans voix. N'était-elle pas aussi responsable que Reese de ce qui se passait entre eux ?

Oui, mais était-elle aussi courageuse que lui ? Rien n'effrayait Reese, rien ne l'inquiétait. Dans ce domaine, ils étaient à l'opposé l'un de l'autre.

Alors que tout à l'heure, dans la cuisine, ils avaient été totalement en phase. Parfaits. En harmonie totale.

À l'exception de son coup de tête qui l'avait conduite à épouser Chris, jamais elle n'avait été aussi spontanée de sa vie. Elle qui planifiait tout, qui s'irritait dès qu'un projet était supprimé ou transformé, c'était une première !

Elle se coucha et, bien sûr, ne put trouver le sommeil. Elle avait beau essayer de structurer ses pensées, elle revenait toujours au même point : elle sentait toujours les doigts de Reese en elle, et… il lui manquait quelque chose.

Contre toute logique, elle souhaitait achever ce que Reese avait commencé. Rien n'était arrivé à son terme. Tout demeurait en suspens. Il fallait que ça change.

Qu'ils deviennent amants, puisque tous deux le souhaitaient ! Et puis, avec Reese, elle ne risquait rien ; jamais il ne la blesserait. Était-il réveillé, en train de penser à ce qui venait de se passer entre eux ? Dormait-il à poings fermés ? Le connaissant, il avait dû s'endormir comme une masse, et il ne pensait plus à elle.

Dommage…

Pour sa part, elle ne pouvait ignorer ce qu'ils venaient de faire. Jamais elle ne pourrait se rendre à cette séance photos et à cet entretien dans cet état de tumulte intérieur. Il fallait qu'elle retrouve un semblant de sérénité.

Prenait-elle la meilleure des décisions ? Commettait-elle la plus grande erreur de sa vie ?

Il n'existait qu'un moyen de le savoir !

Elle se leva et se dirigea sur la pointe des pieds vers la chambre de Reese, le cœur battant à tout rompre mais décidée à aller jusqu'au bout.

Quelle folie était-elle en train de commettre ?

Ne devrait-elle pas retourner dans sa chambre, lire un livre, jouer avec son portable, jusqu'à tomber de sommeil ?

Pourtant, un pas en entraînant un autre, elle se retrouva bientôt devant la chambre de Reese. Elle ouvrit doucement la porte. Les rayons de la lune éclairaient la chambre et le grand lit qui lui faisait face.

Non. Elle n'y arriverait pas. Elle ne devrait en aucun cas se trouver ici.

Que lui avait-il pris ? Il s'agissait de Reese, enfin ! Son meilleur ami depuis l'école primaire. Il l'avait vue dans les épisodes les plus pénibles de sa vie. Le jour du bal de fin d'année, quand son petit ami l'avait laissée tomber au dernier moment. Le jour où elle s'était fait faire une permanente ridicule, et il lui avait assuré qu'elle était belle, de toute façon. Le jour où elle s'était retrouvée pleine de boutons sur le visage, suite à une allergie à une crème qu'elle testait pour un article et, pour qu'elle ne soit pas obligée de se montrer en public, il lui avait fait livrer un repas.

Il était son roc, son pilier. Pas son amant.

Elle commença à refermer doucement la porte.

— Reste.

Le mot traversa l'obscurité. Elle se figea sur place. Son cœur battait très fort dans sa poitrine, jamais il n'avait autant cogné contre ses côtes.

Il était trop tard pour s'échapper.

— Je... je ne devrais pas être ici, murmura-t-elle.

— Tu veux être ici. Sans ça, tu serais restée dans ta chambre.

Pourquoi fallait-il toujours qu'il ait raison ?

— Cela ne veut pas dire que c'est une bonne idée, rétorqua-t-elle.

Elle entendit un froissement de tissu derrière elle et elle prit une profonde inspiration. Quelque chose en elle l'incitait à faire ce pour quoi elle était venue. Elle le souhaitait, c'était la raison pour laquelle elle avait quitté son lit.

Reese savait parfaitement pour quelle raison elle se trouvait là. Le nier, c'était lui mentir. Et le mensonge entre eux n'était pas une option.

En se retournant elle découvrit sans surprise Reese debout derrière elle. Le torse nu orné d'un triangle de poils sombres, les épaules larges, les hanches moulées dans un boxer très seyant, les cheveux noirs en bataille.

— Qui nous dira que c'est une mauvaise idée ? demanda-t-il d'une voix rauque.

Personne, en effet. Mais ne devrait-elle pas insister pour souligner qu'ils étaient amis avant tout ?

Et, pourtant, elle était venue ici, dans la chambre de Reese, pour prolonger le moment délicieux passé dans la cuisine, oubliant tout bon sens.

— Reste, répéta-t-il.

Ce simple mot eut un effet magique, imprévisible, auquel elle n'avait pas vraiment réfléchi. Pour la première fois de sa vie, ses plans millimétrés ne l'obsédaient plus. Seuls l'obsédaient ses désirs.

Et elle désirait Reese.

Tout ceci paraissait à la fois hors de contrôle, et sans danger.

Au moment où elle avança d'un pas, les épaules de Reese se décontractèrent, un sourire illumina son visage. Il y avait quelque chose de si intime et excitant dans cette semi-obscurité, le calme de la nuit, la luminosité de la lune à travers la baie vitrée. À quoi bon le nier plus longtemps ? Elle mourait d'envie de se trouver dans cette chambre, dans ce lit. Il était temps de reconnaître ses besoins, sans fausses excuses ni hésitations timorées.

Elle tendit ses mains vers Reese. L'entendit-elle vraiment murmurer « enfin » ? Elle n'en fut pas certaine. Son cœur battait trop fort.

Soudain, elle sentit les mains de Reese sur elle, ses lèvres sur les siennes. Il lui empauma les fesses pour la coller contre son corps ferme.

Elle cessa de penser, tout à son désir dévorant. Une sensation peu familière la submergea. Tout ce qu'elle vivait était trop bon...

Reese la porta à travers la chambre. Elle se serra contre lui, le corps brûlant.

La déposant doucement sur le lit, il s'allongea sur elle. Sous le poids de ce corps masculin, elle s'enfonça encore plus dans le lit.

Doux et ferme à la fois, il s'installa entre ses cuisses, et elle se cambra, mendiant davantage. Les lèvres de Reese quittèrent les siennes, s'aventurèrent le long de son cou. Se cambrant davantage, elle s'offrit tout entière à lui. Qu'il fasse selon son bon plaisir, qu'il prenne ce qu'il voulait. Elle acquiesçait d'avance à tout.

Se soulevant, Reese glissa vers son ventre. Elle l'aida à la débarrasser de sa chemise de nuit.

Il se mit à genoux et, à la lueur de la lune, paupières mi-closes, il la contempla comme s'il la voyait pour la première fois.

Il l'avait vue des quantités de fois, dans toutes les tenues, en bikini, mais jamais ainsi, jamais aussi… nue. Elle aurait voulu arrêter le temps, se souvenir pour toujours de ce regard posé sur elle. Jamais elle ne s'était sentie si belle, si sexy.

Elle releva ses genoux et se dressa sur ses coudes. Elle voulait qu'il la touche autrement qu'avec son regard. Elle le voulait peau contre peau, elle n'en pouvait plus d'attendre.

Elle l'aida à se débarrasser de son boxer. Il s'éloigna quelques secondes et revint avec un préservatif.

Tout ceci avait lieu pour de bon, songea-t-elle, émerveillée.

Elle aurait dû s'inquiéter, mais une seule chose lui importait : elle voulait que leurs deux corps se joignent, qu'ils deviennent un. Plus rien ne lui paraissait étrange ni gênant, même s'il s'agissait de Reese.

La perfection du moment la suffoquait.

Prenant son visage entre ses mains, il effleura ses lèvres avec une douceur infinie.

— Tu es sûre ? lui demanda-t-il.

Elle l'enveloppa de ses bras et de ses jambes pour le guider là où elle le voulait. À la seconde où il s'enfonça en elle, elle se cambra avec un gémissement rauque et planta ses ongles dans ses épaules musclées tandis qu'il adoptait un va-et-vient délicieux.

Relevant la tête, il la contempla tout en lui faisant l'amour.

Non, ils ne faisaient pas l'amour.

C'était du sexe. Elle n'avait rien envisagé d'autre.

Du sexe et rien de plus.

— Arrête de réfléchir, Jo. Reste avec moi.

Comment faisait-il pour toujours lire dans ses pensées ? se demanda-t-elle, perdue dans la brume de son désir. Quel homme merveilleux.

Ce qui était merveilleux, c'était la façon dont son corps

bougeait dans le sien, sa bouche courait sur sa peau, sur ses lèvres, l'entraînant sur les vagues de la volupté. Elle lui agrippa les cheveux, ses jambes s'enroulèrent encore davantage autour de lui, et elle explosa d'un plaisir sans limite.

La bouche de Reese ne quitta pas ses lèvres, il avala avec délectation ses gémissements de plaisir. Traversée d'émotions violentes, elle l'enserra entre ses cuisses. Elle ne fut plus que jouissance intense, sérénité totale. Perdue dans l'instant. Dans son homme.

Rien ne pouvait se comparer à ce moment.

Avant qu'elle retombe du sommet qu'elle avait atteint, Reese accéléra ses va-et-vient, ses mâchoires se crispèrent et, enfin, ses merveilleux yeux bleus rivés aux siens, il s'abandonna avec fougue à son orgasme.

Elle n'avait jamais rien vu d'aussi sensuel.

C'était le seul aspect de Reese dont elle ignorait tout, une merveilleuse découverte qui la laissait pantelante.

À le sentir tremblant contre elle, elle décida de passer la nuit dans ce lit. Ils n'en avaient pas fini.

Reese roula sur le côté et l'attira contre lui.

— Reste, murmura-t-il.

Un mot si simple, qui contenait tant de sens, tant de promesses.

Elle releva la tête vers lui et passa un doigt tendre le long de ses mâchoires si masculines.

— Tout commence juste entre nous, répondit-elle.

9

— De qui parlais-tu en disant que tu ne pouvais pas être elle ? demanda soudain Reese.

Il n'avait pas eu l'intention de rompre ainsi le silence bienheureux qui régnait entre Josie et lui, mais sa question était sortie toute seule. En fait il s'interrogeait depuis un certain temps et, de toute évidence, Josie n'aborderait pas le problème de sa propre initiative.

Au cours des deux derniers jours, il avait découvert qu'entre eux beaucoup de choses demeuraient un mystère. Et, là, elle avait un secret qu'elle ne lui avait jamais confié, contrairement à beaucoup d'autres. Sans doute lui avait-elle aussi caché le désir qu'il lui inspirait. Ce qu'il ne pouvait lui reprocher, car il n'en avait jamais parlé, lui non plus.

Pour sa part, découvrir qu'ils étaient compatibles bien au delà de la seule amitié avait révolutionné sa vie.

Être au lit avec Josie dépassait tout ce qu'il avait pu imaginer et, pourtant, la concernant, il jouissait d'une imagination débordante ! Le fait que leurs corps soient en harmonie totale, faits l'un pour l'autre, justifiait amplement le risque qu'il avait pris.

Josie ne répondit pas. Elle quitta ses bras et s'assit au bord du lit, lui tournant le dos.

Elle avait passé la nuit avec lui, et ils avaient très peu dormi. Maintenant, ils devaient se préparer pour se rendre à cette interview dans son restaurant, et y jouer la mascarade des fiançailles.

De son côté, il serait volontiers resté dans son lit, à découvrir ce qui se passait réellement entre eux, à sonder les pensées de Josie. Physiquement, elle semblait se plaire avec lui, mais mentalement ? La question se posait.

— Qu'est-ce que tu veux dire ? demanda-t-elle en lui jetant un coup d'œil rapide.

Ses longs cheveux soyeux tombaient en cascade sur ses épaules, et il mourait d'envie d'y fourrager ses doigts.

— Dans ton dressing, l'autre jour, de qui parlais-tu en disant que tu ne pouvais pas être elle ?

Elle baissa les yeux. Tout son corps exprima une soudaine tristesse.

Il se rapprocha d'elle sans la toucher. Il ignorait où en était leur relation, dans ce moment qui succède au plaisir, et il voulait à tout prix éviter qu'une gêne s'installe entre eux. Il la voulait en confiance pour répondre à sa question.

— Ma mère, murmura-t-elle. Je ne me souviens pas de grand-chose d'elle, juste qu'elle portait des couleurs vives. Elle aimait le bleu et le rouge, entre autres. Et elle peignait toujours ses lèvres en rouge.

Reese ne connaissait la mère de Josie que par quelques photos. En revanche, il se souvenait d'avoir, des années auparavant, vu une photo sur laquelle Josie et sa mère se ressemblaient comme deux gouttes d'eau. Les mêmes longs cheveux noirs, les mêmes yeux de biche, le même teint hâlé.

— Mon père racontait que quand il l'avait rencontrée aux Philippines, il était tombé amoureux d'elle au premier regard. Le coup de foudre. Il aimait son audace, les vibrations qui émanaient d'elle. Elle le défiait, et il avait dû conquérir son amour. Un amour fou et profond.

Reese aurait voulu effacer ce chagrin dans la voix de Josie. Pourtant il ne regrettait pas d'avoir posé la question. Elle lui avait dissimulé une partie de son cœur. Leur amitié était très ancienne, mais jamais il ne l'avait entendue parler de sa mère en ces termes. Et jamais il ne s'était douté qu'elle lui avait dédié une sorte de sépulture dans son dressing, sous la forme de vêtements non portés de couleurs vives.

— Ces vêtements lui appartenaient ? lui demanda-t-il.

Elle se leva et enfila sa chemise de nuit, avant de se rasseoir pour répondre :

— Non. Je les achète avec l'intention de faire le grand plongeon, de trouver le courage de porter des vêtements audacieux comme elle le faisait. Mais je ne suis pas elle. Je suis banale, prévisible et plus à mon aise dans du noir. En plus, c'est ainsi que mes lecteurs me connaissent, classique, en noir. Sur toutes les photos, dans toutes les occasions publiques où je parais, je suis toujours en noir. C'est devenu ma signature, en quelque sorte.

Elle esquissa un sourire, mais son regard demeurait triste.

Était-elle coutumière de cette tristesse sous-jacente ? Avait-il tenu pour acquis le fait qu'elle se soit accommodé d'une vie sans la chaleur et l'amour d'une mère ? Il se doutait bien qu'elle devait ressentir un vide au fond de son cœur.

Lui aussi avait ses problèmes. En ce moment, il essayait encore d'encaisser le choc d'être un enfant adopté. Il se retrouvait avec trois parents et deux demi-frères, et son monde intérieur s'effondrait. Mais ce n'était rien par rapport à ce que Josie avait subi.

— Tu peux porter ce que tu veux, quand tu veux, lui assura-t-il. Sois toi-même. Si cela implique de porter une robe flamboyante, fais-le.

Elle lui adressa un regard de biais, le regard qu'elle lui destinait lorsqu'elle trouvait une de ses propositions idiote,

— Je suis sérieux, Jo. Il n'existe pas de tenue imposée. Cela pourrait d'ailleurs faire l'objet d'un prochain article. « Comment se réinventer », par exemple.

Josie se mit à rire, ce qui le soulagea. Il avait toujours aimé la faire rire, voir un grand sourire sur son visage, la sentir heureuse.

— Je n'utiliserais jamais une expression aussi banale que « se réinventer », répliqua-t-elle. Je ne suis plus au temps de l'université, où j'étais trop fatiguée pour trouver des titres qui attirent et retiennent l'œil.

Elle se leva et repoussa ses cheveux derrière ses oreilles.

— En plus, je ne suis pas une de ces femmes qui veulent tout changer dans leur existence, poursuivit-elle. Je suis très bien dans ma peau. Simplement, je me demande parfois à quoi je ressemblerais, si je changeais. C'est tout.

Reese se redressa, contemplant ce corps qu'il avait adoré presque toute la nuit. Le rejoindrait-elle ce soir ? Pour lui, une nuit ne suffisait pas, mais il souhaitait laisser à Josie l'initiative. Il n'était pas prêt pour un engagement à long terme et il voulait éviter tout malentendu sur ce qui se passait entre eux. Poursuivre ce qu'ils avaient entamé dépendait d'elle. Elle était déjà venue vers lui une fois. Il espérerait qu'il y en aurait d'autres.

— Je vais me préparer, dit-elle. Si on part de bonne heure, on pourra acheter un latte au moka glacé chez Rise and Grind. Je n'y suis pas allée depuis des lustres.

— Tu en as bu un la semaine dernière ! Je l'ai acheté pour toi et te l'ai apporté à domicile.

— La semaine dernière ? C'est bien ce que j'ai dit, cela fait des lustres !

Rejetant la couette, il se leva à son tour. Les yeux de Josie se posèrent aussitôt sur sa nudité, avant de se détourner précipitamment.

Sciemment, il ne couvrit pas son corps.

— Tu ne vas pas te sentir gênée avec moi, quand même ? demanda-t-il.

— Non, non, répliqua-t-elle sans le regarder. Nous n'avons pas de raison d'être gênés, n'est-ce pas ? Nous sommes deux adultes, et la nuit dernière a été... Elle a été...

Reese se retint de rire devant son embarras manifeste. Elle bégayait, son regard errait dans la pièce, à la recherche d'un endroit où se poser. Tout plutôt que le regarder ou parler de leur nuit ensemble.

Contournant le lit, il vint se placer derrière elle. Ne pas la toucher lui coûta un effort considérable.

— Pas de regrets, lui dit-il.

— Je n'en ai aucun, lui assura-t-elle, toujours sans le regarder. Mais je m'inquiète.

— Nous n'avons rien fait de mal, tu le sais ? dit-il en posant ses mains sur ses épaules.

Elle se retourna, et leurs regards se rencontrèrent.

— Je ne veux pas que les choses changent, c'est tout, répondit-elle.

— Comment changeraient-elles ? Nous avons passé un très bon moment ensemble. Nous avons tous les deux beaucoup aimé... Si j'en juge par tes gémissements et ta façon de prononcer mon nom.

Levant les yeux au ciel, elle posa un baiser sur son torse.

C'est exactement la réaction qu'il espérait. Il voulait alléger l'atmosphère, pour qu'elle n'imagine pas que tout ceci était autre chose que ce que c'était : un délicieux rapport physique entre deux amis. Il ne fallait surtout pas qu'elle ait peur de briser leur belle amitié.

Tous les deux se retrouvaient en territoire inconnu. Comment établir un cadre, des limites, il n'en avait pas la moindre idée ! Il ne savait qu'une chose : il désirait Josie plus qu'il n'avait jamais désiré une femme auparavant... Le reste se résoudrait au fur et à mesure.

— Si tu veux jouer au petit jeu des comparaisons sur nos impressions, moi aussi j'ai remarqué des choses, dit-elle avec un sourire. Tes mâchoires sensuelles, tes yeux embués, ton souffle court. Donc je sais que toi aussi tu as passé un bon moment.

— Mâchoires sensuelles ?

Que voulait-elle dire ? Quant au reste, oui, il avait passé un très bon moment. Il décida de s'en tenir au fait qu'elle l'avait trouvé sensuel. C'était bon signe. Peut-être se retrouveraient-ils dans son lit, ce soir ?

— Ton ego n'a pas besoin de mes compliments, dit-elle en reculant d'un pas. Et il faut que je me prépare. C'est toi qui fais le café, ce matin.

Elle quitta la chambre, non sans lui décocher un sourire qui réveilla tous ses désirs.

Il n'avait pas la moindre information sur le déroulement de leur interview pour le blog, sur ce que l'on attendait d'eux pour la séance photos, mais rien de cela ne le préoccupait. Il avait l'esprit ailleurs.

Il comptait déjà les heures qui les séparaient de leur retour ici. L'adorable corps de Josie devenait une obsession.

— Si vous pouviez lui caresser la joue, suggéra le photographe.

Josie s'immobilisa, les mains posées à plat sur le torse de Reese. Il lui avait passé un bras autour de la taille et la serrait très fort contre lui. De l'autre, il s'efforçait d'obéir aux conseils du photographe.

—Regardez-vous au fond des yeux, comme si vous mourriez d'envie de vous embrasser.

Au moins cette partie-là n'était-elle pas truquée, songea Josie. Avec Reese collé contre elle et les souvenirs de la nuit passée encore très vivaces dans son esprit, elle se languissait de sentir ses lèvres contre sa bouche. Mais sans spectateurs, évidemment.

Était-ce normal de vouloir arracher les vêtements de son meilleur ami ? D'ailleurs, quel nom attribuer à leur nouvelle relation ?

Si elle continuait à trop vouloir tout analyser, tout comprendre, cela la rendrait folle. Peut-être fallait-il tout simplement créer une nouvelle case, une case sans étiquette mais avec un espace agréable où classer toutes ces nouvelles émotions, jusqu'à ce qu'elle sache quoi en faire ?

— Un peu plus près, demanda le photographe.

Elle se rapprocha, tout en gardant son regard rivé à celui de Reese. Les spots lumineux, le cliquetis des appareils photo et tous les techniciens autour d'eux ne favorisaient ni l'intimité ni la tranquillité.

Ils s'étaient installés dans la majestueuse entrée du Conrad's. La sérénité du mur fontaine, les grosses boules en verre qui diffusaient une lumière douce, tout donnait à l'endroit un air simple mais très élégant, parfait pour des photos chics et romantiques.

— Respire, murmura Reese.

Elle soutint son regard, le cœur battant en lisant au fond des yeux de son ami le désir qui s'y lovait. Faire l'amour dans l'obscurité était une chose, faire semblant d'être amoureux sous l'œil d'appareils photo et en pleine lumière, c'en était une autre !

Melissa se tenait un peu à l'écart, souriante comme si elle était la mère de la mariée. La culpabilité noua la gorge de Josie. Tout ceci avait commencé parce qu'elle voulait que son ex la laisse en paix, avance dans la vie et passe à autre chose. Et voilà où ça l'avait menée !

L'échec de son mariage l'avait déjà assez embarrassée. Elle ne voulait pas faire les frais d'une autre relation sentimentale avortée. Reese et elle tromperaient sans doute tout le monde avec ces photos d'un couple amoureux. Ensuite, quand ils annonceraient préférer être amis et continueraient à se montrer en public ensemble, tout rentrerait dans l'ordre.

Du moins l'espérait-elle de toutes ses forces.

— Oh ! attendez une minute ! intervint Melissa. Où est la bague de la fiancée ? Nous ne pouvons faire un reportage de fiançailles sans montrer la bague.

Josie sursauta puis se figea. La bague ? Mais elle n'y avait pas pensé une seconde... Reese avait plaisanté sur le sujet, à la fois pour l'agacer et s'amuser. Bien entendu, ils n'avaient pas écumé les bijouteries. Il n'aurait plus manqué que ça ! Cela aurait été absurde. Aucun mensonge ne lui vint à l'esprit pour justifier ce manque criant.

À sa grande stupeur, Reese fouilla dans sa poche et en sortit un rubis serti de diamants.

— La voici, dit-il. J'ai été la chercher ce matin chez le bijoutier. Elle avait besoin d'un petit ajustement.

Les yeux de Josie allèrent du sourire sensuel de Reese à cette bague, qu'elle n'avait jamais vue auparavant. Était-il sérieux ? Comment avait-il pu sortir une bague de sa poche ? Une bague qui semblait magnifique et très coûteuse. Elle ne lui connaissait aucun talent de magicien. Comment s'était-il débrouillé ? Pourquoi n'y avait-il pas fait allusion dans la voiture, avant de venir ici ?

— Voici, chérie, dit-il en lui prenant la main gauche.

Sans sourciller, il fit glisser la bague à son annulaire.

Elle semblait faite pour son doigt. C'était à n'y rien comprendre. Connaissait-il la taille de son doigt ?

— Je veux la voir ! s'exclama Melissa.

Josie contemplait la bague avec stupeur. C'était une véritable œuvre d'art. Quand Melissa lui prit la main et poussa un cri, elle ne put s'empêcher de se mettre à rire. Elle regarda Reese qui lui adressa un clin d'œil. Comme s'il maîtrisait toute la situation depuis le début.

Une fois de plus, il s'était occupé de tous les détails, avec aisance et sans paraître débordé. Comment y parvenait-il sans un agenda précis, des notes, une assistante ?

En fait, il avait des assistants, mais il accomplissait un maximum de choses lui-même. Jamais il n'enverrait un assistant choisir une bague de fiançailles, même pour de fausses fiançailles.

— Vous avez beaucoup de chance, tous les deux, dit Melissa en les regardant tour à tour. Allez ! On revient à la séance ! Je voulais juste voir ce qu'il avait choisi, et c'est parfait, félicitations.

Josie regarda autour d'elle l'équipe qui attendait de reprendre le travail.

— Euh... Est-ce que Reese et moi pourrions avoir deux minutes à nous ?

Tout le monde acquiesça, et elle entraîna son ami dans un coin du hall d'entrée. Ce n'était pas l'endroit idéal pour une conversation privée, mais elle ferait avec.

— Où as-tu trouvé cette bague ? lui demanda-t-elle en grinçant des dents.

Reese lui sourit.

— Je ne pouvais pas laisser ma fiancée sans bague. Cela aurait donné une pauvre image de notre amour, tu ne trouves pas ?

Elle le fusilla du regard.

En retour, il sourit de plus belle et précisa :

— Je l'ai achetée.

Il l'avait achetée ! Pas plus compliqué que ça ! Comme s'il était sorti s'acheter une paire de chaussures ou un nouveau Smartphone ! Elle refusa de penser au prix d'un bijou pareil.

— Tu as la possibilité de la rapporter chez le bijoutier ? s'enquit-elle.

— La rapporter ? Pourquoi ça ?

Dans ce lieu qui manquait d'intimité, elle ne pouvait en dire davantage. Elle se contenta donc d'écarquiller les yeux, sachant que Reese lisait à livre ouvert dans ses pensées, la plupart du temps.

— Elle est à toi, Jo. Considère-la... Tiens ! Comme un cadeau d'anniversaire, si cela te met plus à l'aise.

La voix de Reese, calme et douce, lui fit fondre le cœur. Mais elle se ressaisit aussitôt. Tout ce qui se passait entre eux devait être structuré, sans cela leurs fausses fiançailles lui exploseraient à la figure, entraînant son propre cœur dans la mésaventure.

— Désolée, mais l'équipe vous attend ! lança Melissa. Nous avons des impératifs horaires, vous le savez.

Oui, Josie était bien consciente des impératifs, aussi bien concernant le travail que Reese.

Elle jeta un regard à sa bague, symbole de tellement davantage que ce qui était en train de se passer entre Reese et elle. Sa culpabilité resurgit, plus forte que jamais. À chaque jour qui s'écoulait, elle s'enfonçait davantage dans ce mensonge.

La belle pierre rouge sembla lui rendre son regard.

Qu'est-ce qui avait bien pu pousser Reese à choisir une pierre précieuse aussi audacieuse, au lieu du traditionnel diamant ? Et une fois les fiançailles rompues, que ferait-elle d'une bague de fiançailles ?

Reese lui prit la main, riva son regard au sien et déposa un baiser sur son doigt, juste au-dessus de la bague.

— Prête ? demanda-t-il.

L'était-elle ? Elle ne sut que répondre. Elle avait le sentiment très net qu'il ne parlait pas des photos.

Tandis qu'ils rejoignaient l'équipe, elle se persuada que cette farce s'achèverait bientôt et que tout rentrerait dans l'ordre rapidement. Il suffisait de s'accrocher jusqu'au lendemain de l'inauguration du restaurant à Manhattan. Ensuite, ils reviendraient à leur façon de vivre d'avant.

Si c'était encore possible.

Mais la lourde bague à son doigt semblait lui dire le contraire.

10

La fin de l'entretien avec Melissa soulagea considérablement Reese. Josie et lui avaient dû éluder certaines questions mais, dans l'ensemble, ils s'étaient montrés crédibles, et c'était tout ce qui comptait.

En demandant à Josie de prendre le reste de la journée, il n'avait pas cru un instant qu'elle accepterait. Et pourtant... Ils sortaient juste de chez elle, où elle avait voulu prendre quelques affaires et vérifier l'avancée des travaux sur son toit.

Selon les ouvriers, les travaux dureraient encore au moins une semaine car ils avaient repéré d'autres problèmes dans la toiture. Cela convenait très bien à Reese, peu pressé de voir Josie quitter son lit.

— Je suppose que tu m'emmènes quelque part pour mon anniversaire, et que ça a quelque chose à voir avec la plage, dit-elle.

Il sourit et démarra sans répondre. Il voulait consacrer cette soirée à Josie, qu'elle se relaxe sans songer à ces fiançailles ridicules, à son article à terminer, aux rénovations dans sa maison. Un moment de détente complète.

Lui aussi avait besoin de se changer les idées. Aujourd'hui, il ne voulait plus penser à ses problèmes familiaux.

— Pas question de te dévoiler ma surprise, dit-il enfin. On en a déjà parlé hier.

— Ça, c'était hier. De toute façon, je vais bientôt la découvrir, ta surprise !

— Oui, mais pas une minute avant.

La tête tournée vers la vitre, elle prit un air boudeur.

Il éclata de rire mais resta campé sur ses positions. Il lui avait organisé une soirée d'anniversaire parfaite, elle allait adorer, ça ne faisait aucun doute. Mais elle n'en saurait rien avant.

— Tu viens toujours avec moi à l'inauguration du restaurant ? lui demanda-t-il en s'engageant dans l'allée privée qui menait chez lui.

— Évidemment ! Je ne la manquerais sous aucun prétexte.

— J'aimerais que tu couvres l'événement, si cela ne te dérange pas d'endosser la double casquette de fiancée et de journaliste.

Elle se tourna vers lui avec un grand sourire.

Pourquoi ce sourire lui faisait-il toujours autant d'effet ? se demanda-t-il. Il était si simple, si peu apprêté, et pourtant sa charge sensuelle était instantanée. C'était sans doute pour ça qu'il adorait la faire sourire.

— Je suis tout à fait capable de faire les deux, répondit-elle. Alors... Ma surprise, c'est chez toi ?

Il attendit en riant que son portail s'ouvre.

— Quelque chose comme ça, répondit-il.

Elle demeura silencieuse et rassembla ses affaires tandis qu'il se garait.

— Suis-moi, dit-il en empruntant le chemin derrière la maison qui menait à son ponton privé.

— Ah, c'est ça ! s'exclama-t-elle, visiblement ravie. Une virée sur ton yacht ! Super ! L'après-midi est magnifique.

Un après-midi parfait pour se détendre... et peut-être davantage. Il avait prévu cette surprise bien avant la nuit dernière et les développements récents entre eux mais, à présent, il ne pouvait s'empêcher de rêver de reprendre les choses là où ils les avaient laissées cette nuit.

Il aida Josie à monter sur le yacht. Frisco se tenait à l'entrée du carré et les salua. Ce dernier ne se contentait pas de tenir les fourneaux, même si Reese l'avait engagé principalement pour cette tâche. Il faisait tout ce qu'il lui demandait, et même davantage. C'était une perle.

— Bonjour Reese. Bonjour mademoiselle Coleman.

— Merci d'avoir tout mis en place, Frisco, dit Reese en lui

donnant une tape amicale dans le dos. Vous pouvez prendre le reste de la journée.

Frisco le remercia en souriant. Quand il fut parti, ils pénétrèrent dans le carré.

— Change-toi, dit-il. Pendant ce temps, je vais préparer le départ.

— Tu ne te changes pas, toi ?

Se rapprochant d'elle sans la toucher, il demanda :

— C'est une invitation ?

Les yeux de Josie se voilèrent aussitôt, et elle posa sur lui un regard lourd de sensualité, qu'il ne connaissait pas quelques jours plus tôt, mais qui lui devenait familier. Ils n'avaient passé qu'une nuit ensemble, il voulait tellement davantage. Comment une seule nuit viendrait-elle à bout d'une femme comme elle ?

— Ce n'est pas pour cette raison que tu as donné son congé à Frisco ? répliqua-t-elle avec un brin d'ironie.

— Non. Je lui ai donné congé parce que je veux passer ton anniversaire seul avec toi, sous le soleil puis les étoiles, sans personne entre nous. Il a accompli tout ce que je lui avais demandé de préparer. Sa présence ici n'est plus nécessaire, et il a bien mérité un peu de loisir, lui aussi.

Les yeux de Josie parcoururent son corps avec gourmandise, et son ego en fut tout ragaillardi. Il savait à présent comment susciter en Josie le désir qui la poussait vers lui.

— J'aurai peut-être besoin de quelqu'un pour m'aider à enfiler mon maillot, murmura-t-elle en commençant à enlever sa robe noire.

La faisant passer par-dessus sa tête, elle la laissa tomber à terre et se retrouva en slip et soutien-gorge de soie.

— Tu me surprends, dit-il. Et pourtant... je ne pensais pas pouvoir le dire un jour.

Josie haussa les épaules et répliqua :

— J'aime bien tout planifier, c'est vrai. Mais je sais aussi ce que je veux.

Une excitation soudaine enfiévra Reese.

— Et qu'est-ce que tu veux ? demanda-t-il.

Ses yeux rivés aux siens, elle tendit la main vers la fermeture Éclair de son pantalon.

— Je veux que la nuit dernière continue, répondit-elle.

Repoussant les mains de Josie, il passa ses bras autour de sa taille, l'attira contre lui et plaqua sa bouche contre ses lèvres. Plus besoin de permission pour prendre ce qu'elle offrait si librement.

Comme il la portait vers la petite chambre, elle enroula ses jambes autour de lui.

La table du carré lui barra le chemin.

De toute façon, il n'aurait pas le temps d'aller jusqu'à la cabine, pas avec Josie lovée contre lui, qui s'attaquait à sa chemise. Elle la lui arracha presque. Il se débarrassa en un tournemain de son pantalon et de son boxer, laissant le tout tomber à terre. Elle laissa échapper un petit rire pendant qu'il essayait fébrilement d'enlever ses chaussures, l'une après l'autre, avec le bout de chacun de ses pieds.

Quelques boucles s'étaient échappées de son chignon et lui tombaient à présent sur le visage, mais Reese la voulait encore davantage désordonnée, hors de contrôle.

Il défit l'attache de son chignon. Libérés, ses cheveux tombèrent en cascade sur ses épaules.

Il saisit Josie par les hanches et la plaqua contre le bord de la table du carré. Quand il glissa une main dans son slip pour le faire glisser, elle s'agrippa à ses épaules.

— Protection ? demanda-t-elle dans un souffle.

Il regarda en direction de la chambre où il avait eu l'intention de se rendre.

— Là-bas, répondit-il.

Elle se mordilla la lèvre inférieure et tendit ses hanches vers lui.

— Je te fais confiance, murmura-t-elle. Moi, je prends la pilule et j'ai fait un contrôle récemment.

Reese avala sa salive avec difficulté. Jamais il n'avait fait l'amour sans un préservatif. Savoir que Josie l'encourageait à le faire mit un comble à son excitation.

— Je suis sain, lui assura-t-il d'une voix rauque. Jamais je ne ferais quoi que ce soit qui te fasse du mal.

Elle hocha la tête, signal silencieux qu'il pouvait continuer.

Écartant la soie légère du slip de Josie, il la pénétra d'un coup de reins puissant, ce qui arracha à la jeune femme un long gémissement sensuel.

Les dents serrées, il prit quelques secondes pour savourer les merveilleuses sensations d'être de nouveau en elle. Aucune barrière ne les séparait. Pour lui, c'était une première.

Mais l'urgence de la posséder le submergea très vite, et il ne put rester immobile plus longtemps. Josie soulevait son pubis contre le sien, le provoquait, l'attisait. Il était plus que prêt à la satisfaire.

Enflammée, elle releva ses genoux, s'accrocha à son cou et prit ses lèvres dans un baiser ardent. Physiquement, il se trouvait en position dominante mais, en fait, le pouvoir, c'était elle qui le possédait. Et il s'aperçut qu'à cet instant il était sans défense ; elle pouvait faire de lui ce qu'elle voulait.

Il émanait d'elle un besoin frénétique qui se manifestait en vagues serrées, qu'il ne parvenait pas bien à identifier. Mais l'heure n'était pas à l'analyse de chacune de ses pensées, de chacun de ses gestes. Pour l'heure, il ne voulait qu'une chose : davantage de cette Josie téméraire, sauvage, sans complexes.

Il détacha l'agrafe de son soutien-gorge sans quitter ses lèvres et s'en débarrassa. Il prit ses seins à pleines mains et en titilla les pointes. Il voulait tout d'elle, tout ce qu'elle pouvait donner. Ne plus avoir à dissimuler le désir qu'il avait d'elle le rendait heureux.

— Reese…, murmura-t-elle contre sa bouche.

Comme le corps de Josie frissonnait de plus en plus violemment, il glissa une main entre eux pour attiser son endroit le plus sensible, la propulsant ainsi au sommet du plaisir.

Envoûté par les gémissements de son amie, par son corps qui se tordait contre lui, il accéléra la cadence et s'abandonna sans retenue à son propre orgasme. Criant son nom, elle enfouit son visage au creux de son cou. Il la pressa contre lui, les unissant au plus près. Des vagues de volupté le submergèrent en longues rafales, son corps tremblait, le souffle précipité de Josie contre son cou ajoutait aux frissons brûlants qui le consumaient. Et ce fut l'explosion finale.

Le souffle court, il attendit que son corps se calme. Il lui fallut plusieurs minutes pour trouver la force de se détacher un tout petit peu de Josie et la regarder.

— Tu as encore besoin d'aide pour enfiler ton maillot ? lui demanda-t-il.

— Je crois qu'il me faut plutôt un verre d'eau, répondit-elle en riant doucement. Et un bon repas, si c'est la surprise que tu me réserves pour fêter mon anniversaire.

— Tout cela n'est pas exactement ce que j'avais prévu pour ton anniversaire, rétorqua-t-il en souriant. Nous sommes donc deux à bénéficier d'une surprise.

Il aida Josie à se détacher de la table.

Faire l'amour à la va-vite à Josie sur un coin de table ne lui avait jamais traversé l'esprit. Il avait toujours pensé qu'il prendrait son temps pour explorer chaque centimètre de son corps délectable. La nuit dernière, il ne s'était pas précipité, mais tout de même... il n'avait pas pris tout le temps qu'il aurait aimé. Quant à ce qu'il venait de vivre, c'était sans conteste le rapport sexuel le plus rapide de sa vie !

Et, pourtant, il ne regrettait rien.

Il n'en revenait pas que Josie ait pris les choses en main. Pourquoi lui aurait-il refusé ce droit... Le jour de son anniversaire, en plus ?

Il ramassa ses vêtements éparpillés sur le sol.

Josie ôta son slip, rassembla ses affaires et se dirigea vers la chambre, en lui décochant un sourire par-dessus son épaule.

À peine eut-il le temps de jouir de cette belle nudité que son portable vibra dans la poche de son pantalon. À cause de ses mains encombrées, il mit du temps à le trouver. Il consulta son écran, prêt à laisser la sonnerie aller jusqu'au répondeur ; il ne souhaitait pas d'interruption dans le déroulement de cette soirée avec Josie. Mais l'appel provenait de ses parents, et il ne pouvait l'ignorer.

Aussitôt la réalité de sa vie le rattrapa. Il allait devoir dire à ses parents ce qu'il avait découvert au sujet de sa naissance. Ils seraient présents à l'inauguration de son restaurant à New York, et il devait leur parler avant. La nuit de fête à Manhattan ne se prêterait pas à un entretien familial de cette importance.

Résigné, il prit l'appel.

— Salut tous les deux ! Toujours heureux, sous les tropiques ?

— Bonjour mon chéri, répondit sa mère de sa voix souriante. Nous sommes sur la route du retour.

— Je croyais que vous ne reveniez que la semaine prochaine. Tout va bien ?

— Très bien ! Mais tu sais comment est ton père. Il se sent inutile dès qu'il n'est pas productif.

— Il a pris sa retraite ! Il est censé ne plus rien faire que se reposer, aller dans des endroits de rêve où il boira des boissons délicieuses et recevra des massages merveilleux.

— Quel programme ! s'exclama sa mère en riant. Mais je crois que tu manques à ton père. À moi aussi, bien entendu. Mais lui s'inquiète pour toi. Trop de choses pèsent sur tes épaules, selon lui. Bref, il aimerait te soutenir, être près de toi si tu as besoin d'un conseil.

Reese ferma les yeux et répondit :

— J'ai fait ça toute ma vie !

— C'est ce que j'essaie de lui expliquer, mais n'oublie pas que maintenant il ne sait pas quoi faire de ses journées. Tu pourrais peut-être lui trouver une petite occupation ? Ou bien… je ne sais pas… lui demander conseil sur une question ou une autre ?

Diriger une chaîne de restaurants impliquait un million de tâches, sans compter l'ouverture d'un nouvel établissement luxueux. Il pouvait sans problème trouver une occupation à son père.

Josie revint dans le carré, en maillot une pièce noir.

Aussitôt le désir de Reese se raviva.

— Je vais voir ce que je peux faire, dit-il sans détacher son regard de Josie. Papa et toi pouvez venir à la maison demain ?

— Bien sûr ! Tout va bien, mon chéri ?

Reese détourna enfin son regard de Josie pour mieux se concentrer sur sa conversation avec sa mère. Lui qui se vantait de pouvoir assumer plusieurs tâches en même temps…

— Je vais très bien, répondit-il. Il y a juste quelque chose dont je ne veux pas discuter au téléphone avec vous.

Maintenant qu'il s'était décidé à leur parler, il irait jusqu'au bout.

— Tu attises ma curiosité, mon chéri ! Nous serons chez toi vers 13 heures, si cela te convient.

— Je dirai à Frisco de nous préparer un bon déjeuner. Bon retour à tous les deux. Je t'aime, maman.

Il raccrocha et demeura songeur. Devait-il vraiment avoir cette conversation délicate avec ses parents ?

Ses parents et lui s'entendaient à la perfection. Était-il raisonnable de faire resurgir le passé, de risquer de bouleverser le bel équilibre qui les unissait ?

Mais il avait deux demi-frères qu'il avait envie de découvrir, de mieux connaître, de présenter. Et il devait à ses parents l'honnêteté de leur dévoiler ce qu'il avait appris.

— Tu vas te baigner tout nu ou tu enfiles un maillot ? s'enquit Josie, l'arrachant à ses sombres pensées.

À travers la vitre coulissante, il regarda l'océan qui scintillait puis la femme qui attendait de profiter au mieux de sa journée d'anniversaire.

Elle le méritait, et il ne permettrait pas à la bombe qui lui avait explosé au visage dans sa vie personnelle de gâcher sa journée.

— Tu as une préférence ? rétorqua-t-il avec un clin d'œil.

Elle se contenta de rire en secouant la tête.

— Tu avais l'air sérieux en parlant avec ta mère, fit-elle remarquer. Si cette mascarade de fiançailles te pese trop, tu peux dire la vérité à tes parents. Je ne m'y oppose pas.

— Pardon ? Non, ce n'est pas ça. Je dois simplement discuter de quelque chose avec eux. Nous aborderons la question demain, puisqu'ils rentrent plus tôt que prévu.

— À propos de l'ouverture du nouveau restaurant ? Jusqu'à maintenant tu n'avais pas l'air inquiet à ce sujet.

— Je ne suis pas inquiet du tout. Mon équipe y travaille, et je sais que tout va se dérouler parfaitement.

Les sourcils froncés, Josie l'observa un instant en silence avant de reprendre :

— Oh ! Je ne savais pas que quelque chose d'autre te tracassait.

Je pense toujours que si tu as des soucis, tu sais que je suis là pour t'écouter.

Reese se sentit brusquement honteux.

Il s'approcha d'elle, décidé à la rassurer.

— Je te dis tout. Tu es ma meilleure amie, Jo. Mais profitons de ton anniversaire, nous parlerons demain. Marché conclu ?

Il voulait parler à ses parents avant de se confier à elle, c'était la moindre des choses. Et puis il voulait écouter leurs explications, connaître leur version de l'histoire.

Josie lui caressa le visage.

— Ne fais pas attention à moi, dit-elle. Tu n'as pas à me donner d'explication. Je veux seulement que tu saches que je suis là si tu en as besoin. À n'importe quel moment.

Posant ses deux mains sur les hanches de Josie, il l'attira contre lui.

— Je le sais très bien, lui assura-t-il. Mais aujourd'hui laisse-moi te gâter. Va t'allonger sur le pont au soleil. Je vais enfiler un maillot, et ensuite on appareille. Je te rejoins dans cinq minutes.

L'espace d'un instant, elle eut l'air d'avoir envie de dire quelque chose. Finalement, elle renonça, hocha la tête et s'éloigna. En atteignant les marches qui menaient au pont du bateau, elle se retourna et lança :

— Dépêche-toi ! Il faut que tu me passes de la crème solaire sur le dos.

Comment ignorer une telle proposition ?

C'était décidé, pour le moment, il allait se concentrer sur Josie. Il ne penserait plus à ce père biologique qu'il n'avait jamais rencontré, ni à l'explication avec ses parents, concernant la vérité de sa naissance. Il ne penserait pas non plus à comment les mots « meilleure amie », qu'il avait prononcés un peu plus tôt, avaient sonné faux à ses propres oreilles. Parce que Josie et lui étaient bien davantage.

Il fallait juste trouver un moyen de ne pas se blesser mutuellement quand leur relation redeviendrait platonique. Parce que, après l'inauguration du restaurant à Manhattan, où ils s'afficheraient bras dessus bras dessous, il leur faudrait affronter la réalité.

Et la réalité, c'était... que tout ceci n'était que temporaire.

11

Josie se reconnaissait à peine. Pour commencer, elle avait sacrifié une demi-journée de travail. Ensuite, elle s'était nonchalamment étendue sur le pont du yacht, sans rien faire, laissant à Reese le soin de la combler de thé et de boissons de toutes sortes. Et maintenant, elle savourait un délicieux repas aux chandelles sur le pont du bateau éclairé par la pleine lune.

Aurait-elle pu rêver anniversaire plus fabuleux ?

— Si ça continue, tu vas faire de moi une de ces bourgeoises hyper gâtées à qui tout est dû, dit-elle en sirotant une gorgée de vin.

Posant sa serviette sur la table, Reese se renversa sur sa chaise.

— C'est ton anniversaire, il est bien normal que je te gâte, ma belle.

Mais elle ne faisait pas seulement allusion au moment présent, en faisant cette remarque ; elle parlait en général. Reese l'avait toujours gâtée. Il la réconfortait, l'avait soutenue en toute occasion, veillait sur son bonheur. Un véritable ange gardien.

Leurs fausses fiançailles en étaient la dernière preuve éclatante.

Néanmoins, depuis quelques jours, ce qui nourrissait leur relation habituelle avait un peu changé. Du coup, elle avait du mal à se situer et craignait de perdre ses repères. Normalement, elle aurait dû se sentir coupable de vouloir encore plus de sexe avec lui, de savourer à ce point leur relation physique alors que, dans quelque temps, il faudrait revenir à leur simple amitié. Car ils ne pouvaient continuer ainsi éternellement. Dans l'avenir, à un moment ou à un autre, Reese aurait sans doute envie de rencontrer une femme, de s'installer dans la vie, de fonder une famille. C'est comme ça qu'il avait été élevé. Il ne connaissait que ça : la famille et les affaires.

Oh ! Bien entendu, il sortait parfois avec des femmes de la jet-set, mais aucune de ces relations ne durait, jamais il n'avait annoncé être tombé amoureux. Il ne lui avait jamais non plus donné l'impression de vouloir se marier dans l'immédiat. C'est pourquoi, quelques mois plus tôt, ses fiançailles de courte durée l'avaient surprise. Choquée même.

Quoi qu'il en soit, un jour ou l'autre il aurait envie de se marier et de fonder sa propre famille. Il avait aimé recevoir le patrimoine de ses parents et, à son tour, il aimerait léguer le sien à ses descendants.

Elle, de son côté, ignorait tout de ce désir de transmission à des héritiers. Pire, cette simple idée la terrifiait. Sa famille n'existait plus. Depuis, elle avait élevé de solides murailles autour de ses émotions. Reese était le seul qu'elle avait inclus dans son monde intérieur.

Pourtant elle était fière d'elle. Aujourd'hui, elle avait mis les deux pieds hors de sa zone de confort et avait pris ce qu'elle voulait : un moment de sexe avec Reese. Mais une fois la fête finie, comment redevenir celle qu'elle était auparavant ? Reese et elle n'auraient plus à se montrer au public et retrouveraient leur vraie personnalité et leur place : les meilleurs amis du monde.

Était-ce seulement de l'ordre du possible ? Elle en doutait…

Alors que faire ? La sexualité entre eux était intense. Plus que ça. Disons… enivrante. Dans ce cas, il n'y avait qu'une seule chose à faire : y prendre du plaisir, savourer chaque minute de cette liberté qu'elle ne s'était jamais accordée auparavant. Et prier pour que ni l'un ni l'autre ne ressorte blessé de cette aventure rocambolesque. Parce qu'elle avait toujours et encore besoin de ce roc, de ce pilier, que représentait Reese dans sa vie.

Elle contempla sa bague, songeuse. À quoi bon le nier ? Elle l'adorait, ce rubis ovale serti de diamants scintillants. Avant ces jours-ci, elle ne s'était jamais préoccupée d'un tel bijou.

— Elle te va bien.

Elle se tourna vers Reese qui faisait un signe du menton vers sa main.

— Je savais qu'un rubis t'irait bien, poursuivit-il.

— Tu mourais d'envie de me voir porter des choses colorées, c'est ça ? répliqua-t-elle en riant. Elle est magnifique, mais tu sais bien que je ne peux pas la garder.

— Bien sûr que si ! Je t'ai déjà dit de la considérer comme un cadeau d'anniversaire. Simplement, pour le moment, le public doit imaginer que c'est ta bague de fiançailles.

— Reese...

Il tendit la main et caressa le rubis de son pouce.

— Un ami peut bien offrir à une amie un joli cadeau d'anniversaire, non ?

Un malaise diffus envahit Josie. Chaque fois qu'il prononçait le mot « ami » elle se sentait un peu... Elle ne savait pas au juste ce qu'elle ressentait. En tout cas, cela la déstabilisait à chaque fois.

Or elle détestait les perturbations inattendues qui affectaient sa vie. Elle avait grandi avec un père militaire, sévère et distant, et cette éducation stricte avait modelé sa vie d'adulte. Tout avait basculé à la mort de sa mère. Elle s'en rendait compte, maintenant, c'était sa mère qui lui avait apporté amour et attention, alors que son père, lui, exigeait structure et obéissance. Et elle était si jeune, quand elle avait été privée de l'amour de sa mère...

Maintenant encore, elle avait grand besoin de l'assurance que chaque aspect de sa vie se trouvait à sa juste place.

— J'ai quelque chose pour toi, dit soudain Reese en se levant de table.

— Je n'ai plus besoin de rien ! protesta-t-elle en riant. La croisière, le dîner, la bague. Je suis comblée, Reese.

Il lui sourit.

— Fais-moi confiance, ça ne coûtait pas cher, mais je n'ai pas pu résister.

Intriguée, elle attendit pendant qu'il descendait dans le carré. Il revint avec une boîte si petite qu'il n'y avait même pas de ruban, rien que le joli papier d'emballage.

— Ce n'est vraiment pas grand-chose, répéta-t-il en lui tendant le cadeau. Mais j'espère que tu en feras bon usage.

Les yeux fixés sur lui, elle prit le paquet.

— C'est trop petit pour être un *sex toy*, fit-elle remarquer.

— Pour l'instant, tu n'as pas besoin d'autre *sex toy* que moi, répliqua Reese en éclatant de rire.

Pour l'instant ?

Les mots l'atteignirent en pleine poitrine. Elle tenta de les oublier, mais ils restaient là, têtus. Malgré le vertige procuré par le bon dîner, le moment de sexe incroyable, la présence enveloppante de Reese, ils se faufilèrent droit jusqu'à son cœur. Cette simple expression eut un écho terrible en elle, menaçant de prendre racine. Deux mots tout simples, dits sûrement par hasard, et l'ombre du chagrin planait déjà sur elle.

Pour l'instant... Et après ?

Refoulant ces pensées sombres concernant l'avenir, elle déchira le papier d'emballage et découvrit son cadeau.

— Un tube de rouge à lèvres ?

Déroutée, elle leva les yeux vers Reese. Il lui souriait.

— Je me suis imaginé que si tu n'arrivais pas à porter des vêtements colorés, tu pourrais peut-être commencer par introduire un peu de couleur sur tes lèvres. Ce serait un bon début. Il est beau ce rouge, non ?

Contemplant la marque du tube, elle sourit. Quel homme surprenant ! Même dans ce domaine, il avait su quoi acheter, et où le trouver.

— Je ne suis pas sûre... Tu crois que des lèvres rouges me conduiraient à porter des vêtements qui ne soient pas noirs ?

— Essaie. Ne laisse pas la peur gagner, Jo. Car tout ça, c'est une question de peur, uniquement. Ce n'est qu'un tube de rouge à lèvres, je ne te demande pas de faire du saut à l'élastique !

Elle sortit le tube de son emballage et fit glisser le capuchon. Puis elle contempla la teinte rouge vibrante avec scepticisme. Comment porter un truc pareil ? Elle ne se maquillait pratiquement jamais. Son matériel de maquillage se limitait à du mascara, noir bien entendu, et parfois un soupçon de blush en certaines occasions. Alors du rouge à lèvres...

Tirant sa chaise, Reese vint s'installer près d'elle. Il lui prit les mains et posa le tube sur la table.

— Écoute, Jo. Je n'essaie pas de te transformer en une personne que tu n'es pas. Je ne cherche pas à te mettre mal à l'aise mais à t'aider, au contraire. Tu as tout ça à l'intérieur de toi, ce désir de couleur que tu n'arrives pas à assumer. Si tu veux rendre hommage à ta mère d'une manière ou d'une autre, fais-le. Fais-le pour toi-même, sans te préoccuper des autres, de ton public, ou que sais-je encore. Les autres et leurs jugements, leur approbation, leur désapprobation, tu t'en moques.

Elle plongea son regard dans les beaux yeux bleus de Reese. Comment ne s'était-elle pas perdue plus tôt dans ce regard lumineux ? Comment se faisait-il qu'elle n'ait pas remarqué auparavant combien il était hors du commun ? Et pas seulement par son aspect physique très attirant. Cela, elle en avait conscience depuis des années. Mais comme il était son ami, elle ne se permettait aucune pensée sensuelle à son égard. C'était inimaginable, hors de question.

Et pourtant, maintenant, elle le désirait ouvertement.

Ils n'avaient fait l'amour que quelques fois seulement, et elle nourrissait déjà pour lui des fantasmes qui pourraient remplir une vie entière !

Mais surtout, en dehors de son physique, il possédait un cœur en or. Au sein de son empire de la restauration, il dominait tout autour de lui, mais pas comme le ferait un patron minable. Certes, il exigeait le respect de ceux qui travaillaient avec et pour lui, mais il avait un cercle d'amis fidèles, des employés loyaux, qui l'aimaient et se coupaient en quatre pour lui. C'était là le signe d'un vrai chef.

— Pourquoi ne sommes-nous pas sortis ensemble quand nous étions jeunes ? demanda-t-elle soudain.

Elle s'en voulut aussitôt. Comme s'ils sortaient ensemble, maintenant !

Fronçant les sourcils, Reese lâcha ses mains et s'adossa au dossier de sa chaise.

— Je te l'ai demandé, à l'époque, lui fit-il remarquer.

Étonnée, elle chercha en vain dans sa mémoire.

— Ah bon ? Quand ?

— À l'université, répondit-il, l'air de penser qu'elle aurait dû s'en souvenir. Je t'aidais à déménager de ton dortoir dans ton premier appartement et je t'ai proposé de sortir avec moi.

En effet, elle se souvenait qu'il l'avait aidée lors de son déménagement… Ils pensaient ne jamais pouvoir transporter son énorme canapé jusqu'au deuxième étage de son nouvel immeuble ! Ils avaient ri, discuté, partagé une pizza immonde.

Ah oui ! C'était à ce moment-là qu'il lui avait proposé, se souvint-elle enfin.

— Je croyais que tu plaisantais, dit-elle.

Devant l'air vexé de Reese, elle ajouta :

— Tu étais sérieux ?

Il ne sourit pas. Sans faire un mouvement, il continuait à la regarder.

— Je n'avais jamais été aussi sérieux, répondit-il enfin.

Oh…

Comment interpréter cette information ?

Revenir en arrière n'était pas possible. Mais si, par un tour de magie, elle le pouvait, aurait-elle accepté ? Jusqu'à récemment elle n'avait jamais pensé à Reese autrement que comme à un ami.

Que dire ? Lui semblait y avoir repensé, au fil des années, puisqu'il n'avait pas oublié cet épisode de leur lointain passé. De toute évidence, cette proposition avait eu un plus grand impact sur lui que sur elle.

Que voulait-il lui expliquer, au juste ? Qu'il ne souhaitait pas faire basculer leur situation actuelle au-delà du territoire bien gardé de l'amitié ? Ou bien… ?

— Reese, je…

Se penchant vers elle, il lui coupa la parole d'un baiser sur la bouche. À ce doux contact, elle fondit, oubliant complètement ce qu'elle avait voulu dire.

— N'en parlons plus, murmura-t-il contre ses lèvres. Ce soir, je veux que tu ne portes que ta bague et la lueur de la lune sur ta peau.

Cet ordre impérieux lui donna des frissons. Tout ce qui concernait leur relation, toutes les discussions qu'il leur faudrait avoir, pouvaient attendre.

Reese lui enlevait ses vêtements avec fébrilité, et elle eut le sentiment enivrant qu'un nouveau cadeau d'anniversaire se profilait.

— J'ai découvert que j'ai été adopté, dit soudain Reese.

Il était minuit passé, et ils retournaient vers la côte. Il avait brusquement décidé qu'il ne pouvait cacher la vérité à Josie plus longtemps. Il avait besoin de l'avis et de l'épaule de son amie. C'était ce qu'il valorisait le plus dans leur amitié. Même quand il essayait d'être fort, quand il opposait aux situations adverses un front d'acier, il laissait tomber sa garde avec elle. Jamais elle ne le critiquait ni ne le jugeait. Elle le comprenait.

Il avait eu l'intention de prévenir ses parents en premier. Il pensait le leur devoir. Mais une autre part de lui-même avait besoin de l'opinion de Josie pour manier avec doigté cette situation délicate. Il lui faisait une confiance absolue.

— Adopté ? répéta-t-elle. Reese, comment... Je veux dire, qui te l'a dit ? Tu en es sûr ?

Il guida le yacht vers le ponton. Un peu plus loin, il distinguait sa maison. Il adorait ce moment de la nuit où tout était calme, tranquille, serein. Et, à cet instant précis, il n'avait que trop besoin de sérénité !

— Tout à fait certain, répondit-il, les yeux toujours fixés sur le ponton. Dans la foulée, je me suis aussi découvert deux demi-frères à Green Valley, dans le Tennessee.

— Ah ! C'était la raison de ton déplacement là-bas ?

Il hocha la tête. Elle se rapprocha tout près de lui. Le vent fouettait ses cheveux libres, il sentait des boucles douces lui frôler le bras.

— Qui sont tes parents biologiques ? demanda-t-elle.

— J'ai reçu une lettre d'une femme inconnue qui était la mère d'un certain Nick Campbell, mon demi-frère. Elle était en train de mourir. Avant de disparaître, elle a envoyé trois lettres. À son fils, Nick, qui a grandi sans savoir qui était son père, à Sam Hawkins, mon autre demi-frère, et à moi. Je suppose qu'avant sa mort, elle a voulu mettre sa vie en ordre. En tout cas, je ne sais rien de ma mère biologique, mais mon père biologique est Rusty Lockwood.

— Lockwood ? Lockwood comme dans Lockwood Lightning ?

— C'est ça.

— Ça alors..., murmura-t-elle. Tu l'as rencontré ?

— Non, mais j'ai entendu beaucoup de choses désagréables sur son compte. Et au cours de mes recherches personnelles, j'ai lu des nouvelles très dérangeantes. En tout état de cause, il n'arrive pas à la cheville de mon... Enfin, de Martin.

La douceur de la main de Josie sur son bras allégea un peu son anxiété.

— Personne ne vaut Martin Conrad, lui assura-t-elle. Tes parents savent que tu as découvert tes origines ?

— Non. C'est ce dont je veux leur parler demain.

Il ne savait toujours pas comment aborder le sujet, si ce n'est en leur montrant directement la lettre qu'il avait reçue. Ensuite, il les laisserait s'expliquer.

— Tu... Euh... Tu veux que je sois là ? demanda Josie d'une voix incertaine. Je... je ne veux pas interférer ou te mettre mal à l'aise, mais si tu as besoin de quelqu'un...

Il la regarda brièvement.

— Je te veux auprès de moi, oui, répondit-il.

— Je ne sais pas bien ce que je pourrai dire, mais je ferai de mon mieux pour toi.

Il le savait. Quelle que soit la décision qu'il prendrait, elle serait à son côté et lui donnerait des forces.

— Je pars pour Green Valley dans quelques jours, annonça-t-il en accostant. J'aimerais que tu viennes avec moi, si tu peux te libérer.

— Ne t'inquiète pas, je trouverai le temps. Je pourrai toujours travailler en route, s'il le faut, répondit-elle. À moins que nous prenions ton jet ?

— Ça va être un très court séjour, dit-il en éteignant le moteur. L'avion nous fera gagner du temps.

Elle hocha la tête en souriant.

— Dis-moi quand je dois me tenir prête et je serai au rendez-vous, lui assura-t-elle.

Le yacht amarré, il aida Josie à sauter sur le ponton.

Sur le chemin qui menait à la maison, il l'arrêta, prit son visage entre ses mains et se pencha vers elle.

— Tu m'as dit que j'allais te gâter, mais c'est l'inverse, murmura-t-il contre sa bouche. C'est sans doute moi qui suis gâté pourri, parce que je ne mérite pas tout ce que je veux te prendre.

Il l'enlaça, la serrant contre lui, exigeant ses lèvres. Il ne voulait pas parler, ne voulait pas penser, ne voulait pas envisager le lendemain, ni le jour d'après. Maintenant, il voulait conduire Josie dans sa chambre et lui montrer à quel point il la désirait. Il la désirait jusqu'à la souffrance.

Leurs deux semaines touchaient à leur fin, et il n'était pas encore prêt à perdre cette relation physique. Et peut-être même y avait-il davantage que ça ? Peut-être existait-il entre eux quelque chose au-delà du physique. Il ne savait plus bien que penser. Mélangeait-il le lien d'amitié avec quelque chose de plus fort, d'inconnu ? Tout était flou dans sa tête.

Il priait seulement pour que ni Josie ni lui ne souffrent.

12

— Mon chéri, tu as l'air si heureux.

Reese se contracta quand sa mère le serra tendrement dans ses bras puis recula de quelques pas pour l'observer avec attention. Elle embrassa aussi Josie, qui se tenait près de lui.

— Je ne peux vous dire à quel point je suis enchantée que vous unissiez vos destins, poursuivit-elle. Josie, j'ai toujours su que tu étais faite pour mon fils.

Josie regarda Reese qui se contenta de sourire. Des choses beaucoup plus importantes que cette mascarade de fiançailles le tracassaient pour le moment. Il s'apprêtait à causer du chagrin aux deux personnes qui l'aimaient le plus au monde, celles qui l'avaient élevé comme leur fils, lui avait offert la vie dont il jouissait aujourd'hui.

Mais ils méritaient tous que les secrets familiaux éclatent au grand jour, songea-t-il. Il savait, tout au fond de lui, que ses parents, qui étaient des gens de grande valeur et les plus généreux qui soient, avaient sûrement agi en pensant œuvrer au mieux de ses intérêts. Ils l'avaient aimé. Et ils continueraient de l'aimer.

— Laura, pouvons-nous au moins rentrer dans la maison avant que tu les étouffes ? demanda son père en franchissant le seuil de la porte.

Reese fixa l'homme qu'il avait toujours pris pour son père. Il n'y avait jamais fait attention auparavant, mais à part le fait d'être tous les deux grands et d'avoir de larges épaules, ils ne se ressemblaient pas du tout.

Sa mère se tourna vers Josie et l'entoura affectueusement de son bras et, soudain, Reese détesta la culpabilité qui se mêlait à son anxiété. Jamais de sa vie il n'avait eu à dissimuler en lui autant de secrets...

Entre ces fausses fiançailles et la découverte de son histoire biologique, il devait se libérer au plus vite, avant de devenir fou. Cette situation chaotique ne recelait qu'un seul bonheur : Josie était finalement dans son lit, après ce temps interminable où il en avait rêvé en vain. Certes, à présent il ne savait comme reculer, comment regagner le territoire de leur amitié. D'ailleurs, était-il sûr de vouloir y revenir ? Rien ne paraissait moins certain. En tout cas, c'était ce qu'ils avaient décidé. Après l'inauguration de son nouveau restaurant à Manhattan, ils annonceraient publiquement préférer, au bout du compte, l'amitié au mariage, et ils mettraient ainsi fin à leurs fiançailles arrangées.

Mais, petit accroc à leur contrat, il n'était plus certain d'avoir envie d'annoncer leur rupture.

Retenant la main de Josie, sa mère s'exclama :

— Quelle bague magnifique ! Originale, parfaite !

— Elle est très belle, en effet, dit Josie d'une voix un peu crispée, qui n'échappa pas à Reese. Allons sur la terrasse ! Frisco a dressé la table dehors.

Reese remercia intérieurement son amie de prendre les choses en main en détournant la conversation de ces perturbantes fiançailles. Mais le second sujet à aborder le rebutait tout autant. Et même davantage.

Le déjeuner se déroula gaiement, à parler de choses et d'autres et à rire. Mais le temps passait, et il devait se décider à sortir cette maudite lettre de sa poche pour la soumettre à ses parents.

Les doigts de Josie dessinaient nerveusement de petits signes sur la buée de son verre d'eau glacée. Consciente de la tension tapie en Reese, elle le regarda dans les yeux et lui adressa un sourire rassurant.

Prenant une grande inspiration, il se décida enfin.

— Je suis très heureux de vous revoir tous les deux, dit-il. Mais je dois discuter de quelque chose avec vous.

Appuyée au dossier de sa chaise, sa mère lui consacra toute son attention.

— Tu m'intrigues, mon chéri. C'est au sujet de New York ? Tu ne vas pas aller t'y installer, j'espère ?

— Non. J'aime ma vie ici et je peux voyager partout quand j'en ai besoin.

— Quelque chose ne va pas, fiston ? demanda son père, les coudes posés sur les bras de son fauteuil.

En guise de réponse, Reese sortit la lettre de sa poche et, sans un mot, la lui tendit.

Les yeux de son père allèrent de Reese à la lettre pliée. Puis il l'ouvrit et commença à lire. Très vite son visage devint blême.

— Martin, que se passe-t-il ? demanda Laura d'un air inquiet.

Son père acheva sa lecture en silence puis lui tendit la lettre.

Le cœur de Reese battait à tout rompre, mais il essayait de garder son calme. Tout se passait à peu près bien, il y aurait juste quelques soubresauts douloureux à surmonter.

Étonnamment, sa mère ne perdit pas contenance, ne sembla pas perdue. Elle reposa la lettre sur la table et laissa ses doigts courir sur les plis du papier, comme pour le défroisser.

Finalement, elle posa ses yeux sur lui.

— Reese, je veux que tu saches que nous avons fait tout ce qui était possible, à l'époque, pour prendre la bonne décision, affirma-t-elle, très calme. Nous sommes passés par une agence d'adoption officielle, et les parents biologiques avaient exprimé la volonté de demeurer anonymes.

— C'est à ce moment-là que nous avons décidé de ne pas te parler de ton adoption, parce que nous n'avions aucune information à te transmettre, ajouta son père. Nous t'avons considéré comme notre fils dès le premier jour. Le sang n'a eu aucune importance.

En effet, il n'en avait aucune, songea Reese. Laura et Martin Conrad étaient ses parents, il n'avait jamais douté ni de leur amour débordant, ni de leur désir de tout faire pour le rendre heureux.

— Tu nous détestes ? lui demanda sa mère. Je ne crois pas que je pourrais supporter que tu nous en veuilles. Nous avons juste voulu t'offrir la meilleure des vies, de tout notre cœur.

Reese se leva d'un bond. Il rejoignit sa mère et se pencha vers elle.

— Jamais de la vie je ne vous en voudrai ! s'exclama-t-il en l'entourant de ses bras. Je ne pourrai jamais vous détester. Simplement, je ne voulais pas vous tenir à l'écart de cette découverte faite il y a peu de jours. Peut-être me demanderai-je toujours pourquoi vous ne me l'avez pas dit plus tôt. Mais ça, c'est une autre question, je respecte vos raisons. N'étant pas parent moi-même, je ne peux pas me mettre à votre place. Donc je ne peux pas juger. Et je ne vous juge pas.

— Maintenant tu connais le nom de ton père biologique, intervint son père. Tu l'as contacté ?

Se redressant, Reese garda une main sur l'épaule de sa mère et se tourna vers son père.

— Non. Je ne voulais pas le faire avant de vous avoir parlé. En revanche, je suis allé à Green Valley, dans le Tennessee. J'y ai rencontré mes demi-frères. Nick Campbell et Sam Hawkins.

— Sam Hawkins, murmura son père. Il est aussi le fils de Rusty Lockwood ?

Reese hocha la tête et poursuivit :

— Et Nick est un investisseur et rénovateur d'envergure. Il ouvre un nouveau complexe hôtelier cet automne dans les Smoky Mountains. Un projet que sa mère avait entamé avant sa mort et n'a pu mener à terme.

— Les trois garçons ont bien réussi, apparemment, murmura son père. Je ne connais pas Rusty, si ce n'est à travers le nom de l'entreprise Lockwood Lightning.

Reese lança un regard de biais à Josie qui depuis le début le soutenait en silence. Concernant Rusty, il ne savait pas au juste ce qui allait se passer, tout cela était encore brumeux dans son esprit. Pour le moment, il ne servait à rien d'y penser. Il avait dévoilé le secret familial, et cela avait été son objectif principal. Le reste pouvait attendre.

— J'ai l'intention de retourner à Green Valley, ajouta-t-il. Sam et Nick veulent rencontrer Rusty, et ils souhaitent que je les accompagne.

Sa mère tressaillit et le scruta avec attention.

Il entrevit la peur et l'inquiétude dans le regard maternel, mais sa mère se domina vite.

— Je veux simplement le rencontrer, maman, précisa-t-il d'un ton calme. Savoir s'il connaît le nom de la femme qui m'a donné naissance.

Son cœur se serra en voyant les yeux de sa mère s'embuer de larmes. La dernière chose qu'il souhaitait était de lui faire de la peine.

— En toute sincérité, je ne sais pas ce que je ferai de cette information, reprit-il. Je ne sais qu'une chose : tout cela est nouveau pour moi, et j'aimerais aller au bout de la vérité. Vous, vous avez eu des années pour comprendre cette situation. Je vous demande une seule chose : faites-moi confiance, et laissez-moi faire ce que je crois bon pour moi en ce moment.

Son père se leva et contourna la table.

— Bien sûr que nous te faisons confiance, mon fils. Fais au mieux pour toi, nous te soutiendrons.

Reese se contenta de hocher la tête. Il craignait trop, s'il parlait, que les émotions le submergent. Cette situation délicate exigeait de la maîtrise et du doigté. De la part de tout le monde.

Son père tendit les bras et le serra contre lui. Reese le serra à son tour en lui tapotant le dos avec une indicible affection. Cette étreinte lui sembla encore plus précieuse que toutes les accolades qu'ils avaient échangées dans le passé.

— Tu nous tiendras au courant de ce que tu découvriras ? demanda sa mère.

Reese se tourna vers elle avec un sourire.

— Bien entendu ! Josie et moi partons pour le Tennessee dans deux jours. Je ne sais pas au juste combien de temps durera notre séjour là-bas. Peut-être sera-t-il plus judicieux que nous nous rendions directement à New York depuis Green Valley.

Se levant, sa mère ouvrit grand les bras. Reese la prit contre lui, remarquant une fois de plus combien elle était frêle, malgré sa grande force de caractère.

— Je te souhaite de trouver ce que tu cherches, mon chéri, lui murmura-t-elle à l'oreille. La seule chose que j'espère, c'est que cela ne changera rien entre nous.

— Papa et toi, vous êtes mes parents. Rien ne pourra changer ça.

Il surprit Josie essuyant une larme. Emporté par son problème, il n'avait pas un instant réfléchi à l'impact émotionnel que cette scène familiale aurait sur elle. Pour elle qui n'avait pratiquement pas eu de mère et qui avait été élevée par un père sévère et distant, sentir le lien affectif puissant qui l'unissait à ses deux parents devait être difficile.

— Je vous laisse, tous les trois, dit-elle. Je vais débarrasser la table. Je reviens avec le dessert, dans quelques minutes.

Se levant, elle commença à rassembler les assiettes

— Non, ne débarrasse pas, protesta Reese.

Mais elle emportait déjà la pile d'assiettes dans la cuisine.

— C'est une fille formidable, déclara son père. Ça tombe très bien, tu as besoin d'une femme solide à ton côté pour réaliser tes projets.

Reese en était parfaitement conscient. Cependant, il n'avait pas pensé à Josie dans ce sens à long terme. Ils étaient deux amis très proches, des amis qui jouissaient l'un de l'autre avec bonheur et s'entraidaient en période difficile.

Ses parents seraient-ils déçus quand il leur dirait que, en fait, tout ceci n'était qu'une mascarade, que Josie et lui n'envisageaient pas de se marier ? Sans doute, mais il faudrait bien franchir cette étape, quand le moment viendrait.

D'un autre côté, ce n'était pas comme si Josie allait se volatiliser. Elle serait toujours présente en tant qu'amie fidèle. Le reste, l'intimité sensuelle entre eux, c'était juste l'accomplissement d'un fantasme qui couvait en lui depuis longtemps. Un fantasme auquel il lui faudrait bientôt renoncer…

Les objectifs professionnels ne lui manquaient pas, et avoir une relation suivie avec une femme n'était pas en tête de liste. Josie non plus ne se comportait pas comme une femme en quête d'engagement. Dans ce cas, pourquoi se tourmentait-il ? Pourquoi avait-il le cœur serré à l'idée de la fin proche de cette farce de fiançailles ?

— J'ai aussi pensé que nous pourrions faire un live sur le calendrier mode de l'année, dit Josie.

Elle prenait des notes sur les nouvelles options printanières, pour son prochain éditorial. Même s'ils n'étaient pas encore en automne, le monde de la mode se projetait toujours au moins une ou deux saisons en avant. Ils devaient caracoler en tête des autres journalistes, blogueurs et magazines du même domaine. Toute l'industrie de la mode était une vaste course au long cours pour être en mesure de dévoiler avant les autres les tendances les plus chaudes de la prochaine saison, les thèmes des soirées les plus innovantes, les endroits où il faudrait se montrer pour demeurer sur le devant de la scène.

Au bout du fil, Melissa resta silencieuse un instant.

— Si tu veux, répondit-elle, semblant peu convaincue. J'aimerais plutôt parler du chemin qui va te conduire à l'autel, précisa-t-elle avec un enthousiasme que Josie ne partageait pas.

Josie regarda machinalement la bague à son doigt. Elle ne pouvait s'empêcher de la contempler en toute occasion. Quand elle travaillait, quand elle conduisait, quand elle buvait son café du matin.

Un rappel de chaque instant de cette imposture qu'elle avait initiée.

— J'ai tant d'autres sujets à couvrir, répondit-elle. Par exemple, je suis très excitée à l'idée de diffuser pour l'automne un sujet sur le cidre. Toutes les informations et images sur les différentes variétés, avec quels aliments les boire, comment les marier. Je pense qu'il serait bon de les associer avec une atmosphère de bord de mer, étant donné que tout le monde n'a pas la possibilité de faire des feux de bois, comme on le fait à la montagne.

— J'aime bien cette idée... Mais disons que pour le moment je préfère la remettre à plus tard. J'aimerais que tu te concentres sur tes fiançailles.

Fermant les yeux, Josie prit une longue inspiration. Que dire ? Jusqu'à l'inauguration du restaurant à Manhattan, Reese et elle jouaient le rôle d'amants amoureux. Ils ne pouvaient y échapper.

L'amant, elle l'avait. Mais étaient-ils amoureux ? Elle n'en savait rien.

Vraiment ?

Non. Ce serait fou. Ils n'étaient pas amoureux. Ils étaient amis. Simplement amis. Elle aimait Reese de tout son cœur depuis des années. Quant à être amoureuse, elle ne connaissait pas cet état, ne l'ayant jamais vécu.

Elle soupira et tenta de se décontracter. Quand cette affaire se terminerait, elle serait moins anxieuse. Elle respirerait plus aisément. Du moins l'espérait-elle.

Elle reprendrait ce projet de cidre pour l'automne une fois que Melissa comprendrait que ce mariage n'aurait pas lieu. Il n'y avait donc aucune raison de s'inquiéter ; il suffisait de continuer à travailler sur ses notes déjà prises.

— Tu serais d'accord que j'envoie un photographe avec toi, quand tu iras faire les boutiques en vue de choisir ta robe de mariée ? demanda Melissa. Bien entendu il ne prendra pas de photo de celle que tu choisiras. Elle demeurera un secret jusqu'au dernier moment.

Robe de mariée ? Non ! Elle n'irait pas aussi loin dans cette mascarade.

— Je ne vais pas m'occuper de ma robe pendant un bon moment, répondit-elle. Reese est très occupé avec son inauguration à Manhattan et, avant ça, nous partons quelques jours dans le Tennessee. On discutera des robes à notre retour.

Qui serait le moment où la vérité éclaterait au grand jour, mettant fin à ce cirque infernal.

— Entendu, répondit Melissa, mais il faut poster quelque chose sur le blog. On pourrait peut-être partager quelques-uns des endroits où tu aimerais enregistrer ton acte de mariage, par exemple ? Encore mieux ! Si on organisait un jeu ? Il consisterait à ce que tes lecteurs devinent la destination de votre voyage de noces. Qu'en dis-tu ?

Josie retint un juron. Elle en disait… Non ! Acte de mariage et lune de miel ne faisaient pas partie de ses préoccupations. Et surtout elle souhaitait mettre un terme à cette conversation téléphonique, pour préparer sa valise. Elle voulait rencontrer Nick et Sam et était heureuse de partir.

— Peut-être un vote sur mes fleurs préférées ? suggéra-t-elle. Un truc tout simple.

— Excellente idée ! Je vais poster quelque chose dans ce goût-là demain, mais n'oublie pas d'interagir avec tes *followers*.

Sur ce, Melissa éclata de rire et reprit :

— Pourquoi je te dis ça ? Bien sûr que tu vas participer ! C'est la période la plus heureuse de ta vie !

Josie regarda sa bague. Peut-être pas la plus heureuse, mais en tout cas la plus intéressante.

— Je visiterai le site dans les prochains jours, promit-elle.

Elle raccrocha enfin et s'appuya au dossier de sa chaise.

Au cours de ce bref séjour dans le Tennessee, elle ferait bien de ne plus penser à ce tourbillon ridicule autour de ce mariage et de ces fiançailles. Rien de tout cela n'était réel. Lui accorder trop d'attention la perturberait beaucoup trop.

Elle se leva et se concentra sur le voyage. Elle devait soutenir Reese dans sa démarche si particulière auprès de son père biologique.

Quand il avait parlé à ses parents de son adoption, elle avait été surprise de voir comme Laura et Martin avaient bien réagi à la nouvelle. En notant le lien fort qui les unissait tous les trois, l'émotion l'avait submergée. Ils affrontaient les obstacles comme une équipe soudée et résolvaient ensemble les problèmes.

Néanmoins il était bien inutile de pleurer sur son propre sort. Sa vie aurait sans doute été complètement différente si sa mère avait vécu, mais le sort en avait décidé autrement. Son père l'aimait, elle le savait. Il s'était simplement renfermé sur lui-même à la mort de sa femme. Depuis qu'il avait quitté l'armée, il était devenu encore plus strict et renfermé, mais ce n'était pas grave. Quand elle regardait en arrière, elle voyait bien qu'il avait lutté. Chacun affronte la perte de l'être cher à sa manière, et surtout avec les moyens psychologiques dont il dispose.

Elle se rendit dans la chambre qu'elle partageait avec Reese. Les travaux dans sa propre maison tiraient à leur fin, mais elle n'y séjournerait pas avant leur retour de New York. À ce moment-là, leurs fiançailles seraient rompues, et ils redeviendraient de simples amis.

Ou pas. Après une telle intimité avec Reese, comment pourrait-elle y renoncer ? Ils s'étaient rapprochés l'un de l'autre beaucoup plus qu'elle ne l'aurait cru possible. Alors, peut-être que... ? Non. Il n'y avait pas d'avenir pour eux en tant que vrai couple. Il ne servirait à rien de se voiler la face, de refuser la réalité.

Reese retournerait donc tout droit dans la case « ami », et un jour ils évoqueraient ces fiançailles grotesques en riant.

13

Au moment de pénétrer dans le grand hall de la Hawkins Distillery, Reese glissa sa main dans celle de Josie. Il avait autant de mal que la première fois à pénétrer dans cet établissement, mais cette fois-ci, au moins, Josie était avec lui.

Il avait déjà fait la connaissance de ses demi-frères Nick et Sam mais, aujourd'hui, ils entraient dans le vif du sujet : rencontrer Rusty Lockwood. Leurs vies allaient être plus intimement liées.

Sam avait arrangé un dîner privé après l'heure de fermeture de la distillerie, de façon à jouir d'un espace où ils pourraient discuter en toute liberté. Aux dernières nouvelles, les fiancées de Sam et Nick seraient présentes, et cette perspective soulageait un peu Reese. Cela rendait la réunion plus familiale et informelle.

— Je ne t'ai jamais entendu être aussi calme, murmura Josie à l'approche de l'entrée principale.

— Comment peux-tu « m'entendre » être calme ?

Elle rit et lui donna une petite tape sur le bras.

— Tu sais très bien ce que je veux dire ! lui répondit-elle.

Il le savait parfaitement et appréciait la sollicitude de son amie. Lui pressant légèrement la main, il se tourna vers elle.

— Bien sûr que je le sais, répondit-il. Mais ne t'inquiète pas, je vais bien. Nerveux, c'est certain. Mais ta présence m'aide.

La tête penchée sur le côté, il se concentra sur les lèvres de son amie.

— Tu ne portes toujours pas le rouge à lèvres que je t'ai offert, remarqua-t-il. Tu le gardes pour une occasion particulière ?

Levant les yeux au ciel, elle rétorqua :

— Je ne peux pas porter de rouge à lèvres, Reese. Ce n'est pas mon style, il ne faut pas chercher plus loin.

— Mais, si, tu peux ! Nous devons tous affronter nos peurs, Jo. Sors de ta zone de confort de temps en temps, pour voir de quoi tu es capable. Découvre qui tu peux devenir !

Josie le contempla un instant, puis elle se rapprocha de lui et l'embrassa doucement avant de reculer d'un pas. Il en fallait beaucoup pour le surprendre. Pourtant, ce geste d'affection spontané, alors qu'ils n'avaient pas à jouer en public la comédie des amoureux et ne se dirigeaient pas non plus vers leur chambre à coucher, l'étonna.

Avant qu'il lui pose la question, elle lui expliqua en souriant :

— Puisque tu affrontes tes propres peurs, il m'a semblé que tu méritais un baiser d'encouragement.

Il prit le visage de Josie entre ses mains et déposa un vrai baiser sur ses lèvres.

Bon sang ! Cette femme devenait pour lui une véritable addiction, dont il lui semblait de plus en plus impossible de se passer. Pas dans l'avenir immédiat, en tout cas.

Il détacha lentement sa bouche de la sienne, tout en encadrant toujours son visage de ses mains. Elle garda les yeux fermés, les lèvres entrouvertes, tandis qu'il passait son pouce sur sa lèvre inférieure.

— J'ai toujours besoin de ça, murmura-t-il.

Josie souleva lentement ses paupières et le regarda avec intensité.

— Que se passe-t-il entre nous ? murmura-t-elle.

Un nœud se forma dans l'estomac de Reese. Comment répondre à cette question, alors que lui-même nageait en pleine incertitude ? Elle était sa meilleure amie, une valeur sûre. Au lit, leurs corps s'harmonisaient à merveille, et elle demeurerait toujours à ses côtés, quoi qu'il arrive. Mais au-delà de ça, il n'était sûr de rien. Dans son monde intérieur actuel régnait un désordre familial dont il fallait s'occuper d'urgence. Cela constituait sa priorité absolue, avant de pouvoir consacrer toute son attention à quoi que ce soit d'autre.

— Mettons ce sujet de côté pour plus tard, proposa-t-il.

Elle le contempla quelques instants en silence puis hocha la tête.

Il l'embrassa une dernière fois avant de pousser la porte d'entrée de la distillerie. L'invitant à entrer la première, il lui emboîta le pas.

— Pas mal ! s'exclama-t-elle dès qu'ils eurent franchi le seuil.

Reese le reconnaissait volontiers, l'endroit était spectaculaire, une habile et heureuse combinaison de style industriel moderne mêlé à des touches du passé, ce qui lui conférait le charme de l'ancien. Des murs en briques apparentes, des planchers de bois un peu usés par le temps, des fauteuils en cuir et métal donnaient au hall d'entrée un air très accueillant. L'ensemble se voulait à la fois masculin et rustique, un style typique des Smoky Mountains, parfait pour une distillerie.

— Je n'avais jamais mis les pieds dans une distillerie, dit Josie. Quel superbe endroit ! Cela pourrait faire l'objet d'un article sur Sam Hawkins. Et encore, ce n'est que le début de la découverte. Tu crois que je pourrais obtenir une visite guidée ?

— Bien sûr, répondit une voix claire.

Se retournant, Reese vit Sam s'avancer vers eux à grands pas. Celui-ci lui tendit une main chaleureuse puis se tourna vers Josie.

— Je suis Sam Hawkins. Je vous ferai visiter les lieux quand vous voudrez. Après le dîner, si nous avons le temps.

Le sourire de Josie s'élargit. Elle acquiesça avec enthousiasme.

— Je m'appelle Josie, et cela me ferait très plaisir de visiter votre distillerie. Mais je me dois de vous prévenir : je suis journaliste et, en tant que telle, je pose toutes sortes de questions, je fourre mon nez partout !

Sam se mit à rire et croisa les bras sur son torse.

— Je sais qui vous êtes, et vous pouvez poser toutes les questions qu'il vous plaira, répondit-il.

Comme il se doit, Sam avait effectué des recherches, songea Reese, amusé. Cela ne le gênait pas, car de son côté, il avait fait de même.

Maty Taylor, la fiancée de Sam, était avocate. En fait, elle avait commencé par être l'avocate de Rusty Lockwood, et il en avait déduit que c'était ainsi que Sam et elle s'étaient rencontrés.

Ensuite il y avait Nick et sa fiancée, Silvia Lane. Silvia attendait un bébé, et tous les deux achevaient l'aménagement d'un magnifique complexe hôtelier à la montagne, près des Smoky Mountains, dans les Appalaches. Dès l'ouverture, Reese avait la ferme intention d'y retenir à l'année la meilleure suite.

— Nous discuterons plus tard d'un possible article, promit Josie.

Sam hocha la tête en souriant.

— Voilà qui me paraît très bien, dit-il. Tout le monde est arrivé, si vous voulez bien me suivre.

Josie prit la main de Reese. Le fait qu'il n'ait même pas à lui demander son soutien prouvait à quel point ils étaient à l'écoute l'un de l'autre. Intérieurement, il n'était qu'une boule de nerfs, cependant la présence de Josie auprès de lui pour affronter le moment le plus difficile et le plus inquiétant de sa vie le rassérénait.

Ils se dirigèrent tous les trois vers l'arrière du bâtiment, où une grande salle à manger avait été conçue. Les trois murs extérieurs possédaient d'énormes baies vitrées qui offraient une vue saisissante sur les montagnes.

— C'est notre pièce de dégustation principale, expliqua Sam. Pour revenir à notre conversation précédente, Josie, je peux fort bien vous organiser une dégustation après la visite promise, si vous le souhaitez. Et bien évidemment vous pourrez goûter tout ce qu'il vous plaira au cours du dîner.

Josie arbora un sourire radieux.

Reese sourit. Il la sentait au comble de l'excitation. C'était la raison pour laquelle elle excellait dans son travail : elle aimait profondément ce qu'elle faisait, cela se voyait dans son enthousiasme et dans les recherches dans lesquelles elle se lançait pendant des jours quand elle abordait un nouveau sujet.

Il se tourna vers les trois autres personnes qui se trouvaient dans la pièce, près de la table dressée. Leurs visages souriants et ouverts l'aidèrent à se décontracter. Dans son travail, son instinct ne l'avait jamais trompé. Aujourd'hui circulaient de bonnes ondes, aussi bien pour le dîner qui s'annonçait, que pour l'avenir.

Une jeune femme blonde élancée s'approcha d'eux en leur tendant la main.

— Vous devez être Reese et Josie, dit-elle. Je suis Maty Taylor, la fiancée de Sam. Nous sommes très heureux que vous ayez pu vous joindre à nous.

Les deux autres personnes s'avancèrent à leur tour et, tandis que les présentations se faisaient, Reese sentit tous ses muscles se détendre. Il y avait quelque chose d'ironique dans le fait que ses demi-frères et lui étaient grands, les épaules larges, et avaient une place importante dans la société, tandis que les trois femmes qui les accompagnaient paraissaient audacieuses et sûres d'elles. Il se demandait quelles autres particularités invisibles ils partageaient.

— Nick Campbell, dit l'homme en tendant la main. Et voici Silvia Lane, ma fiancée.

Silvia avait un petit ventre rond, et Reese en ressentit une pointe de jalousie inattendue. Comment Josie porterait-elle un enfant de lui ? se demanda-t-il fugacement.

Il balaya tout de suite cette interrogation importune de son esprit. Il n'était pas prêt pour une relation sur le long terme avec elle, ni avec n'importe quelle autre femme. Josie et lui se frayaient un passage délicat dans un territoire tout nouveau pour eux, et la simple pensée d'un enfant l'effrayait, lui donnait envie de prendre ses jambes à son cou.

Cette idée d'une famille éventuelle, qui venait de lui traverser l'esprit, n'était pas près de devenir réalité. Il avait bien trop de projets à réaliser avant de songer à sa succession.

Maty se pencha vers Josie et lui confia :

— Je dois vous dire que Silvia et moi sommes emballées de votre présence parmi nous. Nous adorons toutes les deux vos éditoriaux et vos rubriques. Nous nous y plongeons avec délice !

Reese observa Josie, qui s'épanouissait littéralement.

— Merci beaucoup, répondit-elle. J'aime rencontrer mes lectrices et lecteurs en chair et en os. Écrire, c'est un exercice solitaire.

— Et toutes nos félicitations pour vos fiançailles ! ajouta Silvia.

La vie est quand même étonnante ! Les trois garçons découvrent qu'ils sont frères, et nous nous sommes tous fiancés récemment.

Reese vit littéralement le bouclier protecteur tomber devant les yeux de Josie, son sourire disparaître un instant avant de réapparaître. Personne ne la connaissait comme lui, les autres ne pouvaient remarquer ni analyser sa réaction. Mais une fois de plus, il regretta profondément le mensonge dans lequel ils s'étaient installés.

Au fond de lui, en sourdine, une autre chose le contrariait : le fait que Chris se soit encore permis de laisser des petits mots et des fleurs sur le seuil de la maison de Josie. L'équipe des ouvriers l'en avait gentiment informé. En conséquence, il avait envoyé à Chris un bref texto qui manquait certes de subtilité mais disait bien ce qu'il voulait dire. En clair, il le menaçait de poursuites pour harcèlement.

Avec un peu de chance, cela mettrait enfin un terme au problème.

Les femmes décidèrent de se tutoyer et entamèrent une conversation animée à propos de cérémonies de mariage, de bébés... Aucun de ces sujets n'intéressant Reese, il se tourna vers Sam et Nick.

— Merci d'avoir fait le déplacement, lui dit Nick. Je sais que tu n'as pas encore surmonté complètement le choc de cette révélation.

— Je m'habitue peu à peu à l'idée, reconnut-il. J'en ai parlé à mes parents qui ont bien réagi. Pour moi, c'était la partie la plus délicate.

— Je m'en doute, dit Nick. Sam et moi avons pris rendez-vous avec Rusty demain soir à 19 heures Il nous recevra dans son bureau.

Reese écouta ensuite les informations concernant les accusations de détournement de fonds qui pesaient sur Rusty. Ce dernier allait tout perdre. Puis il apprit que Sam ne lui avait pas dit qu'il était son fils.

— Alors Rusty n'est au courant que pour toi, Nick ? demanda-t-il.

Ce dernier acquiesça d'un signe de tête.

— Je ne veux rien de lui, expliqua Sam. Je ne voulais ni de

son argent, ni faire fusionner nos affaires, absolument rien. Je ne voulais lui fournir aucune indication qui lui aurait suggéré que j'étais son fils. Mais, après y avoir bien réfléchi, je me moque qu'il le sache, finalement. Cela fait des années qu'il essaie d'acheter ma distillerie, en vain, bien entendu. Et je suis plus qu'heureux de pouvoir lui montrer ma réussite, la puissance industrielle qui est devenue la mienne. Il ne peut avoir aucune prise sur moi. Vous ne pouvez pas savoir à quel point ça m'apaise.

Rusty aurait une sacrée surprise quand il découvrirait qu'il avait deux fils supplémentaires ! songea Reese.

Des rires féminins leur parvinrent en provenance du groupe des femmes, et il ne put s'empêcher de sourire. Josie se coulait à la perfection dans tous les aspects de sa vie. Cependant, des zones d'ombre demeuraient. Ainsi, que signifiait le baiser qu'elle lui avait donné un peu plus tôt, à l'entrée de la distillerie, sous prétexte qu'il en avait besoin ?

Ses sentiments pour lui s'approfondissaient-ils ? Et les siens envers elle ?

Il jeta un regard dans sa direction au moment même où elle posait les yeux sur lui. Elle lui adressa un clin d'œil qui l'émut. Mais pas sexuellement. Quelque chose se tissait entre eux, quelque chose à quoi il n'était pas sûr d'être prêt.

En dehors de ce qui arriverait après ces deux semaines de simulacre, il ne serait de toute façon plus jamais le même.

Tandis qu'ils arrivaient devant la belle cabane en bois qu'ils avaient louée dans la montagne, Josie s'exclama :

— Quelle super soirée ! Je n'en reviens pas d'avoir à la fois obtenu une visite de la distillerie, une séance de dégustation et la promesse de pouvoir revenir assister à tout le processus de fabrication !

Reese ouvrit la porte et lui fit signe d'entrer la première.

Malgré sa dénomination trompeuse, le Cosy Cottage n'avait rien d'un petit cabanon ! Tout en beau bois de la région, il émanait de lui un confort douillet et spacieux à la fois. Jusqu'à ce trajet en voiture vers cette cabane, Josie ne se doutait pas à quel point elle aimerait la montagne. Maintenant, elle ne s'étonnait plus que les gens aiment y passer des vacances.

Certes, elle était une fille de la plage, mais elle eut le sentiment que la montagne parlerait à son cœur, qu'elle aimerait y revenir.

— Moi qui craignais que tu te sentes isolée au milieu de tous ces inconnus, lui fit remarquer Reese en jetant les clés sur la table près de la porte. Sam a eu l'air pressé que tu l'interviewes pour un article.

Elle croisa les bras et le regarda avec attention.

— Tu n'es pas jaloux, au moins ? lui demanda-t-elle.

La tête penchée sur le côté, Reese soutint son regard Un instant avant de demander :

— Devrais-je l'être ? Il n'y a pas si longtemps, Sam était considéré comme le célibataire le plus en vue du Tennessee.

— Eh bien, je le crois très amoureux de Maty et, moi...

Elle s'interrompit. Non, elle n'était pas amoureuse.

C'était absurde. Elle se laissait prendre au fiasco de cette mascarade de fiançailles.

— Et toi ? reprit Reese.

Elle laissa retomber ses bras le long de son corps et redressa les épaules.

— Je ne cherche pas un homme, répondit-elle.

Reese tendit les mains vers elle, ses doigts s'attaquaient déjà à la fermeture Éclair sur le côté de sa robe.

— Ah bon ? Eh bien, moi non plus, je ne cherchais pas de femme, et pourtant nous y voici.

Que voulait-il dire ? Elle s'apprêtait à lui demander une explication, mais ses mains si masculines la dépouillaient de ses vêtements tout en la faisant reculer.

— Tu as déjà visité la terrasse ? murmura-t-il d'un air coquin, les yeux brillants.

— Non. Je devrais ?

Elle déboutonna à toute allure la chemise de Reese. Elle la lui ôta avant qu'il ne puisse répondre.

— Il y a un jacuzzi, annonça-t-il. Et aussi une balancelle très confortable. Les deux sont parfaits pour étudier le ciel et les étoiles.

Caressant le torse musclé de son compagnon, elle sourit.

— Et c'est pour ça que tu me déshabilles ? répliqua-t-elle. Pour étudier les étoiles ?

— On ne rentre pas dans un jacuzzi tout habillé, que je sache !

Elle se mit à rire et se laissa entraîner dehors, où elle acheva de déshabiller Reese.

La grande terrasse comportait en effet un spacieux jacuzzi, et à l'autre bout se trouvait une belle balancelle, endroit rêvé pour se prélasser avec un amant.

Et voilà ! C'était le mot qu'elle cherchait depuis un moment pour qualifier leur nouvelle relation. De meilleur ami, Reese avait glissé au statut d'amant. Mais, lui, que pensait-il de tout ça ? Elle n'en savait rien ou presque.

Qu'arriverait-il quand ils annonceraient officiellement l'annulation de leurs fiançailles ? Se permettraient-ils encore un rendez-vous coquin par-ci par-là ? Rechercheraient-ils encore cette intimité sexuelle ?

De son côté, maintenant qu'elle avait eu de Reese un aperçu insoupçonné, elle n'était pas sûre de pouvoir s'en passer.

— Tu laisses de nouveau ta pensée divaguer et t'éloigner de nous, lui fit remarquer Reese.

Sans autre forme de procès, avant qu'elle puisse se défendre, il la souleva et la jeta sur son épaule, comme si elle était une simple serviette de bain. Seigneur ! Quelle force ensorcelante...

Enjambant le jacuzzi, il l'y déposa avec précaution. Dans la foulée, il appuya sur un bouton qui déclencha aussitôt de puissants jets. Comme si son corps déjà excité avait besoin d'une plus grande stimulation encore ! songea-t-elle.

Reese se tourna vers elle. Il avait de nouveau ce regard particulier qu'elle avait appris à interpréter, le regard qui lui promettait du bon temps. L'attirant contre lui, il l'installa sur ses genoux, ne lui laissant d'autre choix que de le chevaucher.

— À propos de ce baiser, tout à l'heure, dit-il, tu peux me dire pourquoi tu m'as embrassé, alors que personne ne nous regardait ?

Ah. Ça... Elle lui avait menti, lui racontant qu'il paraissait en avoir besoin. En réalité, elle en avait envie, c'était aussi simple que ça. Son attirance pour lui se renforçait de jour en jour. Elle avait dû inventer une raison sur-le-champ, pour ne pas dévoiler ses véritables sentiments. Quoique, à dire vrai, elle ne savait pas au juste quels étaient ses véritables sentiments.

— Peut-être que j'aime t'embrasser, répondit-elle en passant ses bras autour de son cou. Peut-être que je passe du bon temps avec toi, malgré le chaos que nous avons créé.

Les mains de Reese écartèrent ses cuisses, la faisant frissonner, et vinrent se poser dans le creux de ses reins.

Elle s'appuya contre lui, ses seins aplatis contre le torse si masculin de son ami. Son corps était prêt à s'enflammer, elle vibrait d'impatience. Reese, lui, semblait vouloir prendre son temps.

Elle remua un peu, à la recherche de l'endroit exact où elle désirait être. Puis, les yeux rivés à ceux de son compagnon, elle s'empala sur lui et sourit quand il gémit en fermant les yeux.

Avec Reese, contrôler les situations n'était pas une tâche aisée. Il demeurait dominant en toute occasion. Mais, là, il renversa la tête en arrière contre le rebord du jacuzzi, offert.

Elle posa ses deux mains sur ses larges épaules et se mit à aller et venir. Monter et descendre.

Redressant la tête, Reese referma sa bouche sur un de ses mamelons et le titilla avec passion. Elle se mordit la lèvre inférieure pour étouffer un cri. Entre la bouche experte de Reese, ses mains qui couraient partout, son corps dur comme le roc qui bougeait sous elle, les longs coups profonds qui l'ébranlaient, elle ne tiendrait pas longtemps.

Les lèvres de Reese dévorèrent son cou, et elle rejeta la tête en arrière, arqua son corps contre le sien. Tandis qu'elle se cognait contre lui, il murmura son nom encore et encore.

Bien trop tôt à son goût, elle sentit son corps s'emballer. Elle aurait voulu faire durer ce moment à l'infini, mais c'était une bataille perdue d'avance.

Reese, sa main contre le bas de son dos, la maintenait contre lui, de l'autre il lui agrippait le cou, l'incitant à s'incliner un peu pour cueillir sa bouche. N'y tenant plus, elle noua ses doigts dans les cheveux de son amant et donna libre cours à sa jouissance, vague après vague...

Au même moment, le corps de Reese se raidit sous elle, et son plaisir explosa en jets puissants en même temps qu'elle criait son nom.

Elle demeura enroulée autour de lui, l'embrassant avec ferveur tandis que retombait sa fièvre.

Reese desserra son étreinte lentement, lui grignota la lèvre inférieure puis appuya son front contre le sien.

Autour d'eux, l'eau chaude continuait de pulser, la relaxant presque jusqu'au sommeil. Elle ne voulait pas bouger, ne voulait pas affronter la réalité. Elle souhaitait seulement faire durer ce moment qui semblait si juste, si bon. Bien trop tôt à son gré, il lui faudrait regarder en face un fait indiscutable : elle devrait laisser Reese regagner la case de l'amitié.

Mais ce soir elle était dans ses bras.

Demain il rencontrerait son père biologique, et elle souhaitait lui offrir autant de paix et de réconfort que possible avant ce moment qui serait crucial pour lui, elle le savait.

En même temps, elle pria pour que son cœur ne bascule pas dans un piège redoutable.

Le piège de tomber amoureuse de son meilleur ami.

14

Reese et ses deux demi-frères se tenaient devant la Lockwood Lightning Distillery. Le soleil déclinait derrière les montagnes, les visites à la distillerie étaient achevées, l'entreprise était fermée. Rusty Lockwood les attendait à l'intérieur.

Reese n'était qu'une boule d'angoisse qu'il avait du mal à gérer.

— Tu es prêt ? lui demanda Sam.

— Et toi, tu es prêt ? répondit-il. Rusty ne sait pas non plus que tu es son fils.

Sam haussa les épaules.

— Je me moque qu'il découvre quoi que ce soit à mon sujet. De toute façon, nous sommes tous solidaires. Faisons front uni.

Reese comprenait son demi-frère et respectait sa position. Ils en étaient chacun à un stade différent de développement de leur vie mais, tout récemment, la confession d'une femme sur son lit de mort les avait tous les trois propulsés dans une vie différente. Il comprenait aussi la raison pour laquelle la mère de Nick avait envoyé cette lettre. Elle avait sans doute refusé de laisser son fils seul et sans famille après sa mort.

— Débarrassons-nous de cette corvée, déclara Nick. Je n'ai pas la moindre envie de passer plus de temps que nécessaire avec ce salaud.

Dans sa vie professionnelle, Reese avait parfois eu à traiter avec des pauvres types, mais jamais il n'avait imaginé qu'un homme puisse être aussi abject que pouvait l'être Rusty Lockwood, d'après la rumeur. À présent, c'en était fini du qu'en-dira-t-on, des révélations dans la presse, sur le Net et les réseaux sociaux. Il se préparait à découvrir son père biologique en chair et en os.

Sam appuya sur l'Interphone de la porte d'entrée du bâtiment. Quelques secondes plus tard, la porte cliqua, et Sam la poussa.

— Après vous, les gars, dit-il.

En pénétrant dans le hall, l'odeur du cuir et de l'alcool mélangés montèrent aux narines de Reese. L'atmosphère différait du tout au tout avec celle de la distillerie de Sam. Ici, tout paraissait vieux, alors que l'entreprise de Sam sentait le neuf, le frais, la performance, avec une touche d'ancien pour compléter le décor.

— Messieurs.

Se tournant vers l'escalier, Reese leva la tête vers le palier où se tenait Rusty Lockwood.

L'homme lui sembla plus vieux, plus lourd, que sur les photos qu'il avait étudiées sur Internet. Peut-être était-il simplement fatigué et secoué après son arrestation et l'enquête concernant les charges sérieuses qui pesaient contre lui. Sentir sa vie et sa compagnie au bord de l'effondrement pouvait certainement faire des ravages dans le corps et l'esprit d'un homme.

Le regard de Rusty scruta tour à tour les trois visages, pour s'arrêter sur celui de Reese.

— Je vois que vous recrutez de nouveaux alliés ? ironisa-t-il. Je ne connais même pas ce type-là, je doute donc qu'il ait envie d'assister à ma déconfiture financière. Mais sait-on jamais ?

— Vous n'allez pas tarder à faire sa connaissance, rétorqua Sam. Daignerez-vous descendre ou préférez-vous nous surplomber pendant tout l'entretien ?

— Comptez-vous rester longtemps ? s'enquit Rusty en commençant à descendre l'escalier.

Reese eut le sentiment très net que cet homme n'appréciait pas du tout d'être dirigé. En tout cas, il ne se préoccupait même pas de se présenter, comme le font la plupart des gens polis lorsqu'ils rencontrent un inconnu. Et il ne semblait nullement apprécier Nick, son fils, ou Sam.

— Faites-nous confiance, nous n'avons pas l'intention de rester plus de temps que le strict nécessaire, intervint Nick. Mais nous devons discuter de certaines choses.

Parvenu au bas de l'escalier, Rusty croisa ses bras sur sa poitrine.

Reese prit une profonde inspiration et fit un pas en avant.

— Je suis Reese Conrad, dit-il en tendant la main.

Rusty le contempla quelques secondes avant de lui donner une poignée de main ferme.

— Je connais votre nom, dit-il. Vous êtes le propriétaire de cette chaîne de restaurants.

Il avait prononcé « cette chaîne de restaurants » comme s'il y avait quelque chose de péjoratif à être restaurateur. Comme si les gens ne devaient pas réserver au moins un mois à l'avance pour espérer avoir une table dans ses restaurants. Et il fallait s'y prendre plus tôt encore pour organiser un dîner privé.

Cette remarque désobligeante classait d'emblée Rusty Lockwood. Il appartenait à la catégorie de ceux qui se croient au-dessus des autres, supérieurs en tout.

— Je possède en effet huit restaurants, expliqua Reese avec fermeté, et j'ouvre mon neuvième restaurant haut de gamme à New York ce week-end.

Rusty laissa échapper un grognement dédaigneux et se tourna vers Nick.

— Alors, de quoi s'agit-il ? s'enquit-il.

— Vous vous souvenez que ma mère vous a laissé une lettre vous informant que vous étiez mon père biologique ? demanda Nick.

Avec un hochement de tête Rusty répliqua :

— Et ?

— Elle a aussi envoyé une lettre à mes deux frères que voici, ajouta Nick. Vos autres fils.

Rusty encaissa la nouvelle sans broncher, puis il se tourna vers Sam, et enfin vers Reese. Son regard ne trahissait pas la moindre émotion, ni la plus petite surprise. Nick aurait aussi bien pu lui annoncer que le ciel était bleu ! Il demeura de marbre.

— C'est donc une réunion de famille ? dit-il enfin. Et pourquoi vous croirais-je ? Comment puis-je savoir que tout ceci est vrai ?

Sam fit un pas en avant.

— Je me moque pas mal que vous le croyiez ou pas, dit-il. Nous vous informons simplement que vous avez des enfants, que vous le vouliez ou non. Nous cherchons à mettre les choses au clair, ensuite vous déciderez de ce que vous voulez faire de cette information. Un simple détail, aucun de nous trois ne recherche un soutien paternel de votre part, ni une invitation à mieux se connaître.

— Personnellement, intervint Nick d'une voix calme, je viens vous faire une offre d'achat pour Lockwood Lightning.

Reese sursauta et se tourna vers Nick qui défiait Rusty du regard. Devant la réaction étonnée de Sam, il comprit que ce dernier ignorait également les intentions de Nick.

— Me racheter ma boîte ? s'exclama Rusty. Quand les poules auront des dents !

Enfonçant ses mains dans ses poches, Nick haussa les épaules.

— Je savais que ce serait votre première réaction, dit-il. C'est la raison pour laquelle vous échouez en ce moment, si vous voulez le savoir. Vous ne réfléchissez plus en businessman. Vous laissez vos émotions vous diriger, vous en oubliez tout bon sens et jusqu'à votre propre intérêt.

Rusty les regarda tour à tour.

— C'est pour ça que vous êtes venus à trois ? demanda-t-il d'un ton sec. Pour m'intimider et me forcer à vendre ? Vous pensez que je vais vous léguer tout ce que j'ai construit au cours de ma vie sous prétexte que je vous ai soi-disant engendrés ?

— Les liens du sang n'ont rien à voir avec ma décision, rétorqua Nick. Vous n'êtes pas obligé de répondre tout de suite. Mais soyez-en assuré, un jour je posséderai cette distillerie.

Un rictus ironique déforma le visage de Rusty Lockwood.

— Et comment comptez-vous vous y prendre ? s'enquit-il, moqueur. Que savez-vous de la gestion d'une distillerie ? Qu'est-ce que vous faites dans la vie ? Vous mettez au goût du jour de vieux bâtiments, ou vous en bâtissez des neufs, que vous vendez pour que d'autres les exploitent ! La belle affaire ! Rien à voir avec Lockwood Lightning !

— Il n'y connaît peut-être rien en distillerie, intervint Sam, mais c'est mon domaine, ne l'oubliez pas. S'il achète votre affaire, je deviendrai son partenaire.

Rusty éclata de rire.

— Vous vous imaginez que je vendrai mon affaire à l'un d'entre vous ? demanda-t-il. Après avoir essayé pendant des années d'acheter la vôtre, ce que vous m'avez toujours refusé ? Je suppose que le troisième larron ici présent veut aussi sa place dans ma distillerie ?

Reese haussa les épaules et répliqua avec nonchalance :

— Je cherche toujours à étendre mes affaires. Alors oui, s'ils vous rachètent, je deviendrai leur associé.

Rusty gonfla sa poitrine et prit une grande inspiration. Les boutons de sa chemise semblèrent sur le point de céder.

— Si c'est tout ce que vous vouliez, vous perdez votre temps, décréta-t-il.

Sur ces mots, il commença à faire demi-tour vers l'escalier mais se retourna aussitôt.

— Je ne vendrai ma distillerie à aucun de vous trois, mettez-vous ça dans la tête, ajouta-t-il. Je ne suis pas à la recherche d'enfants à qui léguer mes biens. Je ne vous raccompagne pas. La porte se refermera automatiquement derrière vous. Et ne revenez pas.

Sur ces paroles chaleureuses, il remonta l'escalier qui menait à son bureau.

Les trois frères restèrent silencieux quelques instants, comme s'ils venaient d'échapper à une tornade.

— Eh bien voilà qui est fait, dit enfin Nick. De toute évidence il se moque pas mal de ses fils. Donc, pour ma part, je n'ai plus rien à faire ici.

Le regard de Nick alla de l'escalier vide à ses deux frères.

— Je pensais ce que j'ai dit, affirma-t-il. Je vais acheter cette boîte. C'est quelque chose que j'avais déjà envisagé, sans m'y attarder. Et au moment où je l'ai vu en haut de l'escalier, je me suis décidé. Si vous voulez vous joindre à moi, tous les deux, nous formerions une sacrée équipe.

En matière de business, Reese n'avait pas pour habitude de prendre des décisions hâtives. Pourtant dans le cas présent, la situation se présentait bien. Une distillerie établie depuis longtemps, gérée par trois frères qui avaient déjà fait leurs preuves dans leurs domaines respectifs, de la restauration, de l'hôtellerie, de l'immobilier, ça inspirait confiance. Il n'y avait pas trop à se poser de questions.

— Si nous parlions de cela ailleurs ? proposa Sam en se dirigeant vers la porte principale. Allons chez moi, nous pourrons discuter à notre aise. J'ai l'impression qu'il va nous falloir mettre une solide stratégie au point.

Tout en sortant son portable de sa poche, Reese lui emboîta le pas. Il voulait envoyer un texto à Josie pour lui expliquer ce qui s'était passé, lui dire où il allait.

Son geste le fit sourire. Ou l'inquiéta, il ne savait pas encore.

Après cette rencontre peu chaleureuse avec son père biologique, son premier désir était de la contacter. Elle, et non ses parents. Josie lui manquait quand il ne se trouvait pas avec elle, il aimait la tenir au courant de tout ce qui se passait dans son existence.

Depuis la nuit dernière, passée à la belle étoile entre le jacuzzi et la balancelle sur laquelle ils avaient fini par s'endormir, exténués, une question le taraudait. Il ne pouvait s'empêcher de se demander si, par hasard, il ne serait pas prêt à aller plus loin avec elle. La perspective de l'engagement à long terme avec une femme l'avait toujours rebuté. Ne serait-ce pas tout simplement parce que jusqu'ici il n'avait pas rencontré la bonne personne ?

Mais maintenant... il l'avait rencontrée.

Elle était là depuis toujours.

Puisque les choses se mettaient en place dans sa vie familiale, le long terme incluait peut-être aussi Josie ? Peut-être arrivait-elle au moment exact que le destin lui réservait ?

Une foule de choses se bousculaient dans sa tête. Ses frères tout neufs, ses parents, Josie...

Il devait bien réfléchir à tout cela, dans le secret de son esprit et de son cœur, avant de prendre des décisions importantes. Des décisions qui changeraient radicalement le cours de sa vie.

Pourtant une chose lui semblait d'ores et déjà certaine : la vie qu'il menait encore quelques semaines plus tôt n'avait soudain plus cours ; il avait entamé un nouveau chapitre de son existence.

Et cela l'effrayait.

— J'ai posé une option sur une maison ici, annonça Reese.

Interloquée, Josie se tourna vers lui, ce qui fit bouger la balancelle.

— Ici à Green Valley ? s'exclama-t-elle.

Leurs regards se rivèrent l'un à l'autre. Comme dans un songe, elle souhaita rester ici pour toujours. Ensemble.

Pur fantasme ! Ils n'étaient que deux amis qui avaient été amenés à se rendre service mutuellement et qui, au passage, en avaient profité pour rouler ensemble dans un lit.

C'était aussi simple… et aussi complexe que ça.

— Qu'est-ce que tu penses de cet endroit ? demanda Reese en souriant.

— Pardon ? Tu as mis une option sur cette cabane ?

Il lui glissa une mèche de cheveux derrière l'oreille en la serrant contre lui.

— J'adore la vue à couper le souffle qui surplombe la vallée, dit-il. Et toutes ces montagnes, tu ne trouves pas ça fabuleux ? L'intérieur aura besoin d'un coup de jeune, pour le mettre à mon goût, mais ce sont des changements esthétiques. J'aime l'emplacement, la disposition des pièces, la terrasse. Enfin, tout !

— Elle est à vendre ?

— Non. Mais si j'offre un bon prix, les propriétaires ne peuvent qu'être ravis de me la céder en faisant un bénéfice conséquent, pour acheter un autre cabanon à mettre en location.

C'était du Reese tout craché ! Trouver quelque chose, monter un projet, le réaliser dans la foulée. Il avait fait pareil pour le restaurant de Manhattan.

— Je ne sais pas ce qu'il va se passer avec Nick et Sam, reprit-il. Ni même si la distillerie de Rusty va vraiment être une option, mais je souhaite être présent sur place s'ils ont besoin de moi. Qui plus est, je commence à apprécier la montagne, depuis que je viens dans le Tennessee.

Elle aussi ! C'était leur troisième nuit dans cette merveilleuse cabane. Ils prenaient l'avion pour New York ce matin, mais ils s'étaient fait d'excellents souvenirs ici… Des souvenirs qu'il lui faudrait bientôt remiser au fond de sa mémoire, une fois cette histoire de fiançailles achevée.

— J'ai invité mes frères et leur compagne pour l'inauguration à New York, ajouta-t-il, et ils ont tous accepté avec enthousiasme.

Josie lui sourit.

— Tu es vraiment en train de créer des liens avec eux, dit-elle. J'en suis heureuse pour toi. Vous avez tous l'air de bien vous apprécier, quelque chose se tisse entre vous.

— On est comme de vieux amis. C'est vraiment étrange, mais je me sens en confiance avec eux.

— Tu as parlé d'eux avec tes parents ?

— Je les ai appelés tout à l'heure, pendant que tu étais sous la douche. Ils sont heureux pour moi. Ils se réjouissent qu'une relation forte entre Nick, Sam et moi se crée. Ils sont désolés de la façon dont s'est déroulée ma rencontre avec Rusty. Quant à moi, je me suis aperçu qu'en fait je n'attendais rien de cette entrevue. Donc je ne me sens pas abandonné. Ce n'est pas du tout comme si j'avais le sentiment douloureux qu'il m'avait laissé tomber. En plus, j'ai les parents les plus merveilleux du monde.

— J'en suis heureuse pour toi.

Reese lui sourit.

— Pourquoi as-tu épousé Chris ? lui demanda-t-il soudain.

Elle ne répondit pas. Elle ne voulait pas aller sur ce chemin. Son mariage raté était derrière elle, et elle ne voulait plus y penser.

De plus, elle ne souhaitait pas dévoiler la vraie raison de ce mariage. Si elle en parlait franchement à Reese, elle s'éloignerait encore davantage de la case « juste amis ». Et pour l'instant, elle ne voulait pas que sa vie dérive plus qu'elle ne dérivait actuellement.

— Jo ?

Elle cligna les yeux et soupira.

— C'était une décision prise à la va-vite, répondit-elle.

— De toute évidence. Mais que s'est-il passé dans ta tête pour que tu te précipites devant un juge pour officialiser cette relation ? Tu ne sortais avec lui que depuis quelques mois.

Elle hésita à lui dire la vérité. Et si elle décidait d'être honnête ? Ce serait peut-être la meilleure des thérapies ? Cela leur permettrait de discuter de toutes ces émotions qui les envahissaient et dont ils ne savaient que faire. Ils parleraient et conviendraient du fait qu'il valait mieux rester tout simplement amis.

— Tu t'étais fiancé, et ça m'a fait comprendre que nous entamions de nouveaux chapitres de nos vies, expliqua-t-elle.

Elle le contempla, anxieuse de voir comment il réagirait à sa réponse. Elle s'était soudain rendu compte qu'elle ne serait pas toujours la seule femme dans la vie de Reese.

Et... elle était jalouse.

Voilà. Parfait ! Elle pouvait enfin l'admettre : elle n'était qu'un être humain, elle n'aimait pas partager.

— Agir à la va-vite, ça ne te ressemble pas, Jo. Toi qui prévois tout, planifies chaque minute de ta vie, toi qui as mis au point une alarme pour te prévenir de vérifier ton agenda ! Voilà que tu épouses quelqu'un parce que je me fiance ?

— J'ai commis une erreur, marmonna-t-elle. Ça peut arriver, non ?

Se redressant, elle croisa ses jambes devant elle, pour créer une petite distance entre Reese et elle. Cette balancelle était si étroite...

— Je n'étais pas amoureuse de Chris. C'est quelqu'un de sympa, et j'ai honte de lui avoir fait mal, même si, en toute honnêteté, je ne crois pas qu'il m'aimait, lui non plus. Il voulait juste se marier à cause des pressions que sa famille exerçait sur lui.

C'était la triste vérité.

— Et toi, pourquoi t'es-tu fiancé ? rétorqua-t-elle.

Haussant les épaules, Reese contempla les étoiles.

— Je reprenais les affaires de mon père à plein temps et je commençais à me poser des questions. Du genre à qui je laisserais Conrad's à mon tour, répondit-il. Je sais que je veux fonder une famille, un jour. Mais dès que je me suis fiancé, je me suis rendu compte que je n'étais pas prêt. Elle n'était pas la personne que j'attendais.

— Il semble que nous ayons tous les deux évité de bien plus grosses erreurs que celles que nous avons faites, fit-elle remarquer en souriant.

— À propos de Chris, il a continué à laisser des petits mots sur le seuil de ta maison, à venir sonner à ta porte. L'équipe qui travaille chez toi m'en a informé il y a quelques jours. Donc je me suis mis en contact avec lui.

Elle se figea.

— Quoi ? Tu devrais me laisser m'occuper de tout ça, lui reprocha-t-elle.

Délaissant la contemplation des étoiles, Reese posa son regard elle.

— Je t'ai laissée faire, au début, dit-il. Ça nous a conduits à ces fiançailles. Et en plus ce type continue à te poursuivre. J'ai donc pris le taureau par les cornes et je l'ai averti qu'à la prochaine tentative de contact avec toi, il y aurait dépôt de plainte pour harcèlement.

Ça alors ! Elle n'avait pas besoin d'un garde du corps ! Elle refusait que quiconque mène ses batailles à sa place. Surtout pas Reese.

— Ces fiançailles ne sont pas de mon fait, répliqua-t-elle d'un ton sec. J'ai simplement dit à Chris que j'avais tourné la page. C'est toi qui as lancé le pavé dans la mare en annonçant nos prétendues fiançailles !

— Il lui fallait quelque chose de plus solide que ce que tu disais. Sortir avec quelqu'un, ça peut s'arrêter du jour au lendemain, répliqua-t-il de son ton calme et très irritant, à cet instant.

Josie ferma les yeux. L'inauguration du nouveau restaurant de Reese avait lieu dans deux jours, ensuite tout reviendrait à la normale. Avec un peu de chance, Chris garderait ses distances.

— Je suis fatiguée, dit-elle en se levant de la balancelle. Je vais me coucher.

Reese ne bougea pas et la regarda.

— Si on restait sur la terrasse ? suggéra-t-il. Quand j'aurai acheté cette cabane, j'ai le projet de vivre dehors autant que possible.

Elle sourit devant son enthousiasme mais elle avait le cœur lourd.

Elle voulait revenir à la situation antérieure, celle de quelques semaines auparavant. Elle voulait tout ignorer de son cœur qui se serrait quand Reese lui parlait d'être allongé près d'elle, de la serrer contre lui. Quand il parlait de l'avenir. Ils n'avaient pas d'avenir ensemble.

— Tu peux rester dehors, si tu veux, dit-elle.

Elle entra dans la grande pièce qui servait de séjour et referma la baie vitrée derrière elle.

Peut-être rentrerait-il, peut-être pas. Pour l'instant, elle avait besoin de réfléchir. Seule.

Reese ne lui avait jamais laissé entrevoir qu'il voulait aller plus loin avec elle. Il semblait heureux de leur relation physique, ce qui était déjà bien. Il fallait s'en contenter. S'ils tentaient de vivre pleinement cette nouvelle relation, qui sait combien de temps elle durerait ? S'il se lassait d'elle et passait à autre chose, à une autre femme...

Ce risque, elle ne le prendrait à aucun prix, quelles que soient l'ampleur et la force des nouveaux sentiments qu'elle éprouvait pour son meilleur ami.

15

Nerveux, Reese ajusta sa cravate.

L'inauguration qui débutait dans moins d'une demi-heure n'était pas la cause de la boule nichée au creux de son ventre.

Il avait le business de la restauration dans le sang. Dans ce domaine, il ne redoutait absolument pas l'échec, ni les contretemps. Depuis toujours, Manhattan était son objectif principal, et voilà qu'aujourd'hui ce rêve se matérialisait. Le plus difficile avait été de dénicher le bon bâtiment, dans le quartier qu'il souhaitait. À partir de là, tout le reste s'était enchaîné, avec beaucoup de travail, certes, mais sans accrocs.

Il se tenait sur la galerie du premier étage, d'où il jouissait d'une vue dégagée sur l'entrée, au rez-de-chaussée, et sur l'un des deux bars de son établissement. Pour ce restaurant, il avait opté pour le charme de l'ancien. Noir et blanc, lignes épurées, suspensions en verre très simples et élégantes, bar en acajou ciré. Il avait voulu donner à ce restaurant le caractère luxueux de ses autres établissements, mais en lui conférant l'attrait classique et de bon ton qu'il associait à la ville de New York.

Comme il prévoyait de fréquents séjours à Manhattan, il avait acheté un appartement au dernier étage d'un gratte-ciel ; il lui fallait un pied-à-terre en ville.

Donc au niveau professionnel, tout allait bien.

C'était plutôt sa vie sentimentale qui le tracassait.

Depuis que Josie et lui avaient quitté Green Valley, deux jours plus tôt, leurs conversations étaient un peu tendues. Josie se retirait, il la perdait.

L'angoisse qui grandissait en lui venait de cette distance qu'elle établissait entre eux, de ce faux engagement l'un envers l'autre, du fait que, dès demain, ils n'auraient plus à faire semblant d'être fiancés devant les autres. Un comportement public amoureux ne serait plus nécessaire.

En homme rationnel, il souhaitait simplement en finir avec cette inauguration dans de bonnes conditions, sauf que maintenant, il n'était plus aussi sûr de vouloir mettre un terme à ce que Josie et lui avaient tissé ensemble.

Il le savait, Josie souhaitait revenir à leur amitié passée, mais c'était devenu impossible. Il la connaissait maintenant trop intimement. Il l'avait laissée entrer dans cet endroit secret de son cœur, dont lui-même ne connaissait pas l'existence jusqu'ici. Et maintenant il la voyait sous un jour totalement nouveau.

Après une amitié solide de plus de vingt ans, jamais il n'aurait cru possible de découvrir d'elle de nouveaux aspects ; apprendre à la connaître encore plus en profondeur lui semblait impossible. Et pourtant c'est exactement ce qui s'était produit. Au passage, il avait appris beaucoup de choses sur sa propre personnalité, ses émotions, ses aspirations.

Comme, par exemple, le désir de donner à leur nouvelle relation une réalité qui ne devrait rien aux faux-semblants des deux semaines publiques qu'ils venaient de vivre ensemble.

Un éclair rouge flamboyant attira son œil, et il reporta son attention sur le bar, en bas. Il connaissait très bien ces cheveux noir d'encre et ces courbes voluptueuses.

Mais ce rouge ?

En arrivant ici, Josie portait une robe longue noire, ras de cou devant et décolletée dans le dos. Mais cette robe-ci était… à se damner. La robe la plus sexy qu'il ait jamais vue. Le décolleté dans le dos descendait dangereusement bas, et quand elle se tourna… la classe, sexy en diable !

Ne venait-il pas, un instant plus tôt, de penser que maintenant, il connaissait tout de Josie ?

Elle lança autour d'elle un regard circulaire, et il n'y tint plus.

Il ne voulait pas rester à distance une minute de plus. Quittant la zone réservée aux VIP, il descendit l'escalier et s'avança vers elle.

— Ce n'est pas la femme avec laquelle je suis venu, fit-il remarquer.

Un grand sourire aux lèvres, Josie fit volte-face. Non seulement elle portait une robe rouge, mais ses lèvres étaient du même ton. Ce fut la seule raison qui le força à se conduire correctement et l'empêcha de prendre sa bouche avec passion. Il n'était pas question de lui barbouiller le visage de rouge à lèvres.

Bon sang ! Elle était la femme la plus sexy qu'il ait jamais vue et, pour le moment, fiançailles en toc ou pas, elle lui appartenait.

— Je voulais te faire la surprise, lui expliqua-t-elle. Je me suis fait envoyer ces vêtements pour pouvoir me changer sur place. Et puis, sur ma lancée, j'ai choisi la totale, tant qu'à faire ! Robe de couleur vive, rouges à lèvres, décolleté profond.

Tournoyant sur elle-même, les bras légèrement écartés, elle demanda :

— Qu'en penses-tu ? Je peux me permettre la couleur ?

Il se rapprocha d'elle et posa ses mains sur ses hanches.

— Je crois que je vais devoir écourter la soirée pour me retrouver seul avec toi le plus vite possible, répondit-il d'une voix rauque.

Le sourire de Josie s'accentua.

— Si tu ne peux pas que j'ai une robe froissée devant tout le monde, surveille tes mains et ta bouche, lui conseilla-t-elle avec malice. J'ai un rôle d'hôtesse à jouer pour l'inauguration du nouveau restaurant de mon fiancé, ne l'oublie pas.

— Il en a de la chance, ce fiancé, murmura-t-il en effleurant le cou de Josie de ses lèvres.

Son souffle contre sa peau la fit frémir.

Autour d'eux, les serveurs s'activaient pour les derniers préparatifs avant le début de la soirée, déposant des flûtes de champagne et des amuse-gueules un peu partout sur les tables.

Jamais il n'avait eu autant envie de se retrouver seul avec Josie, et tout de suite.

— En dehors du fait que je voudrais t'arracher cette robe et te montrer à quel point je te désire, tu es vraiment superbe, Jo.

Elle enroula ses bras autour de son cou et se pressa contre lui.

— Je me sens… bien, avoua-t-elle. En arrivant ici, j'avais peur de flancher et de m'en tenir à ma robe noire. Mais dès que j'ai enfilé celle-ci, je ne sais pas ce qui s'est passé, je me suis sentie bien dans ma peau.

Avant de se ridiculiser complètement par un air béat irrépressible, il recula d'un pas. Prenant dans les siennes les mains de Josie, il caressa du pouce la bague qu'elle portait au doigt.

— La robe et la bague vont très bien ensemble, commenta-t-il.

Le sourire de Josie trembla un peu, et son regard s'assombrit.

— Qu'y a-t-il ? lui demanda-t-il.

— Tu as vu le blog ? Il est à jour maintenant, je l'ai vérifié juste avant de me changer.

— Non, je ne l'ai pas consulté. Quelque chose ne va pas ?

Elle pressa ses lèvres l'une contre l'autre et secoua la tête.

— Non, il est très bien fait, au contraire, répondit-elle. C'est juste qu'il a l'air si… si réel, si vrai. Même moi, j'ai presque cru que nous étions fiancés.

Reese eut un petit sursaut, vite réprimé. Prenant la main de Josie, il l'entraîna vers un coin où personne ne pouvait surprendre leur conversation. Il garda ses deux mains dans les siennes ; il voulait qu'elle écoute tout ce qu'il avait à dire.

Dieu que c'était difficile ! La décision la plus risquée de sa vie. Seulement s'il laissait passer ce moment sans exprimer ce qu'il avait au fond de son cœur, il le regretterait toute son existence.

— Reese ? Tout va bien ? Tu me fais peur, avec ce drôle d'air dans tes yeux.

— Josie, que dirais-tu de garder cette bague ?

— Mais… Tu as déjà insisté pour que je la garde, quand je t'ai demandé de la rendre au bijoutier. Tu m'as assuré que ce serait mon cadeau d'anniversaire, même si je trouve cela très disproportionné.

Il avala sa salive avec difficulté. Il avait fait le premier pas, le plus difficile. Les autres viendraient tout seuls. Enfin, il l'espérait.

— Ce n'est pas disproportionné si c'est vraiment une bague de fiançailles, dit-il. Garde-la. Garde moi, Jo. Faisons cela.

Josie écarquilla les yeux et retira ses mains d'un geste brusque.

— Faire cela ? Tu veux dire, restons fiancés ? demanda-t-elle.

Sa proposition aurait pu être un peu plus élégante, il le reconnaissait. Mais il se sentait nerveux comme jamais, il n'avait pas eu le temps de choisir ses termes, de polir ses mots.

— L'autre soir, quand nous discutions, il m'a semblé que si nous n'avions pas trouvé les bonnes personnes avec qui nous marier, c'était parce que... en fait... c'étaient nous, les bonnes personnes, dit-il d'un trait. L'un pour l'autre, précisa-t-il comme Josie le contemplait comme s'il avait perdu l'esprit.

Peut-être était-ce le cas, d'ailleurs, mais il s'en moquait. Il lui fallait absolument saisir cette chance. Il fallait que Josie comprenne.

— Regarde, poursuivit-il. Nous avons toujours été présents l'un pour l'autre. Depuis toujours, nous nous soutenons totalement l'un l'autre, oui ou non ? Nous nous faisons une totale confiance. Nous sommes une équipe du tonnerre, au lit et en toutes circonstances.

— Mais... Tu es mon meilleur ami, murmura-t-elle sans grande conviction. Nous nous étions mis d'accord pour...

— C'était avant que tout change. Je t'aime, Josie.

— Moi aussi, je t'aime. En tant que meilleur ami. On ne peut pas faire ça, Reese. Ce n'est pas parce que nous sommes devenus très intimes depuis quinze jours que nous pouvons bâtir une vie ensemble.

— Nous nous sommes déjà bâti une vie ensemble. Tu as peur, c'est ça ?

— Peur ? C'est plutôt le bon sens qui m'anime ! Réfléchis un peu. Nous ne saurions pas comment vivre ensemble, comment nous forger une vie commune, comme il se doit entre mari et femme. As-tu vraiment pensé à tout ça, ou t'es-tu laissé emporter par le rôle que tu joues depuis quinze jours ?

— Je me suis laissé emporter par toi, Jo. Comment peux-tu imaginer que je te demanderais en mariage si je n'étais pas sérieux ? Je veux me lancer dans cette grande aventure avec toi. On peut toujours essayer, non ?

Les yeux de Josie se voilèrent. Elle recula d'un pas.

— Essayer, comme tu dis, ça laisse de la place pour l'échec, dit-elle, et je t'aime trop pour perdre avec toi mon meilleur ami. Je suis vraiment désolée, Reese. C'est non.

Avant même de faire sa demande, Reese savait qu'elle aurait peur, mais à aucun moment il n'avait pensé qu'elle refuserait. Croyait-elle vraiment qu'il accepterait de la blesser un jour ? Ne lui faisait-elle, ne leur faisait-elle pas plus confiance que ça ?

Des bruits de voix en provenance de l'entrée le ramenèrent à l'instant présent. Tout sourires, Nick et Silvia, Sam et Maty firent leur apparition. Ils étaient les premiers arrivants. Juste derrière eux, il aperçut ses parents.

Sa famille... Il sentit l'émotion lui nouer la gorge. Tous étaient venus pour le soutenir le jour le plus important de sa vie professionnelle. Même ses deux frères et leur fiancée qui, il y a peu de temps encore, ne le connaissaient pas.

Il jeta un dernier regard à Josie qui faisait un petit signe aux nouveaux venus, de nouveau dans son rôle de fiancée factice. Leur discussion était terminée, mais il n'avait pas dit son dernier mot.

Il reviendrait à la charge.

Maintenant qu'il savait exactement ce qu'il voulait, qui il voulait, il n'abandonnerait pas.

Josie souriait, saluait d'un signe de tête, serrait des mains, répondait aux questions. Personne ne s'apercevait de rien, mais elle tremblait intérieurement, elle sentait sa tête prête à exploser sous toutes les pensées contradictoires qui s'affrontaient dans son esprit. Elle souffrait dans son cœur comme jamais.

Comment Reese osait-il lui envoyer cette proposition à la figure ? Un engagement véritable entre eux ? Il était devenu fou ?

— Tu es magnifique !

Elle sourit à Silvia et Maty. Les deux jeunes femmes étaient radieuses, et les voir allégea quelque peu son humeur sombre. Elle avait besoin d'une distraction que ces femmes sympathiques et chaleureuses lui apporteraient.

— Je sais que tu portes toujours du noir pour tes apparitions publiques, mais le rouge te va à merveille, il s'accorde si bien avec tes cheveux noirs et le teint de ta peau ! s'exclama Maty

— Merci, répondit Josie en avalant une gorgée de champagne. Je m'inquiétais que ce soit un peu trop voyant, mais je voulais faire quelque chose de spécial pour la soirée de Reese. Il me pousse toujours à sortir de ma zone de confort !

Était-ce la raison pour laquelle il lui avait proposé le mariage ? Pour la sortir de sa zone de confort ? Parce que, ça, c'était plutôt sauter du haut d'une falaise sans parachute !

Penchée vers Josie, un verre d'eau gazeuse à la main, Silvia enchaîna :

— J'ai consulté ton blog juste avant de venir. C'est formidable de voir à quel point Reese et toi êtes amoureux l'un de l'autre ! J'ai hâte d'assister à la cérémonie de votre mariage !

— Je n'arrive toujours pas à croire que nous soyons toutes les trois sur le point de nous marier, reprit Maty avec un grand sourire. Quelle période heureuse pour nous tous !

Josie ne fit aucun commentaire. Elle aurait voulu les détromper, leur avouer que tout cela n'était qu'une farce, qu'elle n'allait en aucun cas épouser Reese, mais elle ne le pouvait pas. Reese et elle avaient passé un accord qui prendrait fin le lendemain, et elle le respecterait.

Faisant mine de s'intéresser à ce que disaient Maty et Silvia, elle laissa son esprit vagabonder.

Reese ne croyait pas vraiment ce qu'il lui avait dit. Il s'était laissé prendre au piège de la situation, c'était tout. Quand il serait redescendu de ce pic d'excitation provoqué par cette inauguration, il se rendrait compte qu'ils seraient bien mieux, l'un et l'autre, en redevenant de simples très bons amis.

De son côté, elle appelait de ses vœux le retour de cette normalité. Se trouver perpétuellement dans un tourbillon d'émotions, d'hormones, de cœur battant, d'incertitudes chroniques, c'était tout simplement trop difficile à supporter pour elle.

En enfilant cette robe rouge, elle s'était sentie courageuse. S'agissant de ses sentiments envers Reese, son audace la désertait. Elle avait essayé. Elle avait voulu être cette femme audacieuse. Mais... Si le risque pris était trop grand ? Si Reese et elle, en se mariant, détruisaient le bel équilibre qu'ils avaient bâti au cours de toutes ces années d'amitié profonde ?

Allons ! Ce soir, elle était là pour l'inauguration du restaurant, pas pour se poser des questions sur son courage.

— Je vois que vos hommes parlent avec les parents de Reese, dit-elle en désignant le bar. Je suis si heureuse que toute cette histoire familiale tourne bien pour lui.

Silvia hocha la tête.

— Moi aussi, dit-elle. Avant de connaître Reese, Nick s'inquiétait qu'il puisse ressembler à Rusty ! Heureusement, ce n'est pas le cas. Je suis reconnaissante que les trois frères s'apprécient, et bien davantage que ça. Nick dit qu'il fera tout ce qui est en son pouvoir pour acheter Lockwood Lightning, et Sam et Reese joignent leurs forces pour l'y aider. Je trouve ça tellement beau !

Reese avait parlé de son projet à Josie. Elle avait du mal à croire qu'il prenne de nouveaux risques dans le monde très dur des affaires. Surtout s'agissant de racheter l'entreprise de son père biologique ! Mais il était ainsi. Il vivait pour réussir et, à sa connaissance, il n'avait jamais échoué en rien.

Peut-être était-ce la raison pour laquelle il ne voulait pas la laisser partir ? Vivrait-il l'annonce officielle de la rupture de leurs fiançailles comme un échec personnel, comme elle l'avait prédit au départ ?

— Tout va bien ? s'enquit Maty en posant une main sur son bras, la faisant tressaillir.

— Oh ! Pardonnez-moi, dit-elle. Ces deux dernières semaines ont été très éprouvantes.

C'était peu dire !

— Voulez-vous m'excuser ? ajouta-t-elle.

Les deux jeunes femmes hochèrent la tête avec un sourire, et Josie s'éloigna, à la recherche d'un peu d'air frais, ou en tout cas d'un moment à elle. Même au milieu du chaos de cette soirée d'ouverture, elle avait du mal à se concentrer sur autre chose que la bague qui pesait si lourd à son doigt.

Elle se fraya un chemin vers le bureau privé que Reese s'était aménagé à l'arrière de l'établissement. Une fois à l'intérieur, elle ferma la porte derrière elle et s'y adossa. Quelques minutes lui suffiraient pour se ressaisir. Ensuite, elle pourrait rejoindre la fête et jouer son rôle de fiancée fière et heureuse.

Parce que à minuit le conte de fées s'achèverait.

Et Cendrillon rentrerait chez elle.

16

Depuis la galerie du premier étage, Reese contemplait le rez-de-chaussée maintenant désert. Comme prévu, l'inauguration avait été un franc succès. L'avenir s'annonçait bien. Aussi incroyable que cela paraisse, toutes les tables étaient réservées pour les trois prochains mois ! Quelques critiques culinaires faisaient déjà des rapports élogieux aussi bien sur Twitter que sur les autres réseaux sociaux.

Josie avait-elle pris des notes pour son article, tout au long de la soirée ? Ou bien, déstabilisée après la bombe qu'il lui avait envoyée au visage, avait-elle laissé tomber ?

Il lui faisait confiance. Il savait que, de toute façon, elle couvrirait l'événement et écrirait un excellent papier pour la revue *Cocktails and Classy*.

Ce qui lui rappela qu'il n'avait pas encore consulté les dernières nouveautés postées sur le fameux blog. Les images qu'il contenait ayant manifestement eu beaucoup d'impact sur Josie, il éprouvait une forte réticence à le regarder. Était-ce la raison pour laquelle elle avait refusé sa demande en mariage ? Ces photos lui avaient peut-être démontré que ce qui se passait entre eux était bel et bien réel ?

Sortant son portable de sa poche, il trouva rapidement le site. Il se souvenait très bien de ce qu'ils avaient dit au cours de l'interview et sauta le dialogue. Cela avait été la partie la plus facile de toute cette séance.

La première image qu'il découvrit était celle où Josie fermait les yeux, la tête tournée sur le côté. Lui déposait un baiser sur ses cheveux. La délicatesse et la tendresse de la photo le firent sourire.

Il fit défiler sans les lire d'autres bribes de dialogues et s'arrêta devant l'image qui correspondait au moment où on leur avait demandé de « presque s'embrasser ». La main posée sur la joue de Josie, il lui renversait un peu la tête. Leurs regards rivés l'un à l'autre, elle avait légèrement entrouvert les lèvres.

Trop concentré sur cet instant merveilleux, il n'avait pas anticipé une seconde ce que rendrait cette photo sur le blog. Dans cette pose, ils avaient vraiment l'air très amoureux, sur le point de combler avec passion le très étroit espace qui les séparait alors. Elle s'était montrée nerveuse ensuite, inquiète à l'idée des conséquences que tout ceci aurait sur eux.

Si seulement elle parvenait à chasser ses peurs et acceptait de regarder en face ce qui lui crevait les yeux...

Des talons claquèrent sur le carrelage du rez-de-chaussée. Il quitta son écran des yeux et aperçut Josie. Comme elle levait la tête vers la galerie, leurs regards se croisèrent.

— J'ai cru que tu avais pris un taxi pour rentrer à l'appartement, dit-il.

— C'est ce que j'allais faire. Que fais-tu là-haut ?

— J'étais en train de regarder le blog en ligne. On est bien tous les deux, tu ne trouves pas ?

Elle croisa les bras sur sa poitrine, lui offrant sans le vouloir un angle de vue délicieux.

— C'est vrai, reconnut-elle.

Même à cette distance, la tension entre eux était palpable. Reese jugea plus prudent de ne pas descendre. S'il se rapprochait trop, il aurait envie de la toucher, de la tenir serrée contre lui, de lui énumérer toutes les bonnes raisons de rester ensemble. Or ce n'était pas la bonne méthode. Ni le bon moment. Elle devait analyser la situation par elle-même et en tirer les conclusions.

— Je sais ce que tu penses, Reese. Tu trouves que c'est une bonne idée de continuer cette nouvelle relation entre nous. Mais je ne peux pas t'épouser.

Ainsi, ils calaient toujours au même endroit, songea-t-il. Cela ne le découragea pas pour autant. Très bien ! Puisqu'il le fallait, il ferait montre de patience, voilà tout. Josie en valait la peine.

— Tu dois le comprendre, insista-t-elle.

— Ce que je comprends, c'est que tu as peur. Je sais que tu n'avais pas prévu tout ça, que cela te déstabilise. Mais toi aussi, tu dois réfléchir, te rendre compte qu'il n'y a rien de nouveau, dans cette situation.

Sidérée, elle sursauta.

— Rien de nouveau ? Tu plaisantes ! s'exclama-t-elle. Nous faisons semblant d'être fiancés depuis deux semaines et, dans ce laps de temps, nous avons fait beaucoup de choses inhabituelles. Tout cela est complètement nouveau, au contraire !

Tout d'un coup, Reese ne supporta plus la distance qui les séparait. Il descendit et s'arrêta au pied de l'escalier.

Josie portait encore sa robe rouge, ses lèvres étaient toujours peintes. Elle lui coupait le souffle, qu'elle soit vêtue de noir, de rouge, ou complètement nue.

— Rien de tout cela n'est nouveau, répéta-t-il. Entre nous, tout était là, tout couvait depuis toujours. Nous laissons simplement enfin remonter les choses à la surface.

Josie secoua la tête et ne répondit pas.

Il mourait d'envie de lui expliquer ce qu'il pensait de leur relation, d'essayer de la convaincre qu'ils étaient faits pour vivre ensemble mais, une fois de plus, il opta pour la raison. Il ne voulait pas la harceler avec ça. Elle avait besoin de temps et d'espace pour reprendre ses esprits, et il devait les lui offrir.

Tout en contemplant la bague à son doigt, Josie se mit à jouer avec.

Le cœur soudain serré, Reese la contemplait. Au fond de lui, il comprenait très clairement ce qui était en train de se passer dans la tête de son amie, tout en espérant se tromper.

Mais le suspense ne dura pas. Elle fit glisser la bague de son doigt et la lui tendit. Quand elle leva les yeux vers lui, son regard était embué de larmes contenues.

— Je ne la reprendrai pas, dit-il. Je l'ai achetée pour toi.

— Jamais auparavant tu ne m'as fait un cadeau aussi onéreux pour mon anniversaire.

Toujours ce sempiternel argument.

Il la contempla pendant une longue minute. Il savait quelle bataille il livrait. Il n'était pas question d'agir bêtement, à la va-vite. De toute évidence elle avait besoin de temps pour réfléchir. Très bien, puisque c'était ainsi, il garderait la bague jusqu'à ce qu'elle soit prête à l'accepter de son plein gré.

Fort de cette résolution, il prit la bague, la glissa dans sa poche et tendit la main vers Josie.

— Si on allait boire une bouteille de champagne et nous détendre ? suggéra-t-il. Nous venons tous les deux de passer deux semaines agitées. Pour ma part, un peu de calme ne me déplairait pas.

Les yeux de Josie se portèrent sur la main tendue vers elle, puis sur son visage. La tête penchée sur le côté, elle plissa le front d'un air de reproche.

— C'est tout ? dit-elle. On laisse tomber le fait que tu m'as demandé de t'épouser ? On redevient tranquillement amis, sans transition ? C'est aussi simple que de mettre une lettre à la poste ?

Bon sang ! Cette satanée femme lui faisait perdre les pédales ! Elle semblait les perdre aussi, d'ailleurs, ce qui avait peut-être un côté positif. Si elle nageait en pleine confusion, si ses propos se contredisaient, c'était qu'elle n'avait pas vraiment pris sa décision.

— Ce n'est pas ce que tu voulais ? lui demanda-t-il. J'ai toujours besoin de ma meilleure amie, si tu veux le savoir. Est-ce que j'espère qu'il se passe davantage entre nous ? Bien entendu. Mais je ne vais pas te chasser de ma vie pour la seule raison que nous ne sommes pas d'accord sur l'avenir.

Un sourire éclaira le visage de Josie. Elle lui prit la main.

— Une coupe, alors, et pas de sexe, dit-elle.

Elle le tuait...

— Cette robe est faite pour l'érotisme, lui fit-il remarquer tout en la conduisant vers l'ascenseur.

En y pénétrant, elle lui lâcha la main.

— Je ne peux pas, Reese. Je te désire physiquement de toutes mes forces, mais je ne peux pas risquer mon cœur. Il me faut une rupture nette et franche, sans ça l'un de nous va souffrir. C'est l'évidence.

Le rejet de Josie blessait Reese au plus profond de lui, mais il ne se déclarait pas vaincu. Il lui fallait absolument croire qu'elle aussi aspirait à davantage entre eux. Croire que seule la peur la paralysait trop pour se saisir de ce qu'elle avait à portée de main.

Cependant, malgré cette peur, ses actes en disaient bien plus long que ses paroles ne le feraient jamais.

Elle avait sauté à pieds joints hors de sa vie très structurée. Elle avait choisi de porter une robe rouge, de mettre du rouge à lèvres. Cela mettait en évidence son désir de se montrer audacieuse et courageuse. Mais il le savait, cela n'occultait pas la peur qui continuait à la tenailler.

Il la respectait, faisait confiance à sa bonne volonté, à son intelligence. Elle finirait par se rendre compte qu'elle avait fait un pas vers sa nouvelle vie, et que sa nouvelle vie était... avec lui. Il attendrait. Il était patient.

— D'accord, répondit-il. Champagne sur le *roof top*, tout habillés, pour célébrer la réussite de cette soirée.

Elle hocha la tête.

— D'accord !

Si elle voulait retourner dans sa zone amicale connue, eh bien, qu'à cela ne tienne, ils le feraient ! Il espérait simplement qu'elle le connaissait assez pour se rappeler une chose : il ne reculait jamais au cours d'une bataille.

Garder Josie en permanence dans sa vie et dans son cœur, c'était la bataille de sa vie, à laquelle il ne renoncerait pas. Pour rien au monde.

Josie considéra le bikini bleu. S'autoriserait-elle à le porter ? Après tout, elle se trouvait chez elle et elle avait l'intention de se rendre sur sa plage privée. Qui se préoccuperait de sa tenue ? De plus, elle avait porté cette robe rouge en public. Et, autant le reconnaître, cela lui avait procuré un grand plaisir, mêlé à un grand soulagement.

Après le retour en avion à Sandpiper Cove, elle avait réintégré sa propre maison. Les travaux étaient terminés. L'équipe avait fait du bon travail, avait tout remis en état dans la maison. Le dressing de la chambre d'appoint avait certes besoin d'une bonne réorganisation mais, en tout cas, le désordre n'y régnait plus, et rien n'avait été abîmé.

Elle ressentait le besoin de passer la journée sur la plage, pour décompresser après le tourbillon du voyage. Rencontrer la nouvelle famille de Reese dans le Tennessee, puis l'inauguration à New York, tout cela avait été épuisant, physiquement et émotionnellement. Sans compter la proposition de mariage de Reese, qui n'aurait jamais dû avoir lieu.

Elle avait pris la bonne décision en la refusant. Cela leur évitait à tous les deux de perdre des plumes en chemin. Non seulement elle leur épargnait des souffrances prévisibles, mais elle leur évitait de détruire une amitié inestimable, impossible à remplacer. Reese était l'unique constante de sa vie, sa force. Elle avait besoin qu'il soit toujours là pour elle. S'ils s'étaient mariés puis avaient découvert que cela ne fonctionnait pas, elle ne l'aurait pas supporté, et sa vie aurait été détruite.

Vivre seule avec pour unique compagnie son activité professionnelle… L'horreur !

Elle ôta son pyjama et enfila son bikini bleu. Au diable tout le reste ! Elle avait été tellement heureuse pendant deux semaines. Sans doute était-ce dû au fait d'avoir pris le risque de devenir enfin une femme audacieuse. Cette femme, elle en connaissait l'existence, enfouie au fond d'elle-même mais, jusqu'à ces jours-ci, elle lui avait refusé tout droit de s'exprimer.

Elle était à présent une femme qui osait, comme sa mère.

Au passage elle attrapa un paréo assorti au bikini, et un chapeau de paille. Elle enfila aussi une paire de sandales dorées. En sortant du dressing, elle s'aperçut dans le miroir. Toute en bleu. Rien de bien sensationnel. Elle était seulement… différente. Et elle allait passer la journée au soleil, avec une boisson fraîche et un bon livre.

Pas si sûr que ça, songea-t-elle. Car à en juger par les pensées qui roulaient dans sa tête, un livre ne parviendrait peut-être pas à retenir son attention bien longtemps.

L'alarme signala une voiture dans son allée. Qui cela pouvait-il être ? Elle n'attendait personne.

Reese, sans doute.

Elle se regarda dans la glace une dernière fois et décida de ne pas se changer. Il l'avait déjà vue en bikini des centaines de fois au fil des années. Ce n'était pas parce qu'ils avaient vécu une intimité physique pendant quelques jours qu'elle devait se mettre à agir différemment. Ils en étaient revenus à leur amitié et, avec un ami, on pouvait porter un bikini. De plus, elle était chez elle, elle portait ce qu'il lui plaisait, sans s'inquiéter de visiteurs impromptus.

Se dirigeant vers le hall d'entrée, elle aperçut Chris qui se garait le long des marches du perron. Contrariée, elle s'enveloppa dans son paréo et sortit.

Au moment où il descendait de sa voiture, il l'aperçut. Dieu merci, il demeura dans l'allée.

— Je ne vais pas t'embêter, promit-il en levant les deux mains en signe de bonne volonté. Je voulais juste venir te dire que je suis heureux pour toi.

Perplexe, elle avança jusqu'à la rambarde de la terrasse.

— Tu ne pouvais pas me le dire en envoyant un texto ? lui demanda-t-elle.

— Après tout ce que nous avons traversé, j'avais besoin de te voir une dernière fois. J'ai vu ton blog et je me suis rendu compte que Reese et toi partagiez quelque chose que je ne pourrai jamais avoir avec toi. Cela me rend malheureux et j'aimerais que nous soyons encore ensemble, mais maintenant je sais que vous êtes faits l'un pour l'autre.

Ne sachant que répondre, elle demeura silencieuse.

— Alors... sincères félicitations, reprit-il. Tu mérites d'être heureuse.

— Merci. Moi aussi, je te souhaite de trouver le bonheur, Chris.

Il lui sourit et la contempla encore quelques secondes avant d'agiter la main et de remonter en voiture.

Elle le regarda s'éloigner, songeuse. Qu'avait-il vu dans ces photos, qui lui avaient échappé, à elle ? Bien entendu, elle avait étudié le blog plusieurs fois. Trop de fois. Elle l'avait même de nouveau consulté ce matin.

Reese et elle avaient l'air heureux, en effet. Bien sûr ! Ils étaient heureux. Il existait entre eux un lien puissant. Mais ils allaient devoir bientôt rédiger un communiqué de presse commun annonçant leur rupture, et ils devraient continuer à donner au public le sentiment qu'ils étaient encore heureux, et s'aimaient toujours... en amis.

Cette pensée lui serra le cœur. Elle la chassa de son esprit tout en se dirigeant vers sa cuisine pour se préparer un thé vert.

Au moment de verser le thé dans un grand mug, son portable sonna.

Consultant son écran, elle vit... que ce n'était pas Reese.

Quelle sotte elle faisait d'attendre qu'il lui téléphone ! En fait, ils étaient rentrés hier soir seulement. Cela faisait au moins douze heures qu'elle ne l'avait pas vu.

Le nom de son éditrice s'affichait sur l'écran.

Elle soupira, songeant qu'elle devait encore faire semblant d'être fiancée et heureuse...

— Salut.

— Josie, le blog bat des records ! s'écria Melissa d'une voix surexcitée. Tu l'as vu ? Les commentaires sont stupéfiants ! Nous recevons tellement de mails que nous ne pouvons plus y répondre. C'est la folie !

Quand Josie s'était mise sur Internet ce matin, elle n'avait pas regardé les commentaires. Les photos l'avaient trop subjuguée pour qu'elle s'intéresse à quoi que ce soit d'autre.

— Excellente nouvelle, dit-elle.

— Il faut profiter de cet enthousiasme, de cet engouement ! Sais-tu quand vous allez prendre les photos officielles de vos fiançailles ? Ou quand tu feras du shopping pour trouver ta robe de mariée ? Si on pouvait faire une mise à jour hebdomadaire du site, ce serait génial ! Nous pourrions broder avec plein de détails qui intéresseraient les lectrices !

Josie se frotta le front d'une main moite.

— Laisse-moi un peu de temps pour y réfléchir, dit-elle. Reese et moi sommes rentrés dans la nuit, et je suis encore dans le brouillard.

— Oui, bien sûr. Désolée. Au fait, ta robe rouge était fabuleuse ! C'est formidable que tu aies opéré ce changement de style pour l'inauguration du restaurant de ton fiancé. Tous les deux, vous étiez, beaux et... parfaits !

Une culpabilité soudaine pesa sur les épaules de Josie. Mais un autre sentiment émergea avec une force inattendue.

Le regret.

Avait-elle pris la bonne décision en refusant la proposition de Reese ? Depuis le moment où elle avait enlevé la bague de son doigt, plus rien ne tournait rond, rien ne semblait à sa juste place.

— Merci, Melissa. Je vais réfléchir à des mises à jour hebdomadaires et je te rappelle.

— C'est parfait ! Je suis si heureuse pour vous deux ! Vous avez vraiment l'air de vous aimer, ce qui n'est pas commun, par les temps qui courent.

Incapable d'en supporter davantage, Josie dit au revoir à son éditrice et raccrocha.

Prenant son *mug*, elle laissa son portable sur l'îlot central, cala son sac de plage à son épaule et sortit.

Pas de téléphone, pas de visiteur inopiné à sa porte, seulement la paix, la tranquillité, et l'océan. Ça et rien d'autre. Sa tête bourdonnait trop de pensées contradictoires pour supporter autre chose.

Elle prit une grande inspiration et se dirigea vers la plage.

Elle devait réfléchir calmement. Prendre une décision.

Était-elle prête à faire le grand saut dans l'inconnu ? À prendre le plus gros des risques en créant une toute nouvelle case ?

Une case où Reese et elle seraient ensemble pour toujours ?

17

Une ombre soudaine se projeta sur Josie. Elle poussa un cri.

— Bon sang, Reese ! s'exclama-t-elle en se redressant sur sa chaise longue. Ça ne se fait pas, des trucs pareils ! Tu m'as fait une peur bleue !

— C'est toi qui m'as fait peur ! Je n'arrête pas de t'appeler au téléphone et de t'envoyer des textos, sans obtenir de réponse. En général, tu es pourtant en permanence scotchée à ton portable !

Ajustant son chapeau, elle leva la tête vers lui et le contempla.

— Je voulais me réserver un moment à moi toute seule, sans être interrompue. C'est raté, apparemment, marmonna-t-elle. Qu'est-ce que tu fais ici ?

— Une balade en bateau, ça te tente ? Nick, Sam, Silvia et Maty sont chez moi.

— Ah bon ? C'est chouette ! Tu savais qu'ils avaient l'intention de venir ?

— On en avait discuté hier soir, mais un peu au dernier moment, à la fin de la soirée. Je les ai invités de nouveau avant que nous quittions New York, et ils ont débarqué ce matin. Frisco nous prépare des gambas et des crabes, et je sais que tu adores ça.

Josie se leva et attrapa son paréo pour s'en couvrir, mais pas assez vite. Les yeux de Reese dévorèrent son corps à peine vêtu. Elle en frissonna de la tête aux pieds.

De toute évidence, cet attrait entre eux allait constituer un problème. Maintenant qu'elle avait goûté au corps de Reese, elle ne pouvait ni éteindre ni juguler le désir qu'elle avait de lui d'un coup de baguette magique.

Glissant ses mains dans les plis du paréo, elle le regarda bien en face.

— Nous ne sommes plus fiancés, lui rappela-t-elle. Alors comment faire ?

Il haussa les épaules et répliqua :

— De toute façon, je t'aurais invitée à cette sortie en tant qu'amie, même avant que nous nous lancions dans cette mascarade idiote. Rien ne change dans ce domaine, Jo. Je souhaite la présence de ma meilleure amie auprès de moi dans toutes les festivités que j'organise et j'ai pensé qu'une journée en mer te ferait plaisir. En plus, tu as eu l'air de très bien t'entendre avec Maty et Silvia.

— C'est vrai, je les aime beaucoup toutes les deux.

Il lui sourit, et le cœur de Josie se serra.

— Tu viens, alors ? lui demanda-t-il. Tu peux venir avec moi tout de suite, si tu es prête. Tu portes déjà la tenue idéale pour une journée en bateau.

Comme c'était étrange, songea-t-elle. Il ne faisait pas un geste pour la toucher, à l'exception du regard gourmand dont il l'avait enveloppée en la découvrant presque nue dans son bikini. Apparemment, il était revenu au mode amitié.

Cela avait-il donc été aussi facile que ça, pour lui ? Avait-il déjà oublié sa déclaration d'amour et sa demande en mariage ?

— Alors, qu'en dis-tu ? demanda-t-il. Tu viens avec moi maintenant ou pas ?

Qu'en disait-elle ? Elle ne savait pas. Vraiment pas.

Melissa pensait que Reese et elle paraissaient amoureux. Chris partageait la même impression. Reese lui avait déclaré son amour. Et elle... Elle n'y voyait pas clair du tout.

— Quelque chose ne va pas, Jo ? Si tu n'as pas envie de venir, je n'insiste pas. Je peux leur parler de cette histoire d'amitié préférable à l'amour entre nous. Crois-moi, ce sont des gens discrets, les secrets, ils connaissent. Si je leur demande, ils n'en parleront à personne avant que nous ayons publié notre communiqué officiel.

Elle continuait à le regarder fixement.

— C'est ainsi ? murmura-t-elle enfin. Il y a moins de quarante-huit heures, tu disais que tu m'aimais et, maintenant, tu n'as aucun problème à ce que nous redevenions de simples amis ?

— Je t'aime, répondit-il sans la moindre hésitation. Mais d'un autre côté, je respecte ta décision qui est, je te le rappelle, d'avoir refusé ma demande en mariage. Qu'attends-tu de moi, au juste ?

Elle n'en avait aucune idée ! La vraie question était plutôt : qu'attendait-elle d'elle-même ? Elle voulait être capable de faire confiance à ses émotions, d'être sûre que si elle sautait le pas, se jetait du haut de la falaise, Reese lui tiendrait la main et ne la lâcherait plus.

Depuis quelque temps, elle se dirigeait peu à peu vers ce moment crucial et, maintenant, elle atteignait enfin la vie qu'elle souhaitait, la vie qu'ils méritaient de vivre ensemble.

Avant de pouvoir s'en empêcher, elle murmura :

— Je veux tout de toi.

Elle regarda ses pieds, submergée par l'assaut d'une vague de peur et de soulagement mêlés.

Enfin elle avait réussi à exprimer ses sentiments véritables ! Elle les avait extirpés de son cœur. Mais, maintenant, qu'allait-il se passer ?

Reese fit un pas vers elle et lui souleva le menton pour l'obliger à le regarder dans les yeux.

— Redis-le, Jo. Je n'ai pas très bien entendu.

Elle ferma les yeux.

— Non, ma belle. Regarde-moi. J'attends cela depuis très longtemps.

— Depuis combien de temps ?

Le sourire de Reese s'adoucit.

— Probablement depuis que je te connais, répondit-il. En tout cas, depuis quelques années.

Des années ? Pourquoi avait-elle mis si longtemps avant de s'en apercevoir ?

— Dis-moi ce que tu penses, Jo. Je ne veux plus la moindre confusion dans nos rapports sentimentaux.

Il ne la touchait toujours pas, alors elle fit le premier pas. Elle lui encadra le visage de ses mains et se colla contre lui.

— Je suis très attachée à notre amitié, mais mes sentiments vont maintenant bien au-delà. Je t'aime, Reese. Je t'aime tout entier. Je veux être avec toi pour toujours. Mais je suis morte de peur, c'est plus fort que moi.

— Tu crois que je ne le suis pas ? rétorqua-t-il en riant. Je sais seulement que ne plus t'avoir dans ma vie amoureuse serait une torture pure et simple. J'ai besoin de toi, Jo. Je te veux dans ma maison, dans ma vie. Pas en tant qu'amie. En tant que femme.

— Et si ça ne marche pas, si...

Pour l'empêcher de continuer, il lui couvrit la bouche de ses lèvres puis, l'entourant de ses bras, il la serra contre lui à lui couper le souffle.

— Nous n'échouerons pas, murmura-t-il contre les lèvres aimées. Ce n'est pas notre genre, et nous nous aimons trop pour ça.

Peu à peu la peur de Josie se dissipa. Il avait raison. Ils étaient tous les deux si forts, ils s'étaient toujours soutenus mutuellement. Approfondir leur relation ne les mettrait pas en danger, cela les enrichirait, au contraire. Cela devenait une certitude.

— Si on remettait cette bague à ton doigt, à sa juste place ? proposa-t-il d'une voix rauque.

— Oui. À sa juste place. Maintenant, regagnons ta maison, puisque ta famille t'y attend.

— Notre famille, la corrigea-t-il avec tendresse. Ils sont notre famille à présent, Jo, puisque tu es mienne.

Épilogue

Six mois, c'était très long. Mais au regard de l'administration légale et des actes commerciaux, cela correspondait à la vitesse de la lumière.

Reese souriait. Lockwood Lightning avait maintenant changé de propriétaire. Sam, Nick et lui se lançaient ensemble dans le business des spiritueux.

— Ça a été un vrai parcours du combattant ! proclama Nick en remplissant cinq chopes de bière et un verre de jus de fruit pour sa très enceinte fiancée.

Les trois frères avaient signé les papiers de l'achat la veille, et ce matin ils officialisaient cette acquisition en famille, dans la principale salle de dégustation de Lockwood Lightning.

Complètement acculé, entre le détournement de fonds dont il était accusé, les honoraires exorbitants de ses avocats, les impôts impayés qu'il avait oublié de verser à l'État, Rusty Lockwood n'avait eu d'autre choix que de vendre. Par élégance, les garçons lui avaient offert une somme supérieure à celle que lui aurait proposée tout autre acheteur. Maintenant, ils entamaient ce nouveau chapitre, unis comme les doigts d'une main.

Entourant la taille de Josie de son bras, Reese déclara :

— Je suis heureux d'avoir pu en faire partie.

Depuis le jour où Josie était revenue chez lui six mois plus tôt, elle n'en était plus repartie. Elle avait fait venir ses affaires, s'était installée, et ils programmaient officiellement leur mariage. Les mises à jour hebdomadaires du blog se révélaient épuisantes.

Mais, en fait, elle en goûtait chaque minute, et Reese ne voulait qu'une chose : la rendre heureuse.

Nick tendit leur verre à chacun et leva sa chope.

— À un nouveau départ, déclara-t-il. C'est le début d'une nouvelle dynastie.

— Et avec votre complexe touristique qui ouvre dans quelques semaines, nous sommes en train de conquérir tout le Tennessee ! ajouta Sam. Je porte un toast à cette conquête !

Soudain Silvia se crispa.

— Oh non..., murmura-t-elle en se tenant le ventre.

Tout le monde se tourna vers elle.

— Je crois que j'ai une contraction, expliqua-t-elle en grimaçant. En fait, j'en ai eu toute la matinée, mais celle-ci a l'air beaucoup plus forte.

— Toute la matinée ? répéta Nick, qui avait brusquement pâli. Et tu ne le dis que maintenant ?

Le visage de Silvia se contracta.

— Je savais que c'était un moment important pour vous trois, je ne voulais pas gâcher la fête, répondit-elle. Mais maintenant j'en suis sûre, il faut que je me rende à l'hôpital le plus vite possible.

— Allez-y, dit Reese. Nous nous occupons du reste.

Nick guida Silvia vers la porte, et Reese se tourna vers Josie. Leurs regards se rivèrent l'un à l'autre. Elle lui sourit, et dans ses yeux flottait quelque chose qu'il ne sut pas bien interpréter.

Elle posa sa chope de bière sur la table.

— Tu vas peut-être avoir envie de porter un autre toast à de nouveaux débuts, dit-elle. Et pour cela, je vais me servir... un verre de jus de fruits.

Durant quelques secondes, ces paroles parurent sibyllines à Reese. Puis elles prirent tout à coup un sens.

— Tu... ? murmura-t-il.

Un grand sourire aux lèvres, elle hocha la tête.

— D'à peu près dix semaines, maintenant, annonça-t-elle.

— Dix semaines ?

— Surprise ! s'exclama-t-elle.

Maty se mit à rire et se tourna vers Sam.

— Ne me regarde pas comme ça ! lui dit-elle. Je n'ai rien à annoncer, mais je n'aurais rien contre l'idée d'avoir un chiot !

— C'est d'accord, répliqua Sam en riant à son tour.

Reese attira contre lui la femme de sa vie, essayant de refouler les larmes de joie qui lui montaient aux yeux. Toutes ces années, il avait rêvé d'une famille mais ne savait par où commencer.

Maintenant, il savait.

La femme qu'il appelait de ses vœux faisait partie de sa vie depuis si longtemps. Six mois plus tôt, elle avait accepté de l'épouser, et maintenant ils commençaient à construire une famille. Rien n'aurait pu le rendre plus heureux.

— Je t'aime, lui murmura-t-il à l'oreille.

— Je t'aime moi aussi, mon chéri.

Elle s'accrocha à son bras et posa sa tête sur son épaule.

— Nous allons célébrer ces mois d'attente, ajouta-t-elle tout bas.

— Avec bonheur, répondit-il. Mais... Si nous n'en disions rien à ton éditrice ? J'ai trop peur de toutes les idées farfelues qu'elle aurait pour animer le blog et le magazine !

Les yeux embués de larmes, Josie leva la tête vers lui et lui décocha un sourire radieux.

— Nous tiendrons Melissa à l'écart de tout cela aussi longtemps que possible, promit-elle.

— Parfait ! s'exclama-t-il en riant.

Parce que, pour le moment, il voulait sa famille pour lui tout seul. Il avait attendu longtemps, et maintenant que tous ses rêves se réalisaient enfin, il en exigeait l'exclusivité. Au moins pour l'instant.

[illegible]

[illegible]

[illegible] dans [illegible]

Et elle [illegible]

Voilà [illegible] elle [illegible] en [illegible] être honnête [illegible]

— Après [illegible] je [illegible] tout, plaute [illegible] chaque [illegible] que [illegible] au [illegible] pour le moyen de [illegible] les [illegible] un [illegible] ?

— J'ai [illegible] que [illegible] non ?

Je redressant, elle [illegible] une petite distance entre [illegible] étoile...

— Je [illegible] pas [illegible] de [illegible] et j'ai honte de la [illegible] ne crois pas qu'il [illegible] à cause des [illegible]

C'était la triste vérité.

— Et toi, pourquoi [illegible] ?

Haussant les épaules [illegible]

— Je [illegible] je commence [illegible] laisserais [illegible] fonder une famille, un jour. [illegible] me suis rendu compte que je [illegible] pas la personne que j'attendais.

— Il semble que nous ayons [illegible] grosses erreurs que celles que nous [illegible] qu'en [illegible]

— À propos de [illegible] au [illegible] travaille [illegible] me suis mis en contact avec [illegible]